KB001283

巫

신비
소설

무
I

신이
선택한 아이

문성실 장편소설

巫

신비
소설

무 I

신이
선택한 아이

달빛정원

운명 運命

인생은 한 치 앞도 내다볼 수 없다.

평생을 무속인들과 함께하며 사라져가는 우리말을 연구했던 고故 서정범 교수도 과거를 정확히 바라보는 무당은 많지만 미래를 정확히 말하는 무당은 드물다고 했다.

무속의 이야기를 글로 풀어내는 작가의 인생 역시 그러하다.

나만이 가지고 있기에는 신비하고 아깝고 놀라운 무속의 세계를 말하고 싶다는 욕구로 시작된 짧은 글들이 십수 년 전 어느 날 내게 작가라는 이름을 붙여주었다. 그때의 나는 '심리학'이라는 학문의 바다에 빠져 과학적으로 인간을 연구하고 있었다. 그와 동시에 '무속'이라는 세계 속에서 도저히 과학으로는 실명할 수 없는 인간의 이야기들에도 귀를 기울였다.

극단적인 두 가지 길의 가운데 서서 나는 한편으로는 석·박사 과정을 거치며 대학에서 심리학을 강의하고 연구 논문을 배출했다. 다른 한편에서는 소설이라는 매체를 통해 신비한 세계의 이야기를 풀어냈다. 이 두 가지 이율배반적인 일을 풀어내기에는 작가의 역량이 부족했던 탓일까? 이런저런 고비 끝에 글은 끝을 맺지 못했고, 동시에 심리학적 연구의 진행도 어려워졌다. 그 당시는 마치 커다란 벽이 코앞에 세워진 것 같은 고난의 시간이었다. 무속에서는 삼재팔란三災八難이라고도 하는 재앙과도 같던 시기였다.

그러나 운명이라고 포기하고 주저앉기에는 나의 천성이 워낙 다망하고 바지런했다. 나는 고난을 헤쳐 나갈 방법을 강구했고, 10년 넘게 해왔던 모든 공부를 다 내려놓고 새로운 분야에서 처음부터 다시 시작하기로 결심했다. 그 결정을 내리기까지 내 인생에 대한 책임감도 있었지만 가족에 대한 염려가 가장 컸다. 각고의 노력 끝에 스무 살쯤 어린 학생들과 또 다른 시작을 감행했다. 새로운 대학에 들어가고 다시 졸업을 하고 이제는 어린 학생들 앞에서 교편을 잡게 되었다.

한쪽 인생이 안정기로 들어갈 때쯤 다른 한편에서도 마술처럼 연락이 왔다. 작가의 연락처를 찾기 위해 각고의 고생을 한 출판사와의 기적과도 같은 만남이 그것이었다. 마침 안정기에 들어선 작가가 예전 글을 꺼내 이리저리 매만지고 있던 그 어느 날, 우연이라고 치부하기엔 너무나 인위적인, 너무나 운명적인 만남이 이루어졌다. 그리고 그 기적과도 같은 운명의 결과가 이렇게 현실화되어 눈앞에 펼쳐지게 되었다.

어찌 인생은 이토록 한 치 앞도 내다볼 수 없는 것인지!

10여 년 전 무속이라는 이야기를 풀어가도록 작가를 이끌어준 무녀巫女님의 인생도 그러했다. 무속의 세계에 들어오기를 거부하며 아등바등 애를 쓰던 그분은 10여 년 동안 교회를 다니며 자신의 운명을 밀어냈다. 거부한 운명의 대가는 가혹했다. 남매를 둔 단란한 네 식구 중 남편이 먼저 사고로 죽었다. 뒤이어 그분의 맏딸이 수학여행 중 실족사로 명을 달리했다. 그동안 그녀의 귓속에서 이 모든 죽음을 예견하던 신령을 거부했지만 '마지막 남은 네 아들마저 데려간다'는 냉혹한 예언에 그녀는 모든 것을 포기하고 결국 신내림을 받았다. 끔찍할 것만 같던 무속의 세계는, 그러나 놀라울 만큼 평화로웠다. 죽은 딸이 신령으로 들어와 선녀보살이 되었고 남은 아들과는 단란한 생활을 하게 되었다. 그리운 사람의 목소리를 들으며 남은 가족과 평안하게 살아가는 그녀는 무녀가 된 것을 후회하지 않았다. 무녀가 되기 전에는 상상도 못했던 평화였다.

그분의 말씀에 따르면 작가 역시 신기神氣가 있단다. 그래서 이러한 세계에 관심을 가지고 기웃거리는 것이란다. 그러한 신기를 풀어내는 방법이 이렇게 글을 쓰는 것이라고 한다. 그렇다면 기적에 가까운 운명적 만남과 이 책의 출판은 신의 섭리일지도 모르겠다.

무巫

열린 시각으로 바라본다면 신과 함께하는 세계는 신앙에 따라 그 모습과 양태가 다를 뿐, 그 근본에는 차이점을 찾기가 힘들다. 미신이라며 미천한 신앙으로 치부하기에는 무속의 세계가 가엾다.

무속의 세계에서 무당(무녀, 박수무당)이라는 존재는 신과 인간을 연결해주는 다리 역할을 하는 사람이다. '巫'라는 글자 속에 그 의미가 다 들어 있다. 하늘이 되는 'ㅡ'자를 그리고, 땅을 의미하는 'ㅡ' 자를 그린다. 그리고 그 땅과 하늘 사이를 연결하는 경계 'ㅣ' 양쪽에 있는 두 사람 '人'은 바로 산 사람과 죽은 사람이다. 이 '巫'라는 글자가 의미하듯 죽은 자와 산 자의 경계에 서서 하늘과 땅의 섭리 안에 존재하는 것이 바로 무당이다. 하늘과 땅, 삶과 죽음 사이에 공존하는 그들은 하늘과 땅, 삶과 죽음을 넘나드는 혜안을 가지게 되고 비밀스러운 이야기들을 듣게 된다. 그리고 허락하는 한도에서 그들이 들은 비밀들을 다른 사람들에게 들려준다. 그들의 혜안을 혹자는 인간의 초인적인 능력으로 설명하기도 하고 혹자는 종교 그대로의 의미를 부여하기도 한다. 나 역시 이런 비밀스러운 이야기들을 어린 '낙빈'을 통해 독자들에게 들려드리고자 한다.

글을 써야 하는 운명에 처한 작가는 충심을 다해 글을 적고 이야기를 풀어가리라 다짐한다. 나는 이 운명을 흔쾌히 받아들이

며, 또한 진심으로 감사한다. 글을 읽는 독자들의 가슴에 작은 물
결이 되는 글 한 편이 되기 위해 최선을 다하리라 다짐한다.

감사感謝

글을 쓰는 동안 나는 한순간도 글에서 헤어 나오질 못한다. 잠
을 자는 중에도 웅얼웅얼 글을 쓰고 걸으면서도, 한 잔 커피를 들
이켜면서도 글을 쓴다. 수많은 이야기의 홍수 속에서 나는 시달
리고 또 시달린다. 그런 시달림이 사실 나에겐 달콤한 괴로움이
다. 실제로 글을 끼적이며 내놓는 순간의 희열이 있기 때문이다.
수없이 쓰고 지우는 글의 홍수 속에서 고생하는 사람들은 작가를
곁에서 바라보는 가족들이다. 단 하루도 맘 편히 쉬지 못한 채 달
리고 또 달리는 작가를 옆에서 응원해주고 또 자랑스럽게 생각해
주는 나의 가족들에게 진심을 다해 감사드린다. 지금의 나를 낳
아 기르고 성숙하게 만든 가장 소중한 사람들이다.

운명처럼 작가를 찾아 함께 손을 잡고 의기투합해 달려주신
'달빛정원'에도 더없는 감사를 드린다. 우리의 우연이 운명이 되
어 기적과도 같은 선물이 널리 퍼지기를 간절히 바란다. 외국의
마술과 마법의 세계가 전부인 줄 아는 우리 청소년이 '그들'의 해
리 포터 대신 '우리'의 낙빈이 이야기를 두런거리며, 무속이 더 이
상 미신이 아니라 꿈과 신비의 세계로 회자될 날이 오기를 고대

한다.

　마지막으로 이 글이 나올 수 있었던 가장 큰 원동력은 낙빈의 오래된 팬들이다. 10년이 넘는 세월 동안 여전히 두런두런 『신비 소설 무』에 대해 이야기해주시고, '한국 판타지 소설'을 언급할 때마다 낙빈을 불러주시는 그 소중한 분들. 10년 이상 지난 이날 까지 작가를 질책하시고 작가를 응원해주시는 그분들에게 진 빚을 작가는 도저히 다 갚을 수가 없다. 그 빚의 일부라도 갚아가기 위해 작가는 하루도 쉬지 않고 손을 놀렸다. 그리고 마지막 순간 까지도 쉬지 않고 손을 놀릴 것이다.

　그 모든 분들께 허리 숙여 큰절을 올린다.

문성실

巫

신비
소설

무

I

차례

제 1 화

그 숲에는
무당이 산다

1

한여름에도 눈 내리는 겨울처럼 서늘한 설천면에는 나이를 파악하기 힘들 만큼 늙은 나무들이 그득하다. 마을 초입에는 은행나무와 비자나무가 있고 깊은 숲으로 들어서면 거대한 향나무와 측백나무가 빼곡히 늘어서 있다. 깊은 숲은 사람의 발길이 닿지 않아 여름에는 반딧불이가 날아다녔고 겨울이면 새하얀 비경이 아름다웠다.

험한 산길 아래로 '지초'라는 작은 마을이 있고 마을에는 오래된 돌담과 흙담을 마주하고 옹기종기 집들이 모여 있었다. 워낙 시내와 동떨어진 산속 마을이라 마을 어르신들이 모이는 작은 노인정을 제외하고는 편의시설 하나 없는 곳이었다. 당연히 학교도 없어서 마을 아이들은 한참이나 떨어진 읍내까지 내려가야 했다. 읍내 학교에는 널찍한 운동장이 있었다. 덕분에 아이들은 수업이 모두 끝난 뒤에도 다들 운동장에 모여 온몸이 땀에 젖도록 실컷 놀고 가는 것이 일상이었다.

올해 1학년 아이들을 맡은 최 선생은 수업이 끝나고 운동장에서 뛰노는 아이들의 모습을 살폈다. 대부분은 학교 근처 읍내 아이들이었고 두 명만 깊은 산속 지초 마을에 살고 있었다. 한 명은 6학년 여학생인 지원이었고 다른 한 명은 올해 1학년에 입학한

지원의 동생 경원이었다. 최 선생은 한참 동안 창밖으로 아이들의 모습을 내다보다가 손에 들린 서류 뭉치를 바라보았다. 입학 예정자 명단이었다.

사실 올해 지초 마을에서는 한 명이 아니라 두 명이 입학하기로 되어 있었다. 서류에는 이름이 적혀 있었지만 어쩐 일인지 다른 아이는 입학식을 하고 한 달이 지나도록 코빼기도 비추질 않았다. 여러 가지 소문만 무성한 가운데 1학년을 맡고 있는 최 선생에게 아이를 확인하라는 지시가 계속 내려왔다. 오늘도 교장과 교감이 최 선생을 불러서 왜 아이가 학교에 나오지 않는지 확인하라고 독촉했다. 그러면서 아이가 학교에 오지 않으면 가정방문이라도 해봐야 하는 것이 아니냐고 은근히 압력을 넣었다.

"휴우."

서류를 넘기던 최 선생이 깊은 한숨을 내쉬었다. 한 학년에 열 명이 채 안 되는 시골 학교는 해마다 입학생의 숫자가 줄어들어 올해 1학년은 고작 여섯 명이었다. 그중 한 명이 등교를 안 하니 학교의 어른들까지 신경을 쓰는 것이 당연했다. 최 선생은 이런 시골 학교에 발령받은 것도 불만인데 문제아까지 있는 고달픈 1학년을 배정받아 속이 상했다. 어쩌다가 이런 시골 학교에 들어와서 생고생을 하나 하는 생각이 들었다.

최 선생은 한숨을 내쉬며 서류를 살펴보았다. '낙빈'이라는 아이의 이름과 주소 이외에는 그 어떤 것도 확인할 수 없었다. 아이는 지초 마을에 살고 있었다. 워낙 오지 마을이라 찾아가기도 쉽

지 않으니, 같은 동네 아이들에게 부탁해보기로 맘먹었다. 수업
이 모두 끝나자 최 선생은 학교 운동장으로 얼굴을 내밀었다. 교
실 창문 사이로 고개를 내미니 운동장 끝에 옹기종기 모여 있는
아이들이 보였다.

"지원아, 경원아!"

최 선생은 두 손을 흔들며 지초 마을의 남매를 불렀다. 제 이름
을 들은 아이들은 교실을 향해 부리나케 달렸다. 어찌나 재빠른
지 운동장을 가로지르는 아이들 주위로 흙먼지가 일어났다.

"선생님, 부르셨어요?"

1학년 교실로 뛰어 들어온 남매는 헉헉거리며 숨을 몰아쉬었
다. 시골 학교라 불편한 점은 많지만 이렇게 선생님의 말 한마디
에 깜빡 죽는 아이들을 보면 이 생활도 할 만하다는 생각이 들
었다.

"너희에게 물어볼 게 있어서…… 너희 낙빈이란 아이 알지?"

"낙빈이요?"

두 아이는 어리둥절한 얼굴로 서로를 바라보았다.

"모르니? 주소가 너희 마을이던데?"

최 선생은 의아했다. 워낙 작은 마을이라 온 동네 사람들이 이
웃집의 숟가락 수까지 알 텐데, 아이들은 생전 처음 들어보는 이
름인 것처럼 고개를 갸웃거렸다.

"너희 마을에 사는 애야. 올해 1학년에 입학했어야 하는데 학
교에 오지 않아서 그래. 같은 마을에 사는데 모르니? 경원이랑 나

이도 같다는데?"

두 아이는 여전히 고개를 갸웃거렸다. 그러다 누나인 지원이 손뼉을 쳤다.

"아, 혹시 그 무당집 앤가?"

지원이 동생 경원을 쳐다보았다. 그제야 경원도 "아하" 하며 고개를 끄덕였다.

"그래, 그 애야. 알고 있지?"

최 선생 역시 고개를 끄덕였다. 언뜻 무당의 자식이라는 말을 들은 것이 기억났던 것이다. 뭔가 행정 착오가 있나 싶어서 주민센터에 전화했더니, 직원이 그런 말을 했다. 낙빈이라는 아이는 무당의 아들로, 출생신고도 안 되어 있었다고. 그런 아이를 서류에 올린 것이 주민센터 공익근무요원이었다. 몇 년 전 주민센터에 배정된 열혈 공익근무요원이 아이 이야기를 듣고 지초 마을 무당을 끈질기게 따라다니면서 애원하고 협박하고 별짓을 다해 출생신고를 했던 모양이다. 하지만 신고된 나이나 생년월일은 정확한 것이 아니라 임의로 만들어낸 것이라고 들었다. 그래서 아이는 올해 여덟 살이 아닐지도 몰랐다.

"네, 몇 번 같이 놀았어요. 걔 엄마가 없으면 아주 가끔 마을로 내려와요. 혼자 냇가에 있기에 저랑 경원이가 같이 놀아줬죠."

"그렇구나. 그럼 그 앨 만나서 학교에 데려올 수는 없니? 선생님이 학교에 안 나오는 이유를 듣고 싶어서 그래."

"네에……."

두 아이는 서로를 바라보며 조금 곤란한 듯한 표정을 지었다.

"근데 선생님, 저희는 걔 집도 모르고 언제 걔를 만날지도 몰라요. 걔네 집은 산속 깊이 있어요. 귀신이 나오는 숲이라 아무도 안 다녀요. 길이 없어서 숲에 들어가면 나올 수도 없대요. 그래서 걔가 마을로 내려와야 만날 수 있어요."

지초 마을도 오지인데 낙빈이란 아이가 사는 곳은 마을 사람들도 들어가기 힘들 만큼 외떨어져 있는 모양이었다. 최 선생은 자신도 모르게 한숨이 나왔다. 가정방문 따위는 꿈도 꾸지 말아야지라고 생각하면서.

"그렇구나. 그럼 할 수 없지. 하여튼 낙빈이를 만나면 꼭 학교에 오라고 말해주렴. 선생님이 엄청 보고 싶어 한다고. 알았지?"

"네, 선생님."

최 선생은 책상 서랍에서 어린이 비타민 두 알을 꺼내 지원과 경원의 손에 쥐여주었다. 두 아이가 데려오지 않으면 아마 낙빈이란 아이를 만날 일은 없을 것 같았다.

2

"선생님, 선생님!"

밤톨같이 탱글탱글 귀여운 얼굴의 경원이 아침 댓바람부터 헐떡거리며 최 선생에게 달려왔다. 전날 부모의 부부싸움부터 동네 노인들의 말다툼까지 작은 일이라도 생기면 쌩하니 달려와 선생님에게 이르는 것이 초등학교 1학년 아이들이었다. 이렇게 아침부터 선생님을 찾는 걸 보면 엊저녁에 무슨 일이 있었던 모양이다.

"왜, 경원아?"

최 선생은 교탁 앞으로 달려온 경원의 얼굴을 내려다보았다.

"선생님, 어제 걔를 봤어요!"

"어머, 정말?"

가끔 만난다는 무당의 아들을 바로 어제 만난 모양이었다.

"어제 누나랑 같이 산 밑에 갔는데, 걔가 우릴 기다리고 있었어요."

"기다려?"

최 선생의 눈이 휘둥그레졌다.

"네, 걔가 기다리고 있었어요. 그래서 우리 누나가 오늘 아침에 학교에 같이 가자고 약속하고 지금 걔랑 학교에 오고 있어요. 전 선생님께 말하려고 막 뛰어왔고요!"

"어머, 정말?"

서로 볼 일이 없을 거라 생각했던 아이가 학교에 온다니 놀랄수밖에 없었다. 대체 어떻게 생긴 앨까? 왜 그동안 학교에 오지 않은 걸까? 궁금한 게 한두 가지가 아니었다.

"와, 저기 온다! 저기 와요, 선생님!"

경원이 손가락으로 가리키는 곳에 두 아이의 윤곽이 어른거렸다. 키 큰 여자아이와 조그만 체구의 남자아이가 막 교문으로 들어서고 있었다.

"쟤가 낙빈이구나……."

어렴풋했지만 위아래로 하얀 옷을 입은 남자애가 최 선생의 교실로 천천히 다가오고 있었다.

나무판을 엮어 만든 오래된 교실 바닥은 긴 세월 동안 기름칠을 해서 고동빛 광택이 은은하게 비쳤다. 복도 역시 같은 재질의 나무 바닥이었는데, 세월 탓인지 아무리 작은 아이가 밟아도 뽀득뽀득 소리를 냈다. 최 선생은 발소리에 귀를 기울였다. 쿵쾅거리며 서두르는 발소리는 누나를 마중 나간 경원의 것이 분명했다. 그리고 조금 천천히 그 뒤를 따르는 발소리 중에 하나, 조금은 머뭇거리는 조심스러운 발소리가 낙빈이라는 아이의 것이 분명했다.

최 선생은 교실 앞문을 쳐다보았다. 여러 개의 작은 네모가 촘촘히 새겨진 고방유리에 아이들의 모습이 흐릿하게 비쳤다.

드르륵.

문이 열리면서 지원이 먼저 교실로 들어왔다. 그 뒤로 조그만 남자아이가 불안한 듯이 머뭇거리며 안으로 들어섰다. 동그란 바가지 머리에 두 눈은 칠흑같이 까맣고 알밤만큼이나 컸다. 얼굴은 새하얗고 두 뺨은 불그스름한 것이 참으로 예쁘장한 남자애였다. 하얀 한복을 위아래로 입었다는 점만 빼면 또래 아이들과 별반 다르지 않았다.

"네가 낙빈이니?"

최 선생이 자리에서 일어나 아이에게 다가갔다. 동그란 얼굴의 아이가 최 선생을 바라보며 고개를 끄덕였다.

"안녕? 처음 만나네. 내가 네 담임선생님이란다."

최 선생이 손을 내밀어 낙빈의 손을 잡았다. 작고 보드라운 손이었다.

"안녕하세요. 낙빈이라고 합니다."

초등학교 1학년이라고는 믿어지지 않을 만큼 공손하고 예의 바르게 인사했다. 하얀 한복을 입은 까만 눈동자의 아이. 그동안 썩어가던 속을 한번에 씻어낼 만큼 사랑스러운 모습이었다.

"선생님이 낙빈이랑 하고 싶은 말이 참 많았는데, 이렇게 만나서 너무 반갑구나. 학교는 처음이지?"

"네에."

아이는 그동안 혼자 산에서 컸다는 게 믿어지지 않을 만큼 예의가 바르고 단정했다. 최 선생은 하루 동안 아이를 수업에 참여시켰다. 상담은 오후 일과가 끝난 뒤에 하기로 했다.

아이는 수업에 잘 따라왔다. 보통 아이들처럼 그림도 그리고, 이야기도 나누고, 선생님 말씀에도 귀를 기울였다. 산속에서 어떻게 교육을 시켰는지, 한글도 다 떼고 덧셈 뺄셈도 이미 알고 있었다. 다만 손을 들고 발표하는 게 낯선지 발표 때만 되면 고개를 숙였다. 쉬는 시간에도 처음 만나는 아이들과 잘 어울리고 제법 이야기도 잘 나눴다. 무당의 자식이라고 해서 가지고 있던 선입견이 싹 날아가버릴 만큼 사랑스러운 아이였다.

점심 식사를 마치고 1학년 아이들은 모두 교실에서 나갔다. 이제야 교실에 최 선생과 낙빈만 남았다. 그녀는 아이를 교탁 옆에 앉히고 이런저런 이야기를 나누기 시작했다.

"낙빈아, 오늘 어땠니? 재밌었니?"

"네, 선생님."

아이는 두 뺨을 붉히며 고개를 끄덕였다.

"그랬구나. 그동안 선생님은 네가 참 보고 싶었어. 왜 학교에 오지 않았니?"

입학식 이후 한 달이 넘도록 등교하지 않은 까닭을 물어보니 아이는 죄를 지은 사람처럼 고개를 푹 숙이고 대답이 없었다.

"오늘 지원이 누나랑 같이 왔지?"

"네."

"엄마한테는 말씀드리고 왔니?"

"……."

아이는 대답 없이 또 고개를 숙였다. 어두워진 아이의 얼굴을 보니 엄마 몰래 학교에 온 게 분명했다. 집안 사정이나 아이 엄마에 대해서도 이것저것 묻고 싶었지만 어쩐지 아이의 얼굴이 더 어두워질 것만 같았다. 최 선생은 솟구치는 궁금증을 애써 억눌렀다.

"아까 보니까 글도 잘 읽고 수학도 잘하던데 누구한테 배웠니?"

"어머니께서 가르쳐주셨어요."

"그렇구나……. 낙빈아, 선생님은 네가 매일 학교에 나왔으면 좋겠어. 오늘 네가 수업을 함께 들어서 정말 좋았어. 내일도 학교에 올 수 있겠니?"

"네."

낙빈은 눈을 반짝 빛내며 대답했다. 아이는 분명 하루 동안의 학교생활이 무척 즐거웠던 모양이다. 하기야 어린아이가 숲 속에서 외롭게 살다가 이렇게 또래들과 함께 지내니 얼마나 재미있고 신이 날까 싶었다.

"자, 그럼 이제 매일 학교에 나오기로 선생님하고 약속할까?"

최 선생은 새끼손가락을 내밀었다.

"네……."

아이는 부끄러운 듯이 얼굴을 붉히더니 작은 손가락을 마주 걸었다. 그 모습이 정말 귀엽고 사랑스러웠다.

"그런데, 낙빈아. 네가 학교에 다니려면 선생님이 엄마한테 몇 가지 말씀드릴 게 있어. 그래서 엄마한테 연락을 드려야 하는데."

순간 아이의 얼굴이 어두워졌다.

"그냥…… 다니면 안 돼요?"

아이는 불안한 얼굴로 되물었다.

"응. 엄마를 한 번은 만나야 한단다. 우리 낙빈이가 학교에 잘 다닐 수 있도록 선생님이 엄마한테 잘 말씀드릴게. 너무 걱정하지 마. 집 전화나 엄마 휴대전화 번호가 뭐니?"

"죄송해요. 전화가 없어요."

아이는 고개를 저었다. 아이 엄마는 완전히 세상과 담을 쌓고 사는 모양이었다.

"그렇구나. 알겠어. 그럼 잠깐만 기다려."

최 선생은 흰 종이를 꺼내 편지를 썼다. 최대한 공손하고 배려 있는 어투로 글을 적어나갔다. 혹시라도 오늘을 마지막으로 아이가 학교에 오지 못하게 될까봐 한마디 한마디가 조심스러웠다. 낙빈이 얼마나 사랑스러운지를 말하면서 아이를 참 잘 키웠다는 칭찬도 섞고 학교에 다니는 것이 얼마나 중요하고 아이에게 도움이 되는지도 꼼꼼히 설명했다. 최 선생은 흰 봉투에 편지를 넣어 낙빈의 하얀 한복 주머니에 넣어주었다.

"엄마한테 잘 부탁드렸으니까 꼭 학교에 보내주실 거야. 내일 또 만나자, 알겠지?"

"네⋯⋯."

아이는 조금 걱정스러운 얼굴이었다. 하지만 최 선생의 눈을 바라보며 고개를 끄덕였다. 그 끄덕임 속에 반드시 학교에 다니겠다는 굳은 결심이 느껴졌다. 최 선생 역시 내일도, 모레도 이 사랑스러운 아이를 만날 수 있기를 바랐다.

다음 날 아침, 최 선생은 과연 낙빈이 학교에 나올까 반신반의했다. 편지에는 아이에게 초등학교 시절이 얼마나 중요한지, 또래 관계를 경험하는 것이 얼마나 중요한지 구구절절 적었다. 말미에는 아이를 학교에 보내지 않을 경우 법적인 조치도 가할 수 있음을 슬쩍 내비쳤다. 어쨌거나 부모가 돕지 않는 이상 아이를 강제로 학교에 데려올 수는 없으니, 그 편지가 아이 엄마의 마음을 움직였으면 하는 바람뿐이었다.

'만약 편지를 보고 애를 더 꽁꽁 가두면 어떡하지?'

최 선생은 어제 잠들기 전까지도 낙빈이란 아이에 대해 걱정했다. 참 영특하고 맑고 귀여운 앤데, 무당인 엄마 탓에 제대로 교육을 받지 못할까 무척 걱정되었다. 그래서인지 밤새 뒤척이느라 잠도 설치고 일찍 일어났다. 피곤이 가시지 않아 침대에서 뒹굴며 늑장을 부릴까 하다가 웬일인지 평소보다 출근을 서두르고 말았다.

"아이고, 선상님! 마침 일찍 오시네요!"

학교의 잡일을 도맡아하는 주사 어른이 교문 근처에서 화단을 고르다가 반색했다.

"최 선생님네 애가 아까부터 기다리고 있어요. 얼른 가보셔요."

최 선생은 이른 아침부터 누군가 싶어 서둘러 교실로 들어갔다. 그리고 교실 문 앞에 고요히 서 있는 여인을 보고 깜짝 놀랐다. 최 선생을 기다리는 사람은 단정한 올림머리의 여인이었다. 그 뒤에 흰 한복 차림의 낙빈이 서 있지 않았더라도 긴 치마저고리에 마고자까지 갖춰 입은 모습을 보고 한눈에 낙빈 엄마임을 알아보았을 것이다.

"안녕하십니까. 제가 낙빈이 어미 되는 사람입니다. 이리 이른 아침에 오시게 해서 송구스럽습니다."

여인은 최 선생에게 깍듯이 고개를 숙였다. 덩달아 고개를 숙이던 최 선생은 문득 고개를 갸우뚱했다. '이른 아침에 오시게 해서'라는 말 때문이었다. 잠을 설치고 이른 아침에 달려온 것은 자신인데 여인은 마치 자신이 최 선생을 불러낸 것처럼 말하고 있었다.

"어서 오세요. 좀 앉으시죠."

최 선생은 서둘러 교실 문을 열고 낙빈 엄마의 자리를 마련했다. 그녀가 무슨 말을 할지 불안하기도 하고 궁금하기도 했다.

"선생님과 말씀을 나누는 동안 넌 여기서 기다리거라."

"네."

그녀가 아이를 다루는 태도는 매우 인상적이었다. 마치 청학동 훈장님이 제자를 대하는 방식 같기도 하고, 아주 옛날 사람들이 자식에게 말하는 방식 같기도 했다. 말투가 어떻든 아이는 엄마의 말에 순순히 따랐고 그 태도도 공손하기 이를 데가 없었다. 요즘 아이들이 어른을 대하는 버릇없는 태도와는 견줄 바가 못 되었다.

낙빈 엄마는 최 선생과 마주 앉았다. 그제야 최 선생은 학부형의 모습을 찬찬히 뜯어볼 수 있었다. 쪽 찐 머리와 한복이 인상적이어서 미처 보지 못했는데 자세히 보니 참 얼굴이 고운 여자였다. 무당이라는 선입견만 없다면 우아한 종갓집 종부宗婦라고 생각했을 법한 모습이었다.

"보내주신 서간은 잘 보았습니다."

그녀가 최 선생에게 깊이 고개를 숙이며 감사의 뜻을 전했다.

"혼자 힘으로 키우고 가르친 아이라서 부족함이 많습니다. 때문에 학교에 다니는 것이 과연 옳은지, 아이가 학교에서 잘 지낼지 심히 걱정이 되었습니다. 저란 사람은 평탄한 인생을 살지 못했고 세상을 잘 알지도 못합니다. 하여 아이를 어찌해야 할지 많은 고민을 해왔습니다."

그녀는 조곤조곤 이야기를 시작했다.

"선생님 말씀대로 우리 아이가 사람들을 만나고 인간 세상을 배워야 한다고는 생각하지만 행여 좋지 않은 일에 얽히거나 안 좋은 인연을 가진 사람들과 마주칠까 싶어 아이를 학교에 보내기가 꺼려집니다. 다른 분들께서 우리 아이를 어찌 보실지, 과연 받아주실지도 심히 염려됩니다."

차분히 이야기를 듣던 최 선생은 깜짝 놀랐다. 어쩐지 그녀의 말투에서 등교에 대한 부정적 어감이 느껴졌기 때문이다.

"어머니! 말씀하신 대로 우리 아이들에게 가장 중요한 것은 국어나 수학 공부가 아니에요. 다른 아이들과 함께 뛰놀고, 장난도 치고, 얘기도 하는 것이 중요하죠. 어머니께서 가르치신다면 절대 채워주지 못하는 부분이죠. 공부가 다가 아니니까요. 세상을 살아가려면 인간관계를 만드는 것이 가장 중요한 일이랍니다!"

최 선생은 그녀를 설득하기 위해 한마디 한마디에 힘을 실었다.

"어머니가 뭘 걱정하시는지는 알겠어요. 하지만 우리 학교 아이들, 그리고 특히 우리 반 아이들은 참 착하답니다. 하나같이 서로 잘 어울리는 예쁜 친구들이기도 하고요. 그러니 따돌림이나 선입견 같은 건 걱정하지 마세요. 그리고 무엇보다도 우리 낙빈이는 평범하게 자라야 하지 않을까요? 어머니 때문에 낙빈이가 다른 아이들처럼 자라지 못한다면 너무 불쌍하지 않나요? 낙빈이를 위해서라도 학교에 보내셔야 해요!"

"선생님, 우리 아이가 평범하게 살아가려면 학교에 다녀야 하나요?"

"그…… 그렇죠! 초등학교는 의무교육이니까요. 학교에서 가르치는 것은 보통 사람들이 알아야 되는 것들이니까 학교에 다녀야죠!"

최 선생은 자신의 말이 얼마나 효력이 있을지는 몰라도 그녀를 설득할 만한 것들은 죄다 이야기해보았다. 최 선생이 이런저런 이야기를 하고 나니, 그녀는 깊이 생각에 빠진 얼굴이었다. 그러다 문득 이렇게 물었다.

"선생님, 제가 무슨 일을 하는지 아시지요?"

"아, 네. 대충……."

그녀는 살짝 고개를 끄덕였다.

"제가 무당 일을 하는데도 아이들이 낙빈이와 잘 놀아줄까요?"

"아, 그럼요!"

최 선생은 생각할 틈도 없이 고개를 끄덕였다. 어쨌든 잘되겠지 하는 마음에 부정적인 생각은 하지 않았다.

"낙빈이를 맡겨주세요. 학교에서의 일은 제가 책임질게요! 걱정 마세요!"

최 선생은 호언장담했다. 어쩐지 이렇게 하지 않으면 눈앞의 학부형은 낙빈을 학교에 보내지 않을 것 같았다.

"……."

낙빈 엄마는 한동안 말이 없었다. 바라보는 눈이 너무 깊어서 최 선생은 자신도 모르게 눈길을 피했다. 뭔가 자신의 모든 것을 꿰뚫어보는 듯했다. 그렇게 한참을 말없이 앉아 있던 여인이 겨우 입을 뗐다.

"선생님, 어미로서 제가 바라는 게 하나 있다면 우리 낙빈이가 평범한 아이로 자라서 보통 사람들처럼 사는 겁니다. 저란 사람은 평범하게 살아보지 못했어요. 학교에 다닌 적도 없고, 그래서 아는 것도 없습니다."

"네……."

무슨 사정인지는 몰라도 아마 낙빈 엄마는 학교에 다닌 적도 없고 친구를 사귄 적도 없었던 모양이다. 무당이라고 다 그렇지는 않을 텐데. 최 선생은 조금 의아한 생각이 들었다.

"제 곁에 있는 분들께서 낙빈이를 학교에 보내는 것을 많이 반대하시지만 저는 선생님을 믿어보려고 합니다. 그러니 선생님……."

낙빈 엄마는 간곡한 눈빛으로 최 선생을 바라보았다. 낙빈의 눈처럼 칠흑같이 까만 눈동자가 반짝였다. 그녀의 얼굴은 걱정과 불안 속에서도 깊은 바람이 가득했다.

"꼭 아이를 지켜주십시오. 무슨 일이 있어도 우리 아이를 보살 피고 지켜주십시오."

"네, 어머니! 걱정 마세요! 제가 책임질게요!"

최 선생은 낙빈 엄마의 두 손을 부여잡고 약속했다. 낙빈이 학교에 다닐 수 있게 되었다는 사실에 그녀는 가슴이 뛰었다. 즐거운 흥분에 취해 앞으로의 일은 전혀 걱정되지 않았다. 최 선생은 슬쩍 복도 바깥에 있는 낙빈을 살폈다. 엄마의 말대로 인형처럼 바깥에서 기다리고 있던 아이는 두 사람의 말소리가 들렸는지 살며시 미소를 짓고 있었다. 발그레한 볼을 부풀리며 환하게 미소 짓는 아이를 보며 최 선생은 한없이 뿌듯한 기분이 들었다.

3

낙빈은 학교에 다니는 것이 여간 즐겁지 않았다. 태어나서 지금까지 몇몇 무속인과 손님들을 제외하고는 사람을 만나본 적도 없는 아이가 또래 아이들이 득시글한 학교에 다니며 즐겁게 지내다 보니, 매일매일 기쁨이 넘쳐흘렀다. 때문에 주사 어른이 교문을 열기도 전인 이른 새벽부터 학교에 나와 혼자 운동장에서 그네도 타고 미끄럼틀에도 오르며 아이들을 기다리곤 했다. 버스한 대 지나가지 않는 새벽에 학교에 도착하는 것을 보면 해 뜨기전부터 산길을 내려와 읍내까지 걸어오는 모양이었다.

"이 녀석아, 좀 천천히 오너라. 너 때문에 잠도 못 자겠구나!"

당직을 서는 주사 어른이 매번 교문 밖에서 기다리고 있는 아이를 보며 몇 번이나 달래보았다. 하지만 학교가 좋은 낙빈은 하루도 빠짐없이 새벽에 등교했다.

주사 어른이 현관문을 열어주면 낙빈은 교실에 짐을 풀고 다시 운동장으로 나왔다. 친구들을 기다리기 위해서였다. 그러다 1학년 동무들이 오면 신나게 달려가 가방도 받아주고 등도 떠밀어주었다. 아이들도 낙빈이 좋기는 마찬가지였다. 귀엽게 생긴 바가지 머리의 소년이 항상 짐도 들어주고 자신들을 챙겨주니, 좋아하지 않을 수가 없었다. 낙빈이 자신들과 다르게 한복을 입었다거나 무당의 자식이라는 사실은 아이들 사이에서 중요한 문제가 아니었다.

"자, 인사합시다. 여러분 열심히 공부합시다."

오늘도 최 선생은 1학년인 여섯 아이와 하루를 시작하고 있었다.

"여러분, 오늘 체육 시간에는 두 팀으로 나눠서 이어달리기를 할 거예요. 2교시가 되면 모두 운동장에 준비 운동 대형으로 모여주세요."

이어달리기를 한다는 말에 아이들은 신이 나서 소리를 질렀다. 항상 운동장에서 뛰노는데도 수업 시간에 함께 운동을 한다면 그저 좋아하는 모습이 귀여웠다.

"선생님, 근데 어떻게 나눠요?"

누군가 질문하자 아이들이 저마다 악악 외쳐댔다.

"남자 여자 나눠요!"

"안 돼요, 홀짝으로 나눠요!"

"싫어요! 전 무조건 낙빈이랑 같은 편 할 거예요!"

"나도요, 나도!"

삽시간에 교실은 카오스 상황이 되었다. 여섯 명이 있는 교실인데도 저마다 떠들어대니, 시끄럽기 그지없었다.

"그만, 그만! 오늘은 번호 홀짝으로 나눌 거예요."

최 선생은 아이들을 진정시키기 위해 조를 어떻게 나눌지 얼른 알려주었다. 불만스러워하는 아이도, 신나하는 아이도 있었다. 한눈에 보기에도 낙빈과 같은 조인 아이들은 들떠 있었고 나머지는 불만이 그득했다. 정작 낙빈은 조용히 앉아 있는데 주변 아이들이 죄다 흥분한 모습이었다. 낙빈이 귀엽고 총명한 것은 분명했지만 아이들이 죄다 흥분할 만큼 한편이 되고 싶어 하는 것을 보면 참 신기했다.

"낙빈이가 참 인기가 많네? 무슨 비법이 있니?"

최 선생이 낙빈을 보고 싱긋 웃자 아이는 두 볼이 발갛게 달아올라 고개를 숙였다. 나머지 다섯 아이는 선생님과 낙빈을 번갈아 바라보며 묘한 웃음을 지었다.

1교시가 끝나자 최 선생은 체육 수업을 준비하기 위해 잠시 교무실에 들렀다. 그리고 한쪽 벽에 붙어 있는 철제 캐비닛에서 체육복 윗도리와 모자를 꺼냈다. 최 선생이 캐비닛 문을 닫고 돌아서는데, 언제 들어왔는지 경원이 서 있었다.

"선생님, 왜 애들이 낙빈이랑 편을 먹으려고 하는지 선생님에게만 알려줄게요."

경원은 무슨 비밀 이야기라도 하듯 최 선생의 귓가에 속삭였다. 최 선생은 그런 아이가 귀여워 싱긋 미소를 지었다.

"후후, 왜 그럴까?"

"그건요…… 낙빈이랑 편을 먹으면 무조건 이기기 때문이에요!"

"어머, 정말?"

최 선생은 짐짓 놀라는 척하며 눈을 동그랗게 떴다. 아이들 생각이 참 귀여웠다.

"네, 정말이에요. 학교가 끝나고 다방구랑 사방치기를 할 때마다 낙빈이 편이 이겨요. 형 누나들이랑 피구를 해도 낙빈이랑 같은 편만 먹으면 이긴다니까요! 이거 비밀이에요, 선생님!"

경원은 정말 비밀이나 되는 듯이 속닥이고는 부리나케 교무실을 빠져나갔다. 최 선생은 그 뒷모습이 귀여워서 막 웃음이 났다. 여하튼 낙빈과 아이들이 잘 지내니 다행이란 생각이었다.

종이 울렸다. 최 선생이 운동장에 나서니, 여섯 아이가 준비 운동을 위해 나란히 서 있었다. 간단히 체조를 하고 나서 팀을 나누고 이어달리기 규칙을 설명했다. 한 팀은 파란 바통을, 다른 팀은 빨간 바통을 들고 달리는 것이었다. 최 선생은 운동장을 세 부분으로 나눈 다음 세 명의 주자가 한 부분씩 돌게 했다. 처음 출발

지점에 먼저 들어오는 팀이 이기는 경기였다.

　최 선생은 아이들을 정렬시키고 힘껏 호루라기를 불었다. 호루라기 소리가 들리자 첫 번째 주자가 달리기 시작했다. 두 아이가 열심히 달리다가 두 번째 아이들에게 바통을 건넸다. 두 번째 주자로 달리는 낙빈이 문득 최 선생의 눈에 들어왔다. 낙빈의 바통은 파란색이었다.

　'낙빈이네 팀이 항상 이긴다고?'

　최 선생은 순진한 경원의 이야기가 생각나서 피식 웃음을 지었다. 낙빈은 총명하고 영특하지만 달리기는 또래 아이들보다 조금 처지는 편이었다. 때문에 벌써 3미터는 족히 뒤처져 있었다. 더구나 파란 바통의 마지막 주자는 반에서 가장 느리고 뚱뚱한 민재였기 때문에 낙빈의 팀이 이길 가능성은 거의 없었다. 느리든 빠르든 최선을 다해 달린 아이들은 마지막 주자에게 바통을 건넸다. 마지막 주자에게 바통이 전달되자 두 팀의 차이는 더욱 벌어졌다. 민재는 나름 열심히 달리고 있었지만 너무 느렸다.

　"후후, 비밀이 깨져버렸네."

　최 선생은 결승점으로 달려오는 아이들을 보며 싱긋 웃었다. 그리고 빨간 팀의 승리를 선언할 준비를 했다. 그런데 바로 그때였다. 잘 달리던 빨간 팀의 마지막 주자가 무언가에 다리가 걸렸는지 갑자기 넘어졌다. 정말 순식간의 일이었다. 넘어진 아이가 운동장에 뒹구는 사이 느림보 민재가 숨을 헐떡이며 결승점을 통과했다.

"와아아!"

파란 팀의 아이들은 신이 나서 소리를 질렀고 빨간 팀의 아이들은 아까워 죽겠다며 얼굴을 찌푸렸다.

"우연이겠지, 설마……."

최 선생은 얼떨떨한 기분이 들었다. 설마 하는 생각을 하면서도 웬지 찜찜한 느낌을 지울 수가 없었다. 그녀는 자신도 모르게 낙빈을 찾고 있었다. 저 멀리 바통을 건넨 지점에 흰 한복을 입은 낙빈이 서 있었다. 낙빈은 빙긋 웃음 지으며 아이가 넘어졌던 지점을 바라보고 있었다.

"설마, 우연이겠지……."

최 선생은 낙빈의 미소를 보며 고개를 흔들었다. 우연히 주자가 넘어질 수도 있고, 우연히 낙빈의 팀이 이길 수도 있다고 생각했다. 하지만 어쩐지 스산한 기분을 지울 수가 없었다.

4

언제부턴가 최 선생은 조를 나누는 활동을 할 때마다 자신도 모르게 낙빈을 살폈다. 가끔은 조별 활동이 필요하지 않은 수업에도 일부러 조를 나눠 경쟁시켰다. 그럴 때마다 낙빈의 조가 어찌 되는지 지켜보았다.

비밀을 이야기해준다던 경원의 말대로였다. 우연이라기엔 이상할 정도로 매번 낙빈의 팀이 이겼다. 때로는 상대가 안 될 정도로 불리한 조원을 붙여줘도 상대편이 실수를 한다든가, 못하던 아이가 갑자기 실력을 발휘해서 꼭 낙빈의 팀이 이기는 것이었다. 유심히 보니 정말로 이상했다. 최 선생은 이 모든 것이 우연인지 아닌지 확인해봐야겠다고 생각했다.

"선생님, 4학년이랑 우리 애들이랑 축구를 한번 시켜보면 어떨까요? 4학년도 여섯 명이라서 인원이 딱 맞네요. 저희 애들에게 한 수 가르쳐주라고 하세요."

같은 인원이라고 해도 당연히 최 선생이 맡은 1학년생과 4학년생의 대결은 말도 안 되는 일이었다. 4학년 담임은 1학년과 4학년 아이들을 섞어서 대등한 조를 만들고 경기를 하자고 했지만 최 선생은 한사코 사양했다. 이번에도 낙빈이 속한 1학년이 이긴다면 절대 우연이라고 할 수 없을 것이다.

날을 잡아 4학년과 1학년 아이들이 운동장에서 만났다. 키가 머리 하나는 더 큰 언니 오빠들 앞에서 1학년 아이들은 정말 작아 보였다. 최 선생이 괜히 경기를 하자고 했나 후회할 정도로 차이가 났다. 설마 하며 시작한 경기이지만 낙빈의 팀이 이긴다고 해도 최 선생이 무엇을 할 수 있을까?

삐익!

휘슬이 울리자 아이들은 운동장 양쪽에서 공을 빼앗기 시작했다. 경기는 전후반 15분씩 30분 동안 진행되었다. 전반전이 시작되자마자 4학년생이 공을 빼앗아 1학년 팀 골대로 돌진했다. 최 선생네 아이들이 힘껏 달리며 막아보았지만 역부족이었다. 4학년생들은 여유롭게 패스를 하고 헤딩도 하면서 공을 갖고 놀았다. 특히 달리기며 체조며 모든 운동 종목을 잘하는 학교 대표 정철이 4학년생 중에서도 최고였다. 정철은 공을 받으면 굳이 패스도 하지 않고 파죽지세로 진격했다.

"골! 골! 골!"

경기 시작과 함께 4학년생들은 연신 골을 터뜨렸다. 연속 세 골을 먹고 나니 최 선생은 아이들에게 너무나 미안한 마음이 들었다. 괜히 시합을 하자고 해서 아이들의 기만 죽이는 것 같아 후회스러웠다.

'그래, 이상하기는 뭐가 이상하겠어. 괜히 우리 애들만 속상하게 만들었네.'

시합은 너무 일방적이었다. 네 골, 다섯 골을 먹을 때까지 1학년 팀은 4학년 팀의 골대 근처에도 못 가고 말았다.

삐익!

전반 15분 경기는 0 대 5. 1학년 팀의 일방적 패배로 끝나버렸다. 최 선생은 땀과 먼지가 범벅이 되어 그늘로 들어서는 여섯 아이를 보았다. 죄다 숨을 씩씩 들이마시며 원통해 죽겠다는 표정이었다.

"어휴, 애들아. 도저히 안 되겠다. 후반전은 하지 말고 교실로 들어가자. 선생님이 아이스크림 사줄게."

"아뇨, 싫어요!"

최 선생은 미안한 마음에 아이들을 달랬다. 하지만 하나같이 고개를 저으며 경기를 계속하겠다고 했다. 아이들은 공 한번 제대로 차보지 못한 것이 억울해서 그냥은 못 들어가겠다고 했다.

"선생님, 잠깐만요!"

그러더니 아이들이 낙빈을 한쪽 끝으로 끌고 가서 자기들끼리 쑥덕거렸다. 최 선생은 피식 웃음이 났다. 아이들은 아직도 낙빈에게 특별한 비밀이 있다고 믿는 모양이었다. 하기야 어른인 자신도 의구심 가득한 눈으로 낙빈을 바라보았으니 할 말이 없었다. 하지만 이런 어마어마한 실력 차이 앞에서는 우연이라도 낙빈의 팀이 이길 가망은 없었다.

삐익!

후반전이 시작되었다. 1학년 팀은 엄청난 차이로 지고 있는데도 의욕을 불태웠다. 아이들은 포기하지 않았다. 하지만 의욕만으로 경기를 이길 순 없는 법. 4학년 팀은 후반전이 시작되자마자 공을 차지하더니 1학년 팀 골대로 진격했다. 선봉은 역시 골잡이 정철이었다.

"골인!"

또다시 여섯 번째 골이 터졌다. 1학년생들은 기막힌 얼굴로 여섯 번째 골을 바라보았다. 4학년생들은 일방적인 경기에 신이 나서 다음 골은 누가 넣을지 순서를 정하며 여유를 부렸다. 최 선생도 슬슬 짜증이 났다. 자신이 제안한 경기라는 사실도 잊어버리고 어떻게 고학년이 저학년을 상대로 저렇게 무자비하게 경기를 할까 원망스러웠다.

경기가 재개되었다. '제발 한 골만……' 하는 마음이었지만 그건 터무니없는 바람이었다. 1학년과 4학년은 도저히 비교가 되지 않는 실력이었다. 4학년생들이 몇 번 공을 주고받다가 골대 옆에 서 있는 정철에게 패스했다. 그러자 정철은 바람처럼 날아올라 공을 낚아챘다. 또다시 순식간에 골이 터졌다.

"골인!"

일곱 번째 골이 터지자 최 선생네 아이들은 흘긋흘긋 낙빈을 쳐다보았다. 화가 난 것 같기도 하고 실망한 것 같기도 했다. 한 아이는 바닥을 발로 차며 성질을 냈다. 최 선생은 낙빈의 잘못이 아닌데도 낙빈이 원망을 받는 것 같아 무척이나 미안했다.

체육복으로는 어울리지 않는 하얀 한복 차림에 까만 바가지 머리의 낙빈은 분위기를 알아챘는지 힘없이 고개를 숙이고 있었다. 경원이 다가가 옆에서 속닥거리자 낙빈은 아예 쪼그리고 앉아 바닥을 바라보았다. 최 선생은 아무래도 뭔가 좋지 않은 소리를 들었나 싶어 걱정스러웠다.

삐익!

최 선생은 시계를 보았다. 야속한 시간은 더디게 흐르고 있었다. 저 호각 소리가 시합 종료를 알리는 신호라면 좋으련만 후반전은 겨우 4분여밖에 지나지 않았다. 1학년 아이들은 조심스럽게 공을 차며 4학년 팀 골대로 나아갔다. 훨씬 어린 아이들이 한 골도 못 넣었지만 4학년생들은 별로 봐줄 마음이 없었다. 1학년 아이가 공을 차며 운동장을 반도 넘지 못했는데 4학년생 둘이 공을 향해 달려 나왔다. 커다란 형들이 다가오자 최 선생네 아이는 왈칵 겁을 집어먹었다. 그 아이는 그만 엉뚱한 곳으로 공을 차버리고 말았다.

"아악!"

그때였다. 갑자기 외마디 비명이 터져 나왔다. 1학년 아이에게 다가오던 4학년생이 공을 잘못 밟았는지 균형을 잃고 그 자리에 쓰러졌다. 바로 그 순간 공이 튀어 오르더니 4학년 팀 골대 근처에 있는 1학년 아이에게 똑 떨어졌다. 골키퍼가 한눈을 파는 사이에 공이 골문으로 빨려 들어갔다.

"골인!"

1학년생들은 골문 앞으로 달려가 서로 얼싸안으며 방방 뛰었다. 그런데 마냥 좋아할 일은 아니었다. 좀 전에 쓰러진 4학년생이 여전히 바닥을 구르며 일어나지 못하고 있었다.

"얘, 괜찮니?"

선생님들이 달려가 아이의 상태를 확인했다. 넘어진 아이는 바로 운동 천재 정철이었다. 정철은 발목을 감싸쥐고는 얼굴을 잔뜩 찡그리고 있었다. 1학년생과 4학년생 모두 정철의 주변으로 모여들었다.

"아! 아아아! 아파요!"

정철은 선생님들이 발목을 만질 때마다 꽥 소리를 질렀다. 발목을 완전히 접질린 모양이었다.

"안 되겠다. 얼른 양호실로 가자. 반장!"

반장이 다가와 정철을 부축하고 양호실로 향했다. 정철은 왼발을 심하게 절뚝거리고 있었다. 최 선생은 본능적으로 낙빈을 찾았다. 자신도 모르게 두 눈이 그 아이를 찾고 있었다. 그리고 아이들과 조금 떨어진 곳에서 불안한 표정으로 정철을 바라보는 까만 눈동자를 발견했다. 낙빈은 어두운 얼굴로 정철의 뒷모습을 바라보고 있었다. 그러다 최 선생과 눈이 마주쳤다. 최 선생의 시선에 아이는 화들짝 놀랐다. 그러고는 뭔가 잘못한 것처럼 안절부절못하다가 땅바닥만 바라보았다. 그 순간 최 선생은 낙빈이 무언가 일을 꾸몄다는 것을 직감했다. 어떻게 했는지는 모르지만 불안에 떠는 모습이 그 증거였다. 그것만으로도 충분했다.

결국 경기는 중단되었다. 아이들은 모두 각자의 교실로 들어가 남은 수업을 받았다. 최 선생은 수업을 하면서도 찜찜한 마음을 숨길 수가 없었다. 그런 선생님의 마음을 아는지 낙빈은 하루 종일 고개를 숙인 채 최 선생과 한 번도 눈을 마주치지 않았다.

'어떻게 말해야 할까? 뭘 확인해야 하는 거지? 네가 정말 정철이 형을 다치게 했느냐고 물어봐야 하나? 하지만 어떻게 다치게 했는데? 무슨 수로 멀리 떨어져 있던 낙빈이가 정철이를 다치게 하지? 난 뭘 확인하려는 거지?'

점심 시간 내내 최 선생의 머릿속은 복잡했다. 낙빈을 불러서 상담을 해야 할 것 같은데 대체 무슨 이야기를 해야 하는지 막막했다. 자신이 뭘 확인해야 하는지, 아이에게 대체 어떤 말을 해줘야 하는지……. 점심 시간이 끝나고 아이들의 하교를 도울 때까지도 최 선생의 머릿속은 혼란스러웠다. 때문에 복도가 북적북적 시끄러운데도 눈치채지 못했다.

"너, 이 자식!"

축구 경기 중에 다쳤던 정철이 1학년 교실 복도를 서성이다가 한복을 입은 꼬마를 보자마자 멱살을 움켜쥐었다.

"너지! 네가 날 이렇게 만들었지? 애들 얘기 다 들었어, 이 자식아!"

짧은 스포츠 머리의 만능 스포츠맨 정철이 1학년 교실 앞에서 낙빈의 멱살을 쥐고 흔들었다. 금방이라도 한 대 때릴 기세였다.

"저는……."

잔뜩 겁을 먹은 낙빈이 커다란 눈망울로 울먹거렸다. 하지만 정철은 더욱 거세게 아이의 목을 흔들었다. 1학년 아이들과 4학년 아이들이 죄다 몰려와 이 광경을 지켜보았다. 무시무시한 정철의 기세에 선뜻 누구도 말릴 수가 없었다.

"너지? 네가 그런 거지, 이 자식아!"

"죄, 죄송해요……."

마침내 낙빈의 눈에서 눈물이 주르륵 흘러내렸다. '죄송하다'는 말이 나오자 정철의 주먹이 낙빈의 왼쪽 볼을 강타했다.

쿠당탕!

"그럴 줄 알았어, 이 자식!"

낙빈이 그대로 복도 끝에 처박혔는데도 정철의 분노는 사그라지지 않았다.

"너희들, 이게 무슨 짓이야?"

그제야 소란을 눈치챈 최 선생이 교실 문을 열고 복도로 나왔다. 시뻘건 얼굴로 씩씩거리는 정철과 복도 한쪽에 나뒹군 낙빈, 그리고 주변을 에워싼 아이들이 복도에 가득했다.

5

최 선생은 교실 창밖을 바라보았다. 저 멀리 운동장 끝에 시소와 미끄럼틀, 그리고 그네를 타는 아이들이 보였다. 몇몇은 공을 차며 운동장을 누볐고, 또 몇몇은 고무줄놀이를 하며 놀았다. 워낙 작은 시골 학교이다 보니 대부분의 아이들이 오후 내내 학교에 남아 있었다. 최 선생은 그 모습을 바라보며 어떻게 말을 꺼내야 할지 고민했다.

교실 뒤에는 정철과 낙빈이 서 있었다. 교실 뒤에 붙여둔 방긋방긋 미소 짓는 종이 해바라기와 달리 두 아이의 분위기는 침울했다. 낙빈은 고개를 숙인 채 눈물을 뚝뚝 흘리고 정철은 아직도 분이 풀리지 않는지 거친 숨을 몰아쉬며 씩씩거렸다.

"정철이가 먼저 얘기해보자. 이리 나와."

최 선생은 일부러 냉정한 목소리로 정철을 불렀다. 그리고 교탁 옆에 의자를 놓고 아이를 앉혔다. 녀석은 낙빈 쪽을 한번 흘기더니 성큼성큼 걸어 나왔다. 발걸음 하나하나가 제 잘못은 없다고 항변하는 듯했다.

"왜 어린 동생을 때렸니?"

"선생님, 다 저 녀석 때문이에요!"

정철은 4학년인데도 벌써 변성기였다. 정철은 운동신경이 뛰어날 뿐만 아니라 신체 발달도 다른 아이들보다 훨씬 빠른 편이었다. 그래서인지 또래들보다 훨씬 성숙해 보였다. 화를 내는 정철의 갈라지는 목소리에는 반항기가 가득했다. 작년만 해도 참 귀엽게 말하는 아이였는데 일 년 사이에 사춘기가 찾아온 모양이었다.

"뭐가 낙빈이 때문이라는 건데?"

"선생님, 보셨죠? 아까 저 넘어지는 거요! 그거 다 저 녀석 짓이라고요!"

"그래, 선생님이 똑똑히 봤어. 낙빈이는 운동장 끝에 있었지. 너랑은 한참 떨어진 곳이었어. 그런데 왜 아무 잘못도 없는 애를 원망하는 거야?"

"아, 그건 선생님이 몰라서 그러시는 거예요!"

정철은 억울해 죽겠다는 듯이 팔을 휘둘렀다. 정철은 말을 하면서도 연신 낙빈 쪽을 흘겼다.

"선생님은 모르시겠지만 저 녀석이 그런 거예요! 저 녀석이 아니면 왜 제가 멀쩡한 운동장에서 넘어졌겠어요?"

"그야, 네 앞으로 공이 굴러갔으니까 그랬겠지. 네가 공을 잘못 밟아서 빼끗하고 넘어진 게 아니었니?"

"아유, 그게 아니라고요!"

정철은 답답하다는 듯이 자기 가슴을 팡팡 쳤다.

"선생님, 제 발은 공에 닿지도 않았어요. 공이 제 앞으로 와서 달려가던 중이었다고요. 그런데 뭔가가 제 발을 잡고 늘어졌어요. 그래서 안 넘어지려고 발버둥치다가 앞으로 구른 거라고요!"

"그래? 그럼 돌멩이에 걸려서 넘어졌겠지."

"아니에요! 저도 혹시 그런가 싶어서 구르면서도 발밑을 봤다고요! 그런데 허공에서 뭔가가 제 발을 계속 붙잡고 있었어요!"

"뭐? 그게 무슨 말이니? 말도 안 돼!"

"말도 안 되는 게 아니라고요!"

정철이 또 자기 가슴을 팡팡 쳤다. 정철의 두 눈을 봐도 거짓말을 하는 것 같지는 않았다.

"좋아, 좋아. 그렇다고 치자. 그런데 왜 아무 잘못도 없는 낙빈이를 때린 거니? 우리 낙빈이가 무슨 죄를 지었다고?"

"아우, 선생님! 모르세요? 쟤가 어떤 앤지?"

"뭐? 그게 무슨 소리야?"

"선생님, 쟤 엄마가 저기 산동네 무당……."

"그만해!"

최 선생이 단호하게 소리쳤다. 사실 그녀 역시 무당이라는 직업에 선입견을 갖고 낙빈을 의심스러운 눈초리로 바라보았지만 정철의 입에서, 그것도 낙빈이 듣고 있는 자리에서 그런 말이 나오게 할 수는 없었다.

"함부로 다른 엄마 아빠에 대해 얘기하는 건 옳지 않아! 게다가 그분의 직업에 대해 함부로 말해서는 안 되는 거야! 4학년이면 알 만한데 왜 그러니?"

"아니, 그게 아니라……."

최 선생이 소리치자 정철은 한풀 꺾인 모습이었다. 아이는 뒷머리를 벅벅 긁더니 다시 한 번 낙빈 쪽을 흘겼다.

"저기 선생님…… 쟤는 좀 이상해요. 우린 다 알고 있다고요!"

"낙빈이가 뭐가 이상한데?"

"쟤요……. 멀리서도 저를 넘어뜨릴 수 있는 애예요. 저번에 우리가 학교에서 놀고 있는데, 옆 동네 중학생 형들이 온 거예요. 작년에 졸업한 순탁이 형이 친구들이랑 같이 왔더라고요. 작년부터 순탁이 형은 옆 마을의 나쁜 형들이랑 어울리더니 더 무서워졌더라고요. 그런데 순탁이 형이랑 형 친구들이 애들을 미끄럼틀에서 다 내려오게 하더니 미끄럼틀을 발로 차고 주먹으로 때리면서 부수려고 했어요. 애들이 다 겁먹고 있는데, 갑자기 어떤 형이 미끄럼틀 위에서 넘어져 미끄럼틀 아래로 구르는 거예요! 그 형이 누가 밀었냐고 막 소리를 질렀어요. 하지만 아무도 그 형을 밀지 않았어요. 그다음엔 누가 떠민 것처럼 순탁이 형도 모래 위에 넘어지는 거예요! 아무도 형을 떠밀지 않았는데 그랬다고요. 형들이 재수 없다고 침을 뱉으며 그냥 가버리긴 했는데, 그거 다 저 녀석 짓이에요!"

"뭐?"

"그리고 또요! 선생님, 순진이 아시죠?"

정철은 할 말이 많은지 숨 쉴 틈도 없이 낙빈에 대한 이야기를 늘어놓았다. 순진은 최 선생네 아이였다. 아버지가 계시긴 하지만 주로 할아버지 할머니와 지내는 조손가정의 아이였다. 어머니는 몇 년간 암 투병을 하다가 작년에 돌아가셨다. 최 선생과 상담을 하면서 순진의 할머니는 순진에게 아직 엄마가 죽었다고 말해주지 못했다고 했다. 때문에 아이는 엄마가 아직 병원에서 치료 중인 것으로 알고 있었다. 이런 안타까운 사정 때문에 최 선생이 항상 마음 한쪽에 안쓰러움을 품고 있는 가엾은 아이가 순진이었다.

"근데 저 새끼가 순진이에게 네 엄마는 죽었다고 했어요! 자기는 순진이 엄마가 보인다고⋯⋯. 순진이가 엄마는 병원에 계시다고, 돌아가시지 않았다고 하는데도 자기 눈에는 죽은 엄마가 보인다면서 순진이를 울렸다고요!"

갑자기 한기가 돌았다. 최 선생은 자신도 모르게 몸을 부르르 떨었다. 믿고 싶지 않은 것들이 점점 현실이 되어가고 있었다.

"저번에는 1학년 애들이 선을 긋고 노는데 6학년 형이 장난으로 선을 다 지워버린 적이 있대요. 1학년 애들이 울면서 낙빈이 녀석한테 뭐라고 하니까 그 형이 그네에서 놀다가 갑자기 떨어져서 팔뚝이랑 다리가 다 까져버렸대요. 그다음부터 6학년 형들은 쟤를 건드리지도 않는다니까요! 그리고 저 새끼가 애들한테 우리 학교는 오래돼서 여기저기 귀신이 있다고 얘기하고 다닌대요. 그 이야기를 듣고 제 동생은 혼자 화장실에도 못 가고 아주…….”

“잠깐, 잠깐만…….”

최 선생은 손을 들어 정철의 말을 막았다. 들으면 들을수록 머리가 빙글빙글 도는 것만 같았다.

“그만 그만, 정철아. 너, 애들이 떠들어대는 그런 말을 다 사실이라고 믿는 거니? 낙빈이가 그런 일들을 했다는 증거는 전혀 없어. 그냥 떠도는 이야기들일 뿐이잖아? 그런 소문들을 믿으면 되겠니?”

“믿는 게 아니라 진짜라니까요! 쟤네 엄마가 무당이라서 저 새끼도…….”

“그만!”

최 선생은 버럭 소리를 질렀다.

“너보다 동생이잖아! 이제 학교에 입학한 1학년 애를 4학년 형이 괴롭히면 되겠니? 더구나 낙빈이는 학교에 나온 지 며칠 되지도 않았어. 혹시라도 잘 모르는 것이 있으면 형이 알려주고 도와줘야지, 그런 쓸데없는 소문을 듣고 애를 괴롭히면 되겠니?”

“하지만 선생님, 쟤네 엄마는…….”

“정철아! 엄마는 엄마고 낙빈이는 낙빈이야. 저렇게 마음이 약해서 눈물만 흘리는 애를 그렇게 몰아세우면 네 마음은 편하겠니?"

"……."

정철은 뭔가 더 말하고 싶은 듯했지만 교실 뒤에서 줄줄 눈물을 흘리는 낙빈을 보고는 그만두었다.

"혹시라도 낙빈이가 잘못한 일이 있더라도 형인 네가 넓은 마음으로 이해했으면 좋겠다. 그리고 앞으로 낙빈이에 대해 이상한 소문이 돌면 정철이가 나서서 막아주었으면 좋겠구나."

"……네."

정철은 마지못해 고개를 끄덕였다. 그래도 처음보다는 훨씬 화가 누그러진 모습이었다. 최 선생은 아이를 몇 번 더 타이르고 교실 밖으로 내보냈다. 정철은 터덜터덜 힘없이 걸어갔다. 이제 교실에는 최 선생과 낙빈만 남았다.

"자, 이제 낙빈이가 이리 오렴."

교실에 들어서기 전부터 눈물을 뚝뚝 흘리던 아이는 아직도 큰 눈이 그렁그렁했다. 낙빈은 조심스럽게 교실 앞으로 나가 교탁 옆 의자에 앉았다. 아이는 무릎 위로 두 손을 가지런히 모으고 두 눈을 내리깔았다. 길고 까만 속눈썹에 말간 눈물이 고이더니 뚝뚝 떨어졌다.

"낙빈아."

"네, 선생님……."

그저 이름만 불렀는데도 아이의 큰 눈에서 폭포처럼 눈물이 흘렀다. 까맣고 맑은 눈을 보며 최 선생은 가슴이 욱신거렸다.

"좀 전에 정철이 형이 말한 거…… 사실이니?"

"……."

낙빈은 고개를 푹 숙인 채 아무 말도 못했다.

"오늘 경기에서 말이야……. 정말로 네가 정철이 형을 넘어지게 했니?"

"……."

낙빈은 한참 망설이더니 마침내 천천히 고개를 끄덕였다.

"선생님은 네가 한참 멀리 있었던 걸로 기억하는데? 어떻게 그런 일이 가능한 거니?"

"……."

낙빈은 울음이 터져 나와 흑흑거릴 뿐, 아무런 대답도 못했다.

"그리고 순진이 얘기…… 그거 무슨 말이니?"

"……."

"순진이 엄마는 병원에서 치료 중이셔. 모두 다 알고 있는 얘긴데 왜 순진이 엄마가 돌아가셨다고 말했니?"

"……하지만…… 보였어요."

낙빈은 코를 훌쩍이며 드문드문 말을 이었다.

"걔네 엄마가…… 걔 뒤에 서 있는 걸…… 돌아가신 영혼으로……."

"낙빈아!"

최 선생은 고개를 흔들며 목소리를 높였다. 이런 이야기를 어떻게 받아들여야 할지, 어떻게 반응해야 할지 혼란스러웠다. 낙빈의 말마따나 순진의 엄마는 돌아가셨다. 하지만 순진의 할머니는 그 일을 비밀로 해달라고 신신당부했다. 그러니 낙빈이 아이들에게 자꾸 그런 말을 한다면 곤란하다.

"아니야, 낙빈아! 그런 게 보일 리가 없잖니. 순진이 엄마는 병원에 계셔. 네가 그런 말을 하면 순진이가 얼마나 슬프겠니?"

"하지만……."

"네가 자꾸 그런 말을 하면 아까 정철이 형처럼 아이들이 널 이상하게 생각할 거야! 엄마 직업이 뭐든 간에 네가 그걸 따를 필요는 없잖니, 낙빈아? 지금까지 넌 아무 일도 하지 않은 거야. 사실…… 아무 일도 안 했잖아. 정철이 형이 넘어질 때도 넌 멀리 있었으니까!"

"하지만 선생님…… 그건 제 동자신童子神이 그런 거예요. 동자신은 장난을 좋아해서……."

"그만! 그만!"

최 선생은 빠르게 낙빈의 입을 막았다. 정말 이런 상황에서 어떻게 해야 할지 막막했다. 결국 그녀가 택한 방법은 '회피'였다.

"눈에 보이지 않는 걸 자꾸 보인다고 말하면 아이들이 널 거짓말쟁이라고 하겠지? 낙빈아, 제발…… 그런 말은 하면 안 돼. 자꾸 이상한 소문이 난다고. 이 동네는 모두가 알음알음 뻔한 사이라서 아이들 가운데 소문이 퍼지면 어른들도 다 알게 된단다. 그러니까 제발 그런 거짓말은 하지 마."

"거짓말이 아니라……."

"그만하자!"

최 선생은 단호하게 낙빈의 말을 잘랐다. 낙빈은 그런 최 선생을 놀란 토끼 눈으로 바라보다가 고개를 숙였다. 아이는 영특하게도 최 선생의 말을 알아들은 모양이었다.

"더 이상 이런 일은 없을 거야, 그지?"

"네……."

"너에 대한 이상한 소문도 더 이상은 없을 거야, 그지?"

"네……."

최 선생은 다짐하듯 몇 번이나 묻고 또 물었다. 낙빈이 영혼을 보든 동자신을 부리든 그 진위는 중요하지 않았다. 최 선생은 평화로운 학교생활을 위해 모든 소문을 차단하는 것이 우선이라고 생각했다. 낙빈의 말이 사실이든 아니든 최 선생은 더 이상 깊은 관심을 두지 않기로 했다. 관심을 갖는다고 아이를 위해 해줄 일도, 달라질 것도 없을 테니까.

"그래, 그럼 그만 나가봐."

"네……."

낙빈은 완전히 풀이 죽은 얼굴로 고개를 숙였다. 아이는 기운이 빠져서 몇 번이나 책을 떨어뜨렸다가 다시 주워 올리며 간신히 가방을 챙겼다. 그리고 여전히 눈물을 훔쳤다.

최 선생은 낙빈의 눈물에 아까와는 다른 의미가 담겨 있음을 눈치챘다. 아까는 속죄의 눈물이었다면 지금은 뭔가 억울함이 꾹꾹 담긴 눈물이었다. 속죄의 눈물이 주르르 흐르는 눈물이었다면 억울한 눈물은 참고 또 참다가 삐져나오는 눈물이었다. 다른 사람들을 다치게 한 것은 스스로 잘못했다고 생각하고 반성하지만 한순간에 자신이 거짓말쟁이로 몰린 것은 억울하다는 의미가 분명했다. 하지만 최 선생은 그 눈물의 의미를 애써 모른 척했다.

6

정철은 집에 돌아와서도 분을 삭일 수가 없었다. 방바닥에 누워 천장을 바라보니 아까 우스꽝스럽게 넘어진 것이 자꾸 떠올랐다. 만능 스포츠맨이라 불리던 체면이 말이 아니었다.

"아유, 정말!"

정철은 발을 천장 쪽으로 쭉 뻗어 좌우로 흔들어보았다. 낮에 넘어졌을 때는 일어서지도 못할 만큼 아프더니 지금은 언제 그랬냐는 듯 말끔했다. 모든 일의 원흉인 낙빈이 녀석을 몇 대 더 때려주는 건데 싶었다. 선생님이 말리지만 않았어도 실컷 때려주는 건데라고 생각하면서도 혹시나 그 무당집 녀석이 귀신을 불러서 해코지나 하지 않을까 두려운 마음도 들었다.

"정철아, 막걸리 좀 사온나!"

정철이 이런저런 생각으로 머릿속이 어지러운 그때 걸쭉한 아버지의 목소리가 들렸다. 할머니와 엄마가 모두 말리지만 아버지는 매일 막걸리 한 통을 먹지 않으면 잠이 오지 않는다고 했다. 아버지가 별다른 주사를 부리지는 않지만 사다놓은 막걸리가 동날 때마다 심부름을 가야 하는 정철은 여간 귀찮은 것이 아니었다. 막걸리를 사기 위해 읍내 슈퍼까지 다녀오려면 가로등도 없는 깜깜한 논길을 족히 30분은 걸어야 했다. 정철은 몰래 집을 빠져나오기로 마음먹었다.

"에라, 모르겠다!"

정철은 항상 달고 다니는 축구공을 집어 들고는 좁은 골목 쪽으로 난 뒤창을 열었다. 뒤창은 작은 아이 하나가 빠져나갈 만한 크기였다.

"에고고!"

작년만 해도 창문으로 몸이 쏘옥 빠졌는데 이제는 어깨가 걸렸다. 내년쯤이면 이 문으로 몰래 나가기 어려울 것 같았다. 읍내 쪽으로 가면 금방 들키겠구나 싶어서 오늘은 어두컴컴한 뒷산 쪽으로 달렸다.

친구들과 함께라면 겁나지 않을 텐데 오늘은 혼자라서 뒷산이 더 시커멓게 보였다. 산을 뒤덮은 나무도, 산 그림자도, 오솔길도…… 죄다 검은 상복을 입은 것처럼 으스스했다.

"젠장, 이게 다 낙빈이 그 녀석 때문이야!"

정철은 두려운 마음이 들자 괜스레 꼬마를 탓했다. 언제나 자신을 용감하다고 생각했는데 오늘따라 밤길이 두려운 것은 모두 낙빈 탓인 듯했다. 그 녀석이 귀신이니 뭐니 떠들고 다니고, 또 이상한 짓거리로 자신을 넘어지게 하지 않았다면 이런 밤길 따위가 무서울 리 없었다.

"쳇! 겁 안 나! 그런 무당 자식!"

정철은 슬슬 몸이 떨려오자 두려움을 모두 날려버리기 위해 일부러 큰 목소리로 말했다. 그리고 뒷산 입구에 박힌 커다란 흰 바위를 향해 공을 날렸다. 뒷산 초입에는 신기한 흰 바위가 있었다. 언제부터 박혀 있었는지 모르지만 주변에는 비슷한 바위도 흙도 없었다. 주변 자연물과는 어울리지 않는 흰 바위가 뒷산 입구에 장승처럼 우뚝 솟아 있었다.

뻥!

정철의 발에 잘 익은 축구공은 정확히 흰 바위를 맞히고 다시 돌아왔다. 어린 시절 이 바위로 공을 차다가 마을 어른께 혼난 적이 있었다. 마을을 지키는 귀신이 바위 안에 깃들어 있기 때문에 함부로 대했다가는 큰 화를 당한다는 말이었다. 그 후로는 바위 주변에서 놀기만 했지, 바위를 차거나 때린 적은 없었다.

"흥, 귀신 따위! 무당 자식 따위!"

정철은 일부러 더 세게 흰 바위를 향해 공을 날렸다. 스스로 귀신 따위는 두렵지 않다는 것을 보여주려는 듯이 더 호기를 부렸다.

뻥!

정철이 찬 공은 흰 바위를 맞히고 여지없이 다시 돌아왔다. 만능 스포츠맨답게 정확한 슈팅이었다. 정철은 점점 신이 났다. 어둠에도 더 익숙해져서 이제는 주변이 또렷하게 잘 보였다. 그 때문에 혼자 하는 공차기도 꽤 재미가 있었다.

"오호!"

정철은 점점 세게 발길질을 했다. 그리고 한 번도 놓치지 않고 공을 받아냈다.

"야호!"

정철은 신이 나서 날아오는 공을 또다시 찼다. 아마 지금쯤이면 누군가 막걸리를 사러 갔을 테니 이번이 마지막 슈팅이라고 생각했다.

뺑!

좀 전처럼 정확한 슈팅이라고 생각했는데 이번에는 어쩐 일인지 공이 흰 바위 뒤쪽으로 사라져 돌아오지 않았다.

"어라? 잘 찬 것 같았는데?"

정철은 고개를 갸우뚱거렸다. 잘못 찬 느낌은 없었는데 이상했다. 게다가 공은 튕겨 나오지 않고 수풀 속으로 완전히 숨어버렸다. 일이 귀찮게 되어버렸다.

"쳇! 마지막에 잘못 차버렸네, 아깝다!"

정철은 입을 툴툴거리며 흰 바위로 다가갔다. 그리고 흰 바위 뒤쪽, 우거진 수풀을 향해 고개를 숙였다.

"어디 있지?"

하얀 축구공이 어딘가 박혀 있어야 했다. 그 검고 빼곡한 수풀 사이에 분명 자신의 흰 공이 보여야 했다. 하지만 정철은 공 대신 다른 것을 보았다.

"으아악!"

그것은 번쩍이는 두 개의 새빨간 눈동자였다. 그 번쩍이는 눈동자가 정철을 무시무시하게 노려보고 있었다.

"으아아악!"

정철은 외마디 비명을 지르며 쓰러졌다. 날카로운 눈동자가 정철을 향해 다가왔다. 정철은 심장이 멎을 것 같은 공포에 두 눈을 감았다. 알 수 없는 깊은 통증이 온몸을 휘감는 동안 정철은 서서히 정신을 잃어갔다.

7

최 선생은 평소보다 빨리 학교에 도착했다. 누구보다 먼저 학교에 오는 낙빈을 보고 싶어서였다. 어제 억지로 타일러 보낸 뒤에 아이의 상태가 어떤지 불안하고 궁금한 마음에 아침부터 출근을 서둘렀다. 이른 아침 교문에 들어서니 주사님이 조금 놀란 눈치였다.

"안녕하세요, 주사님. 저희 반 낙빈이 왔죠?"

"아니, 그게……. 오늘은 아직 오질 않았네요? 교문을 열기도 전에 오는 애가 웬일인지 모르겠네요. 곧 오겠지요."

주사님의 대답에 최 선생의 마음은 복잡해졌다. 어제 일로 낙빈이 혹시 학교를 그만둘까 불안했다. 최 선생은 자신이 제대로 대처한 것인지 내내 의문이었다. 정철이 같은 아이들이 낙빈을 두고 이상한 소리를 해대는 것을 막으려면 낙빈이나 다른 아이들의 말이 터무니없다고 밀어붙이는 수밖에 없었다. 뭔가 있을지도 모른다는 찜찜함이 있었지만 최 선생은 과학적으로 설명할 수 없는 일은 절대 믿지 않으리라 다짐했다.

'선생이란 사람이 미신을 믿을 수는 없지. 잘한 거야. 그래.'

최 선생은 불안한 마음을 다잡으며 스스로를 합리화했다. 귀신이니 동자신이니 하는 비과학적인 이야기들은 아이들이 만들어 낸 환상이고 상상이다. 최 선생은 아이들이 그런 상상 탓에 왜곡된 생각을 품은 것이라고 여겼다.

최 선생은 교실 창문을 통해 교문을 바라보았다. 이른 아침 한두 명의 아이가 드디어 교문을 지나 학교로 들어오기 시작했다. 하지만 최 선생이 기다리는 하얀 한복의 아이는 좀처럼 모습을 드러내지 않았다. 시간이 지날수록 최 선생의 마음은 불안해졌다.

최 선생이 한참을 기다리는데 교문 앞쪽에 아이들이 북적이며 모여드는 것이 보였다. 누군가가 아이들에게 빙 둘러싸인 채 교문 안으로 들어오고 있었다. 아이들 위로 머리가 불쑥 솟아오른 사람은 학생이 아닌 남자 어른이었다.

"선생님, 큰일 났어요!"

최 선생이 창문에서 눈을 떼지 못하는데 최 선생네 1학년 아이가 부리나케 달려왔다.

"왜, 무슨 일이니?"

"큰일 났어요. 정철이 형네 아버지가 학교에 왔어요! 진짜 무서운 아저씨예요!"

"근데 정철이네 아버지가 왜 학교에 오신 거니?"

최 선생이 어쩐지 불안한 느낌을 갖는 순간 교실 앞문이 왈칵 열리며 우락부락하게 생긴 남자가 다짜고짜 안으로 들어왔다. 정철 아버지의 오른손에는 다리와 팔, 그리고 머리까지 붕대를 친친 감은 정철이 잡혀 있었고, 왼손에는 하얀 한복을 입은 낙빈이 잡혀 있었다. 그는 조그마한 낙빈의 귀를 단단히 움켜쥐고 아이를 질질 끌며 교실로 들어섰다. 이미 귀가 새빨갛게 달아오른 아이는 심한 고통에 눈물을 흘리고 있었다.

"이 반 선생님이십니까? 아니, 어쩌자고 이런 무당 새끼를 학교에 다니게 한단 말입니까, 네? 우리 아이 꼴을 봐요, 좀! 우리 아이 꼴을!"

정철의 아버지는 화를 참지 못하겠다는 듯이 씩씩거리며 더욱 세차게 낙빈의 귀를 잡아 흔들었다. 낙빈은 두 손으로 귀를 감싸고 발을 동동 굴렀다.

"아니, 아버님. 대체 무슨 말씀이신지……. 우선 애는 놓고 말씀하세요."

"에잇, 빌어먹을 놈의 종자 같으니!"

정철의 아버지는 마지막으로 쥐어짜듯 낙빈의 귀를 비틀더니 아이를 휙 하고 내동댕이쳤다. 낙빈은 그의 손이 비트는 대로 온몸을 비비 꼬더니 그대로 교실 바닥에 널브러졌다. 얼마나 아픈

지 낙빈은 연신 눈물을 짜내며 귓불을 비벼댔다. 꼭 불에 달군 것처럼 아이의 작은 귀가 새빨갰다.

"선생님, 눈이 있으면 얘 꼴을 봐요! 이게 사람 꼴입니까?"

최 선생은 정철의 모습에 몹시 놀랐다. 분명 어제 하교할 때는 다쳤던 다리도 멀쩡했는데, 하룻밤 사이에 온몸이 붕대투성이가 되다니 믿을 수가 없었다.

"대체 어쩌다 이렇게 되었죠?"

"어쩌다 이렇게 되긴! 저 빌어먹을 놈이 저주를 걸어서 그렇지! 저놈의 새끼가 내 아들을 이렇게 만들어났단 말이오!"

정철의 아버지는 교실이 떠나가라고 소리쳤다. 요지는 이랬다. 어젯밤 정철이 마을 어귀에서 넘어져 이 모양 이 꼴이 되었다는 것이다. 눈을 감고도 다닐 정도로 뻔히 아는 동네 길에서 넘어질 리도 없거니와 백번 양보해서 실수로 넘어졌다고 해도 팔, 다리, 머리 하나 성한 곳 없이 이 모양으로 다칠 수는 없다는 말이었다. 즉 낙빈의 저주가 아니면 도저히 이렇게 다칠 수는 없다는 것이었다.

"알겠수, 선생? 이 모두가 저놈의 새끼가 저지른 일이란 말이오! 저 새끼를 당장 퇴학시켜요! 이것뿐인 줄 아쇼? 동네에서 저 새끼 때문에 어른들이 얼마나 걱정하는지 알고 계셨소? 저 무당 새끼 때문에 화장실에 못 가는 애도 수두룩하고 소소하게 다친 애도 많다고요! 우리 동네 사람들이 다들 저 녀석을 학교에 다니게 하면 안 된다고 떠든다고요!"

"아버님 말씀은 알겠습니다. 그런데 여긴 아이들이 너무 많아서 대화하기가 힘드네요. 복도 옆에 상담실이 있으니 그리로 가서 말씀하시죠."

최 선생은 심하게 흥분한 정철의 아버지를 감당할 수가 없었다. 그래서 우선 상담실로 보내놓고 교감, 교장 선생님의 도움을 받아야겠다고 생각했다. 정철의 아버지는 붕대를 감은 정철을 부축하고는 씩씩거리며 상담실로 들어갔다.

그사이에 최 선생은 교감과 교장을 찾아가 자초지종을 말했다. 학부형이 노발대발하는데다 아이가 크게 다쳤다니 모두들 이른 아침부터 정신없이 상담실로 향했다.

"우리가 먼저 가서 학부형과 얘기하고 있을 테니, 선생님은 그 낙빈인가 하는 애를 데려오세요."

교장의 말대로 최 선생은 교실로 돌아가 낙빈을 불렀다. 낙빈은 얼굴이 빨갛게 상기되어 최 선생 앞으로 걸어 나왔다. 정철의 아버지에게 잡혔던 귀는 당장 피가 흐를 것처럼 여전히 붉었고 두 눈도 빨갰다. 얼마나 울었는지 하얀 한복의 양쪽 팔이 눈물과 콧물로 흠뻑 젖어 있었다.

"낙빈아, 사실대로 말해봐. 아까 아저씨가 말한 게 사실이니?"

"……."

낙빈은 다시 눈물을 훔치며 고개를 흔들었다.

"선생님은 다 이해할게. 사실대로 말해봐. 네가 정철이를 그렇게 만든 거야?"

"아니에요."

낙빈은 떨리는 목소리로 간신히 대답했다.

"선생님한테는 숨기지 않고 말해도 돼. 정말 아니야? 정말로 네가 그런 게 아니야?"

최 선생이 재차 물어보자 낙빈은 큰 눈을 껌뻑거리며 그녀의 얼굴을 쳐다보았다. 아이는 무척 당황한 얼굴이었다.

"아니에요, 제가 아니에요."

낙빈의 눈은 불안감으로 흔들렸다. 최 선생은 입을 다물고 더이상 아무 말도 하지 않았다. 그녀는 낙빈의 말이 진실이길 바라면서도 말이 안 되는 이 상황에서 낙빈을 의심하지 않을 수가 없었다.

"어쨌든 따라와."

최 선생은 낙빈을 데리고 상담실로 들어갔다.

상담실에는 커다란 탁자를 중심으로 넓은 소파가 마주 보고 놓여 있었다. 소파의 한쪽에는 정철과 그 아버지가 앉았고 맞은편에는 교장과 교감이 앉아 있었다. 최 선생은 어디에 앉을까 고민하다가 낙빈과 함께 탁자 옆에 서 있기로 했다. 최대한 공손하게 보이도록 애쓰면서.

"아니, 학교에 저딴 무당 놈의 새끼를 들여도 되는 겁니까? 교장 선생님은 알고 계셨습니까? 애들이 저 녀석 때문에 얼마나 벌벌 떨고 있는지 말입니다! 저 녀석이 무슨 해코지라도 할까봐 애들이 제대로 말도 못한다니까요! 부모들 사이에서도 얼마나 말이 많은지 아십니까? 저뿐만이 아니라 다들 저 애를 쫓아내고 싶어서 안달들이라고요!"

정철의 아버지는 지나치게 과장하고 있었다. 오히려 아이들은 낙빈을 좋아해서 그 주위에 모여들고 있었다. 그런데도 정철의 아버지는 정철의 감정을 모든 아이의 감정인 것처럼 부풀리고 있었다. 그러나 교장과 교감은 그 진위를 따지기보다 학부모의 말을 받아줘서 사건을 무마하는 것을 목표로 삼고 있었다.

"혹시 저 애가 그랬다는 증거라도…….."

"증거가 무슨 필요가 있습니까? 우리 정철이가 증거라고요! 이 녀석이 어제 동네 어귀에서 놀다가 시뻘건 눈을 가진 귀신을 봤답니다. 그러고는 이 모양이 됐다고요! 이게 말이 되는 일입니까? 저 자식이 악감정을 가지고 우리 애한테 저주를 퍼부은 거라고요! 저런 새끼는 당장 퇴학시켜야 해요!"

"아이고, 세상에. 얼마나 마음이 아프시겠어요. 정말 면목이 없습니다. 저희가 알아서 잘 처리할 테니, 정철이 아버님은 그만 화를 푸십시오."

"최 선생, 뭐해? 얼른 사과시켜!"

교장과 교감이 최 선생을 쏘아보며 말했다. 최 선생은 죄지은 사람마냥 고개를 숙였다.

"정말 죄송합니다. 제가 제대로 교육시키지 못해서 이런 일이 생겼습니다. 낙빈이 너도 얼른 사과드려!"

"하지만 선생님, 정말 제가 안 그랬어요."

낙빈은 고개를 숙이는 최 선생 옆에서 억울한 듯이 눈물을 글썽였다. 아이의 맑은 두 눈이 애처로이 최 선생을 바라보았다. 간절히 도움을 청하는 가엾은 눈동자였다. 하지만 최 선생은 애써 그 눈동자를 무시했다. 그러고는 입술을 앙다물며 낙빈을 나무랐다.

"어서 사과하라니까! 선생님이 널 그렇게 가르쳤니?"

"……."

낙빈은 윽박지르는 최 선생을 완전히 질린 듯한 얼굴로 바라보았다. 그러고는 온몸에 힘이 빠진 듯이 그 자리에 털썩 주저앉았다.

"무슨 짓이야, 얼른 일어나!"

최 선생은 더욱더 낙빈을 몰아세웠다. 후들거리는 다리를 세우고 간신히 일어선 낙빈의 눈이 퀭했다. 아이의 맑은 눈은 이제 초점을 잃고 영혼이 빠져나간 듯했다.

"죄…… 죄송합니다."

영혼 없는 낙빈의 사과에 정철의 아버지는 혀를 찼다.

수많은 꾸짖음과 사과의 말이 오가는 동안 낙빈은 내내 멍한 얼굴로 우두커니 서 있었다. 그것은 믿고 있던 모든 사람으로부터 버림받은 불쌍한 아이의 얼굴이었다.

최 선생은 낙빈의 손을 잡아끌며 발걸음을 재촉했다. 오지 마을의 울퉁불퉁한 길을 구둣발로 걷자니 여간 힘든 것이 아니었다. 더구나 멍한 얼굴로 느릿느릿 걸음을 떼는 아이를 달고 오르막길을 오르는 것은 무척 고생스러웠다. 하지만 오늘 최 선생은 낙빈의 어머니를 만나야 했다. 교장과 교감의 특별 명령이었다. 아이가 학교에서 뭔가 좋지 못한 일을 꾸미고 있다고 말한 다음 그런 버릇을 고쳐서 학교에 보내달라고 따끔하게 못을 박아야 한다. 아이들 사이에서 들리는 이상한 소문에 대해서도, 어제 정철이 다친 일에 대해서도 말해야 한다. 가정에서 책임지고 아이를 교육해달라고 단단히 말하는 것이 오늘 최 선생의 임무였다.

"이제 마을이 거의 끝나가는데 어디까지 가야 하니, 대체?"

최 선생은 기나긴 행군에 지쳤다. 아침부터 일어났던 일들 때문에 낙빈에게 하는 말에는 온통 짜증이 섞여 있었다.

"저기…… 숲으로 들어가야 해요."

낙빈은 도살장에 끌려가는 소처럼 느릿느릿 걸음을 옮겼다. 아이는 무서워서 미칠 것만 같았다. 겨우 학교에 다니게 되었는데 결국에는 좋지 않은 일을 달고 집에 돌아간다는 사실이 너무나 싫었다. 이 모든 사실을 어머니가 알게 되리라는 생각을 하니, 그 자리에서 죽고 싶은 심정이었다.

마을로 이어진 길이 끝나고 깊은 숲이 시작되는 길목이 나타났다. 최 선생은 서둘렀고 낙빈은 머뭇거렸다. 그런 두 사람 앞으로 사람의 윤곽이 보였다. 멀리서 보아도 긴 한복을 다소곳이 입은 여인의 형상이었다.

"어…… 어머니!"

낙빈은 그 자리에서 얼어버렸다. 낙빈 어머니는 마치 두 사람을 기다렸던 것처럼 그들을 바라보고 있었다. 낙빈 어머니는 천천히 두 사람 곁으로 다가왔다. 차갑고 엄한 얼굴의 낙빈 어머니를 보자 최 선생은 저도 모르게 바짝 침이 말랐다. 어쩐지 스산한 기분이 들었다.

"오실 것 같아서 나와 있었습니다. 무슨 일이신지요?"

자신이 찾아올 것을 어떻게 알았다는 말일까? 최 선생의 팔에 소름이 돋았다. 어쩐지 무서운 느낌이 들었지만 애써 용기를 냈다. 어쨌거나 자신은 선생이고 상대편은 학부모가 아닌가.

"어머니, 낙빈이가 자꾸 이상한 행동을 해서 아이들이 두려워하고 있어요. 게다가 어제는 4학년 아이를 다치게 했답니다. 어젯밤에 사고를 당해 온몸에 타박상을 입고 걸음도 제대로 걷지 못할 정도랍니다."

최 선생은 낙빈의 학교생활을 실제보다 조금 과장해서 이야기했다. 그래야만 낙빈 어머니가 심각하게 생각할 듯해서였다. 아무 말도 없이 모든 이야기를 들은 낙빈 어머니는 한참 동안 생각에 잠긴 얼굴이었다. 그 옆에서 낙빈은 어쩔 줄 몰라 얼굴이 하얗게 질려 있었다.

"우리 아이가 정말 다른 아이를 다치게 했단 말입니까?"

"네. 증거는 없지만 다친 아이가 넘어지면서 귀신을 봤다고 하고…… 그러니까 분명히……."

최 선생은 말끝을 흐렸다. 학부모와 귀신 이야기를 하고 있다니, 참 꼴이 이상스러웠다.

"낙빈이 너, 그 아이를 다치게 한 게 맞느냐?"

"아니요. 다른 것은 몰라도 어젯밤 그 형을 다치게 한 건 제가 아니에요."

낙빈은 또다시 눈물을 흘리며 고개를 흔들었다.

"선생님, 낙빈이가 아니라고 하는군요. 그렇다면 아닌 겁니다."

낙빈 어머니는 최 선생의 얼굴을 바라보며 조용히 말했다. 어쩐지 거역할 수 없는 위엄이 느껴졌다. 하지만 최 선생은 그런 분위기에 휩쓸리지 않으려고 애썼다.

"하지만 어머니, 아이들은 자기에게 유리하게 말하는 습성이 있어요. 실제로 자신이 나쁜 일을 저지르고도 아니라고 말하지요. 특히 집에서는 더욱더요! 아이들은 부모님께는 좋은 모습만 보이기를 바라거든요. 그래서 집에 가면 자신의 잘못은 쏙 빼놓고 유리한 말만 하는 거랍니다. 그러니…….'

"그렇다면 선생님께서는 낙빈이가 지금 거짓말을 한다는 겁니까?"

낙빈 어머니는 두 눈을 질끈 감으며 되물었다.

"그게…… 그렇다는 거죠. 그러니까 집에서 잘 교육해주세요. 다른 아이들 입에 오르내리지 않게 행동하는 법을 가르쳐주세요. 그래야 학교에 다닐 수 있습니다!"

낙빈 어머니는 최 선생이 말하는 동안 계속 두 눈을 감고 있었다. 그리고 최 선생의 말을 모두 듣고 나서 천천히 눈을 떴다. 그녀의 눈에 맑은 물이 출렁거렸다.

　"선생님께서는 제게 낙빈이를 지키고 보살펴준다고 약속하셨지요? 학교에만 보내면 반드시 지켜주겠다고 호언장담을 하셨지요?"

　최 선생은 가슴이 뜨끔거렸다. 낙빈 어머니가 내뿜는 스산한 기운에 한기가 돌았다.

　"그런데 아이의 말을 믿지도 않으시면서 어떻게 지켜주신단 말인지요? 내 아들이 아니라고 말하는데 어찌 그 말을 믿지 못하고 아이를 몰아세우는지요! 아이의 눈을 보세요. 선생님이라면서 어찌 모르십니까? 저 눈이 거짓을 말하는지, 진실을 말하는지 정말 모르시겠습니까? 아이를 지켜준다고 하시고는 어찌 제 믿음을 산산이 부수고 일을 이 지경으로 만들었단 말입니까!"

　낙빈 어머니의 일갈에 온 동네가 쩌렁쩌렁 울릴 지경이었다. 최 선생은 다리가 후들후들 떨렸다. 그제야 낙빈이 처음부터 끝까지 자신의 짓이 아니라며 고개를 젓던 모습이 생각났다. 어제 낮에는 동자신 운운하며 잘못을 인정하던 아이가 지난밤 정철을 다치게 한 것만은 제가 아니라고 줄기차게 말했던 게 생각났다. 맑고 투명한 눈동자로 최 선생을 바라보던 낙빈이 떠올랐다. 거짓말이라고 생각한 순간부터 보이지 않았던 진실이 이제야 보이기 시작한 것이다.

　"선생님, 무지는 공포를 낳고 공포는 망상을 낳는 겁니다. 당신들은 알지 못하고 보지 못하기 때문에 나를 두려워하는 것이고 그 두려움이 결국은 헛된 망상을 낳은 겁니다. 뭘 믿지 못하는 겁니까? 아니라고 말하는 아이의 두 눈을 보면서도 당신들은 두려움에 떨며 진실은 보지 못하고 거짓에 눈이 멀어버린 겁니다!"

낙빈 어머니가 차갑게 일갈했다.

"내가 그런 당신을 믿고 학교를 믿었다니! 내 아들이 보통 사람으로 살아갈 수 있다는 말에 신들의 반대를 무릅쓰고 당신에게 맡겼다니! 내 발등을 찍고 싶을 뿐입니다, 선생! 이제 내 아들은 다신 그곳으로 돌아가지 않을 겁니다!"

낙빈 어머니는 아직도 두 눈이 빨갛게 부은 낙빈의 손을 잡았다. 그리고 뒤도 한 번 돌아보지 않고 산속으로 사라졌다. 측백나무가 가득한 검은 숲으로 두 사람의 그림자까지 사라졌다. 혼자 남은 최 선생은 그 자리에 멍하니 서서 사라지는 두 사람의 뒷모습만 바라보았다.

갑자기 최 선생의 눈에서 눈물이 흘러넘쳤다. 진실한 눈으로 자신을 바라보던 낙빈의 얼굴이 생각나서였다. 자신을 믿어달라고 말하는 그 간절한 눈을 부정한 자신이 미치도록 부끄러웠다. 눈물짓던 낙빈의 얼굴, 그리고 신뢰를 저버린 자신을 바라보던 낙빈 어머니의 얼굴이 머릿속을 맴돌았다.

과연 아이들을 제대로 교육하지 못한 쪽은 누구일까…….

최 선생은 부끄러움에 고개를 들지 못했다.

제 2 화

푸른 하늘에
먹구름이 몰려오던 날

1

어린 나이인데도 새벽잠이 없는 낙빈洛彬은 사위가 캄캄한 때부터 까만 눈을 또랑또랑 뜬 채 천장을 바라보고 있었다. 학교를 그만둔 뒤로 하루는 더 길어진 것 같은데 잠자는 시간은 오히려 줄어들었다. 이불을 뒤집어쓰고 움직이지 않아도 도대체 잠이 오지 않았다. 천장에 선생님과 친구들의 얼굴이 출렁거리면 자신도 모르게 한숨이 나왔다. 그 일만 없었다면 어머니는 학교에 계속 다니도록 허락해주셨을까? 친구들과 선생님은 어떻게 지내고 있을까? 학교라는 곳에 아예 다니지 않을 때는 몰랐는데 친구들과 어울리는 재미를 맛보고 나니 학교를 그만둔 게 여간 서운하지 않았다.

천장만 바라보던 낙빈은 큰 한숨을 내쉬며 벌떡 일어나 앉았다. 그리고 제게 붙어 있는 동자신을 불러냈다. 동자신은 까만 머리를 길게 하나로 땋고 파란색 도령 옷을 입고 있었다. 동자신은 이름 그대로 장난기가 많은 어린 신령이었다. 낙빈과 같은 또래인지라 말도 잘 통하고 함께 놀기에도 가장 재미난 신이었다. 친구 하나 없던 낙빈에게 동자신은 지금껏 유일한 친구가 되어주었다.

꿈인 듯 현실인 듯 몽롱한 상태에서 낙빈은 너른 들판을 달렸다. 그 뒤로 동자신이 자신을 잡으러 쫓아왔다. 서로 숨바꼭질도 하고 잡기 놀이도 하다가 들판 너머에 있는 커다란 떡갈나무에 올랐다. 실제로 몸을 움직이는 건 아니어도 달리는 느낌은 그대로였다. 한참을 뛰놀다 커다란 나뭇가지에 앉자 동자신도 낙빈도 이마에 땀이 송골송골 맺혔다. 그런데 날숨을 세게 내뱉던 동자신이 갑자기 목소리를 떨며 말했다.

'낙빈아, 나 가야겠다! 저기 시커멓고 무서운 구름이 몰려온다!'

한참 정신없이 놀던 낙빈은 새까만 먹구름이 들판을 지나 둘의 머리 위를 뒤덮고 있는 것을 겨우 알아챘다. 심상치 않은 먹구름을 보는 순간 더웠던 몸이 갑자기 싸늘하게 식어버리는 것 같았다. 동자신도 잔뜩 겁을 먹고 몸을 움츠렸다.

'무서운 구름이야. 저게 네 엄마를 덮칠 거야.'

"어머니라고? 그게 무슨 소리야?"

낙빈은 화들짝 놀라 동자신의 한복 자락을 부여잡았다.

'몰라! 난 저런 무시무시한 건 딱 질색이야! 정말 기분 나쁜 구름이야. 난 갈 거야!'

동자신은 손사래를 치며 달아나버릴 참이었다. 정말 기분 나쁜 구름이 몰려오는데 아무 말 없이 달아나려는 동자신이 야속해서 낙빈은 그의 한복 자락을 놓지 않았다.

'아우, 정말…… 난 갈 테니 할아버지한테 물어봐! 할아버지는 뭐가 오는지 알 거야!'

동자신은 고개를 흔들며 나뭇가지 아래로 뛰었다. 그러고는 뒤

도 돌아보지 않고 쏜살같이 사라졌다. 동자신이 말한 '할아버지'
는 낙빈에게 있는 조상신祖上神을 의미했다.

'이게 대체 무슨 일이지?'

마냥 꿈을 꾸고만 있을 수는 없었다. 번쩍! 낙빈은 비몽사몽이
었던 꿈과 현실의 경계를 벗어나 현재로 돌아왔다. 방금 전까지
보았던 너른 들판과 그 위를 뒤덮던 먹구름은 사라지고 눈에 익
은 누런 천장이 보였다. 낙빈은 벌떡 일어나 앉았다. 꿈에서 깼는
데도 좀 전에 보았던 먹구름이 눈앞에 생생했다. 정말 스산하고
무시무시한 기운을 품은 구름이었다.

'대체 무슨 구름일까? 어머니를 덮치는 구름이라고?'

낙빈은 머뭇거릴 새 없이 벌떡 잠자리에서 일어났다. 낙빈의
방과 어머니의 방은 대청마루를 사이에 두고 서로 떨어져 있었
다. 낙빈이 벌컥 자신의 방문을 열어젖히니 새벽바람이 싸늘하게
느껴졌다. 아직도 사방은 퍼런 멍이 든 것처럼 색이 죽어 있었다.

해가 뜨지 않은 새벽 숲은 얼음처럼 차가웠다. 추위 때문인지
걱정 때문인지 낙빈은 온몸을 파르르 떨었다. 그러고는 부리나케
달려가 어머니의 방문을 벌컥 열었다. 어머니는 방에 없었다.

'신방神房에 계신가?'

낙빈은 신방으로 몸을 돌렸다. 신방은 어머니가 모시는 모든
신을 위한 경건한 장소다. 어머니가 신을 받을 때마다 입는 울긋
불긋한 신복들과 신의 모습을 그린 그림들, 그리고 은은한 향초
가 있는 곳. 신을 위해 온전히 어머니를 바치는 중요한 곳이 바로

75

신방이다.

낙빈이 신방 쪽으로 몸을 돌리는데 푸른빛과 붉은빛으로 온몸을 감싼 어머니의 모습이 눈에 들어왔다. 남철릭을 걸치고 남사대를 두르고 머리에는 띠를 동여맨 무복 차림의 어머니가 앞마당에서 동서남북을 향해 큰절을 하고 있었다.

'아, 이미 알고 계셨구나!'

초겨울 스산한 바람이 부는 앞마당 한가운데에서 어머니가 사방을 향해 절을 했다. 어머니가 사방을 향해 절을 하는 데는 이유가 있었다. 오늘은 귀신도, 사람도, 그 누구도 오지 말라는 뜻이었다. 이렇게 절을 하며 사방에 기를 뿌리면 '오늘은 아무도 만나고 싶지 않으니 찾아오지 마시오'라는 의미가 전달되어 원래 약속이 있던 사람도 갑자기 사정이 생겨서 찾아오지 않게 되고 길을 잃은 사람도 이 근처에는 얼씬도 하지 않게 된다.

낙빈 어머니는 무척이나 능력이 뛰어난 무녀巫女다. 그녀가 몸속에 모시는 신은 다섯. 그다지 많은 수는 아니었다. 그러나 이 다섯 신은 다른 무녀들이 모시는 신들보다 힘이 월등했다. 잡신을 수천씩 거느려도 상대가 되지 않을 정도였다. 특히 그녀가 모시는 무신武神의 힘은 상상을 초월했다. 무신의 신력神力이 어찌나 강한지 현재와 과거를 통틀어 그녀에게 대적할 이가 없다고 자부해도 좋을 정도였다. 어머니는 자신과 낙빈이 깊은 숲 속에 숨어 사는 것도 이런 강력한 힘 때문이라고 했다. 어머니의 강한 신력이 숱한 영혼들을 끌어당긴다는 것이다.

너무나 강한 신력을 가졌기에 온갖 악귀가 범접해도 무서울 것 하나 없는 어머니였다. 그러나 오늘은 사정이 달랐다. 분명 평소보다 심상치 않은 기운을 풍기는 귀신이 찾아올 것이 자명했다. 새까만 구름의 형상만큼이나 스산하고 소름끼치는 상대가 찾아올 것이다.

　무시무시하고 강력한 악귀惡鬼와 악신惡神을 수없이 물리쳐온 어머니지만 이번만은 사정이 달랐다. 다가오는 귀기鬼氣가 남다르기도 하지만 더 큰 이유는 낙빈에게 있었다.

　일주일 전에 어머니는 낙빈의 신내림을 막기 위해 자신의 모든 영력을 동원해 신에게 반항했다. 그 결과는 너무나 참혹했다. 그녀는 자신에게 있던 두 무신을 잃었고 나머지 신들도 쇠약해질 대로 쇠약해지고 말았던 것이다. 어머니의 내상도 심각해서 두 다리로 서기 힘든 지경이었다. 이런 상황에서 무시무시한 기운을 풍기는 상대가 악의를 품고 다가온다면 신들의 안위는 고사하고 모자의 목숨을 보전하기도 힘들었다.

　　2

　낙빈의 신내림은 지금껏 다른 무녀들과 박수들이 받았던 것과 크게 달랐다.

　본래 낙빈 어머니는 낙빈에게 신내림을 받게 할 생각이 추호

도 없었다. 할 수만 있다면 낙빈이 자신과는 다르게 살도록 해주
고 싶었다. 무시무시한 신의 계시로부터 벗어나 이왕이면 평범하
게 범부중생凡夫衆生이 되어 보잘것없어도 작은 행복을 느끼며 살
기를 원했다. 자신처럼 험하고 거친 삶을 살게 하고 싶지 않았다.
하지만 기력을 다해 미래를 살펴봐도 낙빈의 앞날은 예지가 되지
않았다. 며칠이나 몇 주 앞은 보였지만 어찌 된 일인지 먼 미래는
흐릿하기만 했다.

만일 낙빈이 대물림으로 박수가 된다면 어떻게 될까? 그녀는
고개를 흔들었다. 절벽 한가운데 서 있는 한 그루 나무 같은 고독
함. 밑도 끝도 없이 반복되는 외로운 싸움. 곁에 있어줄 사람 하나
없이 혼자서 감당해야 하는 영靈의 세계…….

그녀는 세상을 등지고 숨어 사는 자신과 달리 낙빈만은 보통
사람들처럼 평범한 여자를 만나 오순도순 행복한 가정을 꾸리고
인간사의 소소한 즐거움을 느끼며 살아가길 바랐다. 그러나 낙빈
에게 예정된 앞날은 그녀의 소박한 바람과 확연히 달랐다. 낙빈
은 별다른 기색도 없이 예지를 하기 시작하더니, 그녀가 보지 못
하는 곳에서 신기神氣를 부렸다.

낙빈이 처음으로 신기를 보인 것은 여섯 살 무렵이었다. 산속
깊숙이 들어와 숨어 사는 탓에 낙빈은 또래와 어울린 적도 없고
숲을 떠난 적도 없었다. 그 때문에 거의 말이 없었고 말을 한다고
해도 무척이나 느리고 어눌했다. 가끔 만나는 무녀와 손님 이외
에는 다른 사람의 왕래가 거의 없었던 까닭이었다. 이렇게 세상

과 연을 끊고 살다 보니, 낙빈이 또래보다 말이 느린 것은 감수할 수밖에 없었다.

그러던 어느 날, 어머니에게 젊은 여자가 찾아왔다. 숲 속 깊숙이 꼭꼭 숨어 사는데도 가끔 인연이 되면 이렇게 찾아오는 사람이 있었다. 시내에 사는 무녀가 자신이 감당하지 못하는 손님을 보내주는 경우도 있었다.

손님은 수년 전부터 온몸이 쑤시고 아파서 병원, 침술원, 한의원을 전전했지만 병이 낫지 않았다. 결국 무당을 찾아갔더니 신내림을 받아야 병을 고친다는 말을 들었다고 한다. 그 후로 수많은 무녀들을 만났지만 다들 신내림을 받아야 한다고만 했다. 그녀는 신내림을 받기는 죽어도 싫었지만 신내림을 받지 않으면 자신과 가족들에게 흉한 일이 생길까봐 물어물어 낙빈 어머니를 찾아온 것이었다. 신력이 출중한 낙빈 어머니라면 혹시 자신의 문제를 해결해줄 수 있지 않을까 하는, 지푸라기라도 잡는 간절한 심정으로 찾아온 것이었다.

그때 낙빈은 신방 안의 병풍 옆에 쪼그리고 앉아 있었다. 낙빈 어머니는 곧 몸주신을 불렀다. 그녀는 슬슬 몸 안으로 신기운이 스며드는 것을 느꼈다. 그녀는 온 정신을 집중하며 대신방울을 흔들었다. 한데 묶인 열두 개의 놋쇠 방울이 부딪히는 소리가 고요한 신방에 울려 퍼졌다. 울음을 참아내는 것처럼 짧고도 둔탁한 방울 소리였다. 대신방울 끝에 매달린 오방색 천도 공중에 휘날렸다. 방울이 흔들릴 때마다 손님의 앞길이 훤히 보였다. 이윽고 공수◆가 내려졌다.

'이 여자는 신내림을 받아야 한다. 그러지 않으면 당장 여자의 어미 되는 사람이 죽겠고, 다시 몇 년 후에는 아비 되는 사람이 죽을 것이다. 이 여자가 결혼을 하고 나서도 신내림을 받지 않으면 장차 딸을 빼앗고, 그래도 신내림을 받지 않으면 남편과 아들의 비명횡사를 각오해야 한다. 신내림을 안 받았다가는 일가족이 몰살을 당할 팔자다!'

낙빈 어머니는 이런 여자들을 수없이 보았다. 그들은 끝까지 신내림을 피하려고 버티다가 결국 집안이 풍비박산 나서 모두가 불행해진 다음에야 신내림을 받곤 한다. 그럴 바에야 처음부터 신내림을 받고 불행을 피하는 것이 일가족을 위해서나 여자를 위해서나 나은 방법이었다. 신들도 뜻이 있어서 그들에게 오는 것이고, 이는 예비된 일이다. 그들이 신들을 받지 않으면 갈 곳이 없어진 신들은 여자를 불행하게 만들어버린다. 악귀가 붙어 있다면 악귀를 떼버리는 굿을 하거나 낙빈 어머니가 악귀와 대적해줌으로써 떨쳐버릴 수도 있다. 하지만 여자에게 붙은 신이 악귀가 아닌 조상신이자 수호신守護神이라면 낙빈 어머니로서도 어찌할 도리가 없었다.

그런데 이 여자에게는 한 가지 이상한 점이 있었다. 이 여자의 신이 일부러 흐려놓은 것처럼 앞날의 한편이 흐릿하게 보이는 것

◆무당이 신을 받아 점사를 하거나 신의 소리를 내는 것을 말한다. 죽은 사람의 넋이 무당에게 들어와 하는 말이라고도 한다.

이었다.

'저것은 신내림을 받은 뒤의 모습인데······.'

낙빈 어머니는 좀 더 세차게 방울을 흔들었다. 열두 개의 방울이 더욱 세게 허공을 갈랐지만 젊은 여인의 앞날은 좀처럼 또렷하게 보이지 않았다. 그녀의 뛰어난 예지 능력을 이렇게 흐릴 정도라면 누군가 엄청난 힘을 써야 한다. 그렇지만 그녀는 대수롭지 않게 넘어가려고 했다. 가끔 피곤하거나 기도를 소홀히 하면 이런 일이 있었기 때문이다.

"별수 없소. 신내림을 받아야 하오."

낙빈 어머니는 고개를 절레절레 흔들며 방울을 멈췄다. 허공을 가르던 열두 개의 놋쇠 방울이 짙은 색깔의 나무 소반 위로 떨어졌다. 바로 그때였다. 병풍 옆에 쪼그리고 앉아 있던 낙빈이 중얼거렸다.

"아줌마, 그 신을 따라가면 죽어요. 따라가지 마요!"

순간 낙빈 어머니의 신기가 확 풀어지고 말았다. 몸에 들어섰던 예지의 신이 빠져나가며 얼떨떨한 얼굴로 아들의 얼굴을 바라보았다.

"그 신을 따라가면 아줌마네 어머니 아버지 다 죽고, 아줌마네 언니 동생 다 죽고, 아들딸 낳으면 걔네도 다 죽어요. 그 신······ 조상신이지만 악신이에요. 아줌마한테 나쁜 조상신이 씌었어요. 아줌마네 조상이 사람을 많이 죽이고 죄를 많이 지어서 아줌마한테 나쁜 일이 일어나게 되었어요."

"뭐라고?"

낙빈은 그때까지 다른 사람과 대화를 한 적이 없어서 말이 느리고 어눌하기 짝이 없었다. 간단한 한두 마디로 의사를 전달하는 게 고작이었던 아이가 신방 구석에 쥐 죽은 듯이 앉아 있다가 방죽이 터지듯 말을 해댄 것이다. 낙빈의 말문이 터진 것도 놀라웠지만 우선 신경 쓰이는 것은 그 말의 내용이었다. 낙빈 어머니는 정신을 더욱 집중하고 열두 개의 방울을 세차게 흔들었다. 손이 부들부들 흔들리고 눈이 덜덜 떨리기 시작했다. 눈꺼풀이 슬슬 뒤집어졌다. 이번에는 미래를 내다보는 예지력을 발휘하기보다 신안神眼을 빌려 여자를 바라볼 작정이었다. 그러자 여인의 뒤에서 흐릿한 영상이 꾸물꾸물 피어나기 시작했다.

젊은 여인의 뒤에는 머리가 마구잡이로 헝클어진 더러운 모습의 조상신이 있었다. 헝클어진 머리와 덥수룩한 수염이 온 얼굴을 뒤덮은 남자였다. 아무렇게나 입은 한복의 앞섶은 말라비틀어진 굳은 피로 시커먼 것이 흡사 망나니 같았다. 이 조상신의 뒤로 안개처럼 희뿌연 연기가 그득했다. 낙빈 어머니는 신안을 더욱 집중해 그 안개를 뚫어져라 바라보았다. 그리고 낙빈의 말대로 그녀가 신내림을 받으면 큰일 나는 이유를 깨달았다.

여자의 조상들은 많은 사람들과 짐승들을 죽였다. 그것도 고통스럽게 울부짖으며 살려달라고 하는데도 그지없이 잔인하게, 그리고 서서히 죽였다. 죽어서도 잊지 못할 고통과 괴로움 속에서 죽어가도록. 이런 조상신들의 업業은 후세에도 계속되는데, 문제는 그중에서도 여자의 수호신이 가장 악독한 업행을 쌓았다는 것이었다. 그는 죄가 하도 많아서 죽은 뒤에도 그에게 원한을 품은 사람들과 짐승들이 그의 목에 줄을 매달아 그의 영혼을 붙들고 놔주질 않았다.

결국 여자가 신내림을 받는다면 자신의 조상신인 수호신만 받아들이는 것이 아니었다. 그녀의 조상신과 그녀의 집안을 해치려는 신들까지 한꺼번에 받아들이는 셈이었다. 이렇게 되면 원혼들은 여자를 통해 여자의 조상신은 물론이고 여자와 여자의 집안까지 몰락시킬 게 분명했다.

'그래서 내 예지 능력을 흐려놓았군.'

상황이 분명해지자 해결 방법도 명확해졌다. 우선 굿판을 벌여서 여자와 집안사람들이 모두 조상의 악업에 대해 사죄해야 한다. 원한령怨恨靈들이 사죄와 굿으로 달래져 성불成佛한다면 가장 좋을 것이다. 그러나 아무리 달래도 떨어질 기미가 보이지 않는다면 수호령 자체를 떠나보내야 한다. 수호령이 여자에게 붙어 있는 이상 원한령들이 계속 신내림을 요구할 테고 신내림을 받지 않으면 결국 집안이 몰살될 것이니 수호령을 떠나보낼 수밖에 없다. 살아생전 잔인한 짓을 서슴지 않았던 수호령은 죄업의 대가로 원한령들의 분이 풀릴 때까지 그렇게 목에 줄이 묶여 있어야 한다. 여자도 수호령 없이 살아가야 한다. 이런 수호령은 하등 도움이 되지 못하니 차라리 떠나보내는 것이 백번 낫기 때문이다.

결국 낙빈 어머니는 여자에게 이런 사실을 알리고 여자의 가족과 일가친척들을 모두 모이게 했다. 모든 후손이 모여서 사흘 밤낮을 손이 발이 되도록 비는 굿판을 벌였다. 그들이 울며불며 빌다가 정신을 잃기도 하고 굿판을 벌이던 무당까지 뒤로 넘어갈 만큼 힘든 굿이 이어지자 다행히 원한령들이 점차 화를 누그러뜨렸다. 원한령들은 억울하게 죽어간 원혼을 위해 매년 제사를 지낸다는 약속을 받고 나서야 비로소 수호령의 목줄을 풀어주었다.

그렇게 낙빈은 여섯 살 때 처음으로 '아는 소리'를 했지만 직성이 셌을 뿐, 분명 뚜렷한 신기는 없었다. 낙빈 어머니가 신안이나 예지력을 통해서 이리저리 아들을 바라보아도 신의 세계로 들어올 미래는 보이지 않았다. 아니, 사실은 아들의 미래가 거의 보이지 않았다. 아들의 미래는 꼭꼭 숨겨놓은 비밀 상자처럼 단단하게 감춰져 있었다. 그녀는 아들에게 조금이라도 신기가 보이면 신내림을 막기 위해 갖은 수를 다 써볼 생각이었다. 시간이 지나 너무 늦기 전에 초반에 모든 것을 해결할 셈이었다. 하지만 낙빈의 신들은 그녀의 생각을 이미 읽고 있었다. 때문에 신들은 낙빈 어머니가 없을 때만 아이의 눈앞에 나타났고 그녀가 눈치채지 못할 때만 아이와 놀아주었다. 아이는 동자신과 놀면서 말을 배우고, 놀이를 배우고, 사람과의 관계를 배웠다. 그러나 낙빈 어머니는 그 사실을 전혀 알지 못했다.

어머니의 눈길이 미치지 못하는 학교는 신들에게 최고의 장소였다. 그들은 낙빈의 몸을 빌려서 꿈틀대기 시작했고 결국 참았던 신기들이 튀어나왔다. 안심하고 맡겼던 학교에서의 날들이 낙빈 어머니에게는 통한의 눈물을 쏟게 하는 시간이 되고 말았다.

낙빈 어머니는 낙빈에게 오시려는 신들을 말리기로 했다. 신들께 사정을 해서라도 아들의 몸에서 나가시게 하고 꼭 기거할 곳이 필요하다면 자신의 몸을 바쳐서 신을 모시겠다고 사정할 작정이었다. 애원하고 달래고 사정하다가 안 되면 정말 끝장을 봐서라도 낙빈을 지키겠다고 결심했다.

그것이 바로 일주일 전의 일이었다.

3

그날도 낙빈 어머니는 동서남북에 절을 하며 기를 뿌렸다. 누구도 찾아오지 말라는 의미였다.

어머니는 낙빈을 마당 한가운데에 앉혔다. 그 앞에는 조상신들이 좋아할 만한 온갖 제물을 올린 제사상을 차렸다. 낙빈의 신내림을 막기 위해 신들을 구슬리는 방책이었다. 무릎을 꿇은 낙빈은 학이 제 머리를 숨기듯 고개를 푹 숙이고 묵묵히 기다렸다.

낙빈은 어머니의 굿판이 좋았다. 굿판을 벌일 때마다 아름답게 치장하고 굿거리◆마다 갈아입는 무복巫服의 아름다움에 넋을 잃었다. 거리마다 바뀌는 오방색 치마저고리도, 아름다운 소리

◆굿의 절차를 나누는 말. 무당은 각 거리마다 무복을 갈아입는다. 또한 방울, 부채, 창, 칼 등 손에 드는 무구도 각 거리마다 달라진다.

를 내는 방울도, 공중에서 펄럭이는 아름다운 부채도, 은빛으로
허공을 가르는 언월도와 삼지창도 아름답기 그지없었다. 하지만
오늘만은 그 모든 것이 아름다워 보이지 않았다. 어머니의 오방
색 천의天衣가 휘날릴 때마다, 어머니의 두 손에 들린 무구巫具들이
허공을 가를 때마다 작은 가슴은 답답해지고 명치끝이 쿡쿡 쑤
셔왔다.

푸른색과 붉은색의 화려한 무복을 휘날리며 어머니는 굿판을
시작했다. 낙빈 어머니는 먼저 낙빈의 신들을 불러냈다. 그녀는
아이 몸에 현신現身한 신들을 보고 깜짝 놀라지 않을 수 없었다.
분명 낙빈은 신내림을 받지 않았고, 또 신내림을 받기 전에 종종
따르는 신체적 고통의 징조도 보이지 않았다. 그런데 이미 자연
통신◆이 이루어진 것처럼 안정되어 있었다. 어머니는 그동안 낙
빈의 신들이 이토록 감쪽같이 자신을 속여왔다는 것이 믿기지 않
았다.

"벌써 이 정도라니! 부탁입니다. 제발 제 아들을 그냥 두세요.
부탁입니다."

부들부들 떨리는 손으로 정신없이 돌아가는 방울을 부여잡은
낙빈 어머니의 마음속 외침이 쩌렁쩌렁 숲을 울렸다. 펄럭이는
남철릭 사이로 새하얀 부채가 휘날렸다. 하지만 낙빈의 신들은
요동도 하지 않았다. 어머니의 굿 소리가 점점 커지자 낙빈의 눈

◆내림굿 등 어떤 준비도 없이 신적인 존재를 느끼는 경우를 말한다.

에서 하염없이 눈물이 넘쳐흘렀다. 어머니의 아름다운 춤사위가 이리도 시리도록 가슴 아픈 줄은 몰랐다. 마침내 낙빈의 내면에서 침묵을 지키던 조상신 한 분이 입을 열었다.

'네 아들의 운명은 예정된 것이다. 부질없는 짓은 그만두거라.'

"돌려주십시오. 내 생명보다 존귀한 아이입니다. 제가 모두 받겠습니다. 제가 달게 받겠으니, 제발 그 아이에게서 물러나주십시오."

낙빈 어머니는 머리를 조아리며 사정했다. 하지만 돌아오는 대답은 매몰찼다.

'너는 그릇이 못 되느니라!'

"무슨 말씀이십니까! 제 신들보다 더 공손히 깊이 섬기겠습니다. 성심을 다해 모시겠습니다. 제발 부탁입니다. 아이에게서 물러나주십시오."

'넌 그릇이 안 된다고 하지 않았느냐!'

"대체 내 아들에게 오실 분들이 누구시기에 제가 그릇이 아니라고 하십니까?"

'이 아이에게 올 신들은 그 존엄이 우주에 달하는 무한 광대한 분들이다. 그러니 그분들을 어찌 네 몸으로 받을 수 있겠느냐?'

"무한 광대한 신이라니요! 누구도 무한 광대한 신을 다 받을 수는 없는 법입니다. 게다가 이 어린아이에게 우주의 존엄을 가진 분이 오시다니요! 어찌 한 아이에게 그리 오신단 말입니까? 말씀이 아니질 않습니까!"

'그것이 이 아이의 운명이니라. 네 속에서 나온 아이거늘, 보통의 인간과 다르다는 것을 어찌 모른 척한단 말이냐? 운명을 거역하지 말거라!'

"부탁입니다. 그 길을 벗어나게 해주십시오. 부탁입니다, 부탁입니다!"

해가 뜨면서 시작된 설전은 해가 저물녘까지 끝날 줄을 몰랐다. 애걸복걸하는 낙빈 어머니도, 완강한 어조로 훈계하는 조상신도 한 치도 물러서지 않았다. 날이 어두워지자 어머니는 이렇게 애걸하고 사정하는 것으로는 해결되지 않으리라는 것을 깨달았다. 여느 신들처럼 제사상을 잘 차려서 달래고 어른다고 말씀을 들어줄 신이 아니었다. 낙빈을 살리려면 운명을 거역하는 수밖에 없었다. 자신의 몸이 산산이 부서져도 좋으니, 낙빈을 해방시켜야 한다는 생각으로 굳어졌다. 더구나 지금이 아니면 모든 것이 끝장이다. 무한 광대한 신들이 정말로 낙빈의 안으로 들어서고 결국에 그들이 현신한다면 다시는 아이를 지킬 수 없을 것이다. 그녀는 낙빈의 신들에게 대항하기로 마음먹었다.

"대체 이 아이에게 오실 분들이 누구십니까?"

조상신은 잠시 동안 침묵했다. 그의 눈이 지그시 낙빈 어머니를 바라보았다. 순간 그녀는 두 팔에 소름이 가득 끼치는 것을 느꼈다. 설마…… 그녀는 자신이 걱정하는 그 이름이 나올 리는 없다고 생각하며 대답을 기다렸다.

'어차피 언젠가는 알게 될 터이니, 가르쳐주지 않을 이유가 없다. 그러나 네가 그분들을 안다고 해서 무얼 하겠다는 것이냐? 모든 것을 알게 되면 네 아들의 운명을 순리대로 받아들이겠느냐? 모든 것은 신의 뜻이니 쓸데없는 짓 말고 물러서거라.'

"그리는 못합니다! 누구십니까? 대체 어느 분들이 오시기에 저 따위는 받지도 못한다고 하시는지요. 그런 분들이 어찌 이 어린 것에게 오신다는 것인지요? 어느 무당도 받을 수 없는 신이란 대체 누구란 말씀입니까?"

낙빈 어머니의 등줄기가 서늘해졌다. 뒷목이 싸늘하게 굳으면서 불안과 두려움에 온몸이 덜덜 떨렸다.

'누굴까? 설마 '그분'은 아니겠지. 아닐 거야.'

그녀는 두 손의 방울과 부채를 단단히 부여잡았다. 그리고 손마디 하나 움직이지 않고 숨을 죽였다. 조상신 역시 부동의 자세로 침묵을 지켰다. 한참이 지난 후에 조상신이 먼저 입을 뗐다. 아까보다 훨씬 위엄이 서린, 얼음처럼 차가운 음성이었다.

'나는 천제한인天帝桓因과 한웅천왕桓雄天王과 단군왕검을 모시고 있는 백두민족白頭民族 수호령이니라. 지금 네 아들의 몸에는 천제한인의 후손이신 배달한웅의 모든 분이 예비하고 계시니라. 한웅천왕님으로부터 갈고한웅과 자오지한웅, 거불단한웅에 이르기까지 그 자리를 예비하고 계신다. 어디 그뿐이랴. 한국桓國의 모든 한님, 그리고 신시神市와 태고조선의 모든 한웅님께서 오실 때를 예비하고 계시니라. 또한 이분들을 따르는 무리가 수천이고 그분들이 부리는 귀신이 수만이니, 이 모든 한님께서 아이가 영적으

로 장성하는 날을 기다려 오시리라.'◆

　백두민족의 수호령이라고 자처한 조상신의 입에서 믿을 수 없
는 이야기가 흘러나왔다. 고대 한족의 태초 조상들이 낙빈의 성
장을 기다리고 있다니, 믿을 수 없는 일이었다. 한 인간의 몸에 어
찌 그리 많은 신을 받을 수 있단 말인가! 그러나 이것이 끝이 아
니었다.

　'그리고…… 예언의 그날이 오면 모든 것의 근원이며, 모든 것
의 시작이며, 모든 신의 모체母體이며, 세상의 시작과 끝이신 그분,
태고지신太古之神께서 오실 것이니라. 너라면 이 이야기가 무슨 의
미인지 모르지 않을 터. 아무 소리 말고 모든 일을 예비하도록 하
여라.'

　"태…… 태고지신!"

　순간적으로 낙빈 어머니의 얼굴이 백지장처럼 새하얗게 변했
다. '태고지신'이란 말이 청천벽력처럼 그녀의 고막을 울리고 또
울렸다. 그와 동시에 형용할 수 없을 만큼 고통스럽던 옛일들이
번개처럼 뇌리를 스쳤다. 설마, 설마 하면서 반신반의하던 걱정

◆조상신의 말에 나오는 한인, 한웅, 한국 등의 단어에는 『한단고기桓檀古記』를 중심으로 한
역사관이 숨어 있다. 작가는 단군왕검으로부터 시작하는 반만년의 역사가 아닌, 수많은 한
웅들이 살았던 1만 년의 역사를 기초로, 반도의 역사 이전에 대륙의 역사를 백두의 줄기로
삼았다. 『한단고기』는 일제강점기인 1911년에 계연수桂延壽가 4종의 사서史書인 『삼성기』,
『단군세기』, 『북부여기』, 『태백일사』를 하나로 묶어 편찬한 책이다. 『한단고기』에 따르면,
현재 설화로 치부되는 한인과 한웅시대의 이야기가 실제의 역사라고 한다. 즉 단군 이전에
배달민족의 시발인 한국시대의 한인으로부터 18대 단웅까지 이어지는 1565년의 역사가
있었다는 것이다. 또한 한국과 신시시대에 배달민족은 한반도만이 아니라 아시아를 넘어서
는 광활한 대륙을 호령했다고 한다. 이 책에서 환桓을 모두 '한'으로 읽은 것은 무속신앙에
서 존엄을 가진 '하늘님'의 본체를 우리 고대 역사와 연결하기 위함이다.

90

이 현실로 뚜렷이 나타나는 순간이었다.

"마…… 말도 되지 않습니다! 인간의 몸으로 어찌 그 많은 신들을 받을 수 있겠습니까. 그리고…… 태고지신이라니요! 저 어린것이 무슨 잘못이 있다고 이러십니까? 저만으로는 부족하셨나요? 저 어린것에게 어떤 시련을 주시려고 또 이러십니까?"

낙빈은 새하얗게 변한 어머니의 얼굴을 올려다보았다. 태고지신…… 처음 들어보는 신의 이름이었다. 그런데 어머니는 이분을 이미 알고 있는 듯했다. 그것도 아주 잘! 새파랗게 질린 얼굴과 부들부들 떨리는 두 손을 보건대 그 이름에서 느끼는 엄청난 두려움이 여실히 전달되었다.

'미천한 것! 만물의 근원 가운데 근원이며, 시작 가운데 시작이며, 신들의 신이며, 모체의 모체이며, 처음이자 마지막이신 그분의 뜻을 너 따위가 헤아릴 리 만무하지 않느냐. 참으로 미련하고 어리석구나. 너의 자식에게 태고지신의 자리를 예비하였으니, 이 또한 오묘하고 기묘한 운명이니라.'

"……."

백두민족 조상신은 낙빈 어머니를 크게 나무랐다. 하지만 낙빈 어머니는 물러서지 않았다.

"저와 제 사람을 그토록 힘들게 괴롭히신 장본인이 이제는 제 아들에게 오신다고요? 또다시 세상을 풍비박산 낼 작정이십니까? 차라리 제게 오십시오. 미천한 몸일지언정 제가 달게 받겠습니다. 아이만은…… 제발 제 아이만은 이 가혹한 운명에서 벗어나게 해주십시오!"

낙빈 어머니는 허리가 꺾이도록 굽히고 또 굽혔다. 한 손으로 아흔아홉 개의 무령巫鈴◆을 흔들고 다른 한 손으로는 알록달록 커다란 부채를 위아래로 나부끼며 이마가 부서지고 무릎이 까지도록 조아리고 또 조아렸다. 그러나 그녀가 아무리 빌고 빌어도 백두민족 조상신은 그저 끌끌 혀를 찰 뿐이었다.

'너와 네 사람을 괴롭힌 것은 태고지신이 아니라 미련한 인간들임을 아직도 깨닫지 못했느냐. 태고지신의 예언이 네게 없었다는 것은 누구보다도 네년이 제일 잘 알 터인데 어찌 그분을 원망하느냐. 그러니 너는 이제 예비하거라. 너 따위 미천한 짐승의 아이가 3,000년 만에 처음으로 백두산 줄기의 모든 정기精氣를 받았으니, 이 또한 오묘하고 교묘한 운명이 아니겠느냐.'

"……."

'네 아이는 3,000년 만에 처음으로 백두산 줄기의 모든 정기를 받았다. 이 아이는 최대의 성산聖山이며 영산靈山인 백두산이 포효하고 그 줄기가 들썩이며 온 땅이 요동치는 지독한 해산의 고통 속에서 태어난 것이니 아이는 네 것이 아니니라.'

낙빈 어머니는 파르르 떨었다. 백두민족 조상신이 언급한 신들은 그녀가 맞서 싸울 상대가 아니라는 것을 알고 있었다. 싸워서

◆ 무당이 사용하는 방울을 부르는 말이다. 무당이 모시는 신이나 귀신들은 방울 소리를 좋아하기도 하고 무서워하기도 한다. 때문에 무당은 자신의 몸으로 강신을 하게 하거나 귀신을 멀리 쫓아버릴 때 무령을 사용한다. 무령에 달린 방울의 숫자는 다르며 아흔아홉 개의 방울이 달린 상쇠방울은 주로 강신을 받은 큰 무당이 사용한다.

이긴다는 것은 꿈도 꾸지 못할 일이다. 하물며 태고지신이라니! 그에 대적하려는 마음을 먹는 것만으로도 재앙이 뒤따를 게 분명했다. 그런데 이토록 엄청난 신들이 작은 아이의 몸으로 모두 들어온다니, 상상할 수 없을 정도로 무시무시한 일이었다.

"그렇다면…… 저는 무엇이었나요? 그분이 저에게 오신다는 거짓 예언들을 바로잡지 않으셨던 것은 이 아이의 미래를 예비하기 위해서였습니까? 그렇다면 저는 무엇이었습니까? 아이 아버지는 무엇이었습니까? 이 아이를 인도할 도구였을 뿐인가요? 태고의 신이 제게 주신 고통과 번민은 신들에게는 한순간의 유희였을 뿐인가요?"

백두민족 조상신을 바라보는 낙빈 어머니의 눈빛에 하염없는 원망이 가득했다. 애써 눈물을 참는 그녀의 두 눈은 핏발이 굵게 서면서 붉게 변했다.

이런 어머니를 바라보는 낙빈은 침이 바짝바짝 말랐다.

태고지신!

낙빈은 한 번도 들어보지 못한 생소한 이름이었다. 어머니는 과거에 그 이름과 어떤 인연이 있었던 것이 분명했다. 그리고 지금껏 단 한 번도 들어보지 못한 '아버지'라는 말도 나왔다.

'태고의 신은 어떤 분이실까? 어머니의 마음을 아프게 한 신이 내게 들어온다니……. 지금까지 한 번도 들어본 적이 없는 신인데……. 옛날에 무슨 일이 있었던 걸까?'

낙빈은 머리가 복잡했다.

낙빈 어머니 역시 머릿속이 혼란스러워 정신을 못 차릴 지경이었다. 꿈에서도 생각지 못했던 일이 눈앞에서 벌어지고 있는 것이다.

'싸울 수 있을까? 낙빈이를 지킬 수 있을까?'

낙빈 어머니가 모시는 신들은 다른 무당들이 모시는 신들에 비할 바 없이 막강한 힘을 가지고 있었다. 하지만 낙빈을 탐내는 신들과 비교한다면 감히 그 이름자나 내밀 수 있을까? 그러나 방법이 전혀 없는 것은 아니었다. 단 한 가지 희망은 바로 그것! 낙빈이 아직 신내림을 받지 않았다는 사실이었다. 감히 이 아이에게 신내림을 해줄 사람도 없겠지만 말이다. 어쨌든 아직 아이가 성숙하지 못해 위대한 신들은 강신降神하지 못한 상황이고 이미 내려온 신이라도 힘을 발휘하는 데는 제약이 따를 것이다. 최강의 힘을 가진 신들은 아이가 강성해진 다음에 들어온다고 했으니, 바로 지금이 그들에게 대적할 마지막 기회였다.

낙빈 어머니는 자기 목숨이나 제가 모시는 신들의 안위를 걱정할 여유가 없었다. 오로지 낙빈의 앞날만 걱정될 뿐이었다. 예언의 날이 도래하여 낙빈이 세계와 인류를 구하든 말든 상관없었다. 그녀에게 낙빈은 둘도 없이 소중한 자식일 뿐이었다. 그녀는 이 세상에 단 하나뿐인 혈육을 구해야 한다는 일념뿐이었다.

그녀는 서서히 기를 끌어모으기 시작했다.

4

낙빈 어머니에게서 심상치 않은 기운이 느껴졌다.

"어머니, 그만두세요! 이분들은 이미 알고 계세요."

낙빈은 어머니가 신들에게 대항하는 적대적 기운을 내뿜고 있음을 알아차렸다.

"그래, 그토록 대단한 신들이니 모를 리가 없겠지. 하지만 무량대능無量大能한 신들이 어찌 자식을 가진 어미의 심정은 모르신단 말이냐!"

"어머니, 그만두세요. 어머니, 제발……."

어린 아들의 애절한 목소리에 어머니는 가슴이 미어졌다. 사는 것이 부질없어도 아들 하나로 꿋꿋이 버텨온 인생이었다. 온갖 고난과 풍파 속에서도 아들만큼은 그저 평범하게 살기를 빌고 또 빌었다. 그리 큰 욕심이 아니라고 생각했건만, 그 작은 소망마저 산산이 부서지고 있었다.

낙빈이 무당이 된다면 결코 평범한 박수무당에 그치지는 않을 것이다. 태고지신을 비롯한 온갖 위대한 신들이 낙빈에게 강림하려 한다면 아이의 앞날은 불을 보듯 뻔했다. 본인이 원하지 않더라도 수많은 대립과 다툼에 휘말릴 것이다.

아이는 영문도 모르고 이리저리 휘둘리면서 온전한 인생을 모두 잃어버린 채 사악한 자들의 도구로 전락할 수도 있었다. 그런 인생을 고스란히 경험한 것이 바로 낙빈 어머니였다. 아들마저

그녀처럼 뼈에 사무치도록 외롭고 험난한 인생을 살게 내버려둘
수는 없었다.

"아이를 내드릴 수 없습니다!"

'……'

백두민족 조상신은 더 이상 대꾸하지 않았다.

낙빈 어머니는 다시 굿을 시작했다. 이번에는 애원의 굿이 아
니라 반항의 굿이었다. 신들을 구슬리는 것이 아니라 신들을 내
쫓으려는 굿이었다. 못된 악신을 내몰 때처럼 굿판이 무르익으면
신들을 공격할 것이다. 신들은 그런 그녀의 처절한 몸부림을 말
없이 지켜보았다.

낙빈 어머니는 반항의 굿을 하면서 자신의 다섯 신들 가운데
가장 용감한 장수신將帥神을 불렀다. 장수신은 낙빈 어머니가 내뿜
어주는 기를 받고 그녀의 등 뒤에서 일어서기 시작했다. 그는 서
서히 형체를 갖추더니, 몸집이 거대해졌다. 장수신이 어느 정도
모습을 갖추자 낙빈 앞으로 다가갔다. 그때였다. 낙빈의 뒤로 검
붉은 빛이 이글거리기 시작했다. 서슬 퍼런 냉기가 그득한 빛이
었다.

'나의 제자야, 무모하다. 싸우지 마라. 네가 제정신이라면 신들
에게 덤비지 말거라. 신에게 대적하는 것이 얼마나 무모한지는
너도 잘 알 것이다. 이 싸움에서 물러나거라. 힘만으로 되는 일이
아니다. 그만두거라.'

낙빈 어머니의 마음속에서 현명한 예지의 신이 말했다. 그러나

낙빈 어머니는 단념할 수 없었다. 지금 누구도 그녀를 막을 수는 없었다. 아들을 빼내올 수만 있다면 숨이 남아 있는 마지막 순간까지 몸부림을 쳐볼 작정이었다.

차르릉…… 차르릉…….

방울 소리가 온 산에 울려 퍼졌다. 낙빈 어머니는 제자리에서 미친 듯이 돌고, 돌고, 또 돌았다. 그녀의 움직임이 빨라질수록 장수신의 몸집이 더욱 커졌다. 처음에는 사람만 하던 형상이 점점 커져서 나무만 해지고, 집채만 해졌다. 그 거대한 형상이 낙빈 앞에서 무시무시한 얼굴로 으르렁거렸다.

낙빈의 등 뒤에서 이글거리던 빛도 점점 사람의 형상으로 변했다. 시뻘건 빛이 점점 또렷해지더니, 머리에 거대한 두 개의 뿔을 단 사람으로 바뀌었다. 그것은 뿔이 아니라 청동빛 투구였다. 투구의 중심에는 무시무시한 도깨비가 새겨져 있었다. 그 아래로는 붉다 못해 검은빛의 갑옷이 거대한 몸을 휘감고 있었다. 발까지 닿을 듯한 긴 수염 위로 함부로 쳐다볼 수도 없을 만큼 강렬한 안광眼光이 뿜어져 나왔다. 한눈에 보기에도 범상치 않은 기운이었다. 그에게는 형용할 수 없는 위엄이 가득했다.

치켜 올라간 눈초리, 번쩍이는 눈썹, 섬뜩할 정도로 뚜렷한 선과 음영을 가진 얼굴. 주변의 공기마저 싸늘하게 식히는 어마어마한 힘을 가진 신이었다. 그는 온몸으로 기를 뿜으며 입을 열었다.

'그만두어라, 인간이여. 네 무장武將의 신은 나를 이길 수 없다.

나는 모든 무장과 모든 무신의 아버지인 자오지한웅◆이다! 내가
세상을 다스릴 때는 그 이름만으로도 동서남북이 두려움에 떨었
고 만조백관이 내 발아래 무릎을 꿇었다. 그런 나에게 너의 새파
란 무장이 감히 덤비려 든단 말이더냐!'

사방이 꽁꽁 얼어버릴 정도로 위압적인 음성이었다. 온몸이 얼
어버릴 듯 공포에 질렸지만 자오지한웅의 위엄도 강렬한 어머니
의 사랑을 멈추게 하지는 못했다.

"당신께서 아직은 이 아이의 몸에 편히 머무를 수 없다는 걸 알
고 있습니다. 이 아이는 아직 신내림을 받지 않았으니까요."

'이 아이에게 신내림 따위는 필요치 않다. 어떤 무당이 이 아이
에게 신내림을 해줄 수 있단 말이더냐!'

"그래요, 그렇더라도 이번이 당신들과 대적할 마지막 기회란
걸 알고 있습니다. 오늘은 결단코 물러나지 않을 것입니다. 내 아
이를 놓아주십시오!"

'가당치도 않구나! 네 아들의 운명을 정히 네가 모른단 말이냐!'

"모르오! 나는 모르오!"

◆ 신시시대의 14대 한웅이며, 치우천왕이라고도 한다. 치우란 우레와 비가 크게 와서 산과
강을 크게 바꾼다는 의미다. 『한단고기』에 따르면 당시 돌과 활밖에 없던 중국인 헌원이 천
자가 되기 위해 자오지한웅을 공격해 73회나 싸웠으나 모두 자오지한웅이 이겼다고 한다
(헌원은 중국인이 자신들의 시조로 생각하는 인물이다). 사마천의 『사기史記』에는 "헌원 때 치
우가 가장 난폭하여 능히 정벌할 수 없었다. …… 치우는 형제가 81명이고 짐승의 몸으로 사
람의 말을 하며 구리 머리에 쇠 이마를 하고 있었다. 모래를 먹고 칼, 창, 커다란 활 등을 만들
어 위엄이 천하에 떨쳤다"라고 기록되어 있다. 당시 갑옷을 입고 발달된 제련술을 가지고 있
던 우리나라(한국)의 문명을 엿볼 수 있는 기록이라 하겠다. 고대 중원에서는 치우천왕을 무
신(전쟁의 신)으로 받들어 추앙했다. 그가 남긴 병법은 중국 춘추전국시대 군사통치 지침서
가 되었고 『손자병법孫子兵法』의 기초가 되었다고 한다.

낙빈 어머니의 몸이 허공을 뱅그르르 돌았다. 그 순간 그녀의 강렬한 기운이 장수신에게 휘몰아쳤다. 더 이상 지체할 수 없었다. 틈을 노려 선제공격을 해보는 수밖에 없었다. 기를 흡수한 장수신은 산처럼 커졌다. 그리고 그의 뒤에서 시퍼런 눈을 희번덕거리며 또 다른 신이 나타났다. 그는 낙빈 어머니가 모시는 검신劍神이었다. 검신의 온몸은 은빛으로 번쩍였고 그의 오른손에서 2미터가 넘는 검기劍氣가 날카롭게 번쩍였다.

장수신과 검신은 각고의 노력 없이는 다룰 수 없는 신이었다. 전투와 관련된 무신은 다른 신들보다 다루기가 훨씬 어렵기 때문에 그녀가 지난 수십 년간 두 신에게 들인 공은 이루 말할 수 없을 정도였다. 그녀는 정신적인 강건함은 물론이고 굳센 육체와 강력한 영력靈力을 유지하기 위해 피나는 노력을 해왔다. 그래서 긴 세월 동안 무수한 전투를 치르면서도 두 신의 힘을 빌려 패배한 적은 거의 없었다. 장수신의 힘을 바탕으로 검신이 신기神技의 검술을 발휘하면 웬만한 상대들은 꽁무니를 빼고 달아나버렸다.

'으아랏차!'

우레와 같은 괴성과 함께 장수신은 쭉 뻗은 검신을 내지르며 자오지한웅을 향해 돌진했다.

'흐이여업!'

자오지한웅 역시 우렁찬 목소리로 응수하며 검을 휘둘렀다.

파앗!

세 영靈은 한데 엉켰다가 다시 흩어졌다. 낙빈 어머니에게 돌아

온 장수신과 검신은 자오지한웅을 뚫어져라 노려보았다. 자오지
한웅은 구릿빛 동검을 감싼 채로 묵묵히 서 있었다. 그는 마치 아
무 일도 없었던 것처럼 두 눈을 감고 조용히 있었다.

"우욱!"

낙빈 어머니의 입에서 검붉은 피가 울컥 쏟아져 나왔다. 단
한 번의 공격으로 장수신과 검신이 심각한 타격을 입은 게 분명
했다.

낙빈은 눈물을 줄줄 흘리며 어머니를 바라보았다. 낙빈은 자
오지한웅이 어머니의 무신들을 공격하지 못하도록 막고 싶었지
만 마음뿐이었다. 제 몸에서 나온 신이지만 도저히 제어할 수가
없었다. 힘이 약한 다른 신들에게도 쩔쩔매는 처지에 자오지한
웅을 어찌 막을 수 있으랴! 자오지한웅은 낙빈을 통해 자신의 의
지대로 마음껏 움직이지만 낙빈이 그를 말리는 것은 전혀 불가
능했다.

자오지한웅이 천천히 눈을 치켜떴다. 그 눈에서 엄청난 안광이
뿜어 나왔다. 웬만한 상대는 싸워보지도 못하고 기를 모두 빼앗
겨버릴 만큼 강력한 기운이었다.

'크윽!'

검신은 고통을 참지 못하고 신음을 토하며 바닥에 떨어졌다.
그의 허리가 꺾여 있었다. 자오지한웅이 휘두른 구릿빛 검은 짧
고 투박한 모양이었다. 그러나 그것에 자오지한웅의 힘이 담긴
순간 그 어떤 검보다도 단단하고 날카롭게 변했다. 낙빈 어머니

가 이때껏 한 번도 접해보지 못한 대단한 위력이었다.

낙빈 어머니는 수많은 무장신武將神과 싸웠고 수많은 악귀와 잡귀들을 물리쳐왔지만 자오지한웅처럼 재빠른 몸놀림으로 상대의 움직임을 마비시켜서 단칼에 제압하는 신은 처음이었다. 더구나 똑바로 쳐다보기조차 힘든 그 무시무시한 눈동자라니! 일찍이 그런 눈빛은 본 적도 들은 적도 없었다.

'방자한 것들! 네놈들이 열이면 열, 백이면 백, 천이면 천 모두 달려들어도 나를 쓰러뜨리지는 못한다. 감히 나에게 반기를 들다니, 용서할 수 없다! 네놈들을 모두 지옥으로 보내주마!'

자오지한웅이 짧고 투박한 동검을 치켜들고 낙빈 어머니 쪽으로 몸을 날렸다. 장수신과 검신이 그녀를 지키기 위해 같이 몸을 날렸다.

콰당탕!

마당 한가운데 있던 장수신과 검신이 바깥으로 나가떨어졌다. 장수신이 담벼락에 부딪히면서 담이 반쯤 무너져 내렸다. 장수신은 머리가 심하게 깨져서 얼굴 전체가 금방 피범벅이 되었다. 검신은 더욱 처참했다. 이미 허리가 꺾인 상태에서 온몸이 너덜너덜 나뒹굴었다.

세 영의 파괴력은 대단했다. 신물神物이 아닌데도 마당 곳곳의 살림살이며 돌멩이들이 깨지거나 부서지거나 찌그러졌다.

'어머니!'

한바탕 폭풍이 몰아친 뒤 주위가 잠잠해지자 두 눈을 감고 벌벌 떨던 낙빈이 고개를 들어 어머니를 찾았다. 어머니는 장수신과 검신이 방어해준 덕분에 자오지한웅의 직접적인 공격은 받지 않았지만 역시 무리한 기氣 운용運用으로 입에서 피를 쏟아내고 있었다.

'감히 인간과 귀신들이 작당하여 대항하다니! 용서받지 못할 줄 알아라!'

"너무하오이다! 어찌 신들을 생각지 못하는 인간의 죄만 탓하십니까? 어미의 마음을 몰라주는 신에겐 어찌 죄가 없다 하십니까? 너무하오이다! 참으로 너무하오이다!"

낙빈 어머니의 눈에서 핏물이 주르르 흘러내렸다.

'그래도 정신을 차리지 못하다니, 고얀 것!'

자오지한웅이 검을 빼들고 낙빈 어머니를 노려보았다.

'목숨만은 살려주려 했거늘! 내 너를 가만두지 않으리라!'

"자식을 고행의 길로 내몬 어미가 살아서 무엇 하오리까! 차라리 죽여주시오!"

'오냐, 그게 네 소원이라면 기꺼이 들어주마!'

자오지한웅의 검이 머리 위로 솟았다. 그것이 허공을 가르며 눈앞에 떨어지는 찰나 낙빈 어머니는 두 눈을 질끈 감았다. 이제 끝이구나 싶었다.

"안 돼요! 그만두세요!"

찰나의 순간 낙빈이 쏜살같이 튀어나와 어머니 앞을 가로막았다. 어린아이가 잔뜩 악을 쓰며 소리를 질렀다. 움켜쥔 작은 주먹

이 부르르 떨렸다. 그 순간 낙빈에게서 작고 푸른 빛줄기가 흘러
나와 어머니의 온몸을 감쌌다. 매우 여리고 약했지만 여인을 지
키려는 간절함이 느껴지는 빛이었다.

"제 어머니세요! 이분은 제 어머니란 말입니다, 치우 할아버지!"

낙빈의 목소리가 쩌렁쩌렁 울렸다. 어머니를 감싼 청명한 빛도
물러서지 않았다. 누군가를 구하고자 하는 강한 집념이 무의식
속에 잠재된 능력을 끄집어냈고, 그것이 맑고 푸른 기운이 되어
어머니를 감싸고 있었다.

'네놈이 감히!'

자오지한웅이 얼음처럼 차가운 눈빛으로 낙빈을 쏘아보았다.
세상의 어떤 왕후장상이라도 쳐다보지 못할 만큼 무시무시한 눈
빛이었다. 하지만 지금 겁을 먹고 물러선다면 어머니는 피투성이
의 싸늘한 주검으로 변해버릴 것이 분명했다. 낙빈은 지지 않았
다. 맑고 초롱초롱한 두 눈으로 자오지한웅의 매서운 눈매를 뚫
어져라 쳐다보았다. 한동안 숨 막히는 침묵이 감돌았다.

'엇허허허!'

갑자기 자오지한웅이 호탕하게 웃어젖혔다.

'허허. 그 녀석 참! 천하에 없는 기운을 느끼게 하는 놈이로고.
물러남이 없는 해맑은 눈빛에 거리낌이 없구나. 지금껏 내 눈을
그토록 똑바로 쳐다볼 수 있었던 자는 없었는데…… 허허, 네 눈
빛이 네 어미를 살리는구나! 껄껄껄!'

자오지한웅의 호탕한 웃음소리가 다시 한 번 울려 퍼졌다. 그

소리가 차츰 아득해지면서 자오지한웅은 처음 나타날 때처럼 이글거리는 붉은빛으로 바뀌었다. 잠시 뒤 그 빛은 낙빈의 등 뒤로 사라졌다.

"후우……."

낙빈은 참고 있던 숨을 간신히 내쉬었다. 좀 전의 모든 일이 꿈만 같았다.

자오지한웅이 휩쓸고 사라진 자리는 그야말로 황폐한 전쟁터였다. 사방의 공기는 얼음처럼 차갑게 바뀌어 있었다. 장수신은 머리가 피투성이인 채로, 검신은 온몸이 너덜너덜해진 채로 서서히 사라졌다. 어머니는 심한 내상을 입고 바닥에 쓰러졌다. 그녀의 옷은 붉은 피로 젖어 있었다.

"어머니, 어머니……!"

낙빈의 두 눈에서 하염없이 눈물이 솟았다. 어머니는 무리하게 기를 쓴데다 장수신과 검신이 받은 충격까지 고스란히 떠안음으로써 큰 부상을 입을 수밖에 없었다. 눈, 코, 귀, 입 등 어머니의 몸에 있는 구멍이란 구멍에서 모두 피가 흐르고 있었다.

낙빈의 부축을 받으며 신방으로 들어간 어머니는 제단 앞에 앉아 눈물을 흘렸다. 온몸이 만신창이가 되었지만 아무것도 달라지지 않았다. 그녀가 해줄 수 있는 것은 아무것도 없었다.

'이제 낙빈이의 앞날은 어떻게 될까? 무시무시한 신들이 저 아이한테 찾아들 텐데……. 그리고 그 신들을 보고 벌 떼처럼, 나방 떼처럼 수많은 사람들이 다가올 텐데……. 저 어린것이 어찌 그

모진 역경을 헤쳐 나갈까.'

그녀는 날이 밝을 때까지 꼼짝 않고 제단 앞에 쪼그리고 앉아
하염없이 울고 또 울었다.

5

그것이 일주일 전이었다.

자오지한웅과 일대 혈전을 치른 낙빈 어머니는 기를 남김없이
소모한 탓에 몸이 말이 아니었다. 내장 곳곳이 들끓었고 손발은
피가 돌지 않아 얼음장같이 차가웠다. 혈血이 막혀서 몸 이곳저곳
의 혈관이 불거져 나왔고 입과 코로 자꾸 피를 토했다. 그녀는 하
루 만에 10년치의 기운을 소모한 셈이었다. 이토록 엄청나게 기
를 소모하면 치유하기가 쉽지 않을 뿐만 아니라 영영 예전과 같
은 힘을 발휘하지 못할 수도 있다. 그런데 겨우 일주일이 지난 오
늘 아침 아직 몸도 성하지 않은 어머니를 향해 심상치 않은 기운
이 느껴진 것이다.

"어머니!"

동자신에게서 경고를 들은 낙빈은 서둘러 어머니를 찾았다. 마
당 한가운데에서 동서남북에 절을 올리는 어머니는 진즉에 아들
의 인기척을 알아차렸는지 별로 놀라는 기색도 없었다.

"어머니, 사방에 오지 말라고 하셔도 막지 못할 것 같아요. 아

주 검은 구름을 보았어요. 제 생각엔 보통 사악한 기운이 아닌 것 같아요."

어머니도 낙빈의 말에 고개를 끄덕였다.

"그래, 그렇구나. 순순히 물러나지 않겠구나."

"악귀예요. 어머니를 노리고 오는 게 분명해요."

"그래. 이미 무녀와 박수를 여럿 잡아먹고 이리로 오고 있구나."

어머니는 낙빈이 미처 알지 못하는 부분까지 감지한 모양이었다. 그녀의 예지신은 오늘 찾아오는 악귀가 여러 무녀와 박수무당을 해치고 이곳으로 다가오고 있음을 알려주었다.

"너무 강해요, 어머니. 피하시는 게 좋겠어요!"

"피해봤자 어디로 가겠느냐. 내가 피하면 다른 무녀를 잡아먹을 텐데……."

"하지만 지금은 안 돼요. 어머니가 기를 소진한 걸 알고 있나 봐요. 잠깐 동안만 도망치면 안 될까요? 어머니가 기를 회복하실 때까지만이라도……."

아들의 간곡한 부탁에도 낙빈 어머니는 고개를 흔들었다. 잠시 도망칠 수는 있을지 모르지만 그랬다간 이 근방에 있는 애먼 사람들과 무당들이 죄다 앙갚음을 받으리라는 공수가 있었다. 그러니 자신만 살자고 숨을 수는 없는 노릇이었다.

"저 때문에 어머니가…… 어머니가……."

"아니다, 낙빈아. 난 괜찮다. 그나저나 어미는 네가 더 걱정이구나."

낙빈의 큰 눈에 눈물이 가득 고였다. 새까만 바가지 머리 아래로 여린 목이, 그리고 작은 어깨가 달싹거렸다.

"이리 오려무나."

어머니는 울고 있는 아들을 향해 팔을 벌렸다. 그 낯선 모습에 낙빈은 잠시 어리둥절했다. 항상 무섭고 엄하던 어머니가 이토록 따스한 얼굴로 팔을 벌려준 적이 없었다. 낙빈은 주춤거렸다. 낙빈이 아는 어머니는 그리 따뜻한 사람이 아니었다.

무당이라는 신분은 종종 사람들에게 배척을 받는다. 그녀는 세상을 알기 전부터 사람이 아닌 신을 부르는 도구로 대접받았다. 때문에 그녀는 사랑을 알지 못했다. 사랑하는 방법도, 사랑받는 방법도 잘 몰랐다. 그래서 마음은 언제나 아들에 대한 염려와 사랑으로 가득하면서도 어린 낙빈을 품어 안는 경우는 드물었다.

"어서……."

낙빈은 무릎을 꿇은 채로 엉금엉금 다가갔다. 그리고 엉거주춤하게 어머니의 품에 안겼다. 낯선 품, 낯선 상황……. 하지만 그 낯선 품이 한없이 포근했다. 익숙한 어머니의 냄새가 코끝을 간질였다. 따스한 체온이 낙빈의 몸과 마음을 감싸는 느낌이었다. 이제 낙빈은 까맣게 잊었지만 아주 어린 시절 어머니는 이리도 따스하게 자신을 안아주셨던 모양이다. 그 아름다운 추억을 몸은 기억하고 있었나 보다.

"저 때문이에요. 모두가 저 때문이에요!"

낙빈은 흐느껴 울고 말았다. 어머니의 따스한 온기가 꽉 눌러 두었던 죄책감과 슬픔을 불러냈다. 일주일 전에 어머니가 자신을 구하려다가 심한 내상을 입지 않았다면 다가오는 악귀가 이처럼 위협적이진 않았을 것이다.

"아니다. 네 탓이 아니다. 모두 내 죄인 것을……. 내 죄가 많아 어린 네가 고생이구나."

어머니는 흐느끼는 아들의 작은 등을 쓰다듬었다. 처음 느껴보는 따스한 손길이었다. 낙빈은 어머니의 손바닥이 등을 쓰다듬을 때마다 따끔한 듯, 간지러운 듯 이상야릇한 느낌이 들었다. 한없이 그 품에 꼭 안겨 있고 싶었다.

"어머니, 제가…… 제가 막아낼게요. 제 몸에 있는 치우 할아버지의 힘이라면…… 다시 치우 할아버지께 오시라고 해서 물리친다면……!"

"당치 않은 소리!"

어머니는 낙빈의 말에 불같이 화를 냈다. 등을 쓸던 따스한 손길을 거두고는 낙빈의 작은 어깨를 단단히 붙잡고 흔들었다. 그 손길이 너무나 단호했다.

"너는 아직 신들이 자리를 잡지 못한 상태다! 그런데 그런 엄청난 신을 불러냈다간 자칫 네 생각과 영혼이 모두 신에게 먹혀버릴 수도 있어. 너 자신을 잃고 신의 노예가 된단 말이다!"

어머니는 낙빈에게 다짐이라도 시키려는 듯이 한마디 한마디에 힘을 주었다.

"네 안의 신을 감당할 수 있을 때까지 수행을 게을리해선 안 된다. 신을 함부로 불러 쓰게 되면 신은 네 영혼을 갉아먹을 거야. 신들과 자유롭게 만나고 싶으면 수행부터 해야 한다. 수행 한 번 하지 않은 네가 신을 부를 수 있겠느냐? 불러낸들 어찌 부리겠느냐? 네 말을 귀담아들을 신이 어디 있다고. 만일 네가 불러낸 신이 악귀뿐만 아니라 이 어미까지 죽이려 든다면 어찌하겠느냐? 네가 과연 말릴 수 있겠느냐?"

순간 낙빈은 일주일 전에 치우 할아버지가 하려던 마지막 공격을 떠올렸다. 낙빈이 온몸으로 막아서지 않았다면 치우 할아버지는 어머니를 죽게 했을지도 몰랐다. 낙빈이 어깨를 떨었다.

"이 어미는 죽는 것이 두렵지 않다. 다만 내가 죽고 나면 어린 네가 혼자 어찌 살아갈까…… 어미는 다만 그것이 두려울 뿐이다."

"어머니……."

어머니의 말대로 아무런 수련도 하지 않은 상태에서 신을 불러낸다는 것은 몹시도 위험한 일이었다. 낙빈으로서는 어머니를 도울 방법이 없었다.

낙빈은 두 눈을 질끈 감았다. 그러자 꿈속에서 보았던 시커먼 구름이 선연히 떠올랐다. 온몸이 부르르 떨렸다. 등줄기로 서늘한 기운이 퍼졌다.

6

숲은 고요했다. 사람이 들어오지 않는 숲이라서 당연히 평소에도 사람의 소리는 없었지만 오늘은 작은 새소리와 사락거리는 낙엽 소리마저 들리지 않았다. 오전 내내 개미 한 마리 보이지 않았다.

어머니는 기력을 회복하기 위해서인지 내내 신방에 틀어박혀 나오지 않았다. 낙빈은 그런 어머니를 방해하지 않기 위해 주변만 빙빙 맴돌 뿐이었다. 어머니가 너무 걱정되어 잠시도 가만있을 수가 없었다. 마당을 서성거리던 낙빈은 동자신을 불러내 의논해보기로 했다. 낙빈은 부리나케 방으로 들어가 좌선을 했다.

'동자님아, 동자님아!'

낙빈은 좌선을 하고 기를 모았다. 그리고 유일한 동무인 동자신을 불렀다.

'걱정만 한다고 뭐가 되겠어?'

동자신은 장난기 가득한 얼굴로 낙빈의 주위를 뱅그르르 돌았다. 그러고는 천장으로 올라가더니 양반다리를 하고 거꾸로 앉았다. 그러자 옷 같은 것들은 그대로인데 유독 길게 땋은 머리만 방바닥 쪽으로 내려왔다. 동자신은 동그랗게 눈을 뜨고 낙빈을 이리저리 살폈다.

"어머니가 나쁜 놈에게 당하실 것 같아. 어쩌면 좋지?"

'맞아. 네 엄마가 질 거야. 되게 무서운 놈 같은데……. 에고! 예

전의 네 엄마라면 저딴 녀석쯤은 별로 겁나지 않을 텐데……. 지금은 온몸이 만신창이라서…….'

"동자신이 좀 도와줄 수 없어?"

'내가? 무슨 수로? 나는 사람들의 과거나 볼 수 있지, 싸움은 영 젬병이란 말이야!'

동자신도 한숨을 내쉬었다.

"어머니를 도와드릴 방법이 없을까?"

'음…… 할아버지한테 여쭤봐.'

이리저리 눈을 굴리던 동자신이 대답했다. 동자신이 말하는 할아버지는 백두민족 조상신이었다.

"할아버지가 아실까? 지난번 싸움 이후로는 할아버지도 너무 무서워. 게다가 어머니도 신들을 함부로 부르지 말라고 하셨는데……."

'괜찮아. 할아버지는 네 수호령인 걸 뭐. 항상 같이 있는 분이 널 어쩌시겠어? 나나 할아버지는 불러도 상관없어. 문제는 엄청나게 무시무시한 신령 할아버지들이시지. 그분들의 힘은 지금 네가 감당할 수 없어. 어휴, 말하면 뭐해?'

동자신은 세차게 고개를 휘저었다. 동자신에게도 높은 신령들은 까마득한 존재였다.

'아 참, 근데 너 지난번에 치우 할아버지를 막으셨지? 정말 대단했어!'

"그건 어쩌다 그런 거지. 너도 알겠지만 치우 할아버지가 오시면 아무것도 내 맘대로 할 수 없어. 내 뜻이랑 상관없이 맘대로 하시는 걸 봤잖아? 이번에 나오셔서 또 어머니를 혼내시면 어떡해!"

'음, 그래. 치우 할아버지는 네 맘은 아랑곳없이 혼자서 다 하시니까. 그렇다고 네가 치우 할아버지를 막을 능력이 있는 것도 아니고……'

동자신의 말대로였다. 막을 힘도 없는 신을 불러낼 수는 없는 노릇이었다. 그러다가 어머니에게 더 큰 일이 벌어질 수도 있으니까.

'그러니까 할아버지한테 여쭤봐. 할아버지가 답을 주실 거야.'

"그래. 그럴까?"

낙빈은 동자신의 말을 따르기로 했다. 낙빈은 천천히 숨을 가다듬고 정신을 집중했다. 몸에서 동자신이 빠져나가자 백두민족 조상신을 불렀다. 백두민족 조상신은 한참 동안 응답이 없더니, 마지못해 홀연히 나타났다. 새하얀 도포에 기다란 수염을 기른 인자한 얼굴의 조상신이었다.

"할아버지, 할아버지! 저 좀 도와주세요! 어머니가 오늘 찾아올 악귀를 물리칠 수 있을까요?"

'흐음……'

백두민족 조상신은 한숨을 내쉬며 길고 하얀 수염을 쓸어내렸다.

'네 어미가 잡아먹히겠구나.'

"네에? 뭐…… 뭐라고요?"

낙빈의 얼굴이 새파랗게 질렸다.

'애야, 네 어미가 너무 많이 다쳤단다. 어디 보자…….'

백두민족 조상신은 신방에 틀어박혀 기를 끌어모으고 있는 어머니를 살폈다.

'내상이 크구나. 10년치의 기를 소진하고 10년치의 명命을 소모했으니, 몸이 성할 리가 없지.'

"10년치의 명이라고요?"

'그때 일로 장수신과 검신의 기운을 잃어버리고 네 어미의 목숨까지 10년이나 줄었구나. 어리석은 것 같으니라고!'

"그…… 그럴 수가!"

어머니의 상태는 겉으로 보기보다 훨씬 심한 것이 분명했다. 10년이나 생명이 단축되었다니 끔찍한 말이었다.

'저 상태라면 오늘 찾아올 악귀를 네 어미 혼자 감당치 못할 거다.'

"할아버지, 어쩌면 좋을까요? 어머니를 반드시 살려야 해요! 어쩌면 좋아요? 제발 도와주세요! 제발…….'"

낙빈은 조상신의 옷자락을 부여잡고 울음을 터뜨렸다. 어머니가 가엾고 불쌍해서 견딜 수가 없었다.

"어머니는 치우 할아버지와 같은 신은 부르지 말라고 하셨어요. 수행이 무르익을 때까지는…….'"

'옳은 말이다. 지금 자오지한웅님을 다시 부르게 되면 네 영혼

113

이 길을 잃을 것이야.'

"그럼 어찌하면 좋을까요?"

'네가 다스릴 수 있는 신을 부르면 되지.'

"제게 그런 신은 없잖아요. 동자신마저 제 뜻대로 하기 힘든 걸요. 그렇다고 당장 수련을 한다고 되는 일도 아니고……."

낙빈은 울상이 되었다.

'흠. 신께서 거느린 귀신들이나 그 기운이라도 부릴 수 있다면 좋겠는데……. 지금으로서는 그것도 무리고…….'

백두민족 조상신은 허연 수염을 천천히 훑어 내렸다.

'한 가지 방도가 있긴 하다만…… 네가 과연 해낼 수 있을지 장담은 못하겠구나.'

"뭔데요?"

낙빈의 귀가 번쩍 뜨였다.

'네 어미에게 귀한 책이 여러 권 있다. 그중에 『치귀도治鬼道』라는 것이 있는데, 비결秘訣 중의 비결이란다. 보통 사람들은 그 내용을 도저히 이해하지 못하고 기력이 강한 무당조차 완벽하게 이해하는 것은 불가능하단다. 치귀도를 운용할 자는 아무도 없다고 해도 과언이 아니지. 네가 그것을 풀지는 의문이지만, 해가 지기 전까지 일절일행—節—行이라도 연마해보거라. 그것을 흉내만 낸다고 해도 족하다. 기력이 뛰어난 무당이라도 일절을 운용하는데는 족히 일 년이 걸리지만 넌 백두산의 정기를 타고난 몸, 최강의 신들이 예비하고 있는 몸이 아니더냐!'

치귀도! 낙빈의 눈이 빛났다.

조상신의 말대로 어머니에게는 귀한 책이 몇 권 있었다. 누가 언제 썼는지, 어떻게 갖게 되었는지는 모르지만 어머니가 수행을 위해 신방에 들어갈 때면 언제나 그 책들을 가지고 간 것만은 낙빈도 알고 있었다.

'치귀도라……. 어머니는 평생을 귀신과 더불어 살았으면서도 아직 귀신을 다스리는 법을 공부하고 계셨구나!'

낙빈은 어머니가 책을 보관해둔 곳으로 달려갔다. 어머니가 이 일을 아시면 경을 치겠지만 그것은 차후의 문제였다.

낙빈은 신방 곁을 지나며 어머니의 기척을 살폈다. 어머니는 여전히 좌선한 채로 기를 모으고 있었다. 다행히 어머니는 모든 신경이 다가오는 악귀에게 쏠린 상태라 낙빈의 행동을 눈치채지 못했다.

낙빈은 도둑고양이처럼 살금살금 골방으로 다가갔다. 골방은 천장 가까이 자그마한 창이 하나 있긴 하지만 무척 어두컴컴했다. 낙빈은 서가 맨 아랫단에서 옻칠한 까만 함을 발견했다. 까만 옻칠 위에 무지갯빛 자개가 촘촘히 박힌 아름다운 함이었다. 그리고 그 속에 어머니가 귀히 여기는 책이 들어 있었다. 낙빈은 손을 뻗어 그 검은 상자를 들어올렸다.

파바밧!

"앗!"

낙빈이 함을 건드리자 손끝에 불꽃이 튀었다. 너무 놀라서 하마터면 고함을 지를 뻔했다.

'으윽, 이게 뭐지?'

낙빈은 불에 덴 듯이 화끈거리는 손가락을 붙잡고 조상신을 불렀다.

"할아버지, 함을 열지 못하겠어요."

'그래, 암령暗靈이 함을 지키고 있구나.'

"암령이라고요?"

'그래, 골방에 기거하는 암령에게 함을 지키게 했구나.'

귀한 책을 보호하기 위해 어머니가 술법을 걸어놓은 것이었다.

"그런가요? 아이 참, 그럼 어떻게 해야 되죠?"

'방문을 활짝 열거라.'

"문을요? 그러다 어머니께 들키기라도 하면…….'"

'어허, 잔말 말고 열라면 열어라!'

어머니에게 들킬까 두려웠지만 다른 방도가 없었다. 낙빈은 조심스럽게 골방의 문을 열었다. 삐걱 소리가 들렸지만 다행히 어머니의 신방은 고요했다. 골방의 문을 활짝 열자 바깥의 환한 빛이 골방으로 들어왔고, 그 빛이 함에까지 닿았다.

'자, 이제 열어보거라.'

낙빈은 천천히 함에 손을 가져갔다. 아까처럼 '파바밧' 하는 마찰음이 들릴까 조마조마했지만 이번에는 아무 일도 없었다.

"이야, 신기하다!"

빛이 닿자 양기陽氣를 지독히도 싫어하는 암령들은 서둘러 골방

구석으로 숨어버렸다. 책을 노리는 도둑들은 밤에 들어오거나 방문을 꼭 닫고 책을 훔칠 테니, 어머니는 지혜롭게도 커다란 자물쇠가 아닌 암령으로 책을 지키게 했던 것이다.

낙빈은 천천히 함을 열었다. 아득한 옛날에 만들어졌을 것 같은 고서 몇 권이 차곡차곡 담겨 있었다. 어머니가 몹시도 아끼는 책들이 분명했다. 책은 세월에 비해 꽤나 멀쩡해 보였다. 귀하디귀한 책이다 보니 아주 조심스럽게 다루었을 것이 분명했다.

낙빈은 조심스럽게 한 권, 한 권 책의 제목을 확인했다. 어릴 적부터 어머니의 어깨너머로 한글과 한자를 배운 낙빈이었다. 고서들의 겉장에는 한자가 적혀 있었지만 '治鬼道'라고 쓰인 책을 찾는 것은 어렵지 않았다.

치귀도!

드디어 낙빈이 찾던 책이 나타났다. 소중히 간직하긴 했지만 세월 탓에 누렇게 변색된 고서가 함의 바닥에 놓여 있었다. 낙빈은 떨리는 손으로 책을 집어 들었다. 어머니를 살릴 수 있는 방도가 낙빈의 손안에 있었다.

'어머니, 기다리세요!'

책을 가슴에 안은 낙빈의 얼굴에 비장함이 서렸다.

7

컴컴한 방에 흐릿한 호롱불 하나가 어둠을 밝혔다. 벽마다 그려진 신들의 모습이 불빛에 따라 너울거렸다. 방의 가운데에는 낙빈 어머니가 정좌를 하고 앉았다. 그녀는 자신을 향해 점점 다가오는 달갑지 않은 기운을 느끼고 있었다. 최대한 기력을 회복하려고 노력했지만 무리였다. 장수신과 검신은 지난번 싸움에서 만신창이가 되어버린 뒤로 도저히 불러낼 수 없는 상황이었다. 이제 그녀에게 남은 무신은 장군신將軍神뿐이었다.

"우욱!"

기 운용을 시험하던 그녀의 목구멍에서 시뻘건 핏덩이가 튀어나왔다. 완전히 회복되지 못한 몸이 버티지 못한 것이다.

'아아, 이를 어쩌나. 차라리 낙빈이와 멀리 도망치는 것이 옳았던가…….'

심상치 않은 기운이 다가올수록 불안감이 더해졌다. 그나마 다행인 것은 아직 반나절의 시간이 남아 있다는 것뿐이었다. 놈은 해가 저물 때쯤 이곳에 나타날 것이다.

시간이 흐를수록 주위에는 음습한 기운이 점점 강해졌다. 어느새 기울어가는 시뻘건 태양이 산허리에 걸렸다.

낙빈 어머니의 이마에 구슬땀이 맺혔다. 아무리 애를 써도 음습한 기운을 몰아내기엔 무리라는 생각이 들었다. 놈이 다가올수록 승부의 결과가 또렷해졌다. 예지의 신은 이미 불안한 예언을 했고, 놈이 다가올수록 끔찍한 종말이 더욱 뚜렷해졌다.

하지만 이대로 마냥 기다릴 수만은 없었다. 이미 낙빈 어머니가 달아나기에는 늦었다. 어린 아들만이라도 피신시켜야 했다. 그녀는 급히 대청마루로 나왔다.

"낙빈아!"

울렁이는 숲의 울음 외에는 아무 대답도 없었다.

"낙빈이 어디 있니?"

낙빈 어머니가 다시 한 번 큰 소리로 불렀지만 들려오는 것은 메아리뿐이었다.

'얘가 설마?'

낙빈 어머니는 점점 불안해지기 시작했다. 낙빈이 혹시 엉뚱한 짓을 꾸미고 있는 건 아닐까? 그녀는 대청마루에 좌선하고는 낙빈의 기파동氣波動♦을 찾았다. 낙빈의 기를 어렵지 않게 찾긴 했으나 왠지 좀 이상했다. 낙빈의 주위에 무언가 빙빙 돌고 있는 듯도 하고 어떤 영이 낙빈을 감싸고 있는 듯도 했다.

'대체 무슨 일이지?'

그녀는 더욱 정신을 집중하여 낙빈의 기를 바짝 쫓았다. 그런

♦기는 사람이 가지고 있는 내적인 힘이다. 기를 자유자재로 다루는 사람은 기를 이용하여 남을 조종하기도 하고, 소식을 전하기도 하고, 치료를 하기도 한다. 어떤 무당은 혼자 있고 싶은데 누군가 방에 들어오면 '나가라'고 마음으로 외친다. 그러면 기를 받은 사람은 갑자기 화장실에 가고 싶다거나 깜빡 잊은 물건을 찾아야 한다며 스스로 방을 나가버린다. 한편 기 치료사는 자신의 기를 환자에게 불어넣은 다음 환부의 혈과 기를 뚫어 병을 고친다. 환자가 멀리 떨어져 있어도 전화를 이용하거나 환자의 집 위치를 아는 것만으로 자신의 기를 환자의 몸까지 보내 치료를 계속할 수도 있다. 낙빈 어머니가 사방에 절을 하면서 '아무도 오지 말라'고 기를 뿌리는 것 역시 기파동을 이용한 예다.

데 어쩐 일인지 쫓으면 쫓을수록 낙빈의 기는 다람쥐처럼 달아나고 미꾸라지처럼 빠져나갔다.

'이 녀석이 기를 숨기는 술수를 쓰고 있구나!'

낙빈은 어머니를 속이고 뭔가 일을 꾸미는 것이 분명했다. 하지만 낙빈의 주위를 감싼 기운 때문에 아이가 무슨 일을 벌이고 있는지 도통 알 길이 없었다.

'설마, 감당치도 못할 신들을 불러내는 건 아니겠지?'

그녀는 방법을 바꾸어보았다. 이번에는 낙빈의 기를 잡으려 하기보다는 찬찬히 감상하듯 스쳐보았다. 정면으로 눈을 모아 바라보는 대신 중심을 다른 곳에 두고 옆으로 흘기듯이 아들의 기운을 훑었다. 그러자 자세히 들여다볼 때보다 오히려 아이의 상황이 더 잘 느껴졌다. 걱정과 달리 낙빈 주위에 자오지한웅 같은 강력한 기운은 느껴지지 않았다.

'다행이다.'

낙빈 어머니는 한시름을 놓았다. 동시에 또 하나 다행스러운 것이 있었다. 바로 자신을 향해 다가오는 사악한 기운이 낙빈을 발견하지 못했다는 것이었다. 놈은 낙빈의 기운은 눈치채지 못한 채 자신을 향해 곧바로 다가오고 있었다. 지금처럼 낙빈이 기를 숨기고 있다면 놈은 아들을 찾지 못할 것이다.

'그래, 차라리 다행이다.'

낙빈 어머니는 그대로 신방으로 돌아갔다. 그리고 꼿꼿이 좌선을 하고 앉았다. 얼음처럼 차갑고 강하기만 했던 그녀의 눈에 눈물이 그렁그렁했다. 그녀는 앞에 놓인 검붉은 소반을 물끄러미 바라보았다. 그러다 소반 아래에 있는 작은 서랍을 천천히 열었다. 서랍에는 작은 가죽 상자가 들어 있었다. 위쪽에는 섬세한 금박이 새겨져 있고 옆쪽에는 잠금단추가 달린 반지 케이스였다. 물끄러미 상자를 바라보던 낙빈 어머니는 마지막 기 운용에 박차를 가했다.

'무슨 일이 있어도 낙빈이 너만은 꼭 지켜주마. 내가 죽으면 내 아들에게 꼭 붙어서 악귀 따위는 얼씬도 못하게 해야지! 내가 죽으면 그 누구도 내 아들을 넘보지 못하게 해야지! 너만은 이 어미가 반드시 지켜줄 테다!'

몸에 심하게 무리가 갔지만 낙빈 어머니는 더욱더 기를 끌어올렸다. 심장박동이 빨라지면서 피가 솟구칠 듯했지만 그녀는 기 운용을 늦추지 않았다. 그러자 작은 반지 케이스 안에서 작고 영롱한 푸른 불꽃이 너울거렸다. 푸른 불꽃은 낙빈 어머니의 가슴에서 물결처럼 출렁거리며 그녀를 달래듯 보듬듯 움직였다.

"용서하세요."

그녀는 푸른 불꽃을 바라보며 우는 듯 웃는 듯 묘한 미소를 지었다.

8

한 여자가 읍내 마을버스에 올라탔다. 여자는 어디서 무얼 하다 왔는지 도무지 짐작되지 않는 차림새였다. 감은 지 몇 달은 되어 보이는 머리는 산발이었고 옷은 본래 무슨 색이었는지 알아보지 못할 만큼 얼룩져 있었다. 그리고 입으로는 연신 무언가를 중얼거렸다.

"뭐여, 저 여자는? 이 근방선 못 보던 여잔데?"

버스에 타고 있던 마을 사람들이 술렁거렸다. 워낙 산골이라 버스는 하루에 두 번밖에 다니지 않았고 버스를 타는 사람들끼리도 서로 잘 아는 사이였다. 농사지은 채소들을 장에 내다 팔고 귀가하던 마을 사람들은 낯선 여자의 등장에 말이 많아졌다.

"미친 여자 아닌감?"

"글쎄 말이여. 아무리 봐두 이 근방 여자는 아닌 것 같은데, 어쩐대?"

"글쎄 말여. 뭘 계속 씨부렁거린데?"

"아이고, 천상 기사 아저씨가 그대로 데리고 나가야겠구먼!"

"그래야 되겠네……."

갑작스럽게 출현한 이방인을 걱정하느라 버스 안의 마을 사람들은 저마다 한마디씩 했다. 사람들이 자기에 대해 떠드는 것을 아는지 모르는지 여자는 버스 귀퉁이에 앉아 바닥을 바라보며 끊임없이 무언가를 중얼거렸다.

"기사 양반이 수고 좀 하셔야겠네. 아무래도 저 여자가 제정신이 아닌 것 같으니, 버스에 그대로 태워서 경찰서든 어디든 데려다줘야 되겠구먼."

"제가 왜 데려다줍니까?"

마을버스 기사가 짜증을 냈다.

"어째 그리 매정하단가, 사람이!"

"그러게 기사 양반! 그래도 산속보다야 낫제. 시내에 나가면 역에서라도 잘 수 있잖여. 마을로 들어가면 누가 재워준대? 그렇다고 산속에 들어가면 입 돌아가기 십상이지."

"어휴, 알았어요, 알았다고요!"

어느덧 버스는 깊은 산속의 작은 마을에까지 들어갔다. 장에 물건을 팔러 다니는 보따리 상인들이 서둘러 봇짐을 챙기며 버스에서 내릴 준비를 했다. 이내 버스는 종점인 마을 앞의 정류장에 도착했다. 기사는 버스를 돌려 다시 시내 쪽을 향하게 하고는 버스를 세웠다.

"수고하셨어요."

"욕봤수."

승객들은 저마다 기사에게 한마디씩 하고 버스에서 내렸다. 그때 갑자기 꼼짝 않고 앉아 있던 낯선 여자도 주섬주섬 일어나더니 마을 사람들을 따라 내렸다.

"어, 저 여자 어딜 내린대?"

"얼래? 여기서 내리면 잘 데두 없어, 이 아줌마야!"

"에구, 누가 이 여자 좀 잡아봐유!"

마을 사람들이 여자를 말렸다. 대여섯 명이 달라붙어 앞뒤로 밀고 당겼지만 여자는 꼼짝도 하지 않았다.

"어이쿠!"

여자가 몸을 휙 돌리자 여자를 잡고 있던 사람들이 버스 승강장 아래로 우르르 굴러떨어졌다. 여자는 그 틈을 가로질러 빠른 걸음으로 걸어 나갔다.

"잘 좀 잡지, 당신은!"

"아이고, 당신이 한번 잡아봐, 얼마나 힘이 센지!"

"미친년들이 힘은 세다더니, 에잉!"

"에구, 허리야. 뭔 여자가 저렇게 힘이 세데?"

여자는 웅성거리는 마을 사람들을 뒤로한 채 어느새 마을 반대쪽의 산속으로 거침없이 사라지고 있었다.

"아유, 얼른 다들 내려요. 버스 그냥 가요!"

버스 기사는 시간이 지체되어 화가 났는지 큰 소리를 냈다. 사람들이 마저 내리자 버스는 격렬한 엔진 소리를 내며 출발해버렸다.

"근데, 저 여자, 어딜 가는 거야? 산속으로 가서 어쩌려고?"

"에구, 얼어 죽지 않을라나 몰러."

"그래도 저리 가면 무당집이 하나 있잖여!"

"맞아. 미친년이니께 무당집을 찾아가는지도 모르지."

사람들은 산속으로 사라져버린 여자의 뒷모습을 쫓으며 저마다 혀를 찼다.

"에구, 그 무당이 얼매나 무서운데 거길 간댜? 백지장처럼 허연 얼굴이 꼭 기생처럼 생겨가지곤 얼매나 쌀쌀맞다고! 금방 쫓겨나기 십상이지."

"에구, 새끼까지 있는 무당인데 그러기야 하겠어?"

"그러고 보니 애비는 없는데 어째 자식은 있대, 그 무당이?"

"낸들 알어? 무당두 기집은 기집이니 어디 남자 하나 숨겨뒀나 보지……"

"자식 새끼두 학교에서 별 이상한 짓을 해서 쫓겨났다던데!"

"맞어, 동네 애들이 다들 혼비백산했다잖여."

"그뿐이여? 무당 년이 흰소리를 해대서 선상님도 벌벌 떨었다 던데?"

"에구, 독한 년이네."

마을 사람들은 산속 어딘가에 사는 무당과 그 아들 이야기에 시간 가는 줄을 몰랐다. 언제부터인가 산속에 들어가 귀신처럼 있는 듯 없는 듯 살아가는 무당 모자에 대한 이야기였다. 무당 모자는 마을 사람들과 말 한마디 섞는 법이 없었기 때문에 그들에 게 관심을 갖는 사람도 없었고 그들에 대해 알려진 것도 없었다. 하지만 얼마 전 학교에서 한바탕 소동이 일어난 뒤로 무당 모자 는 한참 마을 사람들의 입방아에 오르내리는 중이었다.

"그만들 혀. 갑자기 몸이 으슬으슬 싸해지네."

"이런 말을 한다고 무당 년이 해코지하는 거 아녀?"

"에구, 괜히 소름 돋네! 늦었어. 얼른 집에나 가자고."

"어이구, 지금이 몇 시여! 식구들 배곯겠네."

마을 사람들은 보따리며 비닐봉지를 머리에 이고 총총걸음으로 각자의 집으로 돌아갔다. 사위는 어느덧 어둑어둑해지고 있었다.

9

붉은 해가 먼 산 뒤로 완전히 숨어버리자 산골짜기 외딴집에 어둠이 찾아왔다. 낙빈 어머니의 걱정은 점차 커져갔다. 낙빈이 여태 나타나지 않는데다 아이 주변에 뭔가 변화가 감지되었기 때문이다. 하지만 낙빈을 찾아나설 수도 없었다. 그러다 음산한 기운을 내뿜는 악귀가 낙빈의 존재를 알아채고 그 아이에게까지 해를 끼칠 수도 있기 때문이다. 찾아나설 수도, 마냥 기다릴 수도 없는 상황에 걱정만 커졌다. 그래도 천만다행인 것은 음산한 기운이 곧장 낙빈 어머니를 향해 오고 있다는 점이었다. 즉 놈은 여전히 낙빈의 존재를 전혀 눈치채지 못한 것이다.

'마지막으로 한 번 보고 싶다만, 네가 위험에 처할 바에야 차라리 안 보는 게 낫겠구나.'

낙빈 어머니는 이것이 마지막일 수도 있음을 감지하고 있었다. 그리고 낙빈을 비롯한 그 누구도 이곳에 다가오지 말도록 기운을 흩뿌렸다. 이제 산자락 아래까지 음습한 기운이 다가오고 있었다. 거리로 따지면 채 몇십 미터가 되지 않는 곳이었다.

'낙빈아, 어미는 놈과 같이 죽을 테다. 너만은…… 너만은 꼭 살

리고 죽으련다!'

낙빈 어머니는 무복이 아닌 흰 소복을 입고 있었다. 그 모습이 마치 일생을 마감하는 수의 차림 같았다. 줄곧 신방에서 기를 모으던 낙빈 어머니는 좌선을 풀고 천천히 일어섰다. 그리고 방문을 열고 밖을 내다보니, 저녁 안개가 자욱했다.

"손님이 오시는구나."

어두운 산길에 시커먼 그림자 하나가 빠른 속도로 다가왔다. 낙빈 어머니는 고요한 동작으로 흰 고무신을 신었다. 그리고 손님을 맞이하듯 마당에 서서 기다렸다.

검은 그림자가 열린 대문 안으로 들어왔다. 머리를 풀어헤친 거지꼴의 여자였다. 낙빈 어머니는 여자를 천천히 훑어보았다. 여자 역시 낙빈 어머니를 바라보며 입으로는 알아듣기 힘든 말을 중얼거렸다. 여자를 유심히 바라보던 낙빈 어머니는 깜짝 놀랐다. 여자 주위에 여러 영이 얽혀 있었기 때문이다.

"저, 저럴 수가!"

산발한 여자의 등 뒤로 낯익은 영혼들이 보였다. 그들은 두 명의 무녀와 두 명의 박수무당이었다. 만신창이가 되어버린 네 영은 산발한 여자의 등 뒤에서 고통스러운 표정을 짓고 있었다.

그들의 영혼은 성불했어야 하지만 목에 채워진 두꺼운 족쇄 탓에 옴짝달싹 못하고 있었다. 설명하지 않더라도 상황은 짐작되었다. 그들은 모두 사악한 힘을 가진 악귀에게 목숨을 잃은 것이 분명했다. 그리고 패배한 무녀와 박수무당의 영은 놈의 족쇄에 채

워져 달아날 수도 없는 것이다. 싸움이 얼마나 치열했던지 그들의 모습은 모두 말이 아니었다. 수십 개의 커다란 쇠꼬챙이가 팔다리에 꽂힌 채로 머리에서 발끝까지 피를 철철 흘리는 모습이 처참하기 그지없었다.

이렇게 네 무당의 영은 죽은 후에도 악귀에 썬 미친 여자에게 붙잡혀 끌려 다니고 있었다. 여자가 끊임없이 뭔가를 중얼거리는 것도 영들의 성불 의지를 꺾고 그들의 목에 걸린 족쇄를 더욱 견고하게 죄려는 주문이었다.

자세히 보니, 그들 중 하나는 낙빈 어머니가 알고 지내던 태백산의 모은母恩 무녀였다. 아마도 악귀는 그녀를 통해 낙빈 어머니의 존재를 알아내어 이곳까지 찾아온 모양이었다.

낙빈 어머니의 등줄기로 서늘한 땀방울이 흘러내렸다. 자신도 싸움에서 패배한다면 저 사악한 악귀에게 붙잡혀 처참히 끌려 다닐 것이 분명했다. 그렇게 되면 놈은 낙빈의 존재도 알게 되리라! 죽더라도 같이 죽어야지 놈을 살려두어서는 안 될 일이었다.

'크으으으……'

족쇄에 매달린 네 영혼에게서 신음 소리가 번져나왔다.

"가엾은 분들. 어쩌다 이리도 처참하게 당하셨는지……."

낙빈 어머니는 그들을 향해 성불을 기원하는 큰절을 올렸다. 그 순간 산발한 여자의 입에서 비명과 같은 거친 쇳소리가 터져나왔다. 동시에 절을 하던 낙빈 어머니의 등으로 쇠꼬챙이처럼 커다란 바늘이 쏜살같이 날아왔다.

팟!

"아악!"

낙빈 어머니의 흰 소복 위로 붉은 피가 번졌다. 단 한 번의 공격에 등가죽이 다 벗겨져나가는 듯한 통증이 느껴졌다. 낙빈 어머니는 등을 만져보았다. 그것은 분명 바늘처럼 느껴졌지만 실체가 없었다.

"기를 현물화現物化하여 공격하다니!"

여자는 기를 바늘 모양으로 만들어 내던진 것이었다. 기를 바늘 모양으로 현물화하는 것은 최소의 기로 최대의 효과를 얻는 공격이었다. 여자가 결코 만만한 상대가 아니라는 사실이 한순간에 드러났다. 낙빈 어머니는 통증을 참아내며 조용히 물었다.

"넌 대체 누구냐? 왜 나를, 아니 우리 무당들을 해치려 드느냐?"

여자는 우리에 갇힌 짐승처럼 쇳소리를 내며 낙빈 어머니 주위를 이리저리 맴돌 뿐, 대답이 없었다.

'원한령입니다. 저희 선대 무당에게 당한 원한령입니다. 그것이 뱀의 영혼인 사귀蛇鬼와 결합하여…….'

대신 대답한 것은 모은 무녀였다.

"원한령이라니요?"

'저희 조상, 그러니까 저의 선대 조상에게 처형된 원한령입니다.'

그때 미친 여자가 핏발 선 눈을 더욱 매섭게 떴다. 그러고는 쇠를 깎듯 날카로운 목소리로 재빨리 주문을 외웠다. 그 소리는 마치 뱀이 쉭쉭거리는 것과 유사했다.

'아아악!'

주문이 이어지자 모은 무녀의 목에 채워진 족쇄가 조여지는 동시에 그녀의 오른손에 꽂혀 있던 바늘이 손등을 비틀었다.

'아아악! 서…… 선대가 퇴치한 영혼이…… 원한을 품고 인간의 핏속을 돌다가 육체를 집어삼키고…… 나를 잡아다가 이렇게 복수하는 것도 부족해서…… 내가 알고 있는 무당들에게까지 복수를 하고…… 또 뱀과 결합하여…… 더욱 사악하게…… 아악!'

간신히 입을 움직여 원한령의 정체를 설명하던 모은 무녀가 비명을 질렀다. 오른손을 관통하여 손등을 비틀던 바늘이 이제 입으로 올라오더니 입 언저리를 짓이긴 것이다.

"모은님!"

끔찍했다. 낙빈 어머니의 심장이 부글부글 끓어올랐다.

이제야 모든 것이 이해되었다. 세습 무당이었던 모은 무녀의 선대에 원한을 가진 악령이 발단이었던 것이다. 선대 무당에게 큰 원한을 가진 영이 운 좋게 소멸하지 않은 뱀의 영과 결합하여 모은과 그 혈족을 상대로 원한을 푸는 모양이었다. 그것도 모자라 주위 무당들까지 찾아다니며 공격하고 무참히 죽였던 것이다.

낙빈 어머니는 신안神眼을 통해 여자를 자세히 보았다. 여자의 육체는 껍데기일 뿐, 거대한 뱀이 그 육신을 친친 감고 여자를 조종하고 있었다. 천년 묵은 구렁이처럼 거대한 뱀의 정수리에는 모은에게 원한을 품은 원한령이 자리 잡고 있었다.

쉬익!

순간 바람을 가르는 금속성이 울렸다. 동시에 바늘과 같은 기의 덩어리가 낙빈 어머니의 오른쪽 어깨를 관통하고 지나갔다. 얼마나 빠른지 피할 틈도 없었다.

"윽!"

어깨에 생긴 바늘구멍에서 피가 흘러내렸다. 단 한 번의 공격에도 오른쪽 어깨가 빠질 듯이 아파왔다. 낙빈 어머니는 두 눈을 질끈 감고 기를 끌어올렸다. 아직 기력이 회복되지 않은 터라 가슴 깊숙한 곳에서부터 피 냄새가 올라왔다. 하지만 그녀는 아랑곳하지 않고 계속해서 기를 끌어올렸다.

악령의 쇳소리도 점차 커졌다. 사귀와 결합한 원한령이 기를 끌어올리자 무당들의 몸에 박혀 있던 바늘이 일제히 주뼛하고 일어섰다. 그러자 무당들의 얼굴에 진한 고통의 기색이 번져나갔다. 놈에게 붙들린 영혼들은 줄에 꿰인 마리오네트처럼 놈이 시키는 대로 움직여야 했다. 원한령은 먼저 오른쪽에 있는 어린 무녀에게 힘을 가했다.

쉬이익!

어린 무녀의 손에서 바늘이 거센 쇳소리를 내며 곧추섰다. 그러자 열댓 살쯤 되어 보이는 어린 무녀의 눈에서 눈물이 철철 흘러내렸다. 어린 무녀는 고통을 도저히 못 견디겠다는 듯이 낙빈 어머니를 바라보며 애원했다.

'전 무녀님을 공격하고 싶은 마음이 없어요. 하지만…… 용서하세요…….'

어린 무녀는 하도 울어서 두 눈이 문드러질 지경이었다. 죽어서도 자유롭지 못한 그 가엾은 인생에 낙빈 어머니의 눈에서도 말간 눈물이 떨어졌다.

"불쌍하신 분…… 불쌍하신 분……."

어린 무녀는 낙빈 어머니를 향해 피를 토하듯 외쳤다.

'차라리 절 죽여주세요! 한낱 기운으로도 남지 못하게 사멸死滅하여주세요!'

쉬이익!

뱀의 소리가 스치자 어린 무녀의 팔다리에 꽂힌 바늘이 그녀의 손발을 한바탕 헤집었다.

'아아아악!'

어린 무녀는 끔찍한 고통에 울부짖었다.

"천하에 악독한 놈! 오늘 내 목숨을 걸고 네놈을 처단하마!"

낙빈 어머니는 그 끔찍한 모습을 보면서 원한령에 대한 일말의 동정심도 거두어들였다. 그녀는 마지막 남은 무신인 장군신을 불렀다.

"장군님이시여, 저를 도와주소서! 당신의 능력으로 저들을 자유롭게 하소서!"

낙빈 어머니가 두 팔을 흔들며 기를 끌어올리자 거대한 몸집의 장군신이 나타났다. 장군신은 검은 가죽에 두꺼운 철이 박힌 갑옷을 입고 머리에는 투구를 쓰고 있었다. 한 손에 기다란 창을 들고 있는 모습이 몹시도 늠름하고 위엄 있었다.

"나를 돌봐주는 장군신이시다! 이제 네놈은 살아남지 못하리라!"

낙빈 어머니가 원한령을 매섭게 노려보았다.

'허엇!'

우렁찬 기합 소리와 함께 장군신은 먼저 어린 무녀의 오른손에 박혀 있던 긴 줄을 끊었다. 그러자 어린 무녀의 오른손이 바람 빠진 풍선마냥 펄럭거렸다. 놈은 이 줄을 통해 무녀를 조종하고 있었다.

'허이엿!'

쉬익쉭!

장군신이 어린 무녀의 왼손에 박힌 줄도 끊으려고 하자 날카로운 쇳소리가 빠르게 울려 퍼졌다. 장군신이 어린 무녀의 왼손에 감긴 줄을 끊는 순간 두 개의 긴 바늘이 어린 무녀의 두 발을 휘저었다.

'아악!'

고통스러운 비명과 동시에 어린 무녀의 두 발은 보법步法을 밟았다.

"헉!"

무녀가 보법을 밟자 낙빈 어머니의 온몸이 뻣뻣하게 굳었다. 두 발이 얼어붙은 듯이 꼼짝할 수가 없었다. 그녀뿐만 아니라 장군신 역시 허공에서 꼼짝 못하고 멈춰버렸다.

"이런, 저 무녀님은 보법을 하시던 분이었구나!"

낙빈 어머니는 뻣뻣하게 굳은 다리를 애써 움직였다. 그나마 장군신이 놈에게 타격을 입힌 탓에 조금이나마 몸을 움직일 수 있었다. 보법으로 멈춘 다리를 억지로 풀려니 다리가 끊어질 듯이 아파왔다.

"으윽!"

극심한 고통 속에서도 낙빈 어머니는 두 발을 움직여 땅을 밟았다. 그리고 천천히 보법을 푸는 역보법逆步法을 밟았다.

쉬익!

"크윽!"

또다시 공기를 가르는 쇳소리가 들렸다. 역보법을 밟느라 경계가 느슨해진 사이에 날카로운 바늘이 상처 입은 오른쪽 어깨를 다시 뚫고 지나갔다. 낙빈 어머니는 뼛속이 뚫리는 듯한 고통으로 전신이 휘청거렸다.

쉬익!

그러나 숨 돌릴 틈도 없이 또 다른 바늘이 날아왔다.

"하아앗!"

낙빈 어머니가 기합을 넣자 온몸을 내리누르던 기운이 사라졌다. 역보법이 완성되는 순간 자유로워진 장군신은 한 손으로 바늘을 막고 다른 손으로 어린 무녀의 왼발에 매달린 줄을 끊었다.

'저는 신경 쓰지 마시고 본체本體를 공격하세요, 본체를!'

장군신의 도움으로 양손이 자유로워진 어린 무녀가 피눈물을 흘리며 소리쳤다. 이 말을 들은 원한령과 사귀는 표정을 사납게 일그러뜨리더니, 극도의 증오심에 불타올랐다. 그리고 어린 무녀를 괴롭히기 시작했다.

쉬이잇!

어린 무녀의 한 발에 꽂혀 있던 날카로운 바늘 모양의 기 덩어리가 그녀의 조그마한 발을 통과하더니 다리와 옆구리, 가슴과 목, 눈을 지나 마침내 머리끝까지 꿰뚫었다.

'꺄아악!'

온몸을 관통당한 어린 무녀는 고통에 절규했다. 그 광경을 지켜보는 낙빈 어머니 역시 너무나 끔찍해서 두 눈을 질끈 감았다.

'아아…… 차라리 이게 잘된…….'

어린 무녀는 고통스러운 신음과 함께 서서히 사라져갔다.

살아생전에는 무당이라고 손가락질받으면서 외롭고 고독하게 살았을 어린 소녀는 마지막 순간까지 고통에 몸부림치며 끝내 영혼마저 완전히 소멸되고 말았다.

"아악! 이 잔혹한 놈! 끝내 영혼까지도 소멸시키다니!"

극에 달한 낙빈 어머니의 분노가 곧바로 장군신에게 전달되었다. 장군신이 사귀의 머리통을 단박에 박살낼 기세로 긴 창을 휘두르며 돌진했다. 그 순간 사귀의 조종을 받는 박수무당이 앞으로 나서며 장군신의 거대한 창을 막았다.

'끄아악!'

외마디 비명과 함께 진득한 액체가 뿜어져 나왔다. 박수무당의 오른팔이 반쯤 잘렸던 것이다. 박수무당의 어깨에서 핏물이 콸

콸 쏟아져 내렸다. 어깨에는 다 잘려나가지 않은 팔이 반쯤 매달려서 대롱거렸다. 박수무당은 대롱거리는 팔을 뜯어내더니, 무슨 고깃덩어리라도 되는 듯이 땅바닥에 내팽개쳤다. 잔인한 원한령이 박수무당에게 자해를 하도록 조종한 것이다.

"으윽!"

낙빈 어머니는 비틀거리며 고개를 돌렸다. 눈뜨고는 차마 보지 못할 끔찍한 광경이었다.

"이······ 이······ 사악한 요괴를 당장에!"

장군신의 커다란 창이 하늘로 번쩍 치솟았다. 사귀와 결합한 원한령이 이번에는 모은을 끌어다가 장군신의 창을 방어하게 했다.

"아앗! 그만! 안 돼!"

낙빈 어머니가 급하게 소리를 지르자 장군신은 일순간 주춤하며 창을 거두었다. 그 찰나를 놓치지 않고 모은의 왼쪽에 있던 또 다른 박수무당의 손에서 붉은빛이 번쩍 터져 나왔다.

'커어헉!'

가슴 부근에 새빨간 불꽃이 터지면서 장군신은 그대로 무릎을 꿇고 말았다. 동시에 낙빈 어머니의 입에서도 울컥 피가 솟구쳤다. 원한령은 그녀가 무당들을 공격하지 못한다는 약점을 교활하게 이용하고 있었다.

원한령의 바늘이 박수무당을 괴롭히자 다시 그는 몸을 날려서 낙빈 어머니의 등 뒤로 붉은 불꽃을 날렸다.

"안 돼!"

시뻘건 불꽃이 낙빈 어머니를 향해 날아왔다. 그녀는 재빠르게 두 팔을 교차시키고 양팔에 기를 모았다.

"하앗!"

최대한 기를 끌어올려 방어했지만 박수무당의 불꽃을 완벽히 막아내진 못했다. 낙빈 어머니의 양 소매가 시커멓게 불타버렸다.

"화운력火運力을 가지신 분이군."

박수무당은 생전에 불기운을 운용하는 화운력이 강한 무당이었을 것이다. 낙빈 어머니는 후방으로 몸을 날려 일단 후퇴한 다음 장군신을 불러 그 앞을 방어하게 했다. 장군신은 얼굴 높이로 칼을 뽑아든 채 사귀와 결합한 원한령을 노려보았다.

파앗!

박수무당이 공중을 한 바퀴 돌더니 장군신의 어깨를 훌쩍 뛰어넘었다. 박수무당은 사귀의 조종에 따라 낙빈 어머니를 향해 달려들었다. 사귀는 박수무당이 장군신에게 죽든 말든 신경도 쓰지 않고 온몸을 던지게 했다. 놈은 교활하게도 힘센 장군신보다 그를 조종하는 본체인 낙빈 어머니를 없애려는 심산이었다. 이를 알아챈 장군신이 몸을 구부리며 낙빈 어머니를 막아섰다.

쉭쉭쉭!

그러나 그것은 함정이었다. 거대한 몸집의 장군신이 등을 돌리자 모은 무녀의 필살기인 팔각뢰장八角雷掌이 장군신의 등짝을 휘갈겼다. 팔각뢰장이 꽂히면서 장군신의 두터운 갑옷에 시커먼 균열이 생겼다.

울컥!

장군신이 받은 타격이 고스란히 낙빈 어머니에게 옮겨져 입에서 새빨간 핏덩이가 튀어나왔다.

'어서 피하세요!'

모은 무녀가 소리쳤지만 바늘에 의해 조종당하는 무녀의 두 손과 두 발은 또다시 팔각뢰장을 내쏘기 시작했다.

"으윽!"

낙빈 어머니는 힘껏 기를 발사해 방어했지만 역부족이었다. 심한 내상 탓에 물컹한 핏덩이가 한입 가득 뿜어져 나왔다. 장군신이 달려와 기다란 창으로 팔각뢰장을 후려쳤다. 그러나 엄청난 파괴력을 지닌 팔각뢰 하나가 정면에서 폭파했다.

퍼펑!

팔각뢰장의 충격을 고스란히 받은 낙빈 어머니는 오른쪽 어깨뼈가 다 부서졌는지 너덜거렸다. 두 팔과 어깨에서 흘러나오던 피가 뜨거운 불기운에 굳어 순식간에 말라붙었다.

낙빈 어머니는 상처를 돌볼 겨를도 없이 장군신의 몸을 움직였다. 장군신은 연속적으로 날아오는 팔각뢰장을 아슬아슬하게 피했다. 사귀와 원한령은 결정적인 기회를 놓친 것이 아쉬운 듯 팔각뢰장을 한꺼번에 네 개나 날렸다.

퍼펑! 퍼퍼펑!

이번에도 장군신은 아슬아슬하게 공격을 피했다. 조금 전에 장
군신이 서 있던 마당 전체가 깊게 파여나갔다.

'키키키키……'

음산한 사귀의 웃음소리가 고요한 산속에 울려 퍼졌다. 그러나
원한령은 그것으로 부족한 듯 낙빈 어머니가 기를 끌어올릴 틈도
주지 않고 장군신에게 달려들었다.

쉬익!

은빛으로 반짝이는 갈고리가 장군신의 왼쪽 팔뚝을 꿰뚫은 것
은 순식간의 일이었다.

"안 돼!"

낙빈 어머니가 사력을 다해 기를 주입했지만 낚싯바늘처럼 생
긴 갈고리는 장군신의 갑옷을 통과해 뼈마디 깊숙이 박혀버렸다.
그 요상한 바늘이 장군신의 팔뚝에 박히자 낙빈 어머니는 장군신
을 움직이기가 어려워졌다. 장군신에게 불어넣는 기운이 어딘가
술술 빠져나가는 느낌이었다. 그뿐만이 아니었다. 팔에 박힌 놈
의 무기가 장군신을 조종하려 들기 시작했다.

'케케케……'

스산한 웃음소리가 들려왔다. 장군신과 낙빈 어머니는 놈에게
서 빠져나오기 위해 애썼지만 갈고리 모양의 바늘이 장군신의 팔
뚝에 깊숙이 박혀 빠지지 않았다. 놈은 장군신의 팔뚝을 질질 끌
어당겼다.

'크아악!'

"안 돼!"

장군신은 팔뚝이 떨어질 듯한 고통에 외마디 비명을 질렀다. 그는 온몸이 파열할 듯한 고통에 몸부림쳤다. 아무리 죽은 사람이고, 또 강대한 장군신이라 해도 그토록 모진 고통을 참기는 힘들었다. 사귀한테 끌려가지 않으려고 버티면 버틸수록 장군신의 고통은 점점 커졌다. 그리고 그의 고통은 고스란히 낙빈 어머니에게로 전해졌다.

울컥!

낙빈 어머니는 이를 악물었지만 가슴에서 올라오는 핏줄기를 막을 수는 없었다. 앙다문 입가로 붉은 선혈이 흘러내렸다. 장군신의 왼팔을 꿰뚫은 사귀의 바늘은 장군신의 영혼을 마음대로 조종하려는 듯이 팔뚝 안팎을 이리저리 휘저었다. 장군신은 당장이라도 팔뚝의 바늘을 빼내고 낙빈 어머니의 앞을 지키고 싶었지만 사귀의 갈고리바늘은 영혼을 옭아매는 그물처럼 벗어나려 하면 할수록 더욱 강하게 옥죄었다.

"아아, 장군님!"

낙빈 어머니는 입술을 깨물며 다시 힘을 모았다. 그러나 아무리 사력을 다해 기를 주입해도 장군신의 비명은 점점 커질 뿐이었다. 또다시 바늘이 한바탕 장군신의 팔뚝을 헤집자 왼팔의 힘이 쭉 빠진 장군신이 질질 사귀 쪽으로 끌려갔다.

"가지 마세요! 제발……."

낙빈 어머니는 절망적으로 울부짖었다. 사귀에 맞설 유일한 신이 놈에게로 끌려간다면 모든 것이 끝이었다.

그때였다. 장군신이 낙빈 어머니를 힐끔 돌아보더니 오른손에 들고 있던 창을 짧게 거머쥐었다.

파앗!

'크으윽!'

눈 깜짝할 사이에 이루어진 일이었다. 장군신의 왼팔에서 새빨간 피가 분수처럼 솟구치며 거대한 고통의 비명 소리가 사방에 메아리쳤다. 장군신은 스스로 자신의 왼쪽 팔뚝을 잘라버렸다. 놈의 바늘에 매달려 조종당할 바에야 팔뚝을 잘라버린 것이다.

낙빈 어머니는 장군신의 끔찍한 모습에 숨이 막혔다. 자신이 모시던 신이 이토록 처절하게 괴로워하는 것을 한 번도 본 적이 없었다. 지금껏 이토록 고통을 드린 적이 없었는데……. 그녀는 죄송하고 안타까워서 차마 장군신을 쳐다볼 수가 없었다. 장군신에게서 풍기는 피비린내가 가슴 밑바닥까지 스며드는 듯했다.

'아아, 이대로라면 가망이 없다. 이제 내게 남은 힘도 얼마 되지 않는다. 놈이 조종하는 무당들과 싸워서는 안 된다. 나와 저분들의 영력만 반감될 뿐이다. 그러니 본체를 처치해야 한다, 본체를…….'

낙빈 어머니는 남아 있는 기를 모두 끌어올려 장군신에게 불어넣었다. 떨어져나간 팔은 아랑곳없이 낙빈 어머니의 다음 주문만 묵묵히 기다리던 장군신이 알았다는 듯이 비장한 표정을 지었다.

사귀와 원한령이 스스로 팔을 자른 장군신의 기세에 눌려 있는 동안 장군신은 재빨리 공중으로 날아올랐다. 갑옷에 붙은 철 조각들이 번쩍였다. 갑작스러운 움직임에 놀란 사귀가 주춤하는 순간 장군신의 커다란 창이 사귀의 머리를 내리쳤다.

퍼억!

그와 동시에 낙빈 어머니는 사귀의 두 눈을 향해 양손을 뻗었다. 그녀의 두 손에서 강력한 기운이 소용돌이치며 날아갔다. 그리고 새까만 뱀의 두 눈에 내리꽂혔다.

'키악! 케에엑!'

사귀의 날카로운 비명이 밤하늘에 울려 퍼졌다. 뒤통수와 두 눈을 공격당하자 사귀는 미친 듯이 버둥거렸다. 사귀는 온몸을 비비 꼬며 꼬리를 사방으로 내리쳤다. 옆에 다가갔다가는 가루가 될 것처럼 무시무시했다.

'멈추어라, 멈추어라……'

낙빈 어머니는 사귀에게 사념思念의 기를 내뿜었다. 생각이 깃든 기운은 주문과도 같았다. 자신의 기운을 상대에게 전달하면서 상대방을 어느 정도 자신의 뜻대로 움직이게 하는 것이다. 다만 이것이 성공하려면 상대방이 이쪽에서 거는 주문을 눈치채지 못해야 했다. 이런 술수는 워낙에 사귀가 막강한 기력을 지니고 있어서 별 소용은 없을지 모른다. 그러나 아주 짧은 순간만이라도 사귀의 움직임을 봉쇄할 수만 있다면 그 틈에 다시 한 번 공격 기회를 만들 수 있을 것이다.

예상은 적중했다. 사귀는 미친 듯이 몸을 꼬다가 낙빈 어머니의 바람대로 잠시 머뭇거렸다. 놈은 보이지 않는 눈을 뻐끔거리며 사방을 훑으려 했다. 낙빈 어머니는 그 순간을 놓치지 않았다.

'허이여업!'

'키에에엑!'

장군신의 힘찬 기합 소리가 멈추자 이내 고통스러운 비명이 울려 퍼졌다. 장군신의 오른손에서 긴 창이 번쩍거리더니 사귀의 가슴팍을 관통해버린 것이다. 사귀는 괴성을 지르며 마당에 나뒹굴었다. 동시에 산발한 미친 여자도 가슴팍을 쥐어짜며 마당을 굴렀다.

낙빈 어머니는 잠시 숨을 골랐다. 장군신의 거대한 창이 정확히 놈의 심장을 관통했다. 제아무리 천년 묵은 구렁이라도 이번에는 살아남기 힘들 것이다. 사귀는 몸통을 흔들어대며 발버둥쳤지만 이미 심장 깊숙이 꽂힌 창은 빼낼 수 없었다.

이제 사귀의 정수리에 박혀 있는 원한령의 차례였다. 거대한 뱀 귀신과 결합해 원한을 풀고 있는 원귀寃鬼는 뱀의 정수리에 몸을 숨기고 있었다. 모은 무녀의 선대부터 이어진 악연 때문에 죄 없는 사람들을 괴롭히는 악귀의 본체를 처치할 순간이었다. 낙빈 어머니는 눈을 떼지 않고 놈을 바라보았다. 원한령 역시 눈을 새하얗게 홉뜨고 낙빈 어머니를 노려보았다. 그 눈빛에 강한 증오와 원망이 그득했다.

'저 눈빛이 낯설지 않구나.'

낙빈 어머니는 증오와 원망이 가득한 그 눈을 어디선가 본 적이 있는 것 같았다. 그저 스쳐가는 인연으로 보았던 것이 아니라 훨씬 더 가깝고, 훨씬 더 오랫동안 저런 눈을 보았던 기억이 있었다.

"아……."

그리고 마침내 그녀는 그 눈을 어디서 보았는지 기억해냈다. 그것은 다름 아닌 그녀 자신이었다. 먼 옛날 그녀 자신의 눈에도 원망과 저주가 가득했다. 인간이 아닌 짐승으로 살던 그 시절에 그녀가 세상을 바라보는 눈빛이 바로 그러했다. 사랑하는 사람을 만나지 못했다면 저 원한령은 그녀 자신의 모습이었을지도 몰랐다.

'아…… 내게도 원망과 분노와 증오가 가득한 눈빛으로 살던 시절이 있었는데…….'

낙빈 어머니는 불현듯 원한령에 대한 연민의 감정이 밀려왔다. 원한이 얼마나 깊으면 저리 되었을까? 어떤 깊은 사정이 있기에 저리 되었을까? 갑자기 안쓰럽고 불쌍한 마음이 차올랐다. 낙빈 어머니는 착잡한 심경을 애써 억눌렀다. 마냥 상념에 잠겨 있을 수는 없었다. 어쨌든 원한령과 결판을 내야 했다.

"원한령아! 무엇이 그리 억울해 저승계로 가지 않고 여태 이승에 집착하느냐. 네 한풀이란 것이 고작 죄 없는 자에 대한 살생뿐이더냐. 네가 한이 많듯 네가 죽인 자도 한이 많을진대 그건 또 어떻게 감당할 테냐. 우리는 불쌍한 영들을 보살피고 달래주기 위해 무녀가 되었건만 너는 왜 우리에게 의탁하여 한을 풀 생각은 하지 않고 우리를 붙잡아서 한을 키우려고만 하느냐. 지금껏 품은 한을 홀홀 털어버리려니 아까워서 그러느냐, 아니면 억울해서 그러느냐? 네 한을 다른 이가 알아주길 바라느냐? 그러하다면 네 한과 억울함을 내가 보듬고 그 고통은 내가 모두 감내할 테니 나에게 오너라. 내가 그 한을 풀어줄 테니, 내 안으로 들어오너라. 그리고 성불하거라!"

낙빈 어머니는 진심을 담아 말했다. 할 수만 있다면 원한령의 악행을 멈추게 하고 그의 고통과 한을 보듬어주고 싶었다. 원한령이 죄를 뉘우치고 성불할 기회를 주고 싶었다. 그리고 더 늦기 전에 모은 무녀와 두 박수도 악귀로부터 풀려나 성불하기를 바랐다.

물론 한을 품은 영을 안으로 불러들여 고통을 대신 껴안고 보듬어주는 것이 말처럼 쉽지는 않을 것이다. 뼈를 깎는 고통을 치러야 함은 당연하다. 하지만 낙빈 어머니는 그렇게 돕는 것이 무당의 일임을 잊지 않았다.

"부디 마음을 고쳐먹고 성불하여라."

낙빈 어머니는 진정으로 원한령을 설득했다. 모든 공격을 멈추고 연민 어린 눈으로 그를 바라보았다.

쿵!

갑자기 원한령에 홀린 미친 여자의 몸뚱이가 뻣뻣하게 굳어 마당 한가운데 쓰러졌다. 잠시 후 거대한 뱀의 정수리가 움찔움찔 흔들렸다. 뱀 귀신의 몸이 정수리를 중심으로 둘로 갈라지기 시작했다. 그러자 정수리에 박혀 있던 원한령의 형체가 차츰 뚜렷해졌다. 원한령은 죽을 때의 모습 그대로인 듯 날카로운 칼자국이 목 언저리에 선명하게 나 있었다. 그리고 그곳에서는 아직도 붉은 피가 흐르고 있었다. 원한령은 갈라진 사귀의 몸에서 서서히 이탈하기 시작했다.

가슴팍에 창이 꽂힌 채 둘로 나뉜 사귀는 버려진 허물처럼 생기를 잃었다. 낙빈 어머니는 사귀에서 떨어져나온 원한령의 표정을 유심히 살폈다. 다행히 악한 기운이 느껴지지 않았다. 자신에게 의탁하여 원망을 달랠 생각을 하고 있는지도 몰랐다. 낙빈 어머니는 살며시 한숨을 내쉬었다. 바로 그때 초점 없는 눈으로 멍하니, 허공을 보던 원한령이 갑자기 눈빛을 번뜩였다.

"헉, 안 돼!"

낙빈 어머니의 외마디 비명보다도 원한령의 몸놀림이 재빨랐다. 순식간에 놈의 두 손이 고무처럼 늘어나더니 사귀의 등 뒤에 박힌 장군신의 창을 뽑았다.

쐐액!

원한령은 낙빈 어머니에게 창을 던졌다. 곁에 있던 장군신이 번개같이 몸을 날려 낙빈 어머니를 가로막았다.

파박!

낙빈 어머니에게 가해지는 직접적인 공격은 막아냈지만 창은 장군신의 복부에 박혀버리고 말았다. 그러나 그것은 시작에 불과했다.

사악한 원한령은 열 손가락 사이에 미리 끼워둔 은빛 바늘을 날렸다. 바늘은 장군신의 어깨를 관통하더니 낙빈 어머니의 양 발등에 박혔다.

"으윽!"

양쪽 발을 통과한 바늘은 땅속 깊숙이 파고들었다. 이제 낙빈 어머니는 옴짝달싹하지 못하고 그 자리에 묶였다.

'크크…… 성불이라고? 네가 받아준다고? 가소롭다, 무녀여! 무당들이 나를 이렇게 만들더니 이제 와서는 성불을 시켜준다고? 거짓부렁으로 날 속이려 들다니! 내 너희를 잡아다가 지옥행을 맛보여주마! 마음대로 죽지도 못하게 만들어주마!'

낙빈 어머니의 간절한 애원과 노력은 도로아미타불이 되었고 오히려 원한령의 사악한 기력만 회복시킨 꼴이 되고 말았다.

'크윽!'

장군신이 고통을 참으며 복부에 꽂힌 자신의 장창長槍을 뽑아 들었다. 장군신이 입은 상처는 고스란히 낙빈 어머니의 내상이 되었다. 더욱이 원한령의 바늘이 그녀의 두 발에 굳게 박혀 옴짝달싹할 수도 없었다.

'사멸하거라!'

분노한 장군신이 원한령의 정수리를 향해 장창을 날렸다. 거대한 창은 정확히 원한령을 향해 날아갔다. 원한령을 명중시키려는 순간 모은 무녀가 원한령 앞을 가로막았다. 원한령이 모은 무녀를 조종하여 자신의 앞으로 데려다놓은 것이었다.

"안 돼!"

낙빈 어머니의 외침도 창의 방향을 바꿀 수는 없었다.

푸욱!

창은 시위를 떠난 화살처럼 멈추지 않고 날아가 결국 모은 무녀의 가슴에 박혔다. 심장을 관통한 장창을 따라 모은 무녀가 뿜어내는 새빨간 핏물이 콸콸 쏟아져 내렸다.

"아아, 모은님!"

낙빈 어머니는 무릎을 꿇고 그 자리에 주저앉았다. 자신의 두 손으로 모은 무녀의 넋을 사멸시켰다는 사실에 엄청난 죄책감이 밀려왔다.

'이제야 가는구먼. 고마워, 고맙네. 족쇄에서 풀어주어 고맙네……. 그리고 미안하네. 이것이 내 운명인가 보이. 그러니 자네가 내 대신 매듭을 지어주게. 부탁하네……. 부탁하네…….'

모은 무녀는 입가에 엷은 웃음을 지으면서 스르르 눈을 감았다. 그리고 그의 영은 발끝부터 차츰 사라져갔다.

'케케케…….'

원한령은 끔찍한 웃음소리를 냈다. 놈은 잔인한 죽음을 즐기는 것처럼 쉬지 않고 웃어댔다.

"잔인한 놈! 죄 없는 분들이 불쌍하지도 않느냐?"

'크크크! 네년의 목숨이나 걱정해라!'

낙빈 어머니는 안타까움의 눈물을 흘릴 겨를도 없었다. 원한령은 쉴 틈을 주지 않고 장군신을 공격했다. 놈의 열 손가락에서 날카로운 바늘이 날아와 장군신의 가슴에 박혔다. 장군신은 열 개나 되는 바늘에 심장을 꿰인 채 땅바닥에 고꾸라졌다. 장군신은 움찔거리며 일어서려 했으나 상처가 너무 깊었다. 장군신은 이미 왼팔을 잃었고 무시무시한 은빛 바늘은 심장을 노리고 있었다.

"아아…… 죄송합니다, 죄송합니다……. 제가 모자라서 당신을 욕보였나이다. 이만 들어가시어 부디 기력을 회복하소서……."

낙빈 어머니는 더 이상 장군신을 붙들어둘 수 없었다. 그가 온 몸을 희생하며 지금까지 싸워준 것만도 감사할 따름이었다. 장군 신도 몹시 안타깝다는 표정을 지었지만 곧 안개가 퍼지듯 서서히 사라져갔다.

전세는 완전히 역전되었다. 인간과 뱀의 껍질을 벗어버린 원한 령은 자신만만한 표정으로 공격을 준비했다. 그러나 낙빈 어머니 는 이제 소환할 무신조차 없었다. 게다가 양발이 땅에 박혀서 꼼 짝도 못할 지경이었다.

'아아, 낙빈이가 위험하다. 저놈은 나를 죽인 뒤에 내 기억을 읽 을 것이다. 그러면 분명 낙빈이를 해치려 할 것이다.'

그녀가 가장 두려워하는 순간이 온 것이다. 이대로 놈에게 죽 는다면 놈은 다른 무당들처럼 그녀를 볼모로 아들을 죽이려 들 것이 분명했다. 그녀는 드디어 결단을 내릴 순간이 왔음을 직감 했다.

'별수 없다. 내 목숨을 다해 지키리라! 내게 있는 모든 기를 폭 발시켜서 나와 함께 놈을 산산조각 내버리는 수밖에…….'

비록 내상이 심했지만 낙빈 어머니가 남아 있는 기를 최대한 끌어올려 한순간에 폭발시킨다면 반경 수십 미터 안에 있는 것들은 모두 치명적인 내·외상을 입게 된다. 그러면 원한령뿐만 아니라 놈이 붙잡은 박수무당들의 영혼과 낙빈 어머니까지 모두 소멸될 것이다.

'크크크 이제 넌 끝장이다. 크크크크……'

원한령은 음흉한 웃음을 날리며 양손을 천천히 당겼다. 그러자 낙빈 어머니의 발에 꽂힌 바늘이 놈을 향해 방향을 틀었다.

"크윽!"

낙빈 어머니는 이를 악물며 버텼다. 놈에게 끌려가지 않으려고 단단히 힘을 주었다. 그러자 원한령은 비열한 웃음을 지으며 두 손을 비틀었다. 곧 낙빈 어머니의 양발을 결박한 바늘이 그녀의 발등을 비틀었다. 다시 엄청난 고통이 밀려왔다. 하지만 낙빈 어머니는 정신을 잃지 않았다. 그녀는 놈을 노려보면서 의식 저 밑으로부터 서서히 기를 끌어올렸다.

'반항해봤자 소용없다. 너는 곧 내 것이 될 것이다.'

원한령은 잔인하게 웃으며 기다란 은빛 바늘 하나를 또다시 꺼내 들었다. 바늘은 팔뚝만큼이나 길고 날카로웠다. 낙빈 어머니는 계속 기를 끌어올렸다. 놈이 눈치채지 못하도록 주의하면서.

'그 바늘이 내 심장을 꿰뚫는 순간, 네놈의 영혼도 다시는 빛을 보지 못하리라!'

쉬이이익!

바늘이 낙빈 어머니의 심장을 향하여 날아왔다. 낙빈 어머니도 마지막 기를 끌어올리며 바늘을 뚫어져라 쳐다보았다.

파사사사…….

그녀가 막바지 기를 끌어올리는데, 갑자기 푸른빛이 낙빈 어머니의 온몸을 감쌌다. 갑작스러운 푸른빛에 놀란 원한령이 날아가던 바늘을 거두었다.

갑자기 나타난 영롱하고 아름다운 푸른빛이 낙빈 어머니의 온몸을 감싸 안았다. 그 빛은 마치 그녀를 지키려는 듯이 이글거렸다. 그 푸른빛은 낙빈 어머니의 신방에서 쏟아져 나오고 있었다. 신방의 작은 서랍에 들어 있던 가죽 반지함의 영롱한 불꽃이었다. 그러나 그 불꽃은 낙빈 어머니를 보호하기에는 턱없이 약했다. 아름답고 따스한 불꽃이었지만 그 기운은 부서질 듯이 약하고 여렸다.

'케케케…… 괜히 놀랐구나. 자꾸 뭔가 얼쩡거리는 느낌이 들더라니. 크크…… 바로 너로구나! 이렇게 아무 힘도 없는 놈일 줄이야! 그래, 너부터 없애주마!'

원한령이 가소롭다는 듯이 웃었다. 그리고 그 영롱한 빛을 향해 기다란 바늘을 치켜 올렸다.

"안 돼, 피하셔요, 제발……!"

낙빈 어머니가 울부짖었다. 원한령의 작은 공격에도 푸른 기운은 완전히 소멸할 수 있었기 때문이다. 하지만 푸른 불꽃은 낙빈 어머니의 앞을 단단히 막아선 채 움직이지 않았다. 보잘것없는 힘으로 그녀를 지키겠다는 듯 그녀의 온몸을 가득 감싸 안은 채 비켜서지 않았다.

"안 돼요!"

조금도 비켜서지 않는 불꽃을 향해 낙빈 어머니는 울부짖었다.

촤아아…….

원한령이 바늘을 던지려는 찰나에 어디선가 맑은 물소리가 들렸다.

촤아아…….

맑고 청아한 소리였다. 원한령마저 멍하니 그 소리에 귀를 기울일 정도로 아름다운 소리였다.

촤촹!

이번에는 바람을 가르는 듯한 소리가 들리더니 원한령 앞으로 무언가 하얀 것이 지나쳤다.

'크악!'

동시에 원한령은 배를 움켜잡고 떼굴떼굴 구르며 비명을 질렀다. 어둠 속에서 날아온 그 무엇이 원한령을 공격한 것이 틀림없었다. 잠시 후 물소리보다 더욱 청아하고 또렷한 소년의 목소리가 들렸다.

"그만둬, 이 나쁜 악귀야! 어머니에게서 물러나!"

10

어둠 속에서 나타난 낙빈은 손에 물빛으로 반짝이는 화살을 들고 있었다. 맑은 물줄기가 화살 모양으로 일렁이는 물화살이었다.

'물빛 화살이라니!'

낙빈 어머니는 아들을 바라보았다. 낙빈 주위에 물의 기운이 넘실거리고 있었다. 푸르게 빛나는 물방울들이 둥근 원을 그리며 낙빈 주위를 빙글빙글 돌고 있었던 것이다.

"낙빈아! 썩 물러가지 못하느냐! 이건 나와 원한령의 싸움이다. 너는 어서 물러나거라!"

낙빈 어머니는 새파랗게 질려서 버럭 소리를 질렀다. 이제 아들을 지킬 힘도 남아 있지 않은 순간에 낙빈이 나타나니 불안해서 미칠 것만 같았다. 그녀는 마음속으로 외쳤다.

'낙빈아, 이 어미가 널 살리기 위해 저놈과 같이 죽고자 하는데, 너마저 죽으려고 왔느냐. 제발 가거라. 어서 가거라, 낙빈아.'

그러나 낙빈은 어머니의 속도 모르고 마당 가운데로 걸어왔다. 사실 낙빈이 어머니의 마음을 모르는 것은 아니었다. 다만 이대로 물러서면 다시는 어머니를 보지 못하리란 것을 알고 있었기에 어머니 곁을 떠나고 싶지 않았다.

낙빈은 원한령을 경계하며 조심스럽게 어머니에게 다가갔다. 그러자 컴컴해서 잘 보이지 않았던 어머니의 모습이 또렷해졌다.

어머니의 상태는 처참했다. 어깻죽지는 불에 시커멓게 그을려 옷과 살이 엉켜 있었다. 커다란 바늘에 꿰여 땅에 박힌 발과 붉은 피로 얼룩진 소복까지 차마 눈뜨고 보기 힘든 모습이었다. 그런 어머니 주위를 너무나 약하고 흐릿한 푸른 기운이 맴돌며 부드럽게 어머니를 어루만지고 있었다. 어머니가 모시는 신들 중 낙빈이 한 번도 본 적 없는 기운이었다.

"낙빈아, 당장 물러나라니까! 어미의 말을 거역할 참이냐?"

"싫어요, 어머니! 죽더라도 어머니랑 함께 죽을 거예요."

"이놈이!"

어머니는 낙빈의 뺨을 세차게 때렸다. 놀란 까만 눈이 어머니를 바라보았다. 어머니는 금방이라도 눈물이 쏟아질 것 같았지만 이를 악물고 버텼다. 모진 소리를 해서라도 낙빈을 쫓아내야 했다.

"네가 감히 어미의 말을 거역할 셈이야! 어서 가지 못하겠느냐!"

"죄송해요, 어머니. 무슨 일이 있어도 저는 어머니 곁에 있을 거예요!"

낙빈은 새빨갛게 달아오른 뺨을 문지르지도 않고 그대로 원한령을 노려보았다. 원한령은 어느새 물화살을 뽑아버리고 일어나 있었다. 낙빈은 속으로 눈물을 삼키며 양팔을 벌리고는 곧장 원한령을 향해 기를 모았다.

촤아아악!

낙빈 주위에 있던 물빛 기운들이 원한령을 향해 날아갔다.

"수사水使님의 가르침이다! 이 힘으로 너 같은 악귀를 물리치라고 하셨다!"

'크윽! 이건 뭐지?'

세찬 물빛 기운이 원한령을 가격하자 놈은 담 밑까지 주르륵 미끄러졌다.

"야압!"

낙빈이 때를 놓치지 않고 기합을 내질렀다. 이번에는 차가운 물이 원한령을 빙글빙글 에워쌌다. 그 맑은 물이 일제히 반짝하고 빛나는 순간 원한령의 심장 부위에만 물이 사라지더니 동그랗게 구멍이 뚫렸다. 낙빈은 때를 놓치지 않고 오른손을 들어올렸다. 순식간에 아이의 손바닥 위에 맑은 물빛 화살이 만들어졌다. 낙빈은 그 투명한 물화살을 원한령의 심장을 향해 꽂았다.

촤아아!

물빛 화살은 아름다운 물보라를 일으키며 번개처럼 날아갔다. 그러나 원한령은 그 아름다운 모습을 보지 못했다. 주위를 둘러싼 물보라가 반짝거리며 시야를 가로막았기 때문이다.

'크아악!'

아름다운 물보라 속에서 원한령의 비명이 울려 퍼졌다.

"얘들아, 이리 와."

낙빈의 부름에 원한령을 둘러쌌던 물보라가 다시 돌아왔다. 그리고 낙빈의 주변을 빙글빙글 돌며 둥근 원을 그렸다.

반짝이던 물보라가 없어지자 원한령의 모습이 똑똑히 보였다.

원한령은 심장 부근에 물화살을 맞고 사지를 덜덜 떨고 있었다. 공격은 성공적이었다. 이 놀라운 광경을 바라보던 낙빈 어머니의 눈이 커졌다.

'수사님께 배웠다고? 그럼 수水를 운용하는 법을 배웠단 말인가?'

분명 그녀는 낙빈에게 신을 소환하는 것, 특히 힘센 신들을 부르는 것은 위험하다고 경고했다. 그런데 지금 낙빈은 어떤 신에게 의지한 것이 아니라 스스로 물의 힘을 이용해 싸우고 있었다.

낙빈 어머니는 어린 낙빈의 현명함에 놀라지 않을 수 없었다. 수사님이라면 물을 다스리는 분이었다. 그리고 이 산은 사방이 물줄기에 둘러싸여 있었다. 더욱 중요한 것은 낙빈의 이름이 '물 낙洛'과 '빛날 빈彬'으로 이루어져 있다는 사실이다. 물이 빛난다. 빛나는 물…….

맑은 폭포수가 떨어져 내릴 때 공중에 흩어지는 물보라처럼. 수많은 물방울이 반짝이며 빛나는 모습처럼. 맑고 투명하게 빛나는 물의 힘을 의미하는 이름을 가진 낙빈이 물을 무기로 삼은 것은 너무나도 훌륭한 선택이었다.

사람의 이름은 그 사람의 운명을 움직인다. 때문에 고대에는 부모와 배우자 말고는 아무도 내 이름을 알지 못했다. 그만큼 이름은 소중한 것이었다. 사람들은 이름에 엄청난 힘이 들어 있다고 믿었고 그런 믿음은 현대에도 여전했다. 이름자에 '언령言靈'◆이 있기 때문이다.

낙빈이라는 이름에 깃든 언령은 바로 '물'이다. 낙빈이 물로 싸운 것은 그로서는 최고의 전투 방법이자 최상의 선택이었다. 맑고 투명하고 차가운 물이 지닌 엄청난 파괴력을 이용하는 것. 사실 낙빈이 반나절 만에 물의 운용법을 터득한 것도 이름에 깃든 언령이 도와준 덕분일 것이다.

원한령의 가슴에 박혀 있던 물화살이 기운을 다하고 흘러내렸다. 원한령은 그제야 정신을 차리고 낙빈을 노려보며 공격할 태세를 갖추었다. 원한령은 자세를 바로잡고 두 손에 바늘을 움켜쥐었다. 낙빈 역시 다시 공격을 시작했다. 낙빈은 다시 한 번 손바닥을 들어 투명하고 아름다운 물화살을 만들었다. 그리고 원한령을 향해 활시위를 당겼다.

쐐애액!

촤앙앗!

바늘과 물화살이 동시에 허공을 날았다. 바늘은 지그재그로 물화살 주위를 돌며 물화살을 공격했다. 순식간에 물화살은 물방울이 되어 공중에서 흩어지고 말았다.

◆옛날부터 거의 모든 나라에는 '말을 조심하라'는 뜻으로 말과 관련된 수많은 속담이 전해 내려온다. 이는 단지 말을 잘 못하여 생기는 불미스러움을 경계한 것일 뿐만 아니라 말 자체가 가지고 있는 힘을 경계한 것이기도 하다. 고대에는 개인의 이름을 그 가족만 부를 수 있었다. 다른 사람이 이름을 가지고 해코지할 수도 있다고 믿었기 때문이다. 이름이 지닌 힘, 말이 지닌 힘, 이것이 바로 언령의 힘이다. 개똥이나 소똥이라는 별칭도 어쩌면 이름(본명)을 숨기기 위한 이름(별명)일지 모른다. 과거에 비해 약해지긴 했으나 언령은 여전히 우리 주위에 존재한다. '말이 씨가 된다'는 속담은 언령의 무서운 힘을 암시한다. 특히 어린아이일수록 언령의 힘이 크게 작용한다. 그 때문에 어린아이에겐 되도록 희망이 깃든 말, 사랑스러운 말, 힘을 북돋는 말을 해주어야 한다.

"아얏!"

낙빈은 두 팔에 얼음처럼 시린 한기를 느꼈다. 공격이 실패하면 나타나는 현상이었다. 물화살의 공격은 그 주인인 낙빈에게도 영향을 미치는 것이었다. 낙빈은 갑자기 두려운 마음이 들어 주춤거렸다.

"정신 차려라! 정신을 차리면 능히 이길 수 있다!"

낙빈의 마음을 눈치챈 어머니가 카랑카랑한 목소리로 외쳤다. 이왕 이렇게 되었으니 이기는 수밖에는 도리가 없었다. 원한령이 낙빈의 존재를 알아버린 이상 피할 수도, 감출 수도 없는 노릇이었다. 이제는 놈을 처치하고 이기는 방법밖에 없었다.

"네, 어머니!"

어머니의 외침에 낙빈은 두 눈을 부릅뜨고 원한령을 노려보았다. 원한령도 지지 않고 낙빈을 노려보았다. 두 번이나 낙빈의 물화살을 맞은 탓에 원한령의 두 눈은 분노로 이글거렸다.

'어리석은 것! 죽음보다 더한 고통을 느끼게 해주마!'

쐐액!

강력하고 날카로운 기운이 담긴 바늘이 낙빈을 향해 날아왔다. 낙빈은 급히 주위의 물방울들을 모아 물보라를 만들었다.

"하앗!"

낙빈 어머니 역시 아들 앞으로 방어의 기를 내뿜었다. 그러나 바늘의 엄청난 파괴력을 당해내기가 쉽지 않았다.

찌직!

낙빈은 물보라로 바늘의 속도를 줄인 다음 급히 몸을 피했는데도 왼쪽 소매 끝이 바늘에 걸려 찢어졌다.

'안 되겠다. 먼저 공격하자.'

낙빈은 더 생각할 겨를도 없이 놈을 향해 또다시 물화살을 만들어 쏘았다. 그러나 원한령은 이미 낙빈의 공격 패턴을 파악해 버렸다. 놈은 낙빈이 물화살을 쏘는 족족 쉽사리 피해냈고 물화살은 담벼락에 부딪혀 힘없이 부서졌다. 낙빈은 갑자기 무서워졌다. 어머니도 상대하기 힘든 원한령에 혼자 맞서야 하다니! 낙빈은 온몸에 소름이 돋았다.

"낙빈아! 두려워하지 말고 마음으로 화살의 방향을 조종해봐라! 기운으로 만든 것은 자연의 법칙대로만 움직이지 않는다. 네가 조종하는 대로 꺾이고 휘기도 한단다."

"네에?"

"진실한 마음은 사물을 움직인다. 네 간절한 염원을 실어 화살을 쏘거라."

"네, 어머니!"

낙빈은 두려움을 애써 몰아냈다. 그리고 어머니의 말씀대로 모든 마음을 화살 끝에 집중했다.

촤아아!

세찬 물결이 응집되어 다시 날카로운 물화살이 만들어졌다. 낙빈은 어머니 말씀대로 염원을 담아 침착하게 시위를 당겼다. 물화살은 원한령의 가슴을 향해 곧장 날아갔다.

'어림없다!'

정면으로 날아오는 너무나 단조로운 공격이었다. 원한령에게는 이제 한숨이 나올 만큼 뻔한 공격이었다. 원한령은 훌쩍 날아오르더니 공중을 한 바퀴 돌아 사뿐히 내려앉았다.

그런데 이게 웬일인가. 곧장 한 방향으로만 날아가던 물화살이 스스로 방향을 바꾸더니 원한령의 심장을 향해 더 세찬 기세로 날아갔다. 당황한 원한령은 바닥으로 굴렀다. 그러자 물화살은 어느새 각도를 바꿔 원한령의 심장을 향해 다시 날아올랐다. 원한령은 안 되겠다 싶었는지 바늘을 꺼내 들고 물화살에 정면으로 맞섰다.

쐐액!

여덟 개의 바늘이 동시에 날아가 물화살에 꽂혔다. 바늘은 상어가 먹이를 물어뜯듯 물화살을 갈기갈기 찢기 시작했다. 물화살 군데군데에 구멍이 생기더니 떨어져나간 물방울들이 사방으로 흩어졌다.

"아…… 안 돼! 힘내, 물화살아! 힘을 내!"

물화살은 낙빈의 간절한 염원에도 불구하고 원한령의 심장 가까이에서 물방울로 흩어지더니 산산이 부서졌다.

"으으……."

낙빈의 표정이 일그러졌다. 두려움이 엄습하면서 주위를 돌던 물빛들마저 사그라졌다. 낙빈은 심리전에서부터 패퇴하고 있었다. 정신력에서 패배한 사람은 절대로 상대를 이기지 못하는 법.

낙빈은 자신 없는 눈빛으로 어머니를 바라보았다.

"원한령의 바늘이 너무 강해요. 저건 단순한 기 덩어리가 아니에요. 강철로 만든 것 같아요."

낙빈은 두려움에 떨며 울상을 지었다. 다리가 후들거려 금방이라도 주저앉을 것만 같았다. 어머니가 이렇게 무서운 악귀들과 날마다 싸우셨다니 새삼 놀라웠다.

"낙빈아, 너는 왜 물의 힘을 모르느냐? 태초에 조상님은 어찌하여 철도 아니고 동도 아닌 물의 힘을 가지고 땅에 내려오셨겠느냐? 바위를 뚫는 힘이 무엇이냐? 칼이더냐, 도끼더냐! 철과 동을 녹슬게 하는 힘은 또 무엇이냐? 한 방울의 물이 결국 바위를 뚫고 물 분자 하나가 동을 녹슬게 하지 않더냐! 네가 물의 힘을 믿지 않으면 결코 원한령을 이길 수 없다. 믿어라! 네 힘을 믿어라, 낙빈아!"

어머니의 절규와 함께 낙빈은 손끝으로 뜨거운 기운을 느꼈다. 온몸이 불에 데고, 피로 얼룩지고, 두 발이 바늘에 꿰여 땅속에 박힌 어머니로부터 그윽한 기가 전달되었다. 손끝에서 시작하여 가슴속까지 뜨거운 기운이 휘몰아쳐오고 있었다.

"어머니!"

낙빈은 눈물이 났다. 어머니에게는 더 이상 나누어줄 힘이 없다는 것을 낙빈은 잘 알고 있었다. 그럼에도 어머니는 없는 기운마저 쥐어짜 자신에게 쏟아주고 있었다. 낙빈은 글썽이던 눈물을 질끈 훔치고 이를 앙다물었다. 자신감이 충만해지면서 가슴속에서 뜨거운 기운이 샘솟았다.

'그래! 바위를 뚫는 것은 바로 물 한 방울의 힘이야. 날카로운 칼이 아니야. 제아무리 보검寶劍이라도 바위를 쳤다가는 이가 빠지는 거야. 그래, 물의 힘이야! 물의 힘이 바위를 뚫고, 쇠를 부수고, 모든 것을 이기는 거야!'

낙빈은 두 눈을 고요히 뜨고 한 손가락을 들어 원한령 쪽으로 쭉 뻗었다.

"물의 힘을 보여줘!"

물방울들은 낙빈의 손가락을 따라 선을 그리며 원한령을 향해 발사되었다. 가늘지만 세밀하고 강한 물줄기였다.

촤아앗!

'크하하! 네놈은 물밖에 쓸 줄 모르는구나! 가소로운 놈!'

원한령은 똑같은 방식의 물 공격을 비웃으면서 바늘로 물방울 주위를 휘저었다. 그런데 이번엔 어찌 된 일인지 물줄기가 사라지는 것이 아니라 더 가늘고 세밀하게 변해 공격을 계속했다. 바늘의 공격이 거세질수록 물방울은 더욱 세밀해지고 더욱 강력해졌다.

휘리릭!

원한령은 다시 두 발로 담을 박차고 앞으로 튕겨 나왔다. 원한령의 뒤로 거대한 꽹음이 들려왔다. 낙빈이 쏘아댄 물줄기들이 원한령의 뒤에 있던 담벼락을 완전히 뚫어버린 것이다. 정신만 집중하면 물은 모든 것을 뚫어버릴 만큼 막강한 위력을 가졌다.

낙빈은 제가 공격하고도 흠칫 놀랐다. 물의 힘은 생각보다 훨씬 막강했다.

'이번엔 조준을 잘하자. 저 원혼이 움직이는 대로 물줄기를 움직인다면 제아무리 빨라도 피하지 못할 거야.'

낙빈은 원한령을 향해 다시 손을 쭉 뻗었다.

"아름다운 물방울들아, 잘해줘! 너희를 믿을게!"

낙빈의 두 손에서 맑은 물의 기운이 흘러나왔다. 치밀한 입자의 물방울들이 조금 전보다 더 빠르고 세차게 나아갔다. 원한령도 질세라 허공을 날며 물방울을 피했다.

"놓쳐선 안 돼! 저놈을 공격해!"

낙빈의 두 눈이 원한령을 집요하게 쫓았다. 그러자 물보라 역시 휘어지고 갈라지며 집요하게 놈의 뒤를 쫓았다.

'크아악!'

이리저리 재주를 넘던 원한령의 배에 드디어 물보라가 퍼졌다. 세밀한 입자의 강력한 물보라가 원한령의 복부를 강타한 것이다. 원한령의 배에서 흙빛의 진득한 액체가 흘러나왔다.

'케엑, 이, 이놈! 네놈의 숨통을 끊어주마!'

원한령은 악에 받쳐 소리를 질렀다.

"웃기지 마! 네 숨통이 먼저다!"

낙빈은 틈을 주지 않고 연달아 물줄기를 쏘았다.

촤앗!

원한령은 비틀거리며 양손에 힘을 주었다. 그러자 지금껏 싸움

을 멀뚱히 지켜보고만 있던 박수무당 둘이 원한령 앞으로 튀어나
왔다.

'으아악!'

낙빈의 공격을 받고 쓰러진 것은 원한령이 아니라 박수무당들
이었다.

"헉!"

낙빈은 무당 영들이 자신의 공격에 쓰러지자 질겁했다. 어린
낙빈으로서는 사악한 눈빛의 원한령을 공격하는 것도 괴로운 일
이었다. 그런데 불쌍한 박수무당들의 끔찍한 몰골을 보고 나니,
이제는 죄의식까지 들었다. 낙빈은 무당 영들이 죽어가는 모습을
차마 보지 못하고 눈을 질끈 감아버렸다. 물줄기에 심장을 관통
당한 두 영은 바닥에 나동그라진 채 서서히 사라졌다.

"으윽! 이 악랄한 놈!"

낙빈 어머니는 원한령을 노려보며 입술을 깨물었다.

"으악! 내가…… 내가…… 불쌍한 영을 소멸시켰어! 내가……
내가!"

낙빈은 두 귀를 틀어막고 바닥을 구르며 울부짖었다. 치귀도를
익히고 싸움에 나서서 처음으로 소멸시킨 영이 하필이면 죄 없고
불쌍한 박수무당들이라니!

'케케케케.'

원한령이 통쾌하다는 듯이 음흉하게 웃었다.

"낙빈아, 귀를 막지 말거라! 저분들을 보아라! 저분들이 아주

사라지기 전에 신음 소리를 들어봐라! 저 처참한 모습마저 똑똑히 보아라!"

낙빈 어머니는 귀를 막고 뒹구는 아들을 향해 소리쳤다.

"으아악! 싫어요! 싫어요!"

"괜찮다, 낙빈아! 어서! 저분들이 사라지려 하지 않느냐! 어서 보거라!"

"보고 싶지 않아요! 제가 없앤 영들을 어떻게 보란 말이에요! 내가 저들을 죽였어요! 흑흑흑!"

"아니다, 낙빈아! 어미 말을 믿거라. 어서 저분들을 바라보아라!"

낙빈은 눈물범벅이 되어 고개를 들었다. 그리고 자신이 소멸시킨 영들을 바라보았다. 박수무당 영들은 낙빈을 향해 합장을 하고 있었다.

'감사합니다. 소멸당하는 것보다 사악한 악귀의 바늘에 꿰여 하루하루 살아가는 것이 더욱 괴로운 일. 당신의 힘으로 우리는 자유를 얻었습니다. 소멸은 완전한 자유……. 성불하지 못하더라도 미련은 없습니다. 악귀의 포로가 지옥의 고통이라면 소멸은 천국의 자유에 비할 것입니다. 부디 저희 대신 저 사악한 영혼을 퇴치해주십시오.'

낙빈은 눈이 휘둥그레졌다. 소멸하는 박수무당들이 오히려 낙빈을 향해 큰절을 올리며 감사의 눈물을 흘리고 있지 않은가!

"저들은 저 원혼에게 붙잡혀 온갖 고초를 당했단다. 원혼이 꿰어놓은 영혼의 족쇄 때문에 성불하지 못하고, 그렇다고 죽지도 못하면서 죽음보다 더한 고통을 받았던 거야. 이제 네가 그 족쇄를 풀어준 거란다, 낙빈아. 저분들의 영혼은 이제 다시는 빛을 보지 못하겠지만 영원한 안식을 찾았다. 너무나 다행스러운 일이지. 너는 아주 좋은 일을 한 거야. 괴로워하지 말거라."

낙빈은 혼란스러웠다. 눈앞에 아무것도 보이지 않고 어머니의 말씀도 귓가에 웅웅거릴 뿐이었다. 세상이 갑자기 뿌옇게 보였다. 자신이 아는 세상이 아니라 온통 불가사의한 세상이었다. 그때 낙빈의 등 뒤에서 원한령이 번뜩이는 검을 치켜들었다. 놈이 치켜든 검은 두껍고 거친 검이 아니라 바람 소리를 내며 가볍게 휘어지는 연검軟劍이었다.

'보통내기가 아니구나!'

낙빈 어머니의 입이 바짝 말랐다. 지금껏 원한령의 바늘 공격은 더할 나위 없이 무시무시했다. 그런데 놈이 마지막을 위해 치켜든 연검에서는 그보다 더 무시무시한 기운이 느껴졌다.

휘잉!

놈이 연검을 휘두르자 바람을 가르는 소리가 들렸다. 낙빈 어머니는 숨이 턱 막히는 듯했다. 보통의 보검이 단단하다면 연검은 검신劍身이 매우 얇고 하늘거렸다. 두 검은 여러 면에서 다르지만, 특히 연검은 초보자가 다루기 힘든 검이었다. 연검은 세밀한 공격이 가능했다. 원하는 부위에 유연하게 다가가 약한 힘만으로도 대상을 정확히 벨 수 있었다. 이런 연검을 다룬다는 것은 원한령이 검의 고수라는 의미였다.

휘잉!

연검은 검은 피에 굶주린 듯이 하늘을 갈랐다. 낙빈은 그 섬뜩한 소리에 비틀비틀 일어섰다. 눈앞이 뿌옇게 보였다. 그때 갑자기 검이 바람을 가르는 소리가 귓전에 울려 퍼졌다.

"낙빈아!"

낙빈은 어머니가 힘껏 떠미는 바람에 옆으로 푹 고꾸라졌다. 검이 목 언저리를 살짝 베고 지나갔다. 하마터면 낙빈의 목이 깨끗하게 잘릴 뻔했다. 그러나 원한령은 틈을 주지 않고 연검을 살짝 비틀어 낙빈의 머리를 향해 빙글 돌렸다.

"안 돼!"

아직까지 정신을 차리지 못하고 멍하니 서 있는 아들을 향해 어머니가 몸을 날렸다.

"아악!"

연검이 낙빈 어머니의 등을 스치듯 지나갔다. 낙빈 어머니는 끔찍한 고통에 눈앞이 가물거렸다. 연검이 지나간 등이 홍건하게 피범벅이 되었다. 낙빈은 자신을 위해 몸을 던진 어머니를 보았다. 그리고 금세라도 쓰러질 듯한 어머니의 모습에 눈물을 흘렸다.

"어머니! 흑흑…… 제가 무찌를게요. 꼭 이길게요. 그러니 더 이상 움직이지 마세요, 어머니!"

낙빈 어머니는 바닥에 팔을 대며 힘없이 쓰러졌다. 갑자기 낙빈을 향해 몸을 날린 탓에 그녀에게서 잠시 떨어져나간 푸른빛의 기운이 다시 그녀의 몸을 에워싸기 시작했다. 푸른빛은 분노와 슬픔에 사무치는 듯이 세차게 일렁이면서 이글이글 타올랐다.

"이 악귀! 가만두지 않겠다!"

낙빈이 죽어가는 어머니를 바라보며 울부짖었다. 어머니는 푸른빛에 둘러싸여 보호받고 있었지만 생명은 이미 꺼져가는 듯했다. 낙빈은 어머니를 지켜낼 사람은 자신밖에 없다는 사실을 깨달았다. 어서 저 원한령을 무찔러서 어머니를 살려야 한다! 낙빈은 흐르는 눈물을 씻어내며 온 힘을 다해 두 주먹을 불끈 쥐었다.

"어머니를 살려낼 거야. 너 따위에게 어머니를 내주진 않을 거야!"

파사사사!

낙빈의 두 손에 맑은 물방울들이 모여들었다. 그러고는 차가운 소리를 내며 원한령을 향해 뻗어나갔다. 물방울들이 연검에 부딪치며 하얗게 부서졌다.

"이얏!"

낙빈이 환한 물방울 사이로 두 손을 쭉 뻗었다. 그리고 온몸에 강한 물의 기운을 끌어올렸다.

드드드…….

갑자기 원한령의 발밑에서 땅이 움직이기 시작했다.

'켁! 이게 뭐야?'

원한령은 갑작스러운 변화에 당황했다. 흔들거리던 마당 한가운데가 갈라졌다. 그리고 그 안에 잠자고 있던 지하수 물줄기가 매서운 기세로 땅을 뚫고 나왔다.

"자, 가랏!"

낙빈이 물빛 화살을 쏘았다. 물빛 화살은 맑은 물방울에 휩싸여 날아가다가 연검에 부딪쳤다.

차창!

날카로운 금속성이 울리면서 밝은 빛이 사방에 터졌다. 물화살이 연검에 부딪쳐 물방울로 변한 것이다. 낙빈은 기합을 넣으며 또 다른 물화살을 들어올렸다. 그러자 지하수가 멈추고 원한령이 순간적으로 비틀거렸다. 낙빈은 그 틈을 놓치지 않고 원한령의 심장을 향해 물화살을 날렸다.

'켁!'

가슴을 부여잡은 원한령의 손가락 사이로 검붉은 핏물이 흘러나왔다.

"야압!"

낙빈은 쉬지 않고 공격을 계속했다. 낙빈의 양손에서 가느다란 물줄기가 뿜어 나갔다.

'크아악!'

이미 복부와 가슴에 치명상을 입은 원한령은 심장을 관통당하고 앞으로 고꾸라졌다. 놈의 손에서 번쩍이던 연검이 바닥으로 떨어졌다.

"헉헉!"

쓰러진 원한령을 확인한 낙빈은 급히 어머니를 바라보았다. 한꺼번에 힘을 쏟은 탓에 숨이 가빴다. 어머니는 아직 눈을 뜨지 못하고 바닥에 쓰러져 있었다. 저렇게 피를 흘리다간 금방이라도 돌아가실 것만 같았다.

"어머니!"

낙빈은 어머니를 흔들었다. 어머니 주변에서 어머니를 보호하고 있던 푸른빛이 일렁거렸다. 낙빈은 어머니의 가슴에 손을 얹었다.

파사사…….

낙빈의 손 위로 푸른빛이 흔들렸다. 푸른빛도 어머니를 걱정하는 듯했다. 무척이나 따스하고 맑은 기운이었다. 어머니의 심장은 뛰고 있었지만 너무나 약했다. 게다가 사지는 꿈쩍도 하지 않았다.

'어떡하지?'

낙빈은 어머니가 환자들에게 기치료를 하시던 모습을 떠올렸다.

'그래! 기를 모으는 거야.'

낙빈은 어머니의 등에 손을 갖다댄 다음 눈을 감고 정신을 집중했다.

'마음으로 원하면 될 거야. 마음으로…… 아주 간절한 마음으로…….'

아득한 저곳에서 뭔가가 느껴졌다. 사라져가는 어머니의 생명 같았다. 낙빈은 어머니가 기치료를 하듯 어머니에게 생명의 기운을 불어넣으려 했다. 하지만 어떻게 해야 하는지 알 수가 없었다. 어머니의 생명에 기를 불어넣어야 하는데, 그 길이 제대로 잡히지 않았다. 집중하려 할수록 정신은 자꾸 혼미해지고 숨이 가빠졌다.

"핫!"

낙빈은 자기도 모르게 소리쳤다. 갑자기 생명의 기운이 또렷이 느껴졌다. 그러자 그곳에 자신의 기운을 불어넣을 수가 있었다. 마음이 한결 가벼워지고 자신감이 샘솟았다. 낙빈은 살며시 눈을 떴다. 그리고 무엇이 자신을 도왔는지 깨달았다. 바로 어머니의 주변을 맴돌던 푸른빛의 기운이었다. 그 영롱하고 맑은 기운이 기를 전달하는 낙빈의 손 주위에 모여 있었다.

'이제껏 이런 기운은 본 적이 없는데…….'

처음에 푸른빛은 매우 약해 보였다. 그러나 지금은 낙빈에게 엄청난 도움을 주고 있었다. 푸른빛은 아주 여린 기운인데도 끝없는 사랑과 하염없는 걱정, 그리고 강력한 염원을 쏟아내고 있었다. 푸른빛은 약하디약한 자신의 기를 모조리 뽑아내어 어머니에게 쏟아붓고 있었다. 너무나 약한 기운이기에 낙빈은 푸른빛이 소멸할지도 모른다는 걱정이 들었다.

"내가 어떻게 해볼게. 넌 그만해. 이젠 나도 어떻게 하는지 알겠어."

하지만 푸른빛은 낙빈의 손에서 떠나지 않고 더욱 제 빛을 밝혔다. 처음 해보는 일인데도 푸른빛이 도와준 덕분인지 낙빈은 어렵지 않게 어머니에게 자신의 기를 불어넣을 수 있었다. 얼마 후, 어머니의 출혈이 모두 멈추고 시퍼렇던 혈색도 점차 붉은빛으로 변했다.

"어머니가 살아나셨어!"

어머니에게 드리웠던 죽음의 그림자를 간신히 물리친 낙빈은 기진하여 정신이 혼미했지만 어머니가 살아났다는 안도감에 마냥 기뻤다. 푸른빛도 고비를 넘긴 것을 알아차렸는지 어머니 주위로 다시 퍼져나가 어머니의 온몸을 감싸 안았다.

"헉헉……."

낙빈은 숨이 가빴다. 어린 몸으로 그렇게 많은 기력을 쏟아냈으니 당연한 일이었다. 푸른빛은 이를 눈치채고 낙빈의 손등에서 크게 출렁이더니 낙빈과 어머니를 한꺼번에 껴안았다. 아주 부드럽고 아늑한 느낌이었다.

"아아, 난 괜찮아. 어머니를 도와줘."

참으로 신기했다. 낙빈은 푸른빛이 너무나 따스했다. 아주 약한 기운인데도 물의 기운이 자신을 보호할 때보다 훨씬 든든했다. 푸른빛에 안기니까 한없이 따뜻하고 포근했다. 언제까지나 이렇게 기대고 싶다는 생각이 들었다. 낙빈의 눈이 스르르 감겼다. 언젠가 안겨본 품처럼 한없이 편안하고 고요했다. 바다처럼 넓고 산처럼 너른 평온함!

휘이잉!

그 순간 갑자기 바람을 가르는 소리가 낙빈의 귓전을 울렸다.

눈을 뜨니 원한령이 왼손으로 배를 움켜쥐고 오른손으로 연검을 휘두르며 낙빈을 향해 달려들고 있었다. 원한령은 완전히 소멸하지 않았던 것이다!

쐐애액!

피할 길이 없었다. 설령 피한다 해도 어머니가 연검에 노출된다. 낙빈은 두 눈을 질끈 감았다.

휘잉!

"으악!"

코앞에서 바람을 가르는 연검의 소리가 들렸다. 낙빈이 비명을 질렀다. 그런데…… 그런데 고통이 느껴지지 않았다!

"아앗!"

슬며시 눈을 떠본 낙빈은 깜짝 놀랐다. 눈앞에서 푸른빛이 연검을 부여잡고 있었던 것이다. 검을 물리칠 힘이 있을 리 없는 여리디여린 푸른빛이 낙빈 앞에서 비켜서지 않고 온 힘을 다해 연검을 맞잡고 있었다.

원한령은 연검을 더욱 세차게 밀어붙였다. 그러자 푸른빛은 꺼질 듯 꺼질 듯 사그라지기 시작했다.

"아…… 안 돼! 그러다 없어져버릴 거야! 어서 비켜!"

낙빈이 어쩔 줄 모르고 소리쳤다. 저 힘없는 푸른빛이 금방이라도 꺼질 것만 같아서 낙빈은 안타깝고 애가 탔다.

"나…… 낙빈아, 어서!"

어머니도 언제 깨어났는지 안타까운 목소리로 낙빈을 재촉했다. 어머니와 눈이 마주친 낙빈은 화들짝 놀랐다. 자신이 무얼 해야 하는지 깨달은 것이다.

"네, 어머니! 알겠어요!"

낙빈은 물 기운을 힘차고도 조심스럽게 내뿜었다. 자신과 원한령 사이에 끼어 있는 푸른빛이 자칫 화를 입을 수도 있었기 때문이다. 물 기운을 내뿜는 낙빈의 손이 덜덜 떨렸다.

촤아앗!

물의 압력을 견디지 못한 연검이 드디어 구부러지기 시작했다. 그러나 연검을 부여잡고 있던 푸른빛도 소멸될 것처럼 검과 물 기운 사이에서 비틀거렸다.

"피해! 어서 피하라니깐!"

그러나 푸른빛은 피하지 않았다. 자신이 비켜나면 연검이 그대로 낙빈을 찔러버릴지 모른다는 위기감 때문인 듯했다.

"어서 피해! 그냥 있으면 소멸된단 말이야!"

푸른빛은 여전히 꼼짝하지 않았다. 이대로 두면 푸른빛을 살릴 수 없을지 모른다는 생각이 낙빈의 뇌리를 스쳤다.

'그렇다면!'

낙빈은 물줄기를 둘로 나눠 연검의 양옆을 공격하는 동시에 연검과 푸른빛의 틈새로 강력한 물줄기를 내뿜었다. 그제야 푸른빛은 제힘을 다했는지 부서질 듯이 흔들렸다. 낙빈은 나누었던 물의 기운을 모두 모아 연검을 향해 쏟아부었다. 이제 연검은 거의 직각으로 구부러져 검 끝이 하늘을 향했다.

"이야앗!"

낙빈이 쥐어짜듯 기합을 내질렀다. 그러나 원한령은 노련했다. 연검은 더 이상 구부러지지 않았다. 하늘을 찌르고 있던 검 끝이 다시 낙빈 쪽으로 구부러지기 시작했다.

낙빈도 원한령도 있는 힘을 다 짜냈다. 아무래도 경험이 부족한 낙빈이 불리했다. 연검은 낙빈 쪽으로 점점 기울었다. 위기를 느낀 낙빈은 연검의 날을 다시 세우려 했다. 낙빈은 오른쪽 무릎을 구부려 땅에 대고는 양손을 위로 치켜들었다.

'이대로는 가망이 없어!'

낙빈은 기력이 바닥난 것을 깨달았다. 낙빈의 팔이 덜덜 떨리기 시작했다. 과연 얼마나 더 버틸 수 있을까? 절망의 순간이었다. 그때 갑자기 온몸에 힘이 넘쳐나기 시작했다. 따스함마저 느껴졌다.

'어머니? 어머니는 남은 기가 없으실 텐데?'

낙빈이 슬쩍 옆을 돌아보니 또다시 푸른빛이 있었다. 위급할 때마다 도와주는, 작고 푸른 기운 덩어리! 낙빈은 무언지 모를 감정에 눈앞이 흐려지고 가슴이 미어졌다.

'이 바보! 이젠 정말 움직일 힘도 없을 텐데…….'

낙빈은 푸른빛이 뒤에서 온몸을 떠받쳐주고 있다고 생각하니 갑자기 힘이 불끈 솟았다. 온몸의 혈이 탁 트이고 숨어 있던 기까지 한꺼번에 뿜어져 나왔다.

"으라차차! 이야압!"

낙빈의 기합은 그 어느 때보다 우렁찼다.

'크어억!'

낙빈의 기합과 동시에 연검이 원한령 쪽으로 확 꺾이는가 싶더니 순식간에 원한령의 심장을 꿰뚫어버렸다. 원한령은 가슴에서 시뻘건 핏줄기를 콸콸 쏟아내더니 뒤로 벌러덩 나자빠졌다.

"하아! 하아!"

낙빈도 당장 실신할 것처럼 숨을 몰아쉬었다.

'저…… 저놈만 아니면…… 수백 신이…… 다 내 것이 되는데…….'

푸르륵 푸르륵, 꺼져가는 숨을 내쉬던 원한령이 겨우 입을 열었다. 그 순간 낙빈은 심장이 얼어붙는 듯했다. 낙빈에게 수많은 신이 예비되어 있음을 원한령이 눈치채고 있었던 것이다.

'원한령처럼 사악한 원혼에게 내가 붙들리기라도 한다면…… 내 영혼은 물론 나에게 예비된 신들마저 사악한 짓에 이용될 수 있다니…….'

생각만 해도 끔찍했다.

'크으윽!'

원한령은 심장을 부여잡았다. 연검이 관통해버린 심장에서 검붉은 피가 끊임없이 용솟음치고 있었다.

'크윽! 원통하다. 원수의 씨앗인 무당들을 다 죽이지 못하고 죽는구나……. 원통하다, 원통해!'

원한령의 사지가 끄트머리부터 흐릿해지기 시작했다. 놈은 마지막 순간까지 세상에 대한 원망과 증오를 버리지 못했다.

"끝내 죄를 뉘우치지 못하는구나."

이 모습을 바라보던 낙빈 어머니가 탄식하듯 나지막하게 중얼거렸다.

허우적거리던 원한령의 사지가 모두 사라지고 몸체마저 사그라졌다. 언제 그곳에 있었냐는 듯이 원한령의 형체는 모두 사라지고 말았다. 그리고 그 주위에 있던 사악한 기운들마저 모두 사라져버렸다.

정말로 끝이었다.

"이제 끝났구나. 간신히……."

"어머니……."

낙빈은 어머니에게 천천히 다가갔다. 어머니도 서서히 몸을 일으켰다. 어머니의 무릎에는 푸른빛이 일렁이고 있었다. 아까보다 훨씬 옅은 빛을 발하면서.

낙빈도 어머니도 푸른빛을 물끄러미 바라보았다. 푸른빛은 겉으로 보기에도 이미 제 기운을 다한 듯했다.

"이렇게 약한 기운이 우리를 도우려 그렇게 애를 썼다니……."

모자는 콧날이 시큰해졌다.

"나를 도와주려다가……."

낙빈의 목소리가 떨렸다. 눈물이 왈칵 쏟아졌다.

"얘야, 감사하다고 말씀드려야지."

낙빈은 어머니의 인자한 목소리에 깜짝 놀랐다. 어머니는 눈물이 그렁그렁해서 낙빈의 머리를 쓰다듬었다.

"널 지키려다가 영원히 소멸될 뻔하셨구나. 한 번도 뵌 적이 없지?"

낙빈 어머니는 그렁한 눈으로 푸른빛을 바라보았다.

"언제나 우리를 지켜보고 계셨단다. 인사드려라. 아버지시다."

"네?"

낙빈은 귀를 의심했다. 어머니가 작고 영롱한 푸른빛을 바라보면서 '아버지'라고 말씀하셨다.

"그래, 바로 네 아버지의 남은 기운이란다."

낙빈 어머니가 고요히 고개를 끄덕였다.

"나를 구하기 위해 이런 모습이 되셨지. 너와 이 어미를 구하기 위해 네 아버지는 온전한 영혼으로 남지도 못하셨단다. 그래서 이렇게 엷은 기운만으로 곁에 계셨단다. 그런데…… 결국 오늘 네 목숨까지 지켜주셨구나."

"이분이…… 내 아버지……!"

푸른빛은 낙빈 어머니의 무릎에서 천천히 일렁거렸다. 낙빈 어머니는 손을 모아 푸른빛을 어루만졌다.

'아아, 아버지…… 아버지셨구나! 무한한 평화…… 무한한 따스함…… 무한한 사랑의 느낌이…… 바로 아버지의 느낌이었구나!'

어째서 아버지가 이렇게 푸른빛으로만 남았는지, 어째서 조상신이 되어 어머니와 자신의 곁에 머물지 않고 이렇게 작은 기운이 되었는지 낙빈은 당장 묻고 싶었지만 아무 말도 나오지 않왔다.

"낙빈아! 네가 이 어미를 구한 것처럼 앞으로는 세상을 구해라. 네 아버지가 이루지 못하고 미천한 어미 또한 이루지 못한 꿈을 네가 이루어라. 어두운 세상을, 불행에 허덕이는 사람들을 구해라. 네 신들이 명령한 길, 너에게 예비된 길을 가거라. 정성으로 모든 신을 받아들이고 그분들의 가르침대로 세상을 구해라. 오늘 네가 이 어미를 구했듯이, 그리고 네 아버지께서 널 구하셨듯이 이제 네가 세상을 구해라."

낙빈 어머니는 아들의 운명을 더 이상 거역할 수 없음을 깨달았다. 그녀는 아들의 등을 꼭 껴안아주었다. 거대한 운명을 받아들이기에는 아직 너무나 어리고 약한, 소중한 아들을.

기나긴 하루였다.

낙빈은 지친 몸을 모두 파묻듯이 어머니 품에 기대어 눈을 감았다. 푸른빛과 어머니, 그리고 낙빈은 이제 한 몸이 된 듯 서로를 부둥켜안았다.

몇 년처럼 길었던 하루가 저물고 있었다. 저 멀리 산등성이에서 희뿌연 달빛이 그들을 비추고 있었다.

제 3 화

소년은
울지 않는다

1

푸른 갈나무가 빼곡히 들어선 깊은 산속에 작은 암자 하나가
있다. 위를 올려다보면 하늘이 죄다 초록으로 보일 만큼 숲이
울창하다. 이른 새벽 새들의 지저귐이 들리고 작은 다람쥐가 부
지런히 돌아다니는 암자는 숲의 일부처럼 자연스럽게 어우러
졌다.

푸른 갈나무와 소나무들이 병풍마냥 암자를 촘촘히 에워싸고
암자 앞으로는 시냇물이 졸졸 흐르고 있어서 마치 그림 속 풍광
처럼 아름다웠다. 암자의 뒤쪽과 앞쪽은 깎아지른 듯이 위험천만
한 절벽이었다. 좁은 오솔길을 제외하고는 모조리 절벽으로 에워
싸인 깊은 숲 속에 어떻게 암자가 들어설 수 있었는지 의문스러
웠다.

작은 암자에 있는 몇 개의 방문은 모두 마당 쪽으로 나 있었다.
넓은 툇마루가 암자의 동쪽을 향하고 방들은 모두 북쪽과 남쪽으
로 죽 늘어서 있었다. 이곳의 터줏대감인 천신賤身은 이른 아침부
터 마당에 나와 있었다. 그는 언제나처럼 검은 도복을 입었다. 머
리는 검은색 도복과 대비되는 희끗희끗한 은발이었다.

"승덕아, 오늘은 귀한 손님이 오실 터이니 마당을 잘 쓸어라."

그는 북쪽 방을 향해 큰 소리로 말했다. 잠시 후, 북쪽 방에서는

아무런 기척도 없이 조용한 가운데 바로 옆에 붙은 방에서 젊은 남녀가 서둘러 마당으로 나왔다. 두 사람은 회색 승복을 입고 있었다.

"허허, 승덕이를 불렀더니 정희와 정현이가 일어났구나."

박꽃처럼 새하얀 얼굴에 먹처럼 새까만 생머리가 어여쁜 정희가 다소곳이 인사했다. 까만 생머리를 단정하게 묶은 그녀는 이제 막 소녀티를 벗은 듯했다. 아담한 키와 마른 체구, 그리고 가녀린 어깨는 보호 본능을 불러일으킬 정도로 여려 보였다.

정희와 함께 나타난 쌍둥이 동생 정현은 인상이나 몸집이 정희와 전혀 딴판이었다. 정희가 동정심을 유발할 정도로 가녀리다면 정현은 강한 이미지를 풍겼다. 유난히 짙은 눈썹과 강렬한 눈빛, 그리고 우뚝 솟은 콧날은 단호하고 굳세 보였다. 특히 삭발에 가까운 짧은 머리카락은 정현의 인상을 더욱 강하게 만들었다. 정희와 똑같은 승복을 입은 그는 양팔을 팔꿈치 위까지 걷어 올리고 있었다. 울퉁불퉁 근육이 튀어나온 팔뚝은 건강한 구릿빛이었다. 훤칠한 키와 탄탄한 팔뚝은 그가 오랫동안 단련해왔음을 말해주고 있었다.

"편히 주무셨습니까, 스승님?"

정희와 정현이 섬돌 아래로 내려서서 공손히 절을 했다.

"그래, 너희도 잘 잤느냐? 이른 시간에 깨워서 미안하구나. 그런데 승덕아, 넌 무얼 하느냐?"

천신이 묻고 나서야 북쪽 첫 번째 방문이 비스듬히 열렸다. 문

안에서 부스스한 머리에 까치집을 지은 승덕이 얼굴만 빼꼼 내밀었다. 그는 주섬주섬 방바닥을 휘젓더니, 손에 걸린 안경을 쓰고는 반쯤 감긴 눈으로 천신을 바라보았다.

"아이고, 스승니임! 제가 어제 뭘 좀 조사하다가 새벽에 잠들었습니다. 그래서 채 한 시간도 못 잤습니다. 전 조금만 더 자겠습니다, 제발 봐주세요!"

정희와 정현보다 열 살은 많아 보이는 승덕이 잠에서 덜 깬 목소리에 온갖 애교를 섞어 말하는 것을 들으며 정희와 정현은 웃음을 참지 못하고 조용히 키득거렸다.

"그러니 내가 널 깨우는 것이 아니냐. 오늘 귀한 손님이 오시니까 네가 채비를 좀 해야겠다."

"아이고, 스승님! 정희랑 정현이도 있는데 만날 저만 시키십니까! 얘들도 아주 잘합니다! 믿고 맡기세요. 그럼 전 좀만 더 자겠습니다!"

승덕이 떠지지도 않는 눈으로 애교를 떠는데, 갑자기 차가운 물이 그에게 뿌려졌다.

촤악!

"으아악! 아이고, 스승니임!"

뒷짐을 지고 있던 천신의 오른손에 노란 바가지가 달랑거리고 있었다.

"예끼, 이놈! 다 늙은 놈이 징그럽구나. 이제 잠이 좀 깼느냐? 어서 일어나 마당 좀 쓸어놓아라. 오늘 귀한 손님이 오실 거다."

한바탕 물세례를 받은 승덕을 남기고 천신은 법당으로 사라졌다.

"아이고, 정말 너무하시네!"

"괜찮으세요, 오라버니?"

정희는 여전히 너스레를 떨며 툴툴거리는 승덕에게 마른 수건을 가져다주었다. 승덕이 얼굴을 닦는 사이 정희는 부엌으로, 정현은 장작 패는 곳으로 향했다.

"대체 누가 온다는 거야?"

물벼락을 받고서야 눈이 떠진 승덕은 벌떡 일어나 이불을 갰다.

2

햇빛이 거의 스며들지 않는 울창한 숲 속을 헤쳐 나가는 소년의 이마에선 땀이 뚝뚝 떨어져 내렸다. 등은 땀으로 범벅이 되어 물에 들어갔다 나온 것처럼 축축하게 젖었다. 소년은 어머니가 일러주신 암자를 향해 혼자 묵묵히 산을 오르는 중이었다.

절체절명의 위기를 넘긴 지 사흘째 되는 날, 어머니는 아무 말 없이 보따리를 쌌다. 그러고는 낙빈에게 집을 떠나 천신이란 분을 찾아가라고 했다.

"어머니, 안 돼요! 전 안 갈 거예요!"

낙빈은 거동도 힘들 정도로 쇠약해진 어머니를 두고 떠나는 것이 싫어서 반항도 하고 사정도 하며 매달렸지만 어머니의 뜻은 완강했다. 낙빈은 3일 동안 매달리고 애걸하다가 결국 어머니의 말씀대로 암자를 향해 길을 떠나게 되었다.

"네게 오실 신들은 섣불리 이름을 거론하기도 어려울 만치 위대하신 분들이다. 지금의 너로서는 장차 오실 신들을 부리지 못하고 결국 그분들에게 휘둘릴 거야. 그러니 정신을 똑바로 차리고 큰 가르침을 얻어야 한다. 재능도 중요하지만 생각이 바로잡히는 것이 으뜸으로 중요한 법이다. 그러니 이를 도와주실 좋은 스승님을 찾아가거라."

낙빈은 원한령을 만난 뒤에 신을 운용하는 법을 배우는 것이 얼마나 중요한지 여실히 깨달았다. 만일 원한령에게 당했더라면 자신의 막강한 신들은 원한령의 차지가 되었을지도 모를 일이었다.

"네가 신을 제대로 운용할 수 있을 때까지, 그리고 최후에 오실 태고지신을 온전히 받을 수 있을 때까지 집에 발붙일 생각은 절대로 하지 말거라!"

어머니는 낙빈을 떠나보내며 비장한 어조로 말했다. 그것이 그녀가 낙빈을 위해 해줄 수 있는 최선의 선택이었다. 물론 낙빈에게 내릴 신을 모두 받고, 또 그 신들을 모두 운용할 수 있으려면 수많은 시간이 흘러야 한다는 것을 낙빈도 어머니도 알고 있었다. 그러니 어쩌면 살아생전 다시는 만나지 못할지도 몰랐다. 하지만 낙빈은 그런 사실을 애써 부정했다.

'어서 배울 거야. 어서 빨리 모든 신을 받아서 어머니께 돌아갈 테야!'

어머니는 지금 낙빈이 찾아가는 분은 예전에 어머니가 위기에 처했을 때 도움을 주신 분이라고 했다. 그분은 도가 깊고 인품도 높으신 분이라고 했다. 낙빈은 어떤 분일까 궁금했다. 하지만 이제 잠도 못 자고 하루를 꼬박 산에서 헤매고 나니, 어서 암자라도 찾았으면 하는 바람이 컸다.

졸졸졸.

길도 나지 않은 숲을 헤매는데 어디선가 희미하게 물소리가 들렸다. 순간 갈증이 턱밑까지 차올랐다. 낙빈은 주저 없이 그 소리를 향해 발걸음을 재촉했다.

"으아, 만세!"

얼마 되지 않아 작은 폭포와 웅덩이가 나타났다. 낙빈은 소리를 지르며 물가로 뛰어갔다. 바닥이 다 보일 만큼 맑고 투명한 웅덩이였다. 이렇게 맑고 푸른 물은 한 번도 본 적이 없었다. 낙빈은 생각할 겨를도 없이 하얀 한복을 훌훌 벗어 던지고 푸른 웅덩이를 향해 뛰어들었다.

촤악!

"우후후. 아우, 차가워. 으히히히."

산골짜기 물은 너무나도 차가웠다. 온몸에 흐르는 후끈후끈한 열기를 다 식히고도 남을 만큼 시원한 청량감이 느껴졌다. 낙빈은 두 손에 물을 모아 머리로 높이 치켜들었다.

꾸울걱.

그렇게 물을 받아 마시자 세상에 없는 단맛이 났다. 폭포라고
하기에는 너무 작았지만 경치는 천하일품이었다. 폭포에서 퍼
지는 말간 물방울들이 낙빈의 몸 구석구석을 간질이며 웃고 있
었다.

"우후후, 내 친구들. 내 귀여운 친구들. 우후후."

기분이 좋아진 낙빈은 연신 물방울들을 매만지며 그들을 향해
웃음을 보냈다. 치귀도를 통해 물을 운용하는 법을 배운 뒤로 이
제 맑은 물방울은 낙빈에게 친구나 마찬가지였다. 물방울들 역시
낙빈이 반가운지 폭포 아래쪽에 작은 무지개를 만들었다.

"어쭈, 이놈 봐라?"

"앗!"

갑작스러운 사람 목소리에 낙빈은 물 안으로 쏙 들어갔다. 그
리고 소리가 들려온 곳을 찾았다. 그곳에는 야구 모자에 찢어진
청바지를 입은 남자가 있었다. 그는 눈이 좋지 않은지 도수가 꽤
높아 보이는 안경을 끼고 짝다리를 짚은 채 낙빈을 빤히 바라보
고 있었다. 바로 승덕이었다.

"야, 꼬맹이, 길 잃어버렸냐?"

낙빈은 갑작스럽게 사람이 나타나자 바짝 긴장해서 물 위로 두
눈만 빼꼼 내놓았다.

"쪼끄만 녀석이 멀리도 왔네. 여긴 사람 다니는 길도 없고 결
계結界까지 처놓았는데, 대체 어떻게 들어온 거야? 야, 이 아저씨

가 내려가는 길을 알려줄게. 넌 나한테 뭐 해줄래?"

여전히 낙빈은 눈만 내놓고 승덕을 쳐다보았다.

"꼬맹이, 고추라도 보여주면 내가 내려가는 길을 알려주마. 아니다, 너무 싸다! 너 이리 나와서 춤이나 춰봐. 그럼 내려가는 길을 알려줄게."

"난 꼬맹이가 아니에요!"

그제야 낙빈은 얼굴을 물 위에 내놓았다.

"난 길을 잃은 것도 아니고 산을 내려가지도 않을 거예요!"

낙빈이 똑 부러지게 얘기하자 승덕은 의외라는 듯이 낙빈을 쳐다보았다.

"꼬맹이, 집이라도 나왔냐? 너, 아랫동네 사는 꼬마구나? 이 숲에 호랑이가 사는데, 넌 모르냐? 내가 바로 변신 호랑이다!"

승덕이 낙빈에게 달려들듯이 두 손을 치켜들고 어흥거렸다. 낙빈은 '산중에도 한심한 인간이 있구나'라고 생각했다가 '아니, 미친 사람인가'라고 생각했다. 어서 승덕과 헤어지는 것이 좋을 듯해서 서둘러 물 위로 올라왔다.

"역시 꼬맹이네. 아이구, 귀여워라!"

"아저씨!"

뭐라 대꾸를 하려던 낙빈은 제정신이 아닌 사람과 얘기하는 것이 무슨 소용이 있을까 싶어서 급히 옷만 챙겨 입었다. 승덕은 하얀 한복을 꿰어 입는 낙빈을 물끄러미 바라보았다. 낙빈은 승덕이 보든 말든 아무 일도 없었던 것처럼 묵묵히 발길을 돌렸다.

"옷도 희한하게 입었네, 그놈! 어디 가는데 그러냐?"

"……."

"야, 그러다 길을 잃는단 말이야. 어디 가는 거냐?"

"아저씨가 알아서 뭐하게요?"

낙빈이 퉁명스럽게 대답했다.

"내가 이 산에 대해선 빠삭하거든. 도와줄게, 꼬마야. 말해봐."

"말해도 아저씨 같은 사람은 모를 거예요."

"어허, 꼬맹이가! 말하라니깐 그러네!"

낙빈은 잠시 고민하다가 입을 열었다.

"천신 도사님이오. 천신 도사님이 계시는 암자를 찾아왔어요."

승덕이 잠시 머뭇거리자 낙빈은 거보란 듯이 말했다.

"역시 모르겠죠? 거봐요, 보통 사람들은 모르는 분이래요!"

낙빈이 쏘아붙이며 발길을 돌리자 등 뒤에서 의문에 찬 승덕의 목소리가 들렸다.

"너 같은 꼬맹이가 우리 스승님한테 무슨 일이냐?"

"예에?"

낙빈은 저 실없는 사람이 천신 도사를 알고 있다는 것에 너무 놀랐다. 승덕 역시 조그만 사내아이가 깊은 숲 속을 혼자 헤매며 스승님을 찾는 것에 놀라지 않을 수 없었다.

"우선 신발을 턴다, 실시!"

"예?"

암자의 코앞에 다다르자 승덕이 낙빈의 앞을 막아섰다. 그러고는 흙이 묻은 신발을 털라고 했다.

"아, 어서 털라니까!"

낙빈은 영문도 모른 채 흰 고무신을 탈탈 털었다.

"거 참, 흰 고무신에 흰색 한복이라……. 너, 청학동에서 왔냐?"

"아뇨."

낙빈은 샐쭉하게 대답했다. '청학동에서 왔냐'는 학교에 다닐 때도 자주 들었던 말이다. 낙빈은 그 말을 들을 때마다 별로 기분이 좋지 않았다. 어머니가 손수 지어주신 한복이 놀림감이 되는 것 같아서였다. 낙빈은 괴상한 물감이 잔뜩 발린 서양 옷보다 한복이 훨씬 편하고 좋았다.

"자, 이번엔 벽에 붙는다. 실시!"

승덕은 시범을 보인다면서 까치발로 살금살금 걸었다. 암자 입구의 가장자리를 지나 되도록 마당에 발자취가 남지 않도록 걸어가는 시범이었다. 낙빈은 그 모습이 이상해 보였지만 별수 없이 승덕을 따라 했다.

"야, 잘 건너, 살살! 그렇지. 너 때문에 마당 청소를 다시 할 수는 없잖아! 오늘 귀한 손님이 오신다는데……. 자국이 남지 않게 살살 걸어, 살살!"

그 순간 딱 소리가 나며 승덕의 뒤통수에서 불꽃이 튀었다.

"아야!"

그곳에는 어느새 왔는지 천신이 떡하니 버티고 있었다.

"아이쿠, 스승님!"

"이놈아, 손님에게 뭘 시키는 거냐! 기다리던 손님이 왔는데 희한한 짓거리를 하는구나, 거 참."

"네에? 귀한 손님이 겨우 이 꼬맹이라고요?"

승덕은 머리를 비비며 얼굴을 찡그렸다. 낙빈은 까만 도복을 입은 은발의 남자에게 넙죽 절을 했다.

"껄껄껄. 오늘 아침부터 하늘이 내게 말하더구나. 오늘 귀한 손님이 오실 거라고. 그게 바로 너인가 보구나. 허허."

'아, 이분이 천신 도사님이구나!'

바닥에 엎드린 낙빈은 천신의 커다란 웃음소리를 듣고 살짝 고개를 들었다. 검은 도복으로 몸을 감싼 천신은 무척이나 너그러운 인상이었다. 도사라는 말을 듣고 낙빈이 상상했던, 흰 수염을 길게 기른 신선의 모습과는 거리가 멀었다. 그는 신선보다는 교수나 학자 같은 느낌을 주는 사람이었다.

흰 머리가 반쯤 섞인 은발은 깔끔하게 귀밑에서 깎여 있고 덥수룩한 수염도 없었다. 그는 중년이 훨씬 넘어 보이는 나이에도 불구하고 젊은이 못지않게 키가 크고 건장한 체격이었다. 무엇보다 껄껄 웃어넘기는 그의 웃음소리는 사람의 마음을 편안하게 하는 힘이 있었다.

3

천신님.

거두절미하고 이 아이를 부탁드립니다.

생각하고 또 생각해보아도 제게는 아이를 인도할 능력이 없습니다. 백번 천번 생각해도 아이를 도와주실 분은 천신님뿐입니다.

짐작도 하지 못했습니다. 하지만 그토록 헤매며 찾았던 태고지신이 제 아이에게 예비되었다는 신탁이 내렸습니다. 혹여 이 일이 알려진다면 크나큰 혼란이 다시 시작될지도 모릅니다.

제가 의탁할 분은 천신님뿐이니 부디 혜안을 빌려주십시오. 이 아이가 어느 길을 선택하든 그것이 세상을 위한 것이라 저는 믿습니다. 그러니 아이가 스스로 선택할 수 있도록 편협하지 않은 중용의 길로 인도해주십시오. 부디 아이에게 세상을 구할 올바른 방법을 알려주십시오. 천신님이라면 그 길을 보여주시리라 믿습니다. 이 세상의 온갖 슬픔과 괴로움을 마주 보고, 이 세상의 온갖 선악과 시비를 가릴 수 있도록 가르쳐주십시오. 이 아이가 맞이할 세상의 모든 고통을 헤쳐 나갈 혜안을 주십시오.

암자 중앙에 위치한 불당에 천신과 낙빈이 마주 앉았다. 노란 한지로 도배한 방은 세월이 묻은 낡은 서랍장과 커다란 나무 탁자를 빼면 아무것도 없는 단출한 살림이었다. 천신은 낙빈이 가져온 어머니의 서신을 펼쳐 들고 한동안 깊은 생각에 빠진 채 미동도 하지 않았다.

"네가 그분의 아들이로구나."

이윽고 천신은 무릎을 꿇고 조용히 앉은 낙빈을 보며 고개를 끄덕였다. 천신이 보기에 낙빈은 눈이 맑고 청아했다. 특히 또렷한 검은 눈동자가 참으로 총명해 보였다. 커다란 눈이 어찌나 맑은지 그 앞에서는 어떤 악인이라도 천진함에 물들어 거짓말을 하지 못할 듯했다. 둥글게 깎은 바가지 머리는 순박해 보였고 발그레한 볼은 귀염성이 있었다.

다른 아이보다 좀 더 맑고 순박해 보이는 것 말고는 그저 작은 어린아이일 뿐인데 이 아이가 태고지신을 받는다니 천신은 놀라웠다.

"네가 태고지신의 신탁을 받았다고 했느냐?"

"네, 도사님."

"누가 그리 말씀해주었더냐?"

"백두민족 조상신께서 그리 말씀하셨어요."

"그래, 그렇구나. 이번에는 네가 태고지신을 받는다니 참으로 얄궂은 운명이로고!"

천신은 근심 어린 눈으로 낙빈을 뜯어보았다.

"이번엔 제가 받는다니, 무슨 말씀이신지……?"

"흐음. 네 어머니께서 태고지신에 대해 아무 말씀도 하지 않으시더냐?"

"네."

"태고지신과 얽힌 지난 일도 말씀하시지 않더냐?"

"그런 말씀은 전혀…… 옛날에 무슨 일이 있었나요?"

낙빈은 어렴풋이나마 과거에 태고지신과의 어떤 인연이 있었으리라는 생각은 하고 있었다. 지난번 어머니와 조상신의 대화에서 그런 느낌을 받았다. 하지만 어머니는 낙빈에게 태고지신에 대해 어떤 말도 들려주지 않았다.

"네 어머니께서 말씀하지 않으셨다면 무슨 뜻이 있었을 터. 나는 그분의 뜻을 따르겠다. 어차피 네가 태고지신을 받을 때면 자연히 모든 것을 알게 될 거다."

천신은 어머니의 과거와 태고지신에 대해 알고 있는 것이 틀림없었다. 낙빈이 모르는 이야기들을 알고 있다면 혹시…… 낙빈은 가장 궁금한 것을 물었다.

"그럼 혹시 제 아버지도 아시나요?"

"네 어머니께서 말씀해주셨더냐?"

"……."

낙빈이 고개를 저었다. 지난번 원한령과의 대결에서 만난 푸른 빛. 영이라고 하기에는 너무나 작고 여렸던 그 빛으로 아버지를 만난 것 이외에는 아버지에 대해 알고 있는 것이 없었다. 왜 아버지가 그리 작은 기운으로만 남았는지, 어머니와는 어떤 인연으로 만났는지, 그리고 어떻게 돌아가셨는지 그전에도, 그 후에도 듣지 못했다.

"네가 신력이 있으니, 혹여 꿈에라도 부친을 뵌 적이 있더냐?"

"네. 꿈은 아니지만 작은 푸른빛으로 남으신 아버지를 뵌 적이 있어요. 도사님은 제 아버지를 아시나요?"

"그래, 네 아버지와는 잘 알고 지내던 사이다."

천신은 몹시 서글픈 얼굴로 낙빈을 바라보았다. 그렁그렁한 두 눈에는 낙빈에 대한 안타까움과 연민이 담겨 있었다.

"사실 며칠 전에 한 원한령이 찾아와 대결한 적이 있습니다. 그 때 처음으로 아버지에 대해 듣게 되었습니다. 푸른빛으로 남은 아버지는 어머니를 구하려다 그렇게 되신 거라고……. 도사님, 아버지 이야기를 듣고 싶어요. 아버지가 어떤 분인지, 무얼 하시던 분인지, 왜 돌아가셨는지……."

"그래, 네 마음은 알겠다. 그러나 네 부친의 이야기 역시 내가 들려줄 수는 없겠구나. 네 어머니가 말해줘야 할 것들을 내가 대신 이야기해서는 안 될 듯하구나. 내가 아는 네 부친과 네 어머니가 아는 네 부친이 다르고, 우리가 네 부친에 대해 가진 추억이 다르니, 내가 네 부친에 대해 이야기해준다 하여 그것이 네 아버지에 대한 바른 기억이겠느냐? 언젠가 모친께서 이야기해주실 거다. 너무 급히 생각지 말아라."

"예……."

낙빈은 실망스러웠지만 아버지 이야기를 조금씩 들을 수 있을지도 모른다는 희망이 생겼다. 아버지와 어머니의 추억을 아는 분을 만났다는 것만으로도 기분이 들떴다. 암자를 찾아올 때만 해도 너무나 괴롭고 힘든 마음이었는데 이제는 작은 희망이 낙빈의 마음을 부풀게 했다.

"자, 이제 다른 식구들과도 인사하자꾸나. 모두들 좋은 사람이
니 마음 편하게 잘 지내거라, 낙빈아."

천신이 부르는 '낙빈'이란 소리가 무척이나 다정다감했다. 낙
빈은 그에게 특별한 능력이 있음을 직감했다. 천신은 특별한 행
동이나 말을 하지 않고도 사람의 마음을 다독이고 보듬어주는 묘
한 힘이 있었다. 낙빈은 한없는 포근함에 마음이 훈훈했다.

"얘들아, 모두 들어오너라."

마당에서 기다리던 세 사람이 방으로 들어왔다. 낙빈과 그들이
서로를 소개했다.

"이쪽은 어린 박수무당인 낙빈이란다. 어디 보자……. 그래, 올
해 열 살이 되는구나, 그렇지?"

"네, 저도 그리 알고 있습니다."

"열 살이면 학교는 다녔느냐?"

"그게…… 얼마 전에 1학년으로 며칠 다니다가…… 그만두었
습니다."

낙빈은 슬픈 기억이 떠올라 눈물이 핑 돌았다. 그만둔 것이 아
니라 사실은 쫓겨난 거라고 말할 수가 없었다. 낙빈은 치밀어 오
르는 슬픔을 꾹꾹 누르며 공손히 대답했다. 그런데 갑자기 뒤통
수에서 '딱' 하는 소리가 들렸다. 동시에 낙빈의 눈앞에 불꽃이 번
쩍했다.

"무슨 애가 애답지 않게! 쥐방울만 한 녀석이 어른처럼 말하고

있어?"

승덕은 아이답지 않게 예의를 차리는 낙빈이 딱해 보였다. 어린아이라면 좀 더 밝고 명랑하게, 그리고 조금은 천방지축으로 살았으면 싶었다.

"아야야……."

낙빈은 천신 앞이라 화를 꾹꾹 참으며 신음 소리만 냈다.

"껄껄. 낙빈이가 열 살로 안 보이는 건 사실이구나. 좀 더 아이답게 굴어도 괜찮을 텐데 말이다. 나를 아버지로 여기고, 여기 이 사람들은 형과 누나라고 생각하거라. 그럼 이제 너희가 인사를 하려무나."

천신이 한바탕 웃으며 승덕과 정희, 그리고 정현을 바라보았다.

"너희부터 해라. 어린것들부터……."

승덕은 손을 내저으며 너스레를 떨었다. 조용히 서로를 보던 정희와 정현이 잠시 머뭇거리다 정현이 먼저 인사를 했다.

"나는 정현이라고 한다. 그냥 잡다한 무술을 조금 한다. 잘 지내자."

정현은 강인한 인상과 달리 부끄러움이 많았다. 그는 삭발이나 다름없는 머리를 문지르며 고개를 돌렸다. 그의 두 볼이 금세 붉어졌다.

"이런 숫기 없는 놈! 그걸 소개라고 하냐? 덩치는 커다란 놈이 말주변은 없어가지고……. 그나저나, 막내 꼬맹이! 작은형님한테 큰절 안 하냐?"

"예엣!"

승덕의 호통에 낙빈은 자리를 박차고 일어섰다.

콰당탕!

낙빈은 너무 급하게 절을 하는 바람에 중심을 잃고 비틀거렸다. 그러다가 그만 팔꿈치를 탁자 모서리에 세게 부딪혔다. 단단한 탁자 모서리에 찍혔는지 팔꿈치에서 붉은 피가 배어 나왔다.

"아야야!"

낙빈은 팔을 감싸 안고 신음했다.

"팔을 이리 주렴."

이 모습을 옆에서 지켜보던 정희가 낙빈에게 다가왔다. 낙빈은 긴 머리의 가냘픈 정희를 바라보았다. 정희는 조용히 다가와 낙빈의 팔을 잡고는 다친 부위에 입을 갖다 댔다.

"아니, 저, 저기⋯⋯."

낙빈이 말할 새도 없이 정희는 낙빈의 상처 부위를 빨았다가 두 손으로 살며시 비볐다. 그러자 놀랍게도 팔의 통증이 완전히 사라져버렸다. 낙빈은 신기해서 자기 팔뚝과 정희를 번갈아 바라보았다. 좀 전까지만 해도 피가 배어 나왔던 팔뚝에 약간의 붉은 기운이 남았을 뿐, 상처는 순식간에 사라지고 없었다.

"아유, 아팠겠구나."

정희는 조용히 자신의 팔뚝을 보여주었다. 정희의 팔꿈치에는 아까 낙빈에게 생겼던 것과 거의 똑같은 상처가 있었다. 낙빈이 깜짝 놀라 정희를 쳐다보았다. 두 눈을 가늘게 뜨고 신력을 사용하니, 정희의 뒤에 서 있는 분이 보였다. 아주 너그러운 인상의 보살님이었다.

"아, 누나 뒤에 계신 분은 희생보살님이시군요!"

낙빈은 정희 뒤에 있는 것이 희생보살임을 알아챘다. 희생보살은 남의 아픔, 상처, 고통을 대신 아파해주는 분이다. 자기를 희생하여 다른 이의 상처와 고통을 덜어주고 치유하는 것이 바로 희생보살의 힘이었다. 낙빈이 단번에 희생보살을 알아보자 정희는 잠시 놀라더니 금세 잔잔한 미소를 지었다.

"그래, 나는 희생보살님의 보살핌을 받고 있단다. 내 이름은 정희야. 정현이는 내 쌍둥이 동생이고……. 우리는 올해 열아홉 살이란다. 이 암자에서 지낸 지는 7년이 되었어."

"쌍둥이라고요?"

낙빈은 어리둥절했다. 건장한 체구에 구릿빛 피부의 정현과 가녀린 몸에 하얀 피부의 정희가 쌍둥이라니. 낙빈은 너무나 대조적인 두 사람의 모습에 깜짝 놀랐다.

"이란성쌍둥이라고 해도 우리 모습이 너무 다르지?"

"네."

"어머니와 떨어져 외롭겠지만 이곳에 있는 사람들 모두 마음만은 정말 따뜻하단다. 어려운 일이 있으면 친누나로 생각하고 대해줘. 나도 친동생처럼 생각할게."

"네."

낙빈이 고개를 깊이 숙였다. 마음속 깊이 정희의 따스함이 전해졌다.

"꼬맹이, 큰절!"

또다시 승덕의 커다란 목소리에 낙빈은 깜짝 놀라 반사적으로 몸을 일으켰다. 그리고 정희를 향해 공손히 절을 했다.

"에헴, 에헴! 마지막으로 내 이름은 승덕이다. 승덕, 즉 덕을 계승한다는 뜻이지. 내가 이름대로 덕으로 똘똘 뭉친 사람이거든. 어찌나 도덕적이고 윤리적인지 모른다. 자, 날 봐라. 요기도 덕, 조기도 덕. 푸하하. 험, 너무 썰렁했나? 난 몇 년 전에 암자에 오게 됐다. 특기도 취미도 오로지 연구고. 공부와 연구에 도가 튼 사람이라 이곳 암자의 브레인을 담당하고 있지. 흠흠."

갑자기 옆에 있던 사람들이 비웃듯이 헛기침을 시작했다.

"어허, 어허! 난 진실만을 말하는 사람이라니까. 그리고 이 암자에서 없어서는 안 될 중요한 임무를 담당하고 있다. 바로 마당 청소! 우리 암자의 이미지는 바로 마당에서 나오는 것이 아니겠냐? 따라서 난 제일 중대한 일을 맡고 있는 거다. 아깝긴 하지만 이제 꼬맹이가 왔으니, 이런 중대한 일을 넘기도록 하마."

낙빈은 승덕에게도 공손히 절을 했다. 실없는 말을 늘어놓았지만 조심스럽게 그 모습을 살펴보니 함부로 보아 넘길 사람은 아닌 듯했다. 그의 뒤에 버티고 있는 조상신은 엄청난 예지와 학문의 능력을 가진 분이 틀림없었다.

"그래, 이제 우리 식구들이 모두 다섯이구나. 낙빈아, 비록 나는 능력도 없고 네게 가르쳐줄 것도 딱히 없는 부족한 사람이지만 함께 잘 지내보자꾸나. 우선 내가 너희 모두에게 바라는 것은 서로를 이해하고 배려하고 사랑하는 마음을 배웠으면 하는 것이다."

천신은 암자의 식구들을 바라보며 말을 이었다.

"정희도, 정현이도, 승덕이도, 낙빈이도……. 우리가 이렇게 만나기 위해서는 몇 겁의 인연이 있었을 거다. 그러니 오늘의 만남을 소중히 여기도록 하여라. 우리가 언제 헤어질지 알 수는 없지만 언제나 가족임을 잊지 말자꾸나."

암자의 사람들은 밤이 깊어가도록 함께 모여 이런저런 이야기꽃을 피웠다. 모두들 마음으로부터 낙빈과 가족이 된 것을 기뻐했다. 낙빈 역시 오랫동안 헤어졌던 부모 형제를 만난 것처럼 그들 속에 흠뻑 녹아들었다.

낙빈은 앞으로 이곳에서 무엇을 하며 어떻게 살아갈지 알 수 없었지만 한없는 포근함과 정겨움에 마음만은 훈훈했다. 그리고 한편으로 이 사람들과 함께 앞으로 많은 일을 겪을 것 같은 예감이 문득문득 머리를 스쳤다.

제 4 화

죽음을 부르는 목소리

1

깊고 깊은 숲 속 천신의 암자에 새벽이 찾아왔다. 아직 동트기 전의 하늘은 깊은 심연의 바다색을 토해내고 있었다. 암자 식구들은 물론 숲 속의 동물들도 깊은 단잠에 빠져 있는 새벽이었다. 그런데 이렇게 이른 시간 북쪽 방의 창가에 누군가의 그림자가 언뜻언뜻 비쳤다.

"크크."

소리를 죽이고 웃던 승덕이 곧 옆에서 곤히 자고 있는 낙빈을 숨이 막히도록 꽉 껴안았다.

"으으음……."

낙빈은 답답한지 신음 소리를 냈다.

"크크크."

"으으…… 우와아앙!"

이번에는 승덕이 낙빈을 제 배에 올리고는 꽉 끌어안고 흔들어댔다. 어린 낙빈은 숨이 막힌데다 억지로 잠에서 깨자 울음을 터뜨렸다.

"우히히. 그래, 그래. 그렇게 참지 말고 울라니까!"

승덕은 잠이 덜 깬 눈을 비비며 떼를 쓰는 낙빈이 귀여워서 어쩔 줄 몰랐다. 승덕은 틈만 나면 낙빈이 우는 모습을 보려고 했다.

어린애는 어린애답게 떼쓰고 울고 데굴데굴 굴러야 한다는 것이 평소 승덕의 지론이었다.

그래서 승덕은 자주 투덜거렸다. 어린 낙빈이 지나치게 공손하고 착했기 때문이다. 낙빈은 아무리 어려운 일이 있어도 어른들에게 기대거나 의지할 줄도 모르고 스스로 해결하려고 했다. 말이나 행동도 차분하고 속이 깊어서 웬만한 어른보다 더 어른스러웠다. 낙빈뿐만 아니라 쌍둥이 남매인 정현과 정희도 그랬다. 그들도 그 나이에 가져야 할 반항기나 고민 따위와 담을 쌓고 지냈다. 그렇게 암자에 사는 식구들이 죄다 환갑에 가까운 노인처럼 행동하니 승덕은 속이 상했다.

이번에는 승덕이 옆방 문을 살그머니 열었다. 흰 창호지로 깔끔히 도배된 방문을 열자 정희와 정현이 천장을 바라본 채로 반듯하게 누워 있었다. 승덕은 씩 짓궂은 웃음을 지으며 정현의 얼굴을 향해 발을 뻗었다. 정현의 얼굴에 발가락이 닿으려는 순간 턱 하는 소리와 함께 그의 발은 커다란 손아귀에 붙잡히고 말았다.

'헉!'

승덕은 허공에 발이 뜬 채로 얼어버렸다. 정현은 승덕의 발목을 붙잡은 채로 여전히 눈을 감고 있었다.

'이런 자식! 무술을 괜히 연마한 건 아니구먼. 잠결에도 모든 공격을 막아낸다 이거지? 쳇, 살기殺氣가 없는데도 철벽 방어를 하다니, 재미없는 놈!'

발목 한 번 잡혔다고 포기할 승덕은 아니었다. 그는 살며시 발을 빼내고 나서 조심스럽게 바닥에 엎드렸다.

'좋아, 어디 보자.'

이번에 승덕은 비장의 무기를 꺼내듯 바지 뒤춤에서 꿩의 깃털을 빼들었다. 승덕은 코웃음을 치며 갈색의 꿩 깃털을 들고 정현의 코를 향해 슬금슬금 기어갔다. 그가 정현의 코에 깃털을 비비려는 순간.

"하지 마, 형."

승덕은 정현의 손아귀에 팔목을 잡히고 말았다. 정현은 무뚝뚝한 표정으로 벌떡 일어나 앉았다. 승덕은 얼굴을 찡그렸다. 얼굴 표정이 '재미없는 놈!'이라고 말하고 있었다. 그러나 승덕은 지치지 않았다. 다시 한쪽에서 잠을 자고 있는 정희에게 살금살금 다가갔다. 그리고 정희의 코를 향해 깃털을 뻗었다.

"형, 누나에게 그러지 마요."

정현이 승덕의 앞을 슬쩍 막아섰다. 이 와중에 인기척을 느낀 정희가 눈을 비비고 일어났다.

"오빠, 이른 새벽부터 무슨 일이에요?"

"어이구! 지 누나라면 손끝도 못 대게 하지! 정희야, 너 시집가려면 정말 힘들겠다!"

오랜만에 일찍 일어나 장난이나 한번 치려던 것이 수포로 돌아가자 승덕은 오히려 정현에게 화를 냈다. 승덕은 투덜거리며 도로 옆방으로 들어갔다. 방에 들어와보니 잠이 깨버린 낙빈이 여전히 통통 부은 얼굴로 승덕을 노려보았다.

"형, 미워!"

승덕은 그렇게 볼멘소리를 하는 낙빈이 귀여웠다. 언제나 어른인 척하는 녀석도 저럴 때는 별수 없는 꼬마였다. 사실 신의 부름을 받았을 뿐이지, 결국에는 또래와 같은 맑고 순수한 어린아이가 아닌가.

"귀여운 녀석!"

승덕은 오히려 툴툴거리는 낙빈이 좋아서 작은 머리를 두 손으로 꼭 붙잡았다. 그러고는 머리카락을 마구 헝클어뜨리며 "귀여운 녀석"을 연발했다. 몸으로 부딪치며 체온을 나누는 것이 승덕의 진한 애정 표현 방식이었다.

"히잉. 일찍 일어나기만 하면 왜 괴롭히고 난리야! 형 때문에 하마터면 부적신장符籍神將님이랑 글문선생님이 그냥 가실 뻔했잖아요!"

"뭐? 글문선생과 부적신장이라니?"

낙빈이 꿈속에서 새로운 신을 만난 모양이었다. 낙빈은 자신이 받을 신들을 조금씩 받아내고 있었다. 특히 실제로 귀신의 힘을 느낄 때면 더욱 빨리 신들을 받아내는 것 같았다. 신내림을 피하려는 어머니의 굿판 이후 백두민족 수호령을 받았고 원한령을 무찌른 후에는 부적을 관장하는 부적신장님과 글문선생을 받으려는 참이었다.

"혹시 부적신장이라면 부적 쓰는 것을 돕는 분이냐?"

"이잉, 그렇단 말예요! 하마터면 놀라서 그냥 가실 뻔했잖아요! 형, 미워!"

"오! 그렇다면 너 이제 부적을 쓰는 거냐?"

부적은 책에 나와 있는 것도 아니고 전수받을 수 있는 것도 아니다. 오로지 신이 영험함을 빌려줄 때만 쓸 수 있는 것이 부적이다. 따라서 무당이라고 모두 부적을 그리는 것이 아니라 글문도사처럼 부적을 내리는 문신文神이 함께 들어와야 다양한 부적을 쓸 수 있게 되는 것이다.

"네, 부적신장님이 부적에 신력을 불어넣는 방법을 알려주셨어요. 그리고 앞으로 부적을 쓸 때마다 도와주신다고 했고요. 그런데 글문선생님은 제가 준비가 되면 도와주시겠다고 했어요."

"네가 뭘 준비하면 되는데?"

"글공부를 열심히 하라고 하셨어요. 부적에 담을 글을 열심히 배워두면 오시겠다고요. 제가 공부를 열심히 하면 엄청난 가르침을 주러 오실 거래요."

"와, 그게 진짜냐? 신나는데? 이제 네 글공부는 내가 책임지마!"

승덕은 낙빈보다 더 신이 났다. 낙빈이 열심히 노력할 때마다 더 좋은 신들이 내려온다는 것도 흥미로웠다. 낙빈을 어린아이답게 만드는 것 이외에도 붙잡고 공부시킬 생각에 벌써부터 승덕의 머릿속은 바빠졌다.

"그럼 아직 부적은 못 쓰는 거야?"

"음, 어려운 글자를 적어야 하는 부적은 안 되지만 간단한 글이나 그림으로 부적을 만드는 건 가능하대요."

"오, 그래?"

승덕은 신이 나서 정현에게 먹과 종이를 가져오게 했다.

"낙빈아, 부적 한번 써봐라."

승덕의 주문에 낙빈은 방구석에 앉아 간절히 기도를 드렸다. 스스로도 진짜 신력을 담은 부적을 만들 수 있을지 궁금했다. 잠깐 동안 기도에 몰두했던 낙빈은 화선지 앞에 앉았다. 그러고는 붓을 들어 부적을 그리기 시작했다. 승덕과 정희, 그리고 정현은 낙빈을 신기한 듯이 바라보았다.

"화선지에도 그릴 수 있니?"

정희가 물었다. 정희가 지금껏 절에서 보았던 부적은 모두 누런 종이에 붉은색으로 그린 것이었다.

"음, 부적신장님께서 말씀하시는데요, 원래 부적은 괴황지槐黃紙에 쓰는 게 옳대요. 괴황지는 황갈색 열매인 치자梔子 물을 들인 종이예요. 하지만 먹을 갈아서 써도 틀린 건 아니래요."

"어디서 그런 말이 들리니?"

"귓속에서요. 지금 부적신장님이 귀에 대고 말씀해주고 계세요."

"그렇구나. 난 보살님의 말씀이 들리지 않는데……."

정희는 자신의 희생보살에 대해 생각해보았다. 정희의 경우 희생보살의 치료 능력은 태어날 적부터 자연스럽게 생긴 것이었다. 그리고 그것이 희생보살의 힘이라고 말해준 것은 아기 때부터 자신을 길러주신 '아버지 스님'이었다. 귀신의 모습이 희미한 연기

처럼 보인 적은 있지만 뚜렷한 모습이 보이거나 음성이 들린 적
은 없었다. 희생보살이 그녀의 곁에 있다지만 그분의 목소리가
들리거나 모습이 보이지는 않았다. 이것이 정희가 '무당'과는 다
른 '치료 능력자'인 이유였다.

"다 된 거냐? 야아, 진짜 멋진 걸?"

낙빈이 화선지에 검은 먹으로 그린 부적은 정확한 모양이나 형
태를 알아보기 힘들었지만 꽤나 그럴듯해 보였다. 승덕, 정희, 정
현은 낙빈의 첫 부적을 보고 감탄해 마지않았다. 하지만 정작 낙
빈은 영 마음에 들지 않는다는 듯 땀을 삘삘 흘리며 만든 부적을
좍좍 찢어버렸다.

"글문선생님께 엄청 혼났어요. 엉터리로 그렸다고……. 부적신
장님도 당장 찢어버리라고 하셨어요."

낙빈은 한숨을 푹푹 내쉬었다. 신이 내려왔다고 금방 능력이
생기는 건 아닌 모양이었다.

"처음부터 마음에 들기는 힘들겠지."

정희는 풀이 죽은 낙빈을 위로했다. 아기 때부터 절에서 살아
온 정희나 정현에게 부적은 그리 낯선 도구가 아니었다. 영적인
기운을 느낄 수 있는 정희에게는 노승老僧들의 부적보다 낙빈의
부적에서 영적인 기운이 적게 느껴지는 건 사실이었다.

"부적신장님이 말씀하신 대로 그린 건데도 이상하게 맘에 들지
않아요."

낙빈이 얼굴을 찡그리며 못마땅해하자 승덕이 무릎을 탁 쳤다.

"혹시 부적의 대상을 제대로 정하지 않아서 그런 건 아닐까? 나와 스승님, 정희와 정현이를 위한 맞춤 부적을 한번 그려보면 어떨까? 누구에게 부적을 줄지 생각하고 그리란 말이야. 그러면 그 사람을 생각해서 좀 더 힘이 실리지 않겠어?"

어쩐지 그럴듯했다. 어떤 사람에게 선물한다고 생각하고 부적을 그리면 좀 더 정성이 들어가지 않을까 싶었다. 낙빈은 다시 붓을 들었다. 그리고 부적을 선물할 사람을 하나하나 떠올리며 네 장의 만령수호부萬靈守護簿◆를 그렸다. 같은 만령수호부였지만 그 모습이 조금씩 달랐다. 부적을 받을 사람에게 특화된 것이라서 모양이 각기 다른 것 같았다.

"이 만령수호부는 도사님 것, 이건 승덕이 형 것, 이건 정희 누나 것, 그리고 이건 정현이 형 것."

"만령수호부라면 신명을 보호하고 소원을 성취시켜주고, 또 악귀로부터 보호해주고 기타 등등 많은 역할을 하는 부적 아니냐?"

들은 것도 아는 것도 많은 승덕이 금세 부적의 쓰임을 알아챘다. 그러나 네 장의 부적을 자세히 바라보던 낙빈은 또다시 얼굴을 찌푸렸다. 어쩐지 이번에도 딱히 맘에 들지 않는 모양이었다. 낙빈은 승덕의 부적만 빼고 나머지를 좍좍 찢었다.

"어라? 왜 내 것만 남기고 모두 찢는 건데?"

"몰라요. 승덕이 형 건 맘에 드는데 도사님, 누나, 정현이 형 것

◆천상천하天上天下의 모든 신장권속神將眷屬들이 강림하여 소원자의 생명과 신체를 보호하고 소원을 성취시켜주는 부적이다.

은 다 찢으라고 하세요. 통 마음에 들지 않는다고……."

"아니, 왜 그럴까?"

승덕도 정희도 고개를 갸웃거렸다. 정현은 낙빈을 과묵하게 바라보기만 했다.

"아하! 이렇게 해보면 어떨까?"

이번에도 승덕이 좋은 생각을 떠올렸다.

"지금 부적신장 옆에 글문선생이 계신다고 했지? 네가 좀 전에 마음에 들어 했던 부적은 글문선생이 계셨기 때문에 학문이나 글과 관련이 깊은 내게는 맞지만 다른 사람에게는 적당치 않은 게 아닐까? 그런 거라면 다른 사람들도 어울리는 신을 불러서 부적을 써야 되는 게 아닐까? 어울리는 신을 부른 다음에 강신부^{降神籍}를 쓰면 마음에 드는 부적이 나올 것 같은데?"

"앗, 정말요?"

낙빈은 두 눈을 크게 뜨고 승덕을 보았다. 무당도 아닌 사람이 정말 모르는 것이 없었다. 학문과 관련된 신들이 뒤에 보이더니, 승덕은 세상의 다양한 지식을 알고 있었다.

"그럼 우선 정희를 위한 부적은 누가 좋을까? 음…… 정희가 지닌 '희생보살'의 힘과 충돌되지 않도록 불가^{佛家}의 힘을 빌려오면 어떨까? 정현이라면 치우천왕부터 각종 장군신들의 힘을 빌리면 좋을 테고. 스승님이라면…… 이 산을 지키는 산신이기도 하시니, 산의 정기를 받아 부적을 쓸 수 있을 것 같아. 아니면 스승님의 능력이 마음의 청정한 기운을 높이고 능력을 배가시키는 거니까 만령수호부 말고 정심부正心簿를 쓰는 것도 좋을 것 같다."

"아하!"

낙빈은 승덕에게 연신 감탄하고 말았다. 승덕은 신기가 있는 것도 아니고 낙빈처럼 신들의 소리가 들리는 것도 아닐 텐데, 어쩌면 저리도 쏙쏙 문제점을 알아내고 해결책을 찾아낼까 신기하기만 했다.

승덕이 시키는 대로 낙빈은 제 안에 들어와 있는 신들 중에서 천신, 정희, 정현에게 맞을 만한 신들을 찾아서 부적을 그렸다. 아직 모든 신이 강신하지는 않았지만 자신에게 예지된 신들의 모습을 그려보고 그 기운을 받으려 애쓰면서 부적을 그렸다. 그러자 어린 낙빈의 손에 잡힌 커다란 붓이 마치 하늘을 휘감고 날갯짓하는 새처럼 화려하고 아름답게 허공을 갈랐다. 일부러 애쓰고 힘들이는 것이 아니라 춤을 추듯 유려한 움직임이었다. 그러고는 마침내 서로 다르게 생긴 세 가지 부적이 완성되었다.

"그래, 이거야!"

낙빈은 부적이 아주 마음에 들었다. 낙빈의 곁에 선 부적신장도 슬며시 미소를 지었다. 부적 하나하나에서 조금 전과는 비교도 안 되게 강한 기운이 생생하게 느껴졌다.

"승덕이 형은 참 대단해요! 무당도 아닌데 어떻게 그렇게 부적에 대해 잘 알아요?"

"당연하지! 키키."

진지하던 승덕이 금세 원래 모습으로 돌아갔다. 어깨를 으쓱이며 잘난 척하는 모습을 보니, 낙빈은 괜히 칭찬을 했구나 싶었다.

"이거 정말 고맙구나, 낙빈아. 허허."

천신 역시 낙빈이 건네준 정심부를 받고 무척 기뻐했다.

"그리고 스승님, 이건 암자에 붙여놓으려고 수호부守護簿를 그렸어요."

"그래, 애썼구나. 정희와 정현이가 낙빈이를 도와 암자에 부적을 좀 붙여주겠니?"

"네."

낙빈의 부적이 동서남북, 각 방향에 붙었다. 낙빈은 이미 암자에 붙어 있는 다른 부적들과 더불어 자신의 부적이 큰 힘을 발휘하기를 간절히 빌며 사방에 기도를 드렸다.

"누나, 근데 나머지 부적들은 누가 쓰신 건가요? 이것들 전부어마어마한 힘이 느껴지는 걸요?"

"응. 이전에 이곳을 거쳐 가셨던 분들이 쓰셨겠지. 이곳은 단지 예비하는 곳일 뿐이니까."

"예비하는 곳이라니요?"

"그건…… 이곳은 잠시 동안 우리가 준비할 수 있도록 쉬게 해주는 쉼터란 말이야. 이 암자를 찾아온 우리 모두에게는 각자의 운명이 있어. 그러니 이곳에서 잠시 쉬었다가 준비가 되면 우린 모두 떠나야 한단다. 정현이와 나도 언젠간 이곳을 떠나야 하고, 낙빈이 너도 그렇게 되겠지. 우리가 이곳에서 만난 것도 운명이지만 언젠가 이곳을 떠나 헤어지는 것도 운명이야. 낙빈이 너도 이곳에서 영원히 살 수 없다는 건 알고 있지? 언젠가 때가 되면 스승님은 우리에게 이곳을 떠나라고 말씀하실 거야."

"때가 되면요?"

"그래. 언젠가 우리가 준비되면 모두들 자신의 길을 향해 가야 된단다."

낙빈은 그때가 언제일까 생각해보았다. 모든 준비가 된 후…… 그날이 한없이 멀게만 느껴졌다.

'내가 여기를 떠나야 할 때는 언제일까? 어머니는 이곳에 가라는 말씀밖에 해주지 않으셨는데……. 이곳을 떠날 때란 모든 신을 받고 마지막으로 태고지신까지 받은 후일까, 아니면 그전일까? 이곳을 떠난 후엔 어디로 가게 될까? 어머니에게 돌아갈 수 있는 걸까? 아니면 신들이 예비해놓은 또 다른 곳으로 가야 하는 걸까?'

생각이 꼬리에 꼬리를 물면서 낙빈의 머릿속이 복잡해졌다.

2

타닥 타닥 탁.

빠른 발소리가 숲 속에 울렸다. 매일 새벽이 되면 마을로 내려가 우편물이며 신문들을 챙겨오는 것이 정현과 낙빈의 일이었다. 정현은 익숙한 솜씨로 널찍널찍 발을 디디며 나는 듯이 산을 오르내렸다. 반면 산을 오르내리는 것이 익숙지 않은 낙빈은 여간 힘들지 않았다. 하지만 모든 것이 수련의 일부라고 생각했다. 글 문선생을 받기 위해 글공부를 하듯, 위대한 무신을 받기 위해서 는 기초 체력을 다지고 무술을 연마해야 하니까.

"낙빈아, 발에 기를 주고 달리는 거야. 한 발을 내디디며 그 발 에 기를 뿜고 다음 발로 기를 옮겨 다시 내뿜고. 통통 튀기듯이, 날듯이 그렇게 걷는 거다. 순간적인 판단으로 평평하고 단단한 바닥을 골라야 하지. 너의 기가 단단하게 바닥 역할을 해주면 허 공도 편편한 바위처럼 딛고 넘을 수 있게 되지."

정현의 말을 따라 한 발 한 발에 힘을 주고 기를 넣으려 해도 어 린 낙빈에게는 쉽지 않은 일이었다. 항상 함께 출발해도 정현은 금세 까마득히 멀어져 보이지 않았다. 낙빈이 조금 욕심을 내서 따라가려고 하면 엎어지고 넘어지고 구르기 일쑤였다. 내려갈 때 는 내려갈 때대로, 오를 때는 오를 때대로 힘들긴 마찬가지였다.

툭.

정현은 오늘 도착한 신문과 편지 꾸러미를 툇마루에 내려놓았 다. 그리고 한참이 지나서야 낙빈이 땀을 닦으며 암자에 도착했 다. 낙빈은 정현이 놓아둔 꾸러미 속에서 천신 스승과 승덕의 편 지를 확인했다.

"와, 승덕이 형에게도 편지가 오는구나."

낙빈이 암자에 머문 뒤로 천신이 아닌 다른 사람에게 편지가 오는 것은 처음 보는 일이었다. 알록달록한 예쁜 편지 봉투에는 동글동글한 여자 글씨체로 승덕의 이름이 적혀 있었다. 승덕은 편지에 적힌 이름을 보더니 뭔가 아득한 기억 속으로 빠져드는 것 같은 표정을 지었다. 그 기억 속의 날을 그리워하는 것 같기도 했고 조금은 조심스러워하는 듯 보이기도 했다. 승덕은 선뜻 편지를 펼치지 못하고 한참 동안 겉봉투만 바라보았다. 그러다 겨우 준비가 된 듯 편지 봉투를 조심스럽게 열었다. 한 글자 한 글자 바라보는 그의 얼굴이 사뭇 진지했다.

승덕 선배!

도대체 뭘 하고 사시느라 연락 한번 없으세요?

정말 너무하시네요.

저 혜정이에요. 혹시 알고 계세요? 이번에 제가 학과 조교를 맡게 되었어요. 그러니 학과 사무실로 연락 좀 하세요. 제발요!

손 교수님께서 이곳 주소를 알려주셨어요. 아직 거기 계시는 거 맞죠? 벌써 몇 년인지……. 이러다 선배 얼굴까지 잊어먹겠어요. 박사 수료만 하고 그대로 사라져버리시다니……. 연구 논문은 준비하고 계신가요?

한마음 정신병원에는 한 달에 한 번씩 여전히 진료 봉사를 나가신다고 들었어요. 그렇게 환자들만 상담하고 학교엔 안 오실 건가요? 아니면 논문 때문에 병원에만 나가시는 건가요? 정말 물어볼 말이 많네요.

선배, 사실 이 편지를 쓰는 이유는 따로 있어요. 바로 최서영 선배의 부탁 때문이에요.

서영 선배…… 물론 기억하시겠죠? 선배가 없어진 후로 서영 선배가 얼마나 힘들어했는지 몰라요. 정말 많이 괴로워했어요. 지금 이런 얘기를 해봐야 소용도 없겠지만 정말 아무런 연락도 없이 그렇게 사라져버리다니, 선배처럼 무책임하고 심술궂은 사람은 정말 처음 봐요! 그런 사람을 아직도 기억하며 궁금해하는 서영 선배나 편지를 쓰고 있는 저나 정말 한심하긴 마찬가지지만요.

며칠 전에 서영 선배가 전화를 걸었더군요. 승덕 선배와 연락이 되냐고요. 꼭 만나고 싶다고 하더라고요. 서영 선배가 일주일쯤 후에 아주 큰 수술을 한대요. 수술실에 들어가서 어떻게 될지 모른다고, 그전에 승덕 선배의 얼굴을 한번 보고 싶대요. 어쩐지 그 말을 그냥 넘겨버릴 수가 없어서 편지를 쓰게 됐어요.

서영 선배, 암이래요. 알고 계세요? 승덕 선배랑 사귀기 전부터 투병 생활을 했다니, 벌써 몇 년째지…… 그 사실을 아무도 모르고 있었어요. 선배는 혹시 알고 계셨나요?

일 년…… 그러니까 일 년 4개월 전이던가요? 최서영 선배가 결혼했다는 소식은 제가 알려드렸죠? 그때도 편지를 드렸는데 답장도 없고 결혼식에 오시지도 않고……. 서영 선배랑 결혼하신 분은 당시 대학병원 암병동을 돌던 레지던트였어요. 뻔히 암에 걸린 줄 알면서도 그분은 용기 있게 결혼을 추진했죠. 당시 저희 후배들 중에 서영 선배가 암에 걸렸다는 걸 알고 있는 사람은 아무도 없었어요. 대학부터 대학원까지 내내 같이 다니면서도 아무것도 알아채지 못한 저를 보면 짐작하시겠지요? 지금에야 서영 선배가 암에 걸렸다는 걸 알고 다들 놀라고 있어요.

그런데 결혼이라뇨! 진짜 엄청난 용기죠. 아무리 서영 선배가 착하고 예쁘다고 해도 그렇게 깊은 병에 시달리는 사람을 좋아하기가 쉽겠어요? 집안의 반대도 상상을 초월했을 테고요. 보통 용기가 아니죠.

서영 선배가 입원한 병원에 들락거리면서 신랑 되는 분과도 친해졌는데…… 참 좋은 사람이더라고요. 둘이 서로 너무 사랑하는 게 눈에 보이고…….

승덕 선배!

제발 이번엔 모른 척하지 마시고 서영 선배한테 꼭 연락하세요. 골수이식수술이라는데 퍽 어려운가 봐요. 마지막 선택이라는 데……. 혹시라도 실패할까봐 염려하는 눈치예요. 그래서 옛날에 알던 분들을 다 만나고 싶어 하는 거겠죠.

헤어지긴 했지만 한때 서로 좋아하는 사이였잖아요? 일방적으로 사라진 것도 승덕 선배였고……. 그렇게 헤어졌으면서도 선배를 보고 싶어 하는 서영 선배를 생각해서라도 문병 좀 오세요. 제발 수술 전에 서영 선배의 병실에 좀 오시란 말이에요!

이렇게 말해선 안 되겠지만…… 이게 마지막일지도 모르잖아요, 네? 제발 전화라도 하세요! 제발요, 제발!

믿고 기다립니다.

선배를 믿는 혜정 드림.

보탬 서영 선배의 병실입니다.

자유대학병원 E동(암병동) 5537호, 821-6361(#5537)

승덕은 도로 편지를 접었다. 평상시에 웃고 떠들던 모습은 사라지고 한없이 침울하고 어두운 기색이 역력했다.

"오빠, 식사하세요."

아침 식사를 하라는 정희의 목소리에 승덕은 고개를 흔들었다. 그는 벽에 붙은 작은 거울 앞에서 자신의 얼굴을 확인했다. 승덕의 얼굴은 검게 그늘져 있었고 두 눈은 한없이 슬퍼 보였다. 승덕은 손가락으로 입꼬리를 올리며 웃음을 지어보았다. 거울 속의 얼굴이 이상하게 찌그러져 있었다.

탁탁.

승덕은 손바닥으로 얼굴을 힘껏 때렸다. 남에게 보이고 싶지 않은 불행을 지우기 위해 두 손바닥으로 얼굴을 마구 비볐다. 거울 속에서 헝클어진 볼품없는 얼굴이 슬픈 눈으로 바라보고 있었다.

본채 마루로 나가니 승덕을 제외한 모두가 앉아 있었다. 각자의 앞에는 정희가 정성껏 준비한 산나물들이 네모난 나무 쟁반 위에 정갈히 담겨 있었다. 승덕은 애써 웃었지만 표정이 자연스럽지 못했다. 천신은 승덕의 턱에 작은 경련이 이는 것을 보지 못한 척 눈감아주었다.

"자, 함께 들자."

천신이 먼저 자기 앞에 놓인 쟁반에서 나물을 한 젓가락 들었다. 그리고 모두 함께 아침 식사를 시작했다.

"애들아, 오늘 아침에 편지가 한 통 왔구나. 이 편지에 너희와 상의할 내용이 있더구나."

"뭔데요?"

낙빈이 눈을 동그랗게 뜨며 물었다.

"내가 알고 지내는 마 형사라는 분의 편지란다. 형사 분들이 해결하기에는 참으로 요상한 일이 있어서 내게 도와달라는구나."

"그게 뭔데요?"

낙빈의 눈이 더 커졌다. 책에서만 보았던 '형사'라는 말에 호기심이 한껏 부풀어 오른 것이다.

"자유대학병원에서 최근 한 달 동안 이상한 사건이 자꾸 일어난다는구나. 자살 사건이라는구나. 수사 결과는 모두 자살이 확실한데, 환자 가족들이 받아들이질 않는다는구나. 왜냐하면 전혀 자살할 이유가 없는 사람들이 자살을 했다는 거야. 마 형사가 보기에도 이상한 점이 한두 가지가 아니지만 심증뿐이고 증거들은 모두 자살을 가리킨다는 것이지."

쨍그랑.

날카로운 금속성이 천신의 이야기를 중단시켰다. 잠자코 귀를 기울이던 승덕이 숟가락을 놓친 것이다. 그 소리에 모두의 시선이 승덕의 얼굴로 향했다. 승덕은 어딘가 넋이 나간 것처럼 멍해 있었다. 승덕의 머릿속에는 '자유대학병원'이라는 소리가 되풀이되고 있었다.

'어떻게 이걸 생각해내지 못했지? 편지에서 서영이가 수술을 받는 곳도 자유대학병원이라고 했는데…….'

승덕은 저도 모르게 눈을 질끈 감았다. 세상사 인연의 끈들을 하나하나 정리하려고 하는데도 이렇게 자꾸 엮이고 마는구나 싶었다. 인연이라기에는 너무나 얄궂은 운명의 실타래였다.

"자, 잠시만…….."

승덕은 한 손을 저으며 일어섰다. 그는 급하게 서두르느라 신발도 신지 않고 북편의 자기 방으로 부리나케 내달렸다. 다시 마루로 돌아온 승덕의 두 손에는 두꺼운 스크랩북이 들려 있었다.

"저도 좀 이상하다 싶어서 자료를 모아두었어요. 자유대학병원 자살 사건은 지난달부터 수면 위로 떠오르기 시작했어요. 현재까지 총 여덟 건의 자살 사건이 연달아 일어났고……."

승덕은 두꺼운 자료집을 넘기며 이미 수집해놓은 정보들을 펼쳐 보였다.

"그리고 여덟 명의 자살자 중에 일곱 명이 암 환자라는 겁니다, 제길!"

승덕은 저도 모르게 욕지거리가 튀어나왔다. 운명이 자신을 불러대는 것 같았다. 하필이면 자유대학병원. 그리고 하필이면 그곳의 암병동에서 수술을 받는다는 서영……. 승덕이 모른 척하지 못하도록 운명이 그를 뒤흔들고 있었다.

"여기 기사를 보세요. 첫 번째로 자살한 사람을 제외하고 나머지 사람들은 겉으로 보기에 전혀 자살할 이유가 없었어요. 한 명의 내과 환자와 일곱 명의 암병동 환자 가운데 죽음을 생각했을 만한 사람은 한 명 정도예요. 여러 경로로 그 환자들을 조사해봤어요. 첫 번째 자살자는 말기 대장암으로 몹시 고통스러운 나날을 보냈다고 합니다. 그래서 자살을 선택했다고 봐도 그리 이상할 것은 없었고 환자 가족들도 수사 결과에 수긍했다고 해요. 하지만 나머지 일곱 명은 모두 며칠 뒤에 수술을 앞두고 있거나 수술 후에 좋은 경과를 보이고 있었는데도 자살을 시도했다는 겁니다."

승덕은 놀랍게도 자세한 내막까지 샅샅이 알고 있었다. 신문기사로는 알 수 없는 정보들이 자료집 안에 담겨 있었다. 그뿐만 아니라 낙빈이 슬쩍 보니, 스크랩북에는 이번 자살 사건 말고도 여러 가지 자료가 빽빽하게 꽂혀 있었다.

"세 명은 조기에 암을 발견한 초기 암 환자였다고 합니다. 종양을 떼어내기만 하면 일상으로 돌아갈 수 있다는 진단을 받은 사람들이었죠. 그렇게 빨리 암을 발견한 것도 행운이라면서 환자와 가족 모두 기쁘게 생각했답니다. 그러니 그들이 자살할 이유는 없었다는 거죠."

평소와 달리 승덕의 말은 매우 빨랐다. 마치 무엇이 쫓아오는 것처럼 다소 급한 어투였다. 승덕은 몹시 다급한 반면 그 어느 때보다 진지했다.

"스승님! 부탁입니다. 저 혼자라도 이 사건에 대해 알아봐야겠습니다! 이 사건…… 제가 돕게 해주십시오!"

그저 장난을 치고 웃기기만 하던 승덕이 아니었다. 낙빈은 너무나 달라진 승덕의 모습이 무척 놀라웠다. 천신은 승덕에게 뭔가 사연이 있음을 직감했다.

"알겠다. 승덕이가 그렇게 말한다면 이번 일은 모두 함께 돕자꾸나. 아무리 세상과 등을 지고 지낸다지만 인연이 닿는 일은 함께 돕는 것이 인지상정일 것이다. 너희 생각은 어떠냐?"

천신은 낙빈, 정희, 정현을 바라보았다. 세 사람은 모두 고개를 끄덕였다. 그들은 사건 자체에도 흥미가 있었지만 무엇이 승덕을 그토록 흥분하게 했는지가 더 궁금했다.

"그래, 그럼 가보자꾸나, 승덕아."

"고맙습니다, 스승님!"

승덕은 진지한 얼굴로 깊이 고개를 숙였다. 좀처럼 평소의 장난스러운 얼굴이 돌아오지 않는 승덕이었다.

"원, 녀석. 고마울 것이 뭐가 있다고. 다들 가고 싶어 해서 가는 건데. 그나저나 정희가 애써 차린 밥이 식겠다. 어서 먹자."

"예"라고 씩씩하게 대답한 승덕이었지만 정작 밥은 한 숟가락도 입에 넣지 못했다. 승덕의 머리는 이미 병원 생각으로 복잡했다.

심장이 조금씩 빨라졌다. 암자에 들어온 뒤로 연락을 끊었던 사람들. 그동안 잊으려고 애썼던 사람들, 그리고 서영을 만난다는 사실이 승덕의 가슴을 흔들고 있었다.

3

'멀쩡한 사람에게 자살이 웬 말이냐.'

'병원은 진상을 규명하라!'

자유대학병원 정문에는 십수 명의 사람이 어지럽게 앉아 있었다. 그들은 잘 보이게 팻말을 들고 입에는 마스크를 착용하고 있었다. 자살이라는 수사 결과를 납득하지 못한 환자의 유가족들이었다.

"이거, 다시 뵙게 돼서 정말 반갑습니다."

마 형사는 병원 근처 찻집에서 천신 일행을 기다리고 있었다. 그는 천신이 찻집에 들어서자 반갑게 맞이했다. 마 형사는 오랜 세월 한길을 걸어온, 머리카락이 희끗희끗한 베테랑 노형사였다.

"보시다시피 자살이라는 사인死因을 받아들이지 못하는 유족들이 정문에서 농성을 계속하고 있습니다."

"그렇군요."

"시간이 촉박해서 거두절미하고 말씀드리겠습니다, 정말 죄송합니다."

마 형사는 뒷머리를 긁적였다.

"천만에요. 괜찮습니다. 저희도 대충 사건의 개요는 들었습니다. 말씀해주시지요."

마 형사는 주섬주섬 자료들을 꺼내며 이야기를 시작했다.

"그럼 간단하게 말씀드리겠습니다. 최초의 자살자는 말기 암 환자였습니다. 의사들도 손을 놓을 정도의 중환자로, 3개월 시한 부 선고를 받았습니다. 심한 고통을 줄여주기 위해 약을 지속적으로 처방받고 있었습니다. 자살 며칠 전에는 상당량의 약을 투여해도 고통이 줄지 않았을 정도라고 합니다. 며칠 동안 한숨도 못 잘 정도로 심한 고통 속에 지냈으니, 그가 옥상에서 뛰어내렸을 때는 아무도 의심하지 않았습니다. 뭐, 자살할 수도 있겠다는 생각을 했던 거지요.

두 번째 자살자는 10대 소년이었습니다. 이 아이는 세 번에 걸쳐 자살을 시도했습니다. 첫 번째는 옥상에서 뛰어내렸고 그것이 실패하자 칼로 손목을 그었답니다. 그리고 세 번째에야 자살에 성공했죠. 아이는 결국 옥상에서 추락사했습니다. 그런데 유족들의 증언에 의하면 아이는 첫 번째와 두 번째 자살 시도 직후에 그 자리에서 졸도를 했다고 합니다. 정신을 차린 후에 당시 일을 전혀 기억하지 못했다고 합니다. 자신은 자살을 시도하기는커녕 자살에 대해 생각해본 적도 없다고 했다는 거예요. 유족 말로는 굉장히 긍정적이고 낙천적인 아이였기 때문에 항상 '어서 나아서 축구를 해야지', '어서 나아서 학교에 가야지' 같은 말들을 했다고 합니다. 심지어는 자살을 기도한 직후에도 어서 나아서 병원을 나가겠다고, 친구를 만나겠다고 말했답니다. 그러니까 자살할 마음이 전혀 없는 아이인데도 세 번이나 자살 시도를 했고 결국 자살에 성공했다는 이야기죠.

이후 다섯 명의 자살자는 5동 환자들이었어요. 5동은 암 환자들이 입원하고 있는 건물입니다. 모두 초기 또는 중기 암 환자로, 수술 직전이나 직후에 자살을 기도했습니다. 유족 측은 모두 자살할 이유가 없다고 주장하고 있고 병원 측은 수술에 아무 문제가 없었다고 주장하고 있습니다. 수술 전인 경우에는 수술 준비가 철저히 이루어지고 있었고, 수술 후인 경우에는 경과가 좋았다는 거지요.

또 다른 한 명은 담석증 환자로, 복강경 수술을 받고 입원 중이었습니다. 담석증은 비교적 간단한 병이라서 금방 퇴원할 환자였습니다. 의사 역시 담석이 깨끗이 제거되어 경과가 좋았는데, 이해되지 않는다는 입장입니다.

현재 유족 측은 자살 원인이 의사나 병원 측에 있다고 주장합니다. 그렇지 않다면 한 달 사이에 이렇게 많은 환자가 자살할 리 없다는 거죠. 병원 측은 자살 증거가 확실하고 수술은 모두 성공적이었으니, 병원 잘못이 아니라는 겁니다. 여덟 건의 자살은 우연의 일치일 뿐이라는 거죠."

"환자들이 자살한 장소는 어딥니까?"

한마디 한마디를 놓치지 않고 듣던 승덕이 마 형사에게 물었다.

"네, 그게 좀 이상한 점이에요. 제가 천신님께 연락을 드린 이유이기도 하지요. 자살자 가운데 세 명은 5동 옥상에서 떨어졌고 한 명은 5동의 1층 화장실에서 손목을 그었습니다. 다른 한 명은 5동의 5층 화장실에서, 또 다른 한 명은 5동의 2층 화장실에서, 나머지 두 명은 5동 자신의 병실에서 자살을 시도했습니다. 특히 담석증 환자는 다른 자살자들과 달리 암 환자가 아니었고 당연히 입원실이 다른 병동이었는데도 이상하게 5동까지 와서 자살을 했습니다. 모든 자살 사건이 5동에서 일어났다는 점이 정말 이상합니다."

"5동은 암병동이라고 하셨죠? 그런데 어째서 다른 병동의 환자까지 그곳에서 자살한 거죠?"

"그러게 말입니다. 암병동이라고 해도 따로 폐쇄되어 있는 건 아니니까 다른 환자들이 들어갈 수는 있었겠죠. 하지만 참 이해가 되지 않는 일이긴 합니다. 병원 내의 일곱 개 동이 서로 복도식으로 이어져 있기 때문에 다른 동으로 들어가는 것은 어렵지 않습니다. 하지만 좁은 연결 통로와 엘리베이터를 지나 굳이 5동에서 자살한 것은 이해가 되지 않는 점이죠."

천신 일행도 이 사건을 단순한 자살 사건으로 여기기엔 꺼림칙한 무언가가 있음을 직감했다. 그들은 마 형사에게 사건의 세세한 부분까지 듣고 나서야 자리에서 일어났다.

천신 일행은 마 형사와 헤어진 뒤 우선 병원을 한 바퀴 돌아보기로 했다. 병원의 1동부터 돌아보면서 뭔가 실마리를 찾기 위해서였다.

"휴우. 역시 병원이라 그런지 영이 정말 많네요. 방마다 영들이 보여요. 영안실이란 곳에는 비명에 죽은 사람들이 약한 원령怨靈이나 떠돌이 부유령浮游靈으로 남아 있고…… 후우, 정말 많기도 하네요. 하지만 대부분 별다른 생각이 없는 부유령이에요. 그들에게는 사람을 해칠 생각도 없어요. 그냥 살았을 때의 기억 때문에 떠다닐 뿐이죠. 꼭 잠든 사람들처럼요. 사람을 죽이거나 해칠 만큼 악한 영은 보이질 않아요."

낙빈의 입에서는 절로 한숨이 새어나왔다. 자유대학병원의 일곱 개 병동을 모두 돌았지만 뚜렷한 기운은 느껴지지 않았다. 신안神眼을 사용해 영혼을 보던 낙빈의 이마에 땀이 배어 나왔다. 깊고 깊은 산속에서 어머니와 단둘이 살면서 보았던 영혼을 모두 더해도 이 병원에 머무는 영혼보다 많지 않을 것이다.

"그래, 내게도 별다른 기운은 느껴지지 않는구나. 내일 다시 돌아보기로 하고 조금 쉬는 게 좋겠구나."

천신은 어린 낙빈을 위해 우선 여행의 피로를 씻고 휴식을 취하기로 했다.

"근데 어디로 가는 거죠?"

낙빈은 난생처음 도시에서 잠을 잔다니, 여러 가지가 궁금했다.

"도장으로 간다."

짤막한 대답. 역시 무뚝뚝한 정현이었다. 정희가 낙빈의 시무룩한 표정을 보더니, 정현의 등을 툭 치며 자세히 설명해주었다.

"스승님의 제자뻘 되는 분이 근처에 계셔. 정현이가 가끔 그분

도장에서 사범 일도 도와드리고 대련도 하고 그러지. 그 도장으로 갈 거야."

"그렇구나."

낙빈은 모든 상황이 신기해서 눈이 동그래졌다. 천신 스승은 어머니뿐만 아니라 이곳저곳에 지인이 많은 모양이었다. 그리고 정현 형이 사범 일을 한다는 것도 신기하기만 했다.

"스승님, 저는 나중에 도장으로 가도 되겠습니까?"

내내 분위기가 어두웠던 승덕이 천신에게 양해를 구했다. 장난기 많던 얼굴은 여전히 찾아보기 힘들었다. 그의 얼굴에는 뭔가 깊은 고민과 생각이 가득했다.

"그래, 만날 사람이 있는 게로구나. 다녀오너라."

천신은 이미 알고 있었던 것처럼 고개를 끄덕였다.

"그럼 저는 나중에 가겠습니다. 너희가 스승님을 잘 모셔라, 알겠지?"

승덕은 짧게 당부를 하더니, 다시 병원으로 뛰어 들어갔다. 낙빈은 승덕의 뒷모습을 보며 장난기가 사라진 그의 모습에 고개를 갸우뚱거렸다.

5537호.

승덕은 병실 앞에서 왔다 갔다 주저하고 망설였다. 들어갈 것인가, 말 것인가? 서영을 만나면 뭐라고 해야 할까? 아직도 원망하고 있을까? 어떤 얼굴일까? 변하진 않았을까? 수많은 생각이 그의 머릿속을 스쳐갔다.

"……승덕 선배?"

병실 앞에서 한참을 왔다 갔다 하며 고민에 빠진 승덕의 등 뒤에서 갑자기 귀에 익은 여자 목소리가 들렸다.

"혜…… 혜정이냐?"

승덕이 눈을 들어보니 암자로 편지를 보냈던 후배 혜정이었다.

"선배! 와아, 이게 얼마 만이야, 응?"

승덕은 이 당황스러운 만남에 멋쩍은 듯이 머리만 긁적였다.

"여기서 뭐해? 아직 안 들어갔구나?"

"아니, 그게…… 저…….."

더 들을 필요가 없었다. 보아하니 승덕은 복도를 서성거리며 망설일 뿐, 아직 서영을 만나지 못한 것이 분명했다. 혜정은 다짜고짜 승덕의 손목을 잡고서 서영의 병실 문을 활짝 열었다.

"서영 선배! 내가 진짜 반가운 사람을 데려왔지! 하하하!"

혜정은 과장된 너털웃음을 지으며 서영에게 성큼성큼 다가갔다. 혹시나 도망칠까봐 승덕의 팔을 단단히 잡은 채였다.

병실 창가의 블라인드 사이로 환한 햇살이 눈부셨다. 서영의 침대는 바로 창가 아래였다. 하얀 이불을 덮은 환자복 차림의 서영이 동그란 눈으로 혜정 쪽을 바라보고 있었다. 좀 전까지 책을 읽었는지 서영의 무릎에는 책이 펼쳐져 있었다.

"혜정이구나?"

익숙한 얼굴을 향해 환한 웃음을 짓던 서영은 혜정을 따라오는 승덕의 얼굴을 확인하고는 점점 표정이 굳었다. 깜빡거리는 그녀의 큰 눈이 더욱 커졌다.

"승덕…… 선배? 선배야?"

"……으응."

승덕은 쑥스러운 듯이 머리를 긁적였다. 새하얀 침대 위에는 침대보만큼이나 새하얀 서영이 앉아 있었다. 여전히 서영의 커다란 눈은 맑게 빛났고 검은 머리카락은 찰랑거렸다.

"이게…… 대체 얼마 만이야? 어쩜 연락 한번 없이…… 어떻게 그럴 수가 있어?"

서영은 몹시 서운한 표정을 지었다. 다른 사람들은 그렇다 치더라도 가장 가까웠던 서영에게까지 말 한마디 없이 사라진 승덕에게 그동안 얼마나 원망이 쌓였는지 몰랐다. 서영의 눈가에 금세 물기가 어렸다.

"미안하다."

승덕은 고개를 들 수가 없었다. 서영에게 무슨 말을 하겠는가? 그동안 자신에게 있었던 일들을 모두 설명하기란 불가능했다.

"아 참, 내 정신 좀 봐! 오늘 애들하고 약속이 있었는데 깜빡했네? 우리 학번끼리 모이기로 했는데……."

혜정은 일부러 자리를 피하려는 듯 핑계를 대며 병실을 나가버렸다. 말투나 행동이 여간 어색한 게 아니었지만 승덕도, 서영도 혜정을 붙잡지 않았다.

"나…… 암이라고 해서 놀랐지?"

좀 더 하얗고 좀 더 핼쑥했지만 서영의 얼굴은 예전과 다르지 않았다. 언제나 차분하고 조용하던 그 모습 그대로였다. 아무리 힘든 일이 있어도 내색하거나 짜증내지 않던 그 모습이 지금도 여전했다.

"응, 사실…… 놀랐어. 암이라니……. 하지만 넌 하나도 변하지 않았어. 예전 그대로인 걸?"

"후후. 그래? 기분 좋은데?"

서영은 기쁜 듯이 미소를 지었다.

"선배, 어디 살아?"

"으응, 산속 암자에."

"그렇구나. 근데 왜 그런 곳으로 가버린 거야? 박사 학위도 받지 못하고. 끝나가던 논문을 내버려두고 도망치듯 사라져버리는 사람이 어딨어?"

"그게…… 그렇지."

"잘 지내는 거야?"

"으응, 나야 뭐. 넌 결혼했다면서? 언제? 행복하지?"

"응……."

두 사람은 서로의 안부를 묻는 말만 겉돌듯이 주고받았다. 그러고 나니 한동안 침묵이 흘렀다.

"참! 선배 동생, 승미…… 잘 있어?"

서영은 겨우 생각난 질문 하나를 승덕에게 건넸다. 하지만 서영은 그 질문이 승덕을 가장 쓸쓸하게 한다는 것을 까맣게 모르고 있었다.

"승미는 저세상으로 갔어."

"그…… 그럴 수가! 아프다고 하더니……. 미안해."

"아니야."

승덕의 고갯짓이 쓸쓸해 보였다.

"아버님 어머님은?"

"아아, 그게…… 승미가 죽은 그때 두 분도 함께……. 사고였어."

"아아, 미안. 미안해, 선배."

서영의 얼굴이 파랗게 질려버렸다.

'하필이면 왜 이런 말을……. 어쩜 이리도 마음을 후비는 질문
만 해버린 걸까?'

서영은 스스로가 못내 원망스러웠다.

"다 지난 일인 걸. 이젠 괜찮아."

"그럼 그 일 때문에……. 그래서 아무 말도 없이 떠났던 거야?
나 혼자 두고?"

승덕이 가만히 고개만 끄덕였다. 정말 미치도록 괴로운 날들
이었다. 두 사람이 사귄 지 얼마 되지 않아 집안의 변고가 이어지
면서 승덕은 자신을 지탱할 수 없을 만큼 힘든 시간을 보냈다. 때
문에 그토록 사랑하던 서영에게 말 한마디 없이 떠나버렸던 것이
다. 그리고 지금껏 변명도, 설명도 하지 못하고 살아왔다.

"후우. 어찌 보면 우린 서로에게 많은 걸 감추고 살았나 봐. 선
배는 내게 가족 일을 말하지 않았고 나도 내 병에 대해 말하지 않

왔지. 그때 이미 난 암에 걸렸다는 걸 알고 있었거든. 그렇게 서로를 속였으니, 헤어질 수밖에 없었던 거야, 우린……."

승덕은 깊이 고개를 숙였다. 그저 미안한 마음에 서영을 바라볼 수가 없었다.

"수술한다면서?"

"응. 일주일쯤 후에."

"남편이 의사라면서?"

"응. 이 병원에서 만났어. 그 사람이 레지던트일 때. 환자와 의사의 만남이지 뭐. 무슨 소설 같지? 후후. 반대를 무릅쓰고 결혼하긴 했는데…… 내가 이 모양이라 신혼살림은 한 달도 못한 것 같아."

서영의 서늘한 웃음에 승덕은 맘이 아파왔다. 예전에도 서영은 몸이 약해 종종 피곤해하긴 했지만 이제는 아예 병원에서 살아야 할 정도라니…… 가슴이 쓰렸다.

"신랑이 정말 잘해줘. 참 좋은 사람이거든. 이런 말 하면 우습지만 정말 이 사람은 운명이 정해준 사람 같아."

"하하. 운명이 정해준 사람, 등장입니다!"

서영이 말을 마치기가 무섭게 조금 열려 있던 병실 문으로 훤칠한 키에 서글서글하게 생긴 의사가 들어왔다.

"아아…… 양반은 못 되시는군요!"

그를 향해 서영은 눈이 부실 정도로 환한 미소를 지었다.

"오빠, 인사해요. 이쪽은 우리 과의 승덕 선배. 선배, 이쪽이 좀 전에 말한 내 반쪽이에요."

"반갑습니다. 김성진입니다."

성진은 밝게 웃으며 악수를 청했다. 그는 무척이나 당당하고
시원스러운 사람이었다. 그의 앞에서 승덕은 마치 죄인처럼 구부
정한 자세로 어색하게 악수를 받았다.

"저희 애기가 식사할 시간이거든요. 이 애기는 제가 안 챙겨주
면 아예 먹질 않아서 이렇게 매일 끼니때마다 먹을 것을 챙겨온
답니다. 하하."

성진은 정말 어린아이를 다루듯 서영을 대했다. 자세를 고쳐줄
때나 음식을 날라줄 때나 모두 신생아를 대하듯 부드럽고 조심스
러웠다. 승덕은 두 사람 사이에서 몹시 어색했다. 한때 서영과 연
인이었기 때문이 아니라 그 짧은 연애 기간 동안 단 한 번도 성진
처럼 그녀를 아껴주고, 챙겨주고, 보살펴준 적이 없었기 때문이
다. 아니, 오히려 서영이 승덕을 각별히 보살펴주었다. 항상 우울
하고 힘들어하던 승덕을 서영은 자신의 병까지 숨긴 채 위로해주
었던 것이다. 깊은 죄의식이 승덕을 괴롭혔다.

성진은 능숙하게 침대에 붙어 있는 테이블을 펴더니 종이봉투
에 담긴 도시락을 꺼내놓았다.

"짜잔! 오늘은 특별식 회를 준비했습니다!"

"어머나 회? 병원 밥이 아니고? 내가 먹고 싶어 하는 건 어떻게
알았어요?"

"내 그럴 줄 알았지! 아까 텔레파시가 오더라고! 그래서 사왔

지. 하하."

"고마워요. 잘 먹을게요."

방긋 웃는 서영. 그리고 그렇게 환하게 웃는 서영을 바라보며 더욱 크게 웃어 보이는 성진은 참 아름다운 한 쌍이었다. 이곳이 비록 병원일지라도 이 순간 두 사람만큼 아름답고 행복한 부부는 없을 것이다.

"승덕 씨도 좀 드십시오. 양이 꽤 되거든요. 하하."

성진이 환히 웃으며 말했지만 승덕은 손사래를 쳤다. 애틋한 신혼부부 사이에서 그는 불청객이 되어버린 기분이었다.

"아닙니다, 아니에요. 서영아, 나 병원에서 할 일도 좀 있고 학교 일도 좀 있어서 며칠 여기 있을 거야. 다시 올게. 몸조심해라."

"응, 선배, 그럼 내일 다시 와. 이번엔 말도 없이 사라지기 없기다, 알았지?"

서영은 승덕에게 단단히 약속을 받은 후에야 작별 인사를 했다. 승덕은 살짝 문을 닫고 병실에서 나왔다. 남편 옆에서 서영은 정말 눈부시게 아름다웠다.

"우리 애기, 배 안 고팠어?"

"아니. 오빠야말로 일하느라 힘들지? 나야 만날 여기 누워 있지만……."

"아니! 하나도 안 힘들어! 정말 힘들다가도 우리 서영이 얼굴만 한 번 보고 나면 힘이 막 솟는다니까!"

"치이……."

성진은 살며시 눈을 흘기는 서영을 가슴에 꽉 안았다. 진심이었다. 아무리 피곤해도 서영을 안으면 피곤은 온데간데없이 사라졌다. 그것이 위대한 사랑의 힘이었다.

"사랑해. 영원히⋯⋯."

성진의 팔에 더욱 힘이 들어갔다.

"나도 오빠. 영원히⋯⋯."

승덕은 조금 열린 병실 문으로 아름다운 부부를 숨죽여 바라보았다.

'축하한다, 서영아⋯⋯.'

승덕은 부족한 자신 대신 저렇게 늠름한 남편이 곁을 지켜주니 진심으로 감사한 마음이 들었다. 하지만 마음 한구석이 답답했다. 이곳이 바로 자유대학병원의 제5동, 암병동이었기 때문이다.

저 아름다운 부부가 신의 질투로 헤어져서는 안 된다. 승덕은 혹시라도 재난의 소용돌이에 서영이 휘말려서는 안 된다는 생각에 마음이 조급해졌다. 자유대학병원의 기괴한 자살 사건을 밝혀내 서영에게 어떤 피해도 가지 않게 하는 것이 그의 죄책감을 더는 유일한 방법일 듯싶었다.

도장의 사부는 천신 일행을 반갑게 맞아주었다. 천신 일행은 산에서는 먹어보기 힘든 음식도 많이 먹었다. 사부는 도장에 딸린 선방禪房 다섯에 각자의 잠자리를 마련해주었다. 이른 저녁부터 각자의 선방에 들어가 있으니, 낙빈은 여간 심심한 것이 아니었다. 결국 낙빈은 저녁 늦게 동자신을 불러냈다.

'악령이야!'

동자신이 낙빈의 귓속에 장난스럽게 지껄였다.

'악령이야, 악령! 킥킥. 그런 놈한테 사람들은 픽픽 잘만 죽어 나가네? 킥킥.'

동자신은 즐거운 일이든 슬픈 일이든 항상 장난스럽게 이야기하기 일쑤였다. 실제로 어린아이들이 그렇듯 종종 동자신은 어린아이들의 잔학성을 드러냈다. 동자신이 이처럼 죽음에 대해 아무렇지 않게 툭툭 내뱉을 때면 낙빈은 조금 기분이 상했다.

"사람들이 죽는 것에 대해 그렇게 말하면 안 되는 거야!"

낙빈은 커다란 왕사탕을 빨며 동자신에게 퉁명스럽게 말했다. 낙빈은 동자신이 들어오면 동자신이 좋아하는 것, 즉 어린아이들이 좋아하는 사탕이나 아이스크림 등이 먹고 싶어졌다.◆

'흥! 여하튼 다 죽고 말았어. 킥킥, 약한 인간들 같으니. 어디 잘해보시지?'

동자신은 비웃음을 남기고 물러났다. 뭔가 힌트를 주려다가 낙빈의 말에 기분이 상해서 토라진 것이다. 동자신이 떠나자 낙빈은 갑자기 사탕이 몹시 달게 느껴졌다.

"너무 달다. 에고……."

◆무당들은 자신이 모시고 있는 신이 들어오면 그 신이 원하는 대로 몸이나 취향이 바뀌곤 한다. 예를 들어 동자신이 들어오면 목소리도 어린아이처럼 내고 어린아이들이 좋아하는 단것들이 먹고 싶어진다. 반대로 나이 많은 조상신이 들어오면 말투도 노인처럼 바뀌고 허리도 구부정해지며 식성 역시 달라진다.

낙빈은 먹고 있던 커다란 사탕을 도로 비닐에 쌌다. 동자신은 천신 등을 만난 뒤로 낙빈이 자신보다 그들과 더 자주 놀고 이야기하자 시샘을 부리고 있었다.

"악령이라고?"

심통을 부리고 있었지만 동자신은 분명히 악령이라는 힌트를 주었다. 낙빈은 다시 병원에 가고 싶었지만 사람들이 많은 도시를 혼자 거닐 생각을 하니 영 께름칙했다. 지금까지 낙빈은 산에서 살았고 그곳에서 자랐다. 버스를 타는 건 낯설고, 택시나 지하철을 이용하는 건 더욱 어려웠다.

"어휴……."

낙빈은 아무 데도 가지 못한다는 생각에 막막하고 답답했다. 어릴 적부터 혼자 자는 것이 익숙한 낙빈이었지만 암자에서는 매일 승덕과 함께 잤기 때문에 승덕의 빈자리가 크게 느껴졌다. 낙빈은 승덕을 보기 위해 방문을 열었다.

"허엇!"

낙빈이 문을 열자 세찬 기합 소리와 함께 강력한 기운이 느껴졌다. 무술 도장에서 느껴지는 기운이었다. 낙빈은 이끌리듯 그곳으로 다가갔다. 도장의 중앙에 위치한 훈련실에서 기운이 뻗어 나오고 있었다. 열린 문틈으로 안을 기웃거리던 낙빈의 눈에 빛이 번쩍했다.

"허엇!"

살며시 열린 문 안에서 건장한 몸집의 남자가 공중으로 날아오르고 있었다. 날아오른 순간 그의 몸은 더 이상 사람의 몸이 아니었다. 허공에 오르는 순간 중력은 사라지고 그의 몸은 자유를 얻은 듯했다. 아무런 소음도 없는 고요한 도장 안에서 회색 도복을 휘날리며 날아오르고, 또다시 날아오르는 그는 깃털처럼 가벼워 보였다.

높이 뛰어오르다 착지하는 모습은 한 마리 나비처럼 우아하고 허공을 가르는 팔과 다리는 물고기처럼 유연했다. 휘영청 밝은 달빛을 받아 아름답기까지 한 그림자가 도장 이곳저곳을 물들였다. 때론 강하게, 때론 부드럽게, 때론 물처럼, 때론 불처럼 현란한 춤사위를 보듯 아름다운 무술을 보여주는 것은 바로 정현이었다.

한 줄기 무지개처럼 아름답게 무술을 연마하는 정현의 모습에 낙빈은 침이 꼴깍 넘어갔다. 정현은 자신의 몸을 팽팽한 활시위처럼 긴장시켰다가 퉁기듯 높이 뛰어올라 낙엽처럼 사뿐히 착지했다. 긴장과 이완, 공격과 포용, 강함과 유연함이 절묘하게 결합되고 흩어지고, 또 조화되었다.

정현仃弦은 이름 그대로 하나의 고독한 활시위와도 같았다.

툭!

낙빈은 뒤에서 누군가가 어깨를 치는 바람에 깜짝 놀랐다.

승덕이 어느 결에 나타났는지 오라는 손짓을 하고 있었다. 낙빈과 승덕은 정현을 방해하지 않기 위해 조심조심 그 자리에서 빠져나왔다.

"낙빈아, 아무리 생각해도 단순한 자살 사건은 아닌 것 같다.

너는 아까 병원에 특기할 만한 영이 없다고 했지만……. 나랑 한 번만 다시 갔다 오지 않을래?”

“응! 그러잖아도 동자신이 악령의 짓이라고 말해줘서 가고 싶었는데 잘됐네! 형, 같이 가요!”

“악령이라고? 그래, 그럼 그냥 우리끼리 가서 조사만 하고 오자. 알았지?”

“네!”

낙빈은 흡족한 표정을 지으며 힘차게 대답했다.

두 사람이 택시에서 내려 병원 로비에 도착하니, 시간은 벌써 새벽 2시를 가리키고 있었다.

“아까 낮이라 가보지 못한 여자 화장실부터 가보자!”

“윽, 형! 왜 하필이면…….”

“난 못 들어가니까 너 혼자 갔다 와.”

“예?”

“넌 어려서 괜찮아. 걱정하지 마.”

여자 화장실이라니! 나도 남잔데! 하며 반항하던 낙빈은 꿀밤을 서너 대 맞은 후에야 마지못해 여자 화장실을 둘러보기 시작했다. 낙빈은 맞은 머리를 매만지며 투덜거렸다.

새벽 2시라서 그런지 복도에는 당번을 서는 간호사와 깨어 있는 몇몇 환자가 드문드문 보일 뿐, 낮과 달리 한산했다. 낙빈은 주위를 조심스럽게 살피면서 5동의 2층 여자 화장실로 들어갔다.

다행히 그곳에는 아무도 없었다. 사람이 없는 것을 확인한 뒤에 승덕도 낙빈을 따라 여자 화장실로 들어갔다.

"여기서도 한 명이 자살했어. 영사靈寫◆가 되겠냐?"

"한번 해볼게요."

낙빈은 눈을 감고 정신을 집중했다. 온 정신을 집중해 화장실 안을 샅샅이 살펴보았지만 생각 없이 떠다니는 잡다한 부유령 외에는 아무것도 느껴지지 않았다.

'할아버지, 도와주세요.'

낙빈은 백두민족 조상신을 불렀다. 자신이 무엇을 놓치고 있는 건 아닌지, 동자신이 말한 악령은 어디에 있는지 물어보기 위해서였다. 그러나 백두민족 조상신은 아무 대답이 없었다.

"여기서 환자가 죽은 지는 얼마나 됐죠, 형?"

"한 50일쯤 지났어."

"그래요? 그런데 여기서는 강한 상념이나 염恕이 느껴지지 않아요. 보통 사람이 자살을 하면 염이 무척 강해서 죽은 자리에 굉장히 강한 상념이 남아 있거든요. 그런데 하나도 느낄 수가 없네요? 아마 삼칠일도 지나고 사십구재도 지나서 그런가 봐요."

낙빈은 아무리 그래도 이해가 안 된다는 듯 고개를 갸우뚱거렸다.

"그럼 더 최근에 죽은 사람들을 찾아야겠다. 다섯 번째 사망

◆영혼을 통해 어떤 사실을 알아보는 것을 말한다. 무당의 경우 영사를 통해 영혼이 말하는 것을 듣거나 그들이 보여주는 장면들을 볼 수 있다.

자는 자기 병실에서 자살한 40대 남성이고, 여섯 번째 사망자는 5층 여자 화장실에서 자살했어. 최근에 사망한 사람들이니까 뭔가 실마리가 있겠지?"

둘은 다섯 번째 자살자가 있던 3층 병실로 향했다.

"5308호실, 여기다!"

낙빈은 병실 밖에서부터 영사를 시작했다. 역시 뚜렷한 기운은 보이지 않았고 신할아버지도 침묵을 고수하고 있었다.

"들어가자. 몰래 들어가서 영사만 하고 나오자."

"알았어요."

낙빈과 승덕은 5308호실 문을 조심스럽게 열었다. 침대가 하나 놓여 있는 1인실이었다. 다행히 남자 환자가 혼자 침상에 누워 있었고, 피곤한지 깨어날 기미가 없었다. 낙빈은 곧 영사를 시작했다.

"으응?"

이번에는 강한 상념이 느껴졌다. 죽은 자의 상념이 환청처럼 귀에 흘러 들어왔다.

'죽고 싶다, 죽고 싶어! 살아서 무엇 하나. 수술은 실패했고, 나는 곧 죽을 건데……. 더 살아서 무엇 하나. 이렇게 고통스럽게 살아서 무엇 하나……. 지지리 복도 없는 나 같은 놈은 죽어야지. 죽어야 된다. 나 같은 놈은 죽어야 돼!'

자포자기한 목소리가 들려왔다. 죽고 싶다는 되뇜이 끊이질 않았다. 살 가치가 없다느니, 고통스럽다느니, 수술이 완전히 실패했다느니, 곧 죽을 거라는 생각들이 한꺼번에 밀려왔다. 꽤 최근의 상념들이었다. 이전에 병실을 썼던 사람의 상념이 분명했다. 그때였다.

"수마水魔가 보인다! 수마가 보인다!"

승덕은 낙빈이 갑자기 크게 소리를 지르는 바람에 깜짝 놀랐다.

"쉿!"

승덕은 낙빈의 입을 틀어막고 얼른 병실을 빠져나왔다.

딱!

낙빈의 머리통에 또다시 불꽃이 튀었다.

"인마! 소리를 지르면 어떡해? 환자가 깨면 도둑인 줄 알잖아!"

"잉, 내가 그런 게 아니란 말이에요!"

낙빈은 울상이 되었다.

"할아버지가 말씀하셨단 말이에요!"

'수마가 보인다'는 말은 좀 전까지 아무 말도 해주지 않던 백두민족 조상신이 내뱉은 것이었다.

"조상신이 말했다고? 그런데 수마라고?"

승덕은 좀 어이가 없었다.

"야, 꼬맹아! 물에 빠져 죽은 사람은 하나도 없어. 수마라니 무슨 말이야?"

맞는 말이다. 옥상에서 뛰어내리거나 손목을 그은 사람은 있어도 물에 빠져 죽은 사람은 한 명도 없었다. 그런데 뜬금없이 수마라니, 낙빈도 이해되지 않았다.

248

"하긴 그러네? 근데 나도 몰라요. 할아버지가 그 말밖에 안 하시는 걸요?"

"으음."

다시 물어봐도 신할아버지는 아무 말도 하지 않았다. 할아버지가 '수마'라고 이야기한 걸 보니, 분명 무언가 알아챈 것 같은데 낙빈에게는 아무런 힌트도 주질 않았다. 아무래도 스스로의 힘으로 알아내라는 뜻인 듯했다.

"그건 그렇고 영사는 어떻든?"

"아직 사십구재가 지나지 않아서 그런지 아주 뚜렷한 상념이 남아 있어요. 여기서 자살한 사람은 이렇게 말하던데요? '죽어야지, 죽어야지, 살아서 무엇 하나. 수술은 실패했고 이제 곧 죽을 텐데. 이렇게 괴로울 바엔 죽는 것이 낫지.' 그래서 자살했나 봐요."

"뭐? 그럴 리가! 의사들의 증언에 따르면 이 환자는 초기에 종양이 발견된데다 수술도 굉장히 성공적이어서 바로 퇴원할 예정이었다고 했어!"

승덕은 이해되지 않았다. 낙빈의 말과 의사의 말이 서로 맞지 않았다. 수술이 대성공이라는 의사들의 말과 수술이 실패했다는 환자의 말……. 어느 쪽이 잘못인지 알 수가 없었다.

"이번엔 가장 최근에 자살한 곳으로 가보자. 15일 전쯤에 사망했으니까 아직 삼칠일도 지나지 않았어. 아마 영사가 더 잘될 거야. 바로 5층 여자 화장실이야. 가보자!"

"네!"

5층으로 내달린 승덕과 낙빈은 잠깐의 틈도 없이 화장실 문을 박차고 들어섰다.

"으악!"

화장실 문을 박차고 한 발을 들이던 승덕이 뒤따라오던 낙빈을 안아 들고 곧장 달아났다.

"아이고, 이 시간에도 사람이 있구먼."

시계가 새벽 3시를 가리키고 있었다. 여자 환자 한 명이 화장실에 있었다. 두 사람 모두 화장실에 들어가다 기겁을 했다. 승덕은 들킬까 염려하며 복도 모퉁이에서 그 여자 환자가 나오길 기다렸다.

달칵.

화장실 문이 열리고 여자가 나왔다. 검은 머리가 허리 밑까지 내려온 젊은 여자였다. 무척이나 깡마른 여자는 긴 머리를 하나로 묶고 있었다. 여자의 뒷모습에서 왠지 모를 서늘함이 느껴졌다. 여자가 나온 것을 확인한 승덕과 낙빈은 조심스럽게 화장실로 들어갔다.

"우와!"

역시 최근에 죽은 사람이라서 그런지 상념이 무척 많이 남아 있었다.

'죽고 싶다! 난 죽어야 해. 난 실패한 인생이야. 남편도 자식도 모두 나를 버렸어. 이놈의 병 때문에 모두가 날 떠나갔어. 어차피 죽을 목숨, 당장 죽어버릴 거야. 이제 얼마 남지도 않았어. 말기 암이라 어차피 살아날 수도 없어. 밥맛없는 의사 놈들! 네놈들이 뒤에서 뭐라고 수군대는지 알아. 남편과 자식이 나를 버리고 떠났으니, 병원비를 내줄 사람도 없고 어차피 죽은 목숨이니, 어서 병원에서 쫓아내자고? 천벌을 받을 놈들! 이렇게 살 바에는 죽는 것이 나아. 죽자, 죽어버리자!'

낙빈의 귀에 죽은 사람이 남긴 상념들이 줄줄 흘러 들어왔다.

"형, 여기서 숨을 거둔 사람은 아줌마였나 봐요?"

"응, 맞아. 마흔다섯 살쯤 되는 여자였어."

"죽고 싶다고 하는데요? 완전히 실패했대요. 남편도 자식도 모두 아줌마를 버렸고 말기 암이라서 모두가 도망갔고……. 이제 곧 죽을 거래요."

"뭐?"

승덕은 고개를 갸웃거렸다. 이번에도 이상했다. 승덕이 조사한 바에 따르면 여기서 죽은 중년 여자는 매우 단란한 가정을 꾸리고 있었다. 그리고 우연히 남편과 함께 종합검진을 받다가 초기 암을 발견했다. 자료에는 초기 암이었기 때문에 치료는 간단하고 완치율이 무척 높았음에도 자살을 시도한 점이 이상하다고 기록되어 있었다. 남편도 자식들도 그녀를 아끼는 맘이 지극해서 언제나 병실을 떠나지 않았다고 했다. 그런데 모두가 자신을 버리고 도망갔다니? 게다가 말기 암이라서 금방 죽을 거라니? 이해되지 않았다. 부인은 자신이 초기 암인 것을 알고 매우 다행스럽게 여겼다는데 왜 그런 생각을 하며 죽었는지 승덕은 이해되지 않았다.

"어라? 근데 이게 뭐야?"

갑자기 낙빈이 격앙된 목소리로 소리쳤다.

"형, 또 있어요! 또!"

"뭐가? 뭐가 또 있는데?"

"형! 좀 전에 여길 나간 누나! 좀 전에 여길 나간 누나가 죽으려고 해요!"

"뭐야?"

콰앙!

승덕은 머뭇거릴 이유가 없었다. '죽으려고 한다'는 말이 떨어지기도 전에 승덕은 세차게 문을 열고 뛰쳐나갔다. 5층 복도 중앙에서 당직 간호사가 의자에 기댄 채 졸고 있었다.

"이봐요, 이봐요!"

"네? 네네?"

간호사가 깜짝 놀라 벌떡 일어섰다.

"간호사 누나! 머리가 허리까지 오는 환자는 몇 호실에 있어요?"

낙빈이 발을 동동 구르며 다급히 물었다.

"네? 뭐라고요?"

"머리가 허리까지 오는 여자 환자 말입니다! 머리를 묶은 젊은 여자 환자요!"

"네?"

간호사는 아직도 어리둥절해서 말을 잇지 못했다. 승덕과 낙빈이 정신이 이상한 사람들은 아닌가 의심하는 표정이었다.

쾅!

승덕은 말귀를 알아듣지 못하는 간호사에게 화가 나서 데스크를 후려쳤다.

"당신들 누구야? 겨…… 경비원을 부르겠어요!"

"이봐! 머리가 허리까지 내려오는 환자가 어느 병실에 있냐고! 자살을 하려고 한단 말이얏!"

"그 누나가 자살하려고 해욧!"

승덕과 낙빈이 크게 소리를 질렀다. 간호사는 갑자기 이게 무슨 소린지 이해하기 힘들었지만 '자살'이라는 말만은 똑똑히 알아들었다.

"긴 머리의 젊은 여자라면 5531호 학생 말인가요? 그런데 당신들은 누구……?"

"가자!"

간호사의 말이 채 끝나기도 전에 낙빈과 승덕은 병실을 향해 달렸다.

"어머, 이봐요! 아저씨! 이쪽으로 와주세요!"

간호사는 경비실에 연락한 뒤 그들을 따라 달렸다.

5531호는 여자 환자 여섯 명이 사용하는 병실이었다. 병실 양쪽으로 침대가 세 개씩 놓여 있고 입구 쪽에 TV가 놓여 있었다. 창가에는 한쪽으로 접히는 폴딩 도어가 있고 그 문 밖에는 작은 베란다가 있었다. 베란다는 몇 개의 병실에서 함께 사용하도록 연결되어 있는 구조로, 밖에 나가지 못하는 환자들이 바람을 쐬며 조금이나마 숨통을 트도록 만들어놓은 공간이었다.

"움직이지 말아요. 움직이지 말아요, 제발……."

붉은 벽돌 난간이 둘러진 베란다에 흰색 환자복을 입은 여자가 서 있었다. 그녀는 바람 속에서 금방이라도 휘청거릴 듯이 연약해보였다. 승덕과 낙빈은 천천히 베란다 문으로 다가갔다.

"그대로 있어요. 움직이지 말아요."

승덕은 환자가 놀라지 않도록 천천히 베란다로 다가갔다.

"형, 어서요! 저 누나 뒤에 영이 하나 붙어 있어요. 저 녀석이 누나를 떠밀려고 해요!"

지금으로선 부적도 다른 힘도 쓸 수 없었다. 일촉즉발의 순간이었다. 잘못해서 소리라도 지른다면 여자는 저 아래의 시멘트 바닥으로 떨어질 것이었다.

"꺄악! 이럴 수가!"

뒤늦게 도착한 간호사가 그 광경을 보고 소리를 질렀다.

"쉬잇! 조용히!"

다행히 병실 안의 다른 사람들은 곤히 잠에 빠져 있었다. 간호사도 위급함을 느꼈는지 두 손으로 자신의 입을 가렸다. 환자는 금방이라도 아래로 떨어질 것 같았다.

"안 돼, 제발……."

간호사는 두 손을 부여잡고 환자를 향해 한 발 한 발 조심스럽

게 내딛는 승덕을 바라볼 수밖에 없었다. 베란다로 통하는 접이
식 문은 사람 하나가 통과할 정도여서 동시에 두 사람이 나가는
것은 불가능했다. 먼저 승덕이 천천히 문을 통과하고 낙빈은 다
음을 기다렸다.

긴 머리를 늘어뜨린 여자 뒤에는 희뿌연 영이 들러붙어 있었
다. 그 영은 여자에게 붙어서 마음을 조종하고 있었다. 놈은 여유
롭게도 승덕이 다가오는 것을 즐기듯 찬찬히 바라보며 여자를 밀
어 떨어뜨릴 순간만 기다리고 있었다.

"죽고 싶어. 죽어버릴 거야."

'그래, 어차피 넌 죽을 목숨이야. 더 버텼다간 고통만 커질 거
야. 그렇게 죽음보다 더한 고통 속에서 살고 싶니? 그렇게 괴로움
으로 데굴데굴 구르다가 죽어버릴 거냐고. 자, 어서 죽자, 죽어!
이놈의 세상, 단번에 끝내버리자!'

여자에게 찰싹 붙은 영은 고통 속에서 죽을 바에야 차라리 지
금 목숨을 끊어버리라고 꼬드겼다. 그동안 승덕은 접이식 문을
지나 베란다로 나갔다. 그리고 환자를 향해 천천히 한 발 한 발 내
딛었다.

"이봐요, 내 손을 잡아요. 어서!"

승덕은 간절한 마음으로 손을 내밀었다. 긴 머리의 여자는 승
덕을 바라보았다. 퀭한 눈에는 어떤 생각도 담겨 있지 않았다. 초
점 없는 눈에서 죽음의 기운이 느껴졌다. 승덕은 낙빈을 통해 그
녀에게 영이 붙어 있다는 사실을 알았을 뿐, 그 모습을 보지는 못

했다. 승덕에게는 영을 보는 능력이 없기 때문이었다. 그래서 그는 손을 내미는 자신을 향해 영이 씨익 웃음을 짓는 것도 보지 못했다. 승덕은 거리를 좁히며 조심스럽게 여자에게 다가갔다.

"조금만, 조금만 더……."

승덕의 손끝이 환자의 손에 막 닿으려던 찰나였다. 갑자기 세찬 바람이 불어왔다.

'가거라!'

날카롭게 찢어지는 영의 목소리가 낙빈의 귀를 파고들었다.

"형, 잡아요!"

낙빈이 꽥 하고 소리를 질렀다.

"안녕."

동시에 승덕은 작고 여린 여자의 목소리를 들을 수 있었다. 긴 머리의 여자는 휘청하더니 검은 공기 속으로 발을 내디뎠다.

"안 돼에엣!"

승덕이 힘껏 손을 내뻗었지만 이미 때는 늦었다. 사락 하고 얇은 옷자락이 승덕의 손끝에 닿은 것도 잠깐. 승덕이 있는 힘껏 잡아챈 손아귀에는 허공만 붙잡혔다.

"꺄아아!"

찢어지는 비명 소리가 병실의 적막을 깨뜨렸다. 간호사는 두 손을 들고 혼비백산한 채 그대로 주저앉았다. 승덕 역시 이마에 송골송골 땀을 흘리며 베란다 바닥에 철퍼덕 주저앉았다. 빈 허공만 붙잡은 그의 손이 부들부들 떨리고 있었다. 그의 가슴에는 허무함과 죄책감, 그리고 자괴감이 요동쳤다.

그는 두 손으로 머리를 움켜잡았다. 미칠 것처럼 심장이 벌렁거렸다.

"형……."

낙빈이 다가와 꼭 안아주자 그제야 승덕은 정신을 차릴 수 있었다. 승덕은 떨리는 팔다리를 끌며 자리에서 일어났다. 그리고 그 순간! 그는 너무나 낯익은 두 개의 눈동자와 마주쳤다. 또다시 승덕의 가슴이 철렁하고 내려앉았다.

베란다가 이어진 또 다른 병실에서 겁먹은 눈동자가 반짝이고 있었다. 새파랗게 질린 얼굴에는 검은 공포의 그늘이 드리워져 있었다. 그 커다란 눈은 승덕이 너무나도 잘 알고 있는 사람의 것이었다.

바로…… 서영이었다.

4

성진은 덜덜 떨고 있는 아내 서영을 꼬옥 감싸 안았다.

"서영아, 눈 감아. 괜찮아, 사고였을 뿐이야. 괜찮아."

성진이 힘껏 안아줘도 서영의 몸은 차갑기만 했다. 서영은 연신 몸을 떨며 새파랗게 질려 있었다.

승덕은 모든 것이 자신의 잘못인 것처럼 얼굴을 들지 못했다.

그는 성진을 대할 면목이 없었다. 승덕과 낙빈은 서영의 병실 구석에 우두커니 서서 서영이 잠들 때까지 그저 조용히 기다렸다. 한참이 지난 후에야 서영은 간신히 잠이 들었다. 잠든 것을 확인한 성진은 승덕에게 밖으로 나가자고 신호를 보내왔다.

"미안합니다."

승덕은 성진을 바로 보지도 못하고 고개를 숙였다.

"아닙니다. 좀 놀란 것뿐이니 괜찮아지겠죠. 아무래도 그런 상황을 직접 보면 누구라도 놀랄 수밖에 없을 테니까요."

성진은 승덕을 향해 고개를 저었다.

"워낙 오랫동안 병원에 있다 보니, 서영이가 밤이나 낮이나 새벽이나 혼자 창밖을 바라보는 때가 많았어요. 제가 자주 와서 즐겁게 해주려고 하지만……. 아무래도 혼자 있는 시간이 많았죠. 그래서 창밖을 보는 것이 버릇이 되어버렸어요. 그런데 그토록 가까이에서 자살하는 사람을 보았으니…… 많이 놀랐을 겁니다. 오늘 밤은 제가 옆을 지킬 테니 걱정하지 말고 들어가세요. 내일은 아마 나아질 겁니다."

성진은 승덕과 낙빈에게 공손히 인사했다. 믿음직한 남편이었다. 그런 성진이 옆에 있어준다면 좋지 못한 영 따위는 걱정하지 않아도 될 듯했다.

"네, 그럼."

승덕은 꾸벅 인사를 하고는 낙빈의 손을 잡고 밖으로 나왔다. 병원을 나온 시각은 아침 7시. 벌써 날이 훤했다.

"형, 왜 그렇게 힘이 없어?"

"아니야."

승덕의 맥없는 모습이 무척이나 측은해 보였다. 낙빈은 승덕이 이렇게 풀이 죽은 모습을 처음 보았다.

"걱정 마요, 형. 그 누나가 너무 겁에 질려 보여서 내가 부적을 붙여놨어요."

"응? 부적?"

"속이 허한 사람이나 공포에 질린 사람이 귀신한테 당하기 쉽거든요. 그때는 사람의 몸 자체가 차가운 음기陰氣 덩어리가 되니까 음의 정기를 좋아하는 혼백魂魄들이 침범하기 제일 좋죠. 그 누나…… 몸도 허한데다 자살하는 장면을 바로 눈앞에서 보았으니, 좀 걱정이 되어서요. 그럴 때 귀신이 들어오기 쉽거든요."

"그래? 그랬구나. 고맙다."

낙빈은 순순히 고맙다고 말하는 승덕이 영 마음에 들지 않았다. 언제나 명랑하고 장난스러운 모습이 사라지고 완전히 기운 빠진 모습이라니……. 낙빈까지 힘이 빠지는 느낌이었다. 낙빈은 어떻게 해야 승덕의 기분이 나아질지 이리저리 머리를 굴려보았다.

"형, 그 누나 좋아하죠?"

낙빈은 맞을 각오를 하고 내뱉은 말에 미리부터 눈을 질끈 감았다. 하지만 승덕은 아무 대답이 없었다. 낙빈이 눈을 뜨자 승덕은 씁쓸한 표정으로 쓴웃음만 짓고 있었다. 장난친 낙빈이 오히려 무안할 정도였다.

"네. 스승님, 죄송합니다. 지금 출발합니다."

승덕은 차를 기다리며 천신에게 전화를 걸었다. 아버지와 같은
그분은 말도 하지 않고 어린 낙빈을 데리고 나간 것을 나무랐다.

"어서 도장으로 오라고 하신다. 가서 쉬다가 저녁때쯤 다시
오자."

승덕은 택시를 잡았다. 완전히 지친데다 어린 낙빈에게까지 몹
쓸 일을 저지른 것 같아 마음이 착잡했다. 서영이 때문에 까맣게
잊고 있었지만 낙빈도 겨우 열 살밖에 안 된 꼬맹이였다. 그런 녀
석이 눈앞에서 자살하는 사람을 보았으니 얼마나 놀랐을까. 승덕
은 미안한 마음에 슬쩍 낙빈의 손을 붙잡았다. 낯선 승덕의 모습
에 낙빈은 자꾸만 고개를 갸웃거렸다.

"후우……."

택시에 오른 낙빈은 한숨을 내쉬었다. 너무나 우울해 보이는
승덕 때문인지, 아니면 너무 피곤해서인지 자꾸만 한숨이 나왔다.

"욱!"

멀미를 하는 것일까? 갑작스럽게 낙빈의 눈앞이 어질해지며
구토증이 일었다. 동시에 참을 수 없을 정도로 잠이 쏟아졌다. 아
무래도 긴장이 풀리면서 피곤이 쏟아지는 듯했다. 속은 느글거리
고 정신은 빙글빙글 도는 것이 상태가 말이 아니었다.

'우욱! 이상하다?'

낙빈의 눈앞이 뿌옇게 흐려졌다. 낙빈은 입을 틀어막았다. 단순한 멀미가 아니었다. 낙빈은 제 안에서 들리는 소리에 귀를 기울였다.

'무얼 하고 있는 거냐! 어딜 가는 거야!'

점점 의식이 한곳으로 모이더니, 그 중심이 흰빛으로 번쩍 빛났다. 쳐다보기 힘들 정도로 눈부셨지만 낙빈은 눈을 찡그린 채로 그 빛을 바라보았다. 그곳에 백두민족 조상신이 우뚝 서서 낙빈을 크게 나무라고 있었다.

'욱!'

속이 더욱 심하게 울렁거렸다. 갑자기 백두민족 조상신의 얼굴이 뿌옇게 흐려지더니 이번에는 거대한 붓을 든 부적신장이 나타나 호통을 치기 시작했다.

'가거라, 어서!'

'욱!'

구토감이 더욱 심해졌다. 낙빈은 두 손으로 입을 틀어막았다.

'이놈! 수마를 없애지 않고 어딜 가는 거야! 어서 가거라! 내 부적을 지켜라! 어서 내 부적을 지켜라, 내 부적을!'

쩌렁쩌렁한 음성으로 호통을 치던 부적신장이 낙빈의 이마를 향하여 일필휘지—筆揮之 붓을 날렸다. 거대한 먹물 방울이 쇠공으로 변해 낙빈의 이마로 날아왔다.

"으악!"

"낙빈아! 왜 그러니? 어디 아프냐?"

낙빈이 눈을 떴다. 어느새 깜빡 잠이 든 모양이었다. 흐릿하게 보이는 승덕의 뒤로 걱정스러운 얼굴의 정희와 정현, 그리고 천신이 보였다. 어느새 도장에 도착한 것이었다.

"아앗! 지금 몇 시예요?"

낙빈이 다급히 물었다.

"너 아까 택시 탈 때부터 완전히 곯아떨어져서 내가 업고 왔어. 여긴 도장이고, 지금은 저녁이야. 8시."

"무슨 꿈을 꿨기에 그렇게 소릴 질렀어?"

"아악! 이러고 있을 때가 아니란 말이야, 형! 어서 그 누나한테! 그 아픈 누나한테 가야 돼! 수마가…… 수마가!"

낙빈은 얼굴이 파랗게 질려서 고함을 질렀다. 좀 전의 꿈은 단순히 꿈이 아니었다. 백두민족 조상신과 부적신장이 어서 서두르라고 낙빈을 다그친 것이었다. 뭔가 위험한 일이 일어날 거라고 경고하는 꿈이었다.

낙빈 일행이 병원에 도착했을 때 이미 간호사와 의사들이 서영의 병실을 가득 메우고 있었다. 벌써 무슨 일이 벌어졌구나! 모두의 직감에 적신호가 울려 퍼졌다.

"부탁이에요, 비켜주세요!"

몸집 작은 낙빈이 비집고 들어갈 틈도 없었다. 경비원들은 그들을 힘차게 밖으로 밀어내버렸다.

"관계자 외에는 들어갈 수 없어, 꼬마야! 저리 가거라!"

경비원들은 신경을 곤두세우고 그들의 출입을 완강히 막았다.

"누나를 살려야 해요! 어서 비켜주세요!"

"비켜라, 낙빈아. 내가 길을 터줄게."

침묵하던 정현이 어느새 낙빈의 뒤에 다가와 있었다. 그리고 말이 끝나기가 무섭게 휙휙 바람 소리가 낙빈의 귀를 스쳤다.

툭!

팟!

정현이 곁을 스치듯 슬쩍슬쩍 지나치자 경비원들은 그 자리에서 픽픽 쓰러졌다. 하도 빨라 보이지 않았을 뿐, 정현의 손이 그들의 몸을 툭툭 건드리고 있었다.

"정현이가 혈도血途를 짚어놨구나. 조금 있으면 움직일 수 있을 거다. 어서 들어가자꾸나."

천신은 이런 일이 아무렇지 않은 듯했다. 일행은 정현의 뒤를 따라 금세 병실로 들어갈 수 있었다.

"아니, 이봐! 어딜 함부로……."

팟!

병실 문 앞에서 소리치던 의사들도 정현이 몇 번 손을 놀리자 그 자리에서 옴짝달싹하지 못했다.

"미안합니다."

정현은 꾸벅 합장하더니 일행의 뒤로 병실 문을 닫아버렸다. 병실 구석에 서영이 서 있었고 그 앞에서 남편인 성진이 울부짖고 있었다.

"나 살고 싶지 않아, 오빠."

서영의 희고 작은 손에 번쩍이는 과도가 쥐어져 있었다. 짧은 과도가 금방이라도 서영의 하얀 목을 그을 것만 같았다. 성진도 소리만 지를 뿐, 평소와는 다른 서영의 곁으로 섣불리 다가가지 못했다.

"어째서, 서영아! 왜 그런 말을 하는 거야? 나는 어쩌고! 너 없이 내가 어떻게 살란 말이야!"

서영은 고개를 푹 숙였다. 단발의 생머리가 서영의 앞이마를 완전히 가려버렸다. 헝클어진 머리는 빛나던 서영의 눈을 가렸다. 서영은 모든 것을 포기한 사람 같았다.

"어차피 죽을 목숨, 고통스럽게 죽진 않겠어요."

'그렇지. 그렇지. 고통스럽게 죽진 말아야지. 그렇지!'

악령의 목소리가 낙빈의 귀에 똑똑히 들렸다. 놈은 서영의 뒤에 붙어서 그녀를 조종하고 있었다.

"안 돼! 안 된단 말이야! 네가 없으면 나 혼자 어떻게 살라고 그런 말을 하니, 서영아! 이건 네가 아니야! 어서 정신을 차려! 제발, 서영아!"

성진은 마구 소리를 지르고 있었다. 낙빈이 보기에는 그나마 성진의 도움으로 서영이 악령의 꼬임에 완전히 넘어가진 않은 것 같았다. 아무래도 어제 자살 사건을 보면서 공포에 빠진 서영이 악령의 다음 타깃이 된 것이 분명했다. 서영의 침대 머리맡에 맑은 영혼을 수호하는 백두신장의 위력을 부적화한 백두신장부白頭

神將簿를 새겨두었기에 망정이지, 그러지 않았으면 벌써 서영은 황천길로 갔을 것이다.

"우선 이놈이 빠져나가지 못하게 사방에 결계를 치도록 하자!"

천신에게도 악령이 똑똑히 보이는 듯했다. 천신은 곧 산의 정기를 모은 금강청운계金剛靑雲界를 병실 사방에 펼쳤다. 매우 강력하고 청아한 기운이었다.

"미안해요, 오빠. 난 어차피 얼마 살지 못해요. 병원은 이제 지겨워요. 수술이 실패하리라는 건 오빠도 알고 있잖아요."

"실패라니! 그런 말 하지 마! 넌 내가 살릴 거야! 수술은 반드시 성공한다! 널 어디에도 보내지 않을 거다, 서영아!"

'가증스러운 의사 놈 같으니. 저 말을 믿지 마라. 저놈의 입에 발린 소리를! 남은 고통스럽게 죽건 말건 네놈들의 입에서는 거짓말만 줄줄 흘러나오는구나! 자, 이제 불청객이 왔으니 죽어야겠구나. 자, 어서 너의 붉은 피를 보자꾸나!'

영의 소리를 분명하게 들을 수 있는 낙빈은 몸서리쳤다. 악령은 서영에게 이제 그만 죽어야 한다고 말하고 있었다.

"안 돼!"

서영이 목을 향해 칼날을 돌리는 순간 낙빈은 서영을 향해 달려들었다. 낙빈의 행동으로 위기를 눈치챈 정현이 바람처럼 날아올랐다.

퍼벅!

정현은 서영을 향해 내민 낙빈의 팔을 밀어내고는 눈 깜짝할

265

사이에 그녀의 손목에 일격을 가했다.

짱그랑!

칼이 서영의 손을 떠났다. 일격을 받은 서영은 병실 구석에 쓰러져 움직이지 않았다. 정현의 대처가 매우 빨랐는데도 이미 서영의 목에는 가는 상처가 나고 말았다. 그곳을 따라 붉은 피가 흘렀다.

"서영아!"

승덕이 서영을 향해 달려갔다.

"서…… 서영아! 이게 무슨…… 대체 이게 무슨!"

그러나 그보다 빨리 서영의 곁에 있던 성진이 소리를 지르며 서영을 안았다. 서영을 향해 달려가던 승덕은 멈춰 서서 그저 걱정스러운 눈빛으로 바라볼 수밖에 없었다.

"다들 나가요! 나가!"

성진이 피 흘리는 서영을 보고 흥분해서 소리를 질렀다. 칼을 쳐내기 위해서였다지만 정현의 발길질에 분노한 모습이었다.

"당신들 대체 뭐하는 사람들이야! 어서 나가! 나가란 말이야!"

"저, 성진 씨……."

승덕은 성진을 진정시키기 위해 그의 곁으로 다가갔다.

"다…… 당신까지!"

승덕을 발견한 성진은 더더욱 기가 차다는 얼굴로 소리를 질렀다.

"당장 다들 나가버려요! 손에 칼을 들고 있는 사람에게 달려들면 어떡해! 다들 나가요, 나가! 내가 의사란 말이야!"

"나갈 수 없어요. 아직 누나에게서 영이 떨어지지 않았어요. 사방에 쳐놓은 결계 때문에 움직이지 못할 때 잡아야 한다고요!"

"이 사람들 미쳤군! 경찰을 부르겠어! 어서 나가!"

"미안합니다. 문은 열 수 없어요."

승덕이 깊이 고개를 숙이며 사과했다.

"서영이 선배라는 당신까지! 서영이는 단지 수술이 두려운 거예요. 그러다가 어제 사건으로 그만 폭주한 것뿐이야!"

성진은 서영을 꼭 안고 놓지 않았다.

"김성진 씨! 모르는 바가 아닙니다. 그래서 위험한 겁니다. 서영이가 가지고 있는 극도의 불안과 공포 때문에 악령이 쉽게 붙을 수 있게 된 겁니다! 저도 임상심리학자입니다. 저도 환자의 정신세계에 관해서는 정신과 의사 못지않게 전문가라고요! 제발 절 믿어주세요! 서영일 그대로 내버려둘 수는 없습니다!"

승덕은 간절한 마음으로 성진을 설득했다.

"지금 환자 분께는 악령이 붙어 있어요. 지금껏 일곱, 아니 그 이상의 희생자를 냈을지도 모르는 악령입니다. 지금 악령을 떼버리지 않으면 그분도 자살할 겁니다."

천신도 성진을 이해시키려고 애썼다.

"당신들이 무슨 사이비 종교를 가졌는지 모르지만 아니야! 서영인 잠시 혼란에 빠졌을 뿐이라고!"

그러나 성진은 이 이상한 일행에 대해 전혀 이해가 되지 않았고 이해하고 싶지도 않았다. 성진이 천신 일행을 믿지 못하는 건 영이 보이지 않는 일반인으로서 당연한 일인지도 몰랐다. 그러나 낙빈은 그가 안고 있는 서영의 몸에서 또다시 악령이 서서히 움직이는 것을 두고볼 수만은 없었다.

"스승님, 또다시 악령이 움직여요!"

"그럼 영을 보여드리겠습니다. 부디 그분을 괴롭히는 존재를 보고 싶다고 깊이 생각하십시오. 당신의 아내를 괴롭히는 존재를 진정으로 봐야겠다고 생각하세요."

천신이 두 손을 모으고 자리에 앉아 결가부좌結跏趺坐◆를 했다. 천신의 기가 그의 심장 근처로 모아졌다. 끓어오르던 기가 한순간 사방으로 퍼져나갔다.

파아앗!

그러자 영이 흐릿하게 보이던 낙빈의 눈에도, 전혀 보이지 않던 승덕과 정희와 정현과 성진의 눈에도 서영의 등 뒤에 있는 검은 그림자가 똑똑히 보이기 시작했다. 서영의 온몸에 그 검은 그림자가 덮여 있었다. 성진이 붙잡고 있는 그녀의 작은 어깨와 심장의 일부만 제외하고 온몸이 죽음의 그림자로 휘감겨 있었다.

"이…… 이럴 수가!"

◆ 대개의 경우 귀신은 음陰에 속하기 때문에 음기를 좋아하고 양기를 꺼린다. 그래서 양성인 남자보다는 음성인 여자에게 잘 붙고, 원기가 왕성하고 건강한 사람보다는 원기가 없고 허약한 사람에게 잘 붙는다. 특히 극심한 공포에 시달리거나 몸이 허할 경우 헛것을 많이 보는 것도 이 때문이다. 이런 경우 요가수트라에서는 귀신을 쫓기 위해 좌법坐法을 사용한다. 좌법은 자신의 정신을 똑바로 함은 물론이고 다른 정신세계로부터 지켜낼 소양을 길러주기도 한다. 결가부좌 역시 이러한 좌법 중 하나다.

놀란 성진의 외침과 함께 다른 사람들도 신음을 했다. 완연하게 영이 실물처럼 보이는 순간이었다. 성진은 크게 놀라면서도 서영을 잡은 손을 절대 놓지 않았다. 무언가가 해맑은 아내에게 마수魔手를 뻗치고 있다니, 용서할 수가 없었다.

"당신이 할 일은 환자들을 수술로 살리는 것입니다. 우리가 할 일은 저런 영을 인간에게서 떼어내 성불하게 하는 것이고요."

"의사 아저씨! 그렇게 누나 곁에 있다가는 아저씨한테로 옮겨 갈지도 모른단 말이에요! 제발 잠깐만 떨어지세요! 꼭 누나를 구해낼 테니 잠깐만요!"

낙빈이 소리를 질렀지만 성진은 아내 서영을 내버려둘 수가 없었다. 더구나 시커먼 귀신이 서영에게 붙어 있는데 어찌 떨어지겠는가!

"크크크……."

음산한 웃음소리가 들려왔다. 이제는 병실에 있는 모두가 영을 볼 수도, 그 소리를 들을 수도 있었다.

"이거 봐!"

갑자기 서영이 성진을 세차게 밀치더니 과도를 향해 재빨리 손을 뻗었다.

"안 돼!"

서영에게 뻗은 성진의 손을 향해 서영이 과도를 휘둘렀다.

"으아악!"

성진의 왼손에서 피가 뿜어 나왔다. 이번에는 칼이 성진의 가슴을 향해 날아들었다.

"피햇!"

승덕은 재빨리 성진을 보호하듯 감쌌다. 그와 동시에 정현이 서영의 오른손을 향해 날아올랐다. 낙빈은 눈을 번쩍 뜨며 제요사마부除妖邪魔符♦를 날렸다.

그러나 정현의 발길질은 허공만 찼고 낙빈의 제요사마부도 길을 잃고 헤매다 떨어지고 말았다. 악령은 좁은 병실에서 정현과 낙빈의 공격을 모두 피했을 뿐만 아니라 성진을 보호하기 위해 몸을 날린 승덕의 등줄기에 빨간 생채기까지 남겼다. 정현은 악령이 너무나도 재빠르게 자신의 공격을 피한 것을 보고 깜짝 놀랐다.

"가볍게 봐선 안 될 놈이구나! 승덕이 형, 물러나 있어! 낙빈이도! 다들 뒤로 물러가세요. 제 공격을 피할 정도라면 보통 악령이 아니에요. 살아생전 무예를 익히지 않았다면 불가능한 일입니다."

정현이 모두의 앞을 막아섰다.

"내가 저놈의 정신을 빼놓을 테니, 기회를 봐서 서영이란 분에게 부적을 붙여라, 낙빈아."

"네, 형!"

정현의 공격으로 정신이 없는 틈을 타 서영의 몸에 부적을 붙

♦우리나라 도교의 최고 경전인『옥추경玉樞經』에 기록되어 있는 부적이다.『옥추경』을 읊으면 귀신의 뼈가 녹는다고 하며, 제요사마부는 사악한 마귀와 요귀를 물리쳐준다고 한다.

여 악령이 들어가지 못하게 하라는 말이었다. 낙빈은 힘차게 고개를 끄덕였다.

정현은 눈을 부릅뜨고 서영의 몸에 붙은 악령을 바라보았다. 악령 역시 바짝 긴장한 듯 섣불리 움직이지 않았다. 낙빈은 정현의 대각선 옆으로 비켜서서 서영의 근처에 붙었다.

"무술을 좀 해본 놈이더냐? 몸이 근질근질하던 차에 잘됐구나!"

서영의 입에서 나오는 목소리는 그녀의 것이 아니었다. 탁하고 걸걸한 남자 목소리였다. 서영의 뒤에서 악령이 비웃고 있었다.

"와라!"

정현이 악령을 향해 손을 내밀었다. 그 순간 악령이 지그재그로 발을 뻗어 정현의 코앞으로 다가오더니 팔 전체를 사용하여 정현의 턱과 목을 가격했다.

"이협!"

놈의 공격이 턱으로 들어오는 찰나 정현이 재빨리 뒤로 빠졌다. 그러나 살짝 스쳤을 뿐인데도 놈의 일격에 얼굴이 얼얼했다.

"저것은 연풍보軟風步?"

지그재그로 달려오는 보법을 보고 정현은 뭔가 짐작한 모양이었다.

"오호라, 무술을 제법 아는 놈인가?"

"분명 조금 전의 기술은 연풍권의 오연수 중에 대풍력수大風力手렷다!"

271

"하하하. 이것 참 즐거운 일이구나! 그래, 네가 무예를 좀 한다 이거지? 핫핫핫!"

악령이 자지러지게 웃어젖혔다. 연풍권이라면 중국 내가권의 하나로, 간소하고 수수하지만 그 위력은 실로 엄청났다. 또한 이 권법은 일타필도—打必屠를 위주로 한번 수를 쓰면 반드시 상대를 가격하고 만다는 점에서 무시무시했다. 수수하지만 기풍이 있으며 엄청난 고수의 경우 태풍과도 같은 바람이 주위에 불어닥친다. 정현이 공격을 피했는데도 얼얼했던 것은 바로 그 태풍과도 같은 기운이 불어닥쳤기 때문이다.

"이렇게 유쾌할 수가! 아핫핫핫!"

악령의 웃음소리에 바람의 기운이 느껴졌다. 정현은 긴장했다. 비록 악령이 되었다고는 하나 웃음소리에 기의 바람을 집어넣을 정도라면 그야말로 고수 중의 고수였다!

"여헛!"

이번엔 정현이 먼저 공격을 시도했다. 정현은 두 다리를 쭉 뻗더니 순식간에 서영의 눈앞으로 다가가 손을 뻗었다. 순식간에 서영의 가슴에 손을 대고 기를 불어넣었다. 기를 불어넣는 순간이라도 악령이 떨어지길 바랐지만 놈은 서영을 단단히 잡은 채 떨어지지 않았다. 정현이 다시 공격을 하려 해도 놈이 서영의 몸에 들어가 있어서 어찌할 방법이 없었다.

"퐈한뭐루♦를 배웠느냐? 마앞나기의 자세를 하고 있구나. 그뿐이 아니구나. 방금 전에는 삼성궁 무예♦♦도 보였던 것 같은

272

데……."

"꽈한뮈루의 권법을 안다는 것은 죽은 지 오래되지 않은 영이라는 소리군! 중국 무술인 연풍권을 그 정도로 연마한 자라면 그야말로 고수 중의 고수인데 어찌 남들을 꼬여 죽이는 일을 한단 말이오!"

정현은 분개했다. 무술을 하는 동지로서 이런 사악한 짓을 한다는 것이 그를 더더욱 불쾌하게 만들었다.

"흥! 너라면 이해하지 못하겠지. 지금의 너라면……."

영이 비웃음을 머금고 대답했다. 그때였다.

"앗! 중국 무술이라면……. 당신은 혹시 몇 년 전에 암으로 죽은 그 무술인?"

새파랗게 질려 그들을 바라보던 성진이 소리쳤다. 중국 무술이라는 말에 떠오르는 한 남자가 있었다.

"분명 몇 년 전에 이 병원에서 중국 무술의 고수가 암으로 사망

◆꽈한뮈루는 충무, 통영, 고성 지역의 토박이말로 '꽈'는 몸과 마음의 해탈을 뜻하고, '한'은 하늘과 생명과 도가 하나라는 우리의 한사상을 뜻하며, '뮈루'는 '마루얼', 즉 종가 정신, 겨레의 전통과 주체의식을 뜻한다. 창시자인 하정효 씨는 20대에 10여 년간 맨발로 전국을 방랑하다가 전통 무술인 꽈한뮈루를 창시했다. 떠돌아다니며 무예를 연구하던 그가 꿈에서 흰옷을 입은 노인들이 춤추듯이 무술을 펼치는 장면을 보고 그것을 재현했다고 한다. 학을 타고 내려온 신선들의 동작을 기억하여 지필묵으로 그려내니 이순신의 학익진하고 똑같기에 이를 인체에 대입시켜 신체무예로 승화시켰다고 한다. 꽈한뮈루는 한민족의 특성인 한, 터, 살, 몸, 열, 저(나), 맘을 7대 본질로 해서 한국의 진리화를 무술로 체현한다는 강령을 가지고 있다. 현재 꽈한뮈루는 종교적인 색채를 띠며 그 빛이 바래긴 했지만 작가는 전통 무술 계승에 목적을 두었던 꽈한뮈루의 초창기 모습을 생각하며 글을 엮어보았다.
◆◆선도 무예仙武라고도 불리며 고대 소도蘇塗의 무예이다. 삼성궁은 배달성전으로 한인, 한웅, 단군을 모시는 성역이다. 삼성동은 청학동青鶴洞에 자리 잡고 있으며 옛 소도를 복원하기 위해 노력한 곳이다. 고대의 선도仙道 문화를 지키며 삼성궁에서 계승되어온 것이 바로 선도 무예(선무)다.

한 적이 있습니다!"

"당신이 바로 그자인가?"

정현이 물었다.

"나이기도 하고 아니기도 하다."

"그게 무슨 말인가?"

"원혼이 나와 함께 있으니 이것은 나이면서도 내가 아니다. 그리고 그때의 나와 지금의 내가 완전히 다르니 어찌 이것이 '나'이겠느냐? 아픈 것은 불편하군. 언제나 느끼는 거지만 아픈 것은 말로 표현할 수 없을 정도로 고통스럽다. 이 여자…… 정말 아프군. 정말 안됐어. 그런데도 주변 사람들을 생각하며 혼자서 참고 있어. 아프다는 말도 하지 않고……. 이렇게 고통스러운 여자를 더 살려서 뭐하겠다는 건가? 목숨만 연명한다고 다가 아니지 않은가? 당신네 의사들은 말하겠지. 이렇게 아픈 여자한테 살 거다, 죽지 않을 거다……. 하하. 하지만 그렇게 살아서 뭐하겠는가? 그건 고통을 모르는 자들의 이기적인 생각이라는 것을 왜 모르는가? 힘들군. 이 몸에는 더 있기도 힘들어. 이렇게 좁은 곳에서 아픈 여자의 몸으로 싸우긴 더더욱 힘들군. 자, 우리 진짜로 한번 대결해보지 않겠나, 젊은 친구! 하하하."

영은 서영의 아픔과 고통을 여실히 느끼는 모양이었다. 놈은 이제 서영을 죽게 하는 것보다 정현과 대결하기를 더욱 원하고 있었다. 힘껏 웃어대던 영이 갑자기 서영의 몸에서 빠져나갔다. 검은 그림자가 뒤덮고 있던 서영의 몸이 제 색으로 돌아왔다. 그

때를 놓치지 않고 낙빈은 서영을 향해 부적을 날렸다.

"제요사마부!"

악령이 빠져나가자 서영은 정신을 잃고 휘청거렸다.

낙빈과 승덕이 정신을 잃고 쓰러지는 서영을 양쪽에서 붙잡았다. 하지만 어디로 갔는지 악령의 모습이 보이질 않았다.

"결계가 있으니 어디로도 도망치지 못한다!"

정현이 소리쳤지만 악령의 검은 그림자는 더 이상 보이지 않았다. 모두 눈을 휘둥그레 뜨고 사방을 훑어보던 바로 그때였다.

콰앙!

거칠게 문이 열리면서 밖에서 아우성치던 의사와 경비원들이 병실로 들어왔다.

"앗!"

다시 문을 닫으려고 했지만 워낙 많은 사람들이 몰려오는 바람에 막을 수가 없었다.

"크크크……. 날 잡으러 오게! 어서 오시게!"

걸걸한 악령의 목소리를 내며 문 밖으로 달려 나가는 것은 바로 서영의 남편 성진이었다. 악령은 천신 일행이 보지 못하는 사이에 성진의 등에 웅크리고 있다가 기회가 오자마자 문 밖으로 뛰쳐나간 것이었다.

"안 돼!"

승덕이 한 팔을 뻗어 성진을 잡으려고 했지만 순식간에 경비원들이 천신 일행을 에워싸버렸다. 의사들은 목에 피를 흘리며 쓰러져 있는 서영을 일으켜 세우고는 서영을 둘러싼 천신 일행을 경계하는 눈빛으로 쳐다보았다. 경비원들은 일행의 팔을 잡고 이 수상한 자들을 병원에서 쫓아낼 기세였다.

"나 먼저 간다! 스승님, 형, 알아서 오세요!"

제일 먼저 정현이 자신의 팔을 붙잡은 경비원을 간단하게 제압하고 성진의 뒤를 쫓아 달려갔다.

"저런, 멈춰! 멈추라고!"

경비원들이 따라갈 틈도 없이 정현은 벌써 복도 끝으로 날듯이 달렸다.

"승덕이와 정희는 내 뒤를 따라라."

천신이 경비원들을 물리치고는 옆에 있던 승덕과 정희를 데리고 나갔다.

"심결心決!"

천신은 진실한 마음을 전달하고 그 마음을 크게 부풀리는 능력이 있었다. 천신은 어서 성진을 찾아 악령을 퇴치해야 한다는 일행의 생각을 모아 경비원들에게 전달했다. 그러자 경비원들은 마치 천신을 모시듯 깍듯하게 인사하며 길을 터주었다.

"으악! 나만 남았잖아?"

서영 곁에 남아 있던 낙빈은 의사와 경비원들에게 둘러싸여 옴짝달싹할 수가 없었다.

"잠시만요, 죄송합니다!"

짧게 합장한 낙빈의 양손에 새파란 수水의 힘이 맺혀 있었다.

"물아, 나와라! 이왕이면 차가운 얼음물로!"

낙빈이 정면으로 차디찬 수의 기운을 뿌리자 갑작스러운 얼음물 세례를 받은 경비원들이 양 갈래로 흩어져버렸다.

"아이고, 차가워!"

"으악! 이게 다 뭐야?"

야단스럽게 웅성거리는 의사와 경비원들 사이로 낙빈은 생쥐처럼 유유히 빠져나왔다.

"어느 쪽이지?"

성진의 몸에 빙의하여 병실을 빠져나간 악령도, 새처럼 빠르게 달려 나간 정현도 보이지 않았다. 정희와 승덕은 이내 계단 아래로 향했다. 간격을 두고 천천히 뒤를 따르던 천신은 계단 위쪽으로 향했다.

"스승님, 같이 가요!"

뒤늦게 따라온 낙빈이 천신의 검은 도복 자락을 잡았다.

"왔구나. 그래, 정현이가 느껴지느냐?"

"네, 위에 있어요. 위에! 악령도요!"

"그래, 네가 먼저 올라가겠느냐? 다른 사람들이 위로 올라가지 못하도록 결계를 치고, 승덕이와 정희를 데려가마."

"네!"

낙빈은 크게 대답하며 재빨리 병원 옥상을 향해 내달렸다.

5

해는 이미 져서 사방이 컴컴했다. 하지만 병원 옥상은 네온 간판 덕분에 사방이 환했다. 스산한 바람이 사방에서 불어오는 옥상 양편에서 정현과 성진이 서로를 노려보며 서 있었다.

"넓은 곳이라 아주 좋구나! 덤벼랏!"

영은 정현과 단둘이 병원 옥상에 마주 서자 무척 흥분한 듯했다. 놈은 이제 서영의 남편인 성진의 몸에 빙의한 채였다.

"사양치 않겠소."

정현의 눈이 빛을 발했다.

"하얏!"

왼쪽 다리를 바싹 끌어당겨 가슴을 막은 정현이 성진을 향해, 아니 악령을 향해 순식간에 나아갔다. 이 넓은 공간에서 둥근 원을 그리듯 아름다운 정현의 발걸음이 시연되었다. 악령 역시 연풍보를 사용하여 지그재그로 정현에게 다가섰다.

"연풍파각수!"

놈은 강력한 발차기로 정현의 턱과 얼굴을 가격했다.

"허잇!"

정현은 영의 공격을 받자 왼쪽 다리를 바싹 들어 얼굴과 옆구리를 보호하고 오른팔로는 정면을 막았다. 정현은 영의 공격을 막는 동시에 바닥을 한 바퀴 굴렀다.

"연풍박주수!"

영은 바닥을 구르는 정현의 위쪽을 팔꿈치로 공격했다.

"흐엽!"

그러나 정현이 이보다 빨리 영의 뒤로 굴러가 영의 뒷목을 팔로 감고 옴짝달싹 못하게 했다. 정현은 마치 영을 빨아내듯 붙잡았다.

"연풍등각수!"

놈은 뒤쪽의 정현을 향해 세차게 발길질을 해댔다.

"도!"

정현은 발길질을 피하며 영의 뒷머리를 백팔십도로 돌아 찼다.

"커억!"

영이 외마디 비명을 지르며 넘어졌다. 그러면서도 영은 마지막 일격을 날리기 위해 힘껏 발길질을 시도했다.

"소!"

하지만 정현이 놈의 발차기를 손으로 걷어내며 곧바로 자세를 바로잡았다.

"이놈! 무예가 보통이 아니구나, 크으!"

영이 입가에 흐르는 핏줄기를 닦으며 신음 소리를 냈다.

"연풍권은 겉으로 보이는 근골피筋骨皮의 단련보다는 마음 깊은 곳에 있는 정기심情氣心의 단련에 주안점을 두는 권법입니다. 어찌 그런 무예를 닦은 무도인이 악령이 되었습니까?"

정현은 같은 무도인으로서 이 상황이 못내 가슴 아팠다. 성진을 조종하고 있는 영은 분명 엄청난 고수였다. 그런데 그런 그가 남들을 꼬드겨 죽이는 일을 일삼는다는 것이 도통 이해되지 않았다.

"나는 악령이 아니다. 악령이 아니라 그들을 현실에 눈뜨게 했을 뿐이다."

"타인을 자살로 몰고 가는 것이 잘못된 일이 아니란 말씀입니까?"

"몰고 간다니! 아니다! 그들 스스로 선택한 길이다!"

"무슨 헛소리!"

"단지 나는 고통스럽게 죽어갈 자들에게 그들의 죽음을 보여주었을 뿐이다. 선택은 그들의 몫. 나는 그 선택을 도와주었을 뿐이다. 쓸데없는 말은 그만하자! 난 더 싸우고 싶다! 이 얼마나 즐거운 대련인가! 카하하. 이번엔 나의 공격을 받아랏!"

"연풍권수!"

"대풍력수!"

"장배수!"

"연풍충추!"

"연풍박주수!"

현란한 주먹 놀림이 검은 밤하늘을 갈랐다. 연풍권의 오연수가 한꺼번에 정신없이 펼쳐졌다. 현란한 오연수는 그림처럼 화려하게 허공을 수놓았다. 영은 두 손으로 오연수를 펼치는 동시에 발로는 연풍보법을 구사했다.

다섯 수 모두 정현의 턱과 목을 향해 펼쳐졌다. 두 개의 주먹이 수십 개의 공격을 펼치며 정현을 향해 날아왔다. 정현은 모든 공격을 막아냈는데도 목과 턱이 벌겋게 물들었다. 모두 주먹 주변에 만들어진 강력한 기의 회오리 때문이었다.

'저런 위력이라니! 수를 다 막아내고도 가격할 때의 기력氣力이 턱과 목에 상처를 내다니 정말 대단하구나!'

정현은 날카로운 공격에 감탄했다. 그러나 영의 무술 실력도 어마어마했지만 그런 공격을 모두 막아낸 정현의 실력도 혀를 내두를 정도였다.

"놀라운 무예다. 아직 어린 것 같은데 나의 수법들을 그토록 잘 막아내다니! 게다가 방어나 공격이 하나의 무예에 얽매이지 않고 각종 무예에 고루 통달하지 않았는가!"

연풍권을 구사하는 무도인 영도 정현의 무예에 감탄해 마지않았다. 정현 역시 악령 주제에 깊은 무예를 선보이는 무도인 영에게 몹시 놀라는 중이었다. 두 사람이 서로에게 감탄하는 사이 쾅! 옥상 문이 열리는 소리가 들렸다.

"형, 여기 있었군요!"

낙빈이 옥상 문을 열고 달려왔다. 하얀 한복을 입고 날쌔게 달려오는 낙빈을 보고 무도인 영은 인상을 찌푸렸다.

"방해꾼이 오는군. 너는 끼어들지 마라. 혼령들이여, 저 녀석을 붙잡아라!"

무도인 영의 말이 떨어지기가 무섭게 정현과 성진의 주위로 엄청난 물줄기가 회오리치듯 빙글빙글 돌았다. 마치 강한 채찍으로

원을 만든 모양이었다. 때문에 두 사람 이외에는 중심부에 다가
갈 수 없었다.

"이런!"

정현을 향해 달리던 낙빈은 발을 동동 굴렀다. 무시무시한 회
오리 속으로 들어갈 엄두가 나지 않았다. 게다가 갑자기 낙빈의
주변으로 온갖 잡귀들이 몰려들기 시작했다.

"으악! 이렇게 많이 오면 어떡해!"

낙빈은 급히 허리춤에서 제요사마부를 꺼내 던졌고 부적에 맞
은 몇몇 잡귀는 그 자리에서 소멸되었다. 하지만 너무나 많은 수
의 잡귀들이 몰려드는 바람에 부적 몇 장으로는 어림도 없었다.

"이익! 물의 힘이여!"

낙빈은 『치귀도』에서 배웠던 수운력水運力을 사용하기로 결심
했다. 낙빈의 희고 작은 손바닥에서 맑고 고운 물줄기가 뭉글뭉
글 솟아올랐다.

"물아, 나를 지켜줘!"

맑고 청아한 물이 쏟아져 나오더니 낙빈을 지키려는 듯이 그
주위를 돌았다. 낙빈은 빙글빙글 돌아가는 물결 위에 제요사마부
두 장을 띄웠다. 그러자 잔뜩 몰려든 잡귀들이 섣불리 다가오지
못하고 낙빈의 주변을 맴돌았다.

"아이고, 이렇게 많은 원혼이 다 어디서 온 거야?"

낙빈은 새까맣게 몰려든 영을 보니 한숨밖에 나오지 않았다.

"젊은 무술인아, 싸우자! 날 이기지 못하면 수마가 너와 저 꼬마를 보내주지 않을 것이다!"

"싸움을 좋아하는 겁니까? 단순히 싸움을 좋아만 했다면 그토록 높은 경지에 도달할 수는 없었을 텐데……. 당신 같은 악령이 무술의 고수라니 믿을 수가 없군요."

정현과 대치한 무도인 영은 기쁨을 감추지 못했다. 하지만 그 모습에 정현은 의문이 들었다. 저토록 싸움만 밝히는 자가 높은 무예를 갖췄다는 것이 믿기지 않았다.

"카하하. 죽기 전에도 이런 대련을 하고 싶었다. 나는 최후의 순간까지 제자를 양성하다 무도인으로 죽고 싶었다. 그러지 못한 것이 한이 되었으니 너와 같은 고수를 만난 게 너무나 기쁠 뿐이다."

"무도인으로 죽지 못했다고요?"

"그래, 어처구니없게도 그렇게 되었지. 하루하루 조금만 더 살자고 버티다가 허무하게 죽어버렸지."

무도인 영의 얼굴에 어두운 기색이 역력했다.

"그렇다고 해도 그것은 당신의 운명인데 왜 다른 사람까지 죽이지 못해서 안달입니까?"

"하하하. 죽이지 못해 안달이라고? 말도 안 되는 소리!"

영은 다시 연풍권을 시연할 자세를 잡았다.

"연풍파각수!"

이번에는 현란한 발놀림이었다.

"소!"

정현은 퐈한뮈루의 '소' 수법을 이용해 날아오는 발길질을 밀쳤다.

"연풍등각수!"

끝이 아니었다. 영은 연풍파각수가 저지될 것을 계산했는지 온 힘을 다한 연풍등각수로 정현의 얼굴을 가격했다.

"으윽!"

정현이 한 발 뒤로 물러났다. 얼굴 한쪽이 벌게져 입술에서 피가 흘러내렸다.

"방심했군."

정현은 정신을 바짝 차렸다. 영은 모든 정신을 이 대련에 집중하고 있었기 때문에 정현도 더욱 생각을 모아야 했다. 상대가 악령에 씐 성진이라고 슬슬 공격하다가는 또다시 당할지도 몰랐다.

"소도등천 양수일권! 월광어수!"

이번에 사용하는 정현의 수법은 전통 무예인 기천氣天의 것이었다. 무도인 영은 정면 공격에 대비해 연풍보를 그리다가 슬쩍 정현의 공격을 피했다.

"측행각! 양각권!"

"커어억!"

정현의 공격이 성진에게 정확히 들어갔다. 여지없이 영의 입에서 신음 소리가 터져 나왔다.

"기천의 수법까지 쓰다니! 어린 자가 어찌 이런 무술을 다 배우고 제대로 시연한단 말인가! 놀랍구나!"

무도인 영은 한쪽 무릎을 꿇고 넘어져서도 감탄해 마지않는 눈으로 정현을 올려다보았다.

"당신이야말로 보통 분이 아니군요. 당신이 쓰는 연풍권은 화려하지는 않아도 한없이 높은 경지에 오를 수 있는 무예지요. 그러기 위해서는 정신적 수양이 가장 중요합니다. 하지만 당신에게선 기술의 위대함은 보이지만 심적인 깊이는 느껴지지 않습니다. 그건 바로 정신의 연마를 게을리했다는 뜻이지요. 그러니 이제 더 이상 대련을 하더라도 내게 일타를 가하지는 못할 겁니다!"

"무도인으로 죽고자 했지만 그러지 못한 나다! 너와의 대련에서 패배하더라도 후회는 없다. 죽어서라도 고수와 겨룬 것에 감사할 따름이다!"

영은 무도에 대해 이야기할 때만은 마치 딴사람이 되어버린 것처럼 진지했다. 이자가 사람들을 자살로 몰았다니 믿어지지 않았다. 왜? 무엇 때문에? 정현은 그 이유가 궁금했다.

"마지막 시연을 하도록 하자. 허이엽!"

"이야압!"

무도인 영이 기합을 내지르며 공중으로 날아오르자 정현 역시 힘차게 허공으로 몸을 날렸다.

옥상의 한쪽 끝에선 수많은 부유령이 낙빈을 에워쌌다. 그들이 낙빈을 덮치지 못하는 것은 빙글빙글 돌고 있는 물의 결계 위에 제요사마부가 떠 있었기 때문이다.

최악!

낙빈의 양손에서 푸른 물줄기가 뻗쳤다. 그러나 어찌 된 일인지 이것들은 낙빈이 쏘아대는 물에 끄떡도 하지 않았다. 정결한 물의 힘을 받으면 분명 사라져야 할 부유령들이 여전히 낙빈에게 밀려왔다. 문득 꿈속에서 들었던 부적신장의 목소리가 기억났다.

"수마라고 말씀하시더니 정말 물에는 끄떡도 하지 않네?"

낙빈은 물줄기를 쏘아대는 것을 그만두었다. 아무리 공격해도 낙빈의 주위를 빙빙 돌고 있는 물의 결계는 점점 공간을 좁히며 낙빈에게 다가오고 있었다. 제요사마부가 결계 위에 떠 있기는 했지만 잡귀의 수가 너무 많아 점점 그 힘이 약해지고 움직일 공간이 줄어들었다.

"안 되겠어! 아직 완성되진 않았지만 너희에게 처음으로 사용해주마! 반고가한님이 데리고 다니시던 십간십이지 신장님들 중에 축신丑神◆이시다!"

갑자기 세찬 바람이 휘몰아치더니 낙빈의 뒤에서 거대한 뿔을 가진 누런 소의 형상이 떠올랐다. 축신은 우람한 뿔을 치켜세우며 부유령을 향해 돌진했다. 그리고 느리지만 강한 발걸음으로 낙빈의 주위에 모인 원혼들을 한곳으로 몰았다.

◆ 십이지의 두 번째 동물인 소를 의미하는 신이다. 한국에서 축신은 수호신과 방위신 역할을 했으나 현재는 띠 동물로서의 개념만 강하다. 축신은 시간으로는 새벽 1시에서 3시, 달로는 음력 12월을 의미한다.

"수의 결계! 제요사마부!"

이번에 낙빈은 수의 결계를 자기 주변이 아니라 축신이 모아놓은 원혼들에게 씌웠다. 그리고 물의 결계 위에 제요사마부 두 장을 올려놓았다. 제요사마부가 주위에서 빙글빙글 돌자 원혼들은 소리를 지르며 부적에서 멀어지려고 했다.

"어림없다! 요마소멸妖魔消滅!"

이번에 낙빈이 꺼내든 것은 금귀부禁鬼符였다. 사악한 악귀들을 쫓아 엄벌에 처하는 부적이었다. 그동안 글문선생의 말씀대로 승덕에게 열심히 글을 배우고 부적신장의 가르침을 따른 덕분에 사용할 수 있게 된 부적이었다. 낙빈은 금귀부를 들어 축신이 모아놓은 원혼들에게 던졌다. 그 순간이었다.

파박!

원혼들은 부적이 닿기 전에 모두 어디론가 빨려 들어가듯 순식간에 사라졌다.

"어라? 이럴 수가!"

이상했다. 분명 이들을 조종하는 무도인 영은 정현과 싸우느라 정신이 없었다. 그런데 순식간에 원혼들이 사라지다니! 무도인 영 이외에 또 다른 존재가 있다는 말인가?

잡귀들이 한꺼번에 사라져서 의아했지만 그래도 정현을 도와 악령을 무찌르는 것이 우선이었다. 낙빈은 저 멀리 옥상 중앙에 마주 선 정현과 성진을 향해 달렸다.

퍼어억!

그쪽도 곧 결판날 기세였다. 정현의 일격을 받은 무도인 영은 자신이 쳐놓은 결계 밖으로 내동댕이쳐졌다. 덕분에 수의 결계는 완전히 없어져버렸다.

"형! 이겼구나!"

낙빈이 기뻐하며 정현의 뒤로 달려왔다. 무도인 영은 정현에게 얻어맞은 가슴을 부여잡고 그를 뚫어지게 바라보았다. 그때 뒤에서 가녀린 여자의 목소리가 들려왔다.

"오빠……."

어떻게 알고 찾아왔는지 그곳에 서영이 있었다. 칼에 베인 목과 오른손에는 흰 붕대가 감겨 있었다.

"오빠!"

낙빈이 성진을 향해 달려가려는 서영을 붙잡았다.

"누나, 잠깐만요! 악령이 저 아저씨 몸에 있어요. 가면 안 돼요!"

"하지만…… 오빠가!"

서영은 멈칫거리며 불안한 눈으로 성진을 바라보았다.

"크크, 내가 들어갔던 여자 분이시군. 대체 그 몸으로, 그 엄청난 고통 속에서 어째서 그렇게 살려고 몸부림치는 거지?"

"당신은…… 정말로 오빠가 아니군요……."

걸걸하고 투박한 목소리에 서영은 두려운 표정을 지었다. 얼굴은 분명 사랑하는 사람의 것이었지만 그의 말투와 행동은 서영이 알던 그가 아니었다.

"잠시 내가 빌렸지. 크크. 이자가 당신 남편이지? 그런데 이자가 당신한테 그러던가? 수술만 하면 살 수 있다, 건강해질 수 있다고? 하하. 모두 거짓말이야. 살 수 있을 것 같나? 앞으로 얼마나 살 수 있을 것 같나? 병이 깨끗이 나아 즐거운 인생을 살 수 있을 것 같나? 지금의 고통이 수술로 사라질 것 같나? 천만에! 당신은 더 이상 살 수 없어. 당신 남편이 말하더군. 수술은 단지 모험일 뿐이고 성공 가능성은 별로 없다고. 크크크."

"거짓말!"

낙빈이 분개해 소리를 질렀다. 그러나 정작 서영은 고요히 침묵을 지키고 있었다.

"서영아, 믿지 마! 다 거짓말이야!"

그들의 뒤쪽에서 승덕이 소리쳤다. 승덕과 천신, 그리고 정희가 막 옥상에 도착했다.

"거짓말이라고? 하하. 다들 그렇게 말하지. 살 수 있다, 살 수 있을 거다. 그러나 정작 수술에 성공해도 살아갈 날은 몇 달밖에 되지 않아. 살 수 있다고 거짓으로 위로하는 것이 환자를 돕는 거라고 생각하나? 천만에! 살 수 있다는 말에 끝까지 미련을 버리지 못하다가 결국 자신의 죽음을 준비하지 못하는 거야! 나처럼……."

그의 얼굴은 괴로운 기억으로 주름이 깊이 파였다.

"진정한 무도인으로 죽고 싶었지만 주위에서 말했지. 당신은 초기 암이다. 살 수 있다. 그러니 최선을 다하자! 모두 거짓말이었지. 가망이 없다는 것을 알면서도 수술을 감행하고 나를 병원에 가뒀어. 차라리 얼마 살지 못한다는 것을 알려주었더라면 난 죽음에 대비했겠지. 그랬더라면…… 당당히 무도인으로서 죽음을 맞이하고 무도인으로 죽었을 거야. 병원에서 하루하루 연명하며 부질없이 사는 대신에!"

무도인 영은 허망하게 웃었다. 이제 정현은 그가 왜 무도인으로 죽지 못하고 원령이 되었는지 알게 되었다. 그는 주변 사람들이 들려준 선의의 거짓말을 믿은 탓에 죽음을 준비할 시간을 잃어버린 것이다. 그러고는 마지막까지 살기 위해 안간힘을 쓰다가 허망하게 생을 마감한 것이 분명했다. 그는 그것이 한이 되어 이승을 떠돌았던 것이다.

"그렇지만 서영인 죽지 않아! 서영인!"

안타까움에 절규하는 것은 승덕이었다. 승덕은 서영의 죽음을 상상할 수도 없었다. 무도인 영이 간신히 버티고 있는 서영의 마음을 허물까봐 승덕은 소리쳤다.

"전…… 살고 싶어요."

침묵을 깬 서영의 한마디는 무척이나 담담했다.

"단지 하루만이라도 더 살고 싶습니다."

"단 하루만이라도? 왜지? 그렇게 아등바등 더 살아서 무엇을 하겠다는 거냐?"

무도인 영이 기막히다는 듯이 비웃었다.

"저희 신랑을 위해서 살고 싶어요. 전…… 결혼한 지 일 년 반이 되었지만 한두 달을 빼고는 거의 병원에서 지냈지요. 그래서 제 소원은 어서 병이 나아 다른 신혼부부들처럼 신랑에게 맛있는 아침밥을 해주고 매일 아침 신랑의 넥타이를 매주고 양복을 손수 입혀주는 거예요. 남들이 들으면 비웃을지 모르지만…… 그게 꿈이에요. 결혼하고 나서 한 번도 해주지 못했던 일이에요. 전 하루라도 좋으니 그이에게 그런 일들을 해주고 싶어요. 그래서 수술을 하려는 거고요. 그래서 정말 하루라도 더 살려고 이렇게 안간힘을 쓰고 있는 거예요."

갑작스럽게 주위가 숙연해졌다. 하루라도 더 살고 싶다는 서영의 말이 승덕의 가슴을 후벼 팠다. 몇 년 전만 해도 건강해 보였던 사람이 눈앞에서 죽음을 이야기하다니! 승덕은 속이 상해 미칠 것만 같았다.

"저희 신랑은 제가 언제 죽을지 모른다는 걸 알면서도 저와 결혼했어요. 제 목숨이 언제 끝날지 모르지만 우리는 너무나 사랑했기 때문에 결혼하기로 했지요. 하루라도 부부로서 행복하게 살고 싶었어요. 그게…… 우리의 소박한 꿈이고 하루라도 더 연명하는 것이 제 의무랍니다. 저는…… 아무리 고통스럽고 힘들어도 버틸 수 있어요. 우리 신랑을 위해 버티고 싶어요. 그래서 하루라도 더 살고 싶어요. 정말 하루라도 더 그이의 얼굴을 보고 싶고, 하루라도 더 그이의 아내로 살아가고 싶어요. 하루라도 더 살아서 그이에게 못해준 일들을 해주고 싶어요. 저는 죽고 싶지 않아요."

"흑!"

죽고 싶지 않다는 서영의 말이 너무나 절절했기에 정희의 눈에서는 주르륵 눈물이 흘러내렸다. 정희만이 아니라 모두의 눈시울이 뜨거워졌다.

"……."

서영을 비웃던 무도인 영조차 아무 말도 하지 못했다.

"그래서…… 당신을 죽이는 것이 그렇게 힘들었군. 그토록 괴로운 미래를 보여주었는데도 몇 시간이나 버티면서 끝까지 죽지 않았던 것은 그런 마음 때문이었군. 당신의 그런 마음은 몰랐어. 내가 잘못했군. 하지만 다른 사람들은 자신의 미래를 보여주자 스스로 죽음을 선택했지. 지금 당신도 말로는 살고 싶다고 하지만 괴로운 미래를 보여주었을 때는 분명 죽고 싶어 하는 마음이 있었어."

"잠깐!"

승덕이 소리쳤다.

"고통을 안고 죽을 사람들에게 미래를 보여줘서 죽음과 삶을 스스로 선택하게 했다는 말은 알겠어. 하지만 왜 죽음을 앞두지 않은 사람들까지 죽였나? 왜 죽지 않아도 될 사람들을 데려갔지? 수술 경과가 좋은 사람들까지 자살하게 만든 이유가 뭐야?"

"무슨 소리! 주위에서 수술이 성공했다고, 살 수 있다고 말했지만 그건 모두 거짓말이었어. 자살자들은 모두 수술이 완전히 실패해서 고통스럽게 죽어갈 사람들이었어!"

무도인 영도 지지 않고 맞받아쳤다.

"당신이야말로 무슨 소리야? 당신이 죽인 사람들은 대부분 죽음을 앞두지 않았단 말이야! 얼마 전에 죽은 주부의 경우에도 초기에 암이 발견되어 가족들 모두 다행스럽게 생각하고 있었어. 그런데 갑자기 죽음을 선택하는 바람에 가족들의 슬픔이 이루 말할 수가 없었지."

"뭐라고? 그럴 리가! 그럴 리가 없어! 분명 수마가 보여준 그들의 미래는 고통에 물든 끔찍한 투병 생활이었어!"

무도인 영이 어리둥절해했다.

"바보 같으니! 어제 죽은 여학생도 수술 성공률이 80퍼센트가 넘는다고 의사들이 자부했단 말이야! 여학생은 학교로 돌아가 친구들을 만날 날만 손꼽아 기다리고 있었어. 그런데 당신이 그런 가능성마저 빼앗았다고!"

"그럴 리가…… 성공할 확률은 제로에 가까웠어! 이미 종양이 커져서 방법이 없다고 했단 말이다!"

"종양은 완전히 제거할 수 있는 크기였어! 게다가 다른 곳으로 전이되지도 않았지. 다들 그걸 다행으로 여겼고 여학생 자신도 마찬가지였어. 고 3 생활을 마치고 대학에 합격했다는 소식을 듣자마자 종양을 발견했단 말이야! 얼른 나아서 학교로 돌아가는 게 꿈이었는데……. 당신이 그걸 망친 거야!"

"그럴 리가! 분명 수마가 보여준 건 그렇지 않았어. 결단코 아니었다고!"

무도인 영은 믿을 수 없다는 듯이 고개를 흔들었다. 분명 그는 수마가 보여준 끔찍한 투병 생활을 보았다. 주변의 달콤한 거짓 말에 속아서 괴롭게 삶을 연장하느니 스스로 떳떳한 죽음을 결정하라고 도와준 것이었는데…… 대체 누가 거짓을 말하고 있단 말인가?

무도인 영은 수마가 보여준 장면을 보고 분개했다. 가족들은 끔찍한 고통 속에서 삶을 마감할 환자에게 거짓말만 해댔다. 그렇게 살다가는 자신과 마찬가지로 죽음을 대비하지 못하고 고통 속에서 죽을 것이었다. 그래서 그는 수마의 힘을 빌려 그 여학생에게 끔찍한 미래를 보여주었고 죽음은 그녀 스스로 선택한 길이었다. 분명히 그랬다. 지금까지 죽은 모든 사람이!

"수마에게 속은 거예요."

정현이 무뚝뚝하게 말했다.

"말도 안 돼! 그럴 수가……."

무도인 영의 어깨가 축 처졌다.

"그럴 리가 없어. 그럴 리가!"

"거짓말이 아니에요! 아저씨가 지금 들어가 있는 사람이 의사 잖아요. 그분의 기억을 찾아보면 알 수 있을 거예요."

"그럴 리가 없어!"

머리를 흔들면서도 영은 낙빈의 말대로 자신이 빙의한 성진의 머릿속에서 자신이 죽게 했던 환자들에 대한 기억을 찾아보았다. 그리고 진실을 알게 되었다. 수마가 그를 속였던 것이다. 그는 충분히 살 수 있고, 건강해질 수 있는 사람들에게 거짓된 미래를 보여주어 죽게 했던 것이다. 그것이 진실이었다.

"이럴 수가! 이럴 수가! 아아!"

무도인 영은 머리를 움켜쥐고 절규했다.

"역시…… 뭔가 이유가 있을 거라고 생각했어요."

정현은 그 안타까운 모습에 고개를 흔들었다. 정현은 길지 않은 대련을 벌이면서 무도인 영이 아무 이유 없이 죄 없는 사람들을 죽일 위인이 아니라는 것을 감지했다.

"이럴 수가…… 속았구나!"

무도인 영은 무릎을 꿇고 절규했다. 수마에게 속아 살날과 희망이 남은 사람들을 죽음의 구렁텅이로 몰았다고 생각하니 죄책감에 심장이 터질 것만 같았다.

"하지만 속았다고 해도 모든 것을 실행한 건 나야! 내가 만일 저 여인까지 죽였더라면 어쩔 뻔했는가! 이제 와서 생각하니 나는 죽음을 알면서도 사실은 하루라도 더 살고 싶어 무도를 잊었는지도 모른다. 그게 부끄러워 원망할 대상을 찾은 건지도 모르겠다. 아아, 나는 지금껏 무슨 짓을 한 건가!"

영은 머리를 쥐어뜯으며 풀썩 바닥에 주저앉았다.

"아마 당신의 가족들은 분명 당신이 더 살 수 있다고 믿었을 겁니다. 그래서 당신에게 죽음을 미리 말하지 않았겠죠. 누가 뭐라 해도 그들은 당신이 죽지 않을 거라고 믿었을 겁니다. 그렇기 때문에 당신 자신도 조금만 더 살고자 노력했을 겁니다. 사랑하는 사람을 대하는 마음이 그런 겁니다. 사랑하는 사람이 절대로 멀리 가버릴 리가 없다고 굳게 믿는 겁니다!"

승덕은 서영을 생각하며 그렇게 외쳤다. 누가 뭐래도 믿고 싶었다. 승덕이 이렇게 서영을 믿고 있듯이…… 성진이 그렇게 믿고 있듯이…… 서영은 죽지 않을 것이다, 절대로.

"모든 것을 꾸민 것은 수마다. 수마가 나처럼 생각이 비뚤어진 자들을 속인 후에 그들에게 더 많은 원혼을 만들게 했다! 더 나은 삶을 살 수도 있는 자들을 수마의 농간으로 죽음에 이르게 하다니! 아아, 모두가 나의 죄다! 나의 죄!"

"알게 되어 다행이군요. 그럼 이제 그분의 몸에서 나오십시오."

천신이 잔잔한 어조로 말했다. 한동안 미동도 없이 서 있던 무도인 영은 서서히 성진의 몸에서 빠져나왔다. 천신이 사방에 기를 뿌리자 일행의 눈에 성진의 몸에서 빠져나오는 영의 모습이 똑똑히 보였다.

'수마는 저 물탱크에 살고 있다. 병원에서 죽어가는 영혼들을 꼬드겨 자신의 부하로 삼고 그 악한 행실로 자신의 몸집을 키워온 놈이다! 내가 지은 죄, 내가 거두어 가겠다!'

성진의 몸에서 빠져나온 영이 병원 꼭대기에 있는 커다란 물탱크를 지목했다.

"아, 그렇구나!"

낙빈이 손뼉을 쳤다. 낙빈은 병원 안을 샅샅이 돌아다녔지만 수마는 찾지 못했다. 그런데 바로 옥상 물탱크에 숨어 있었던 것이다. 낙빈이 물탱크를 바라보니 과연 음기로 휩싸여 있었다. 수마는 더 강력한 음기를 얻기 위해 자살한 영혼이나 비명非命에 죽은 사람들의 기운을 먹고 몸을 불려온 것이 틀림없었다. 그리고 이런 먹잇감을 얻기 위해 무도인 영과 같은 순진한 영혼들을 속이고 이용해온 것이다.

'으아아!'

연풍권의 고수인 무도인 영이 물탱크에 숨어 있는 수마에게 일격을 가했다.

파앗!

높이 날아오른 그의 두 손에서 하나의 빛이 길게 뻗어 나와 물탱크를 세로로 잘랐다. 실물인 물탱크에는 타격을 입히지 않았지만 물탱크 속에 숨어 있는 영적 생물, 수마에게는 일격을 가할 수 있었다.

'쿠워억!'

몸을 비비 꼬며 물탱크에서 올라온 것은 거대한 물뱀 모양의 수마였다.

'너는 나를 꼬여내 불쌍한 사람들에게 거짓을 보여주고 결국에는 죽음에 이르게 했다. 이제 나와 함께 이승을 떠나자, 수마야!'

무도인 영이 말했다.

'대풍력수! 연풍이합퇴!'

무도인 영이 수마의 앞과 옆을 연이어 공격했다.

'카악.'

물뱀이 커다랗게 소리를 지르며 몸을 비틀었다. 그러자 거대한 꼬리가 무도인 영의 몸을 덮쳤다.

"피해요!"

거대한 꼬리가 무도인 영을 내리치려는 순간 정현이 그의 곁으로 펄쩍 뛰어올랐다.

터엉!

거대한 뱀의 꼬리는 목표물을 맞히지 못하고 시멘트 바닥에 꽂혔다.

"저와 함께하시죠!"

정현이 번뜩이는 눈으로 무도인 영을 쳐다보았다. 영은 수마의 움직임을 주시한 채 말했다.

'몇백 년간 원혼의 힘을 삼켜온 놈이오! 방심할 새가 없소!'

두 사람의 공격은 흡사 한 폭의 그림을 보는 듯했다. 밤하늘을 가르며 날아오르는 두 사람의 모습이 아름다운 춤사위가 되었다. 하얀 달이 걸린 검은 하늘 아래서 정현과 무도인 영의 화려한 무예가 계속되었다.

'연풍권수.'

무도인 영이 연풍권의 기본이 되는 수법을 쓰면 그에 맞춰 정현의 발차기가 들어갔다.

"연풍파각수."

'연풍등각수.'

다시 무도인 영이 발끝에 힘을 집중해 내지르면 정현이 수마를 향해 강력한 정권을 날렸다.

"대풍력수."

'연풍이합퇴!'

말 한마디 없이 이루어지는 조화로운 연풍권이 눈앞에 펼쳐졌다. 바람이 휘몰아치다 부드럽게 흐르고 또다시 세차게 차오르며 까만 밤하늘을 휘돌았다. 무도인 영과 정현의 움직임이 밤하늘에 아름다운 문양을 수놓았다. 마치 하늘을 수놓는 불꽃처럼 아름다운 무술의 향연을 천신, 승덕, 정희, 낙빈, 서영, 그리고 성진은 그저 멍하니 바라볼 뿐이었다. 그들의 무예는 형용할 수 없는 감동으로 다가왔다.

'크아악!'

마침내 소름끼치는 물뱀의 비명 소리가 사방에 울려 퍼졌다. 거대한 물뱀의 몸뚱어리는 변변한 공격 한번 해보지 못하고 그들 앞에 떨어지고 말았다. 그 검고 미끈한 몸체는 징그럽기 짝이 없었다. 수마를 쓰러뜨린 무도인 영의 눈에서 한 줄기 눈물이 흘러내렸다. 그가 빛나는 눈동자로 정현을 바라보았다.

'자네가 나의 마지막을 무도인답게 만들어주었네. 자네는 나의 은인일세. 나는 영겁永劫의 지옥 불에 떨어져도 여한이 없네. 고맙네. 고마워…….'

무도인 영이 정현에게 크게 절했다.

"무슨 말씀을. 저야말로 연풍권의 고수를 만나뵙게 되어 영광입니다. 많은 수를 배웠고 또한 평생 한 번 해볼까 말까 한 협공을 해보았으니 저야말로 감사할 따름입니다. 부디 성불하십시오."

'고맙소, 고마워. 나는 이제 수마와 함께 이승을 뜨겠습니다. 내 마지막까지 이놈을 지켜서 다시는 세상을 어지럽히지 못하도록 하겠습니다. 그럼 모두 평안하시길……'

무도인 영이 모두를 향해 절을 하자 천신 일행도 합장했다. 정현의 앞에서 눈물을 흘리던 무도인 영은 온화한 미소를 지으며 사라졌다. 천신의 힘으로 모두의 눈에 비치던 그의 모습은 희뿌연 연기처럼 점점 옅어지더니 마침내 완전히 보이지 않게 되었다. 그의 마지막 한을 정현이 풀어주자 세상을 떠돌던 그의 영혼이 드디어 저승으로 자리를 옮긴 것이다. 그들이 합장을 하고 눈을 떴을 때는 무도인 영도, 수마도 흔적 없이 사라진 뒤였다.

6

정희는 희생보살의 힘으로 서영의 상처를 자신의 몸에 받았다. 그러자 서영의 목과 손의 상처는 사라졌고 수술도 예정대로 추진하기로 했다.

성진을 비롯한 의사들은 서영의 상태를 걱정했지만 그녀는 이전보다 밝은 모습을 보이며 수술에 대한 적극적인 의지를 보였다. 한 차례의 소동이 오히려 서영에게 삶에 대한 집착을 만들어준 것 같았다. 그리고 시간은 빠르게 흘러 어느새 서영의 수술일이 되었다.

"정희야, 부탁한다."

수술실 앞에서 승덕은 정희의 손을 꼭 붙잡았다. 그는 암자로 돌아가기 전에 마지막 인사를 하는 참이었다.

"오빠, 이제 금방 수술이 시작될 텐데 왜 가세요? 더 있다가 서영 언니 얼굴이라도 보고 가요, 응?"

"아니야. 난 지켜볼 용기가 없어. 그냥 가련다. 스승님도 며칠이나 산을 비워놓으셨으니 그만 돌아가봐야지."

정희가 붙들어도 소용없었다. 승덕은 서영을 만나지 않고 다시 암자로 돌아가려 했다.

"정희야, 미안하지만 서영이를 옆에서 지켜봐다오. 나야 옆에 있어도 아무 도움도 안 되는 사람이지만……."

"오빠…… 그런 말이 어딨어요!"

정희는 승덕이 가여워서 견딜 수가 없었다. 정희는 승덕이 누구보다도 서영을 걱정한다는 사실을 잘 알고 있었다.

"정현이는 나중에 누나랑 와라. 내가 스승님을 모시고 낙빈이와 함께 먼저 돌아가 있을 테니……."

정현은 아무 말 없이 고개만 끄덕였다. 마지막으로 승덕은 수술을 앞둔 서영의 병실을 찾았다. 그곳에는 아름다운 한 쌍의 부부가 서로의 손을 꼭 잡고 있었다.

"성진 씨, 이제 그만 가야겠어요. 서영아, 미안하다. 난 스승님을 모시고 산에 가야 해서……. 하지만 정희가 많이 도와줄 거야."

"그렇구나, 선배. 알겠어. 할 수 없지 뭐. 내가 반드시 튼튼해져서 선배가 있는 산까지 찾아갈 테니 그때 봐요. 후후."

서영은 수술을 앞둔 사람답지 않게 여유롭고 밝은 웃음을 지어 보였다. 승덕은 서영이 주변 사람들을 위해 일부러 더욱 밝은 척한다는 것을 알기에 마음이 아팠다.

"저기, 성진 씨. 괜찮다면 정희를 수술실에 들어가게 해주셨으면 합니다. 서영이에게 큰 도움이 될 거예요."

"아아, 그건 오히려 제가 부탁드리고 싶은 말입니다."

성진은 정희의 기적 같은 치료의 힘을 보았기에 흔쾌히 승낙했다. 과도로 생겼던 서영의 목과 손의 상처도, 무도인 영이 빙의하는 동안 생긴 성진의 온몸의 상처도 정희의 희생보살 힘으로 순식간에 사라지는 걸 성진은 목도했다. 기적 같은 치유력이 서영을 도와준다면 더 바랄 것이 없을 정도였다.

"그럼…… 먼저 가마. 다음에 만날 때는 정말 건강해져야 된다. 알았지?"

"응, 선배. 물론이지! 내 수술이 성공하게 한 번만 안아줘."

서영의 말에 승덕의 얼굴이 붉어졌다. 성진도 장난스러운 얼굴로 어서 안아주라며 고갯짓을 했다.

"선배, 어서 이리 와."

"이런……."

승덕은 멋쩍어하며 서영에게 다가가더니 그녀의 어깨를 살짝 안아주었다. 살점 하나 붙지 않은 작고 깡마른 어깨가 승덕의 손아귀에 전부 들어왔다.

'아아, 이토록 야위었다니! 이러면서도 밝은 모습만 보이다니!'

서영의 웃음을 보며 승덕은 가슴이 시렸다.

승덕은 그렇게 서영과 성진에게 작별 인사를 하고 도시를 떠났다.

'서영아, 꼭 건강해져야 한다! 산으로 오겠다는 약속도 꼭 지켜야 하고.'

승덕은 마음속으로 끝없이 기도했다.

서영을 실은 바퀴 달린 침대가 수술실을 향해 굴렀다. 정희도 서영의 한 손을 붙잡고 수술실로 들어갔다. 정현만 수술실 복도에 우두커니 서서 수술이 끝나기를 기다리게 되었다.

째깍…… 째깍…….

시계는 지루하게 느릿느릿 가고 있었다. 시간이 지날수록 정현의 심장박동이 조금씩 빨라졌다. 정현은 몇 번이고 심호흡을 했다. 시간이 얼마나 지났을까. 갑자기 수술실 문이 열리면서 정희가 달려 나왔다.

"누나? 수술은 어떻게……?"

정현을 향해 달려 나온 정희는 그대로 넘어지듯 품에 안겼다. 정현은 쓰러질 듯한 정희를 꼭 붙잡아주었다.

"누나? 누나? 왜……?"

정현의 가슴팍이 뜨거운 눈물에 젖어들었다. 정희의 가녀린 어깨가 들썩이고 있었다.

"으음."

목이 타는 느낌이 강렬했다. 서영은 그 참을 수 없는 갈증에 눈을 떴다. 언제나와 같이 서영의 눈앞에는 남편 성진이 있었다.

"오빠?"

성진은 서영의 왼손을 단단히 붙들고 수술이 끝날 때까지 그녀 곁을 지켰다.

"오빠, 오늘은 진료 없어?"

"으응, 없어. 일주일간 휴가를 받았어. 네가 이러고 있는데 일이 될 리가 없잖아."

서영은 그렇게 말하는 성진의 표정을 살폈다. 성진은 마치 쓴웃음을 짓는 것처럼 보였다.

"정희는 어디 있어?"

"으음, 정희 씨는 저기 복도에 있어. 수술 중에 정희 씨가 힘을 많이 쏟은 모양이야. 정희 씨 덕에 수술은 대성공이야!"

"윽!"

서영이 인상을 찡그렸다. 수술 자리가 몹시 아파왔다.

"정희 좀 불러줘, 오빠."

"그…… 그래. 지금 있으려나 모르겠네."

성진은 천천히 자리에서 일어섰다.

복도에는 정희와 정현이 나란히 앉아 있었다. 둘은 쌍둥이라는 것이 믿기지 않을 정도로 얼굴, 피부색, 몸집이 딴판이었다. 지금 누나인 정희의 두 눈은 너무나 빨갛게 물들어 있었다.

"정희 씨, 서영이가 찾네요."

성진의 말에 정희는 가만히 고개를 흔들었다.

"눈이 이래서 안 되겠어요, 전……."

성진은 정희의 얼굴을 보았다. 슬픔으로 붉게 물든 정희의 얼굴은 너무나 정직했다.

"그래요. 피곤해서 어디 갔다고 할게요. 약속해줘요, 내일은 멀쩡한 눈으로 오겠다고. 밝은 얼굴로. 알았죠?"

정희는 아무 말 없이 다시 고개를 끄덕였다. 마음을 숨길 수 없는 서툰 얼굴이 이토록 원망스럽기는 처음이었다.

정희는 다음 날에야 병실을 찾았다. 서영은 정희를 너무나 반갑게 맞았다.

"어제 내 옆에 있었으면 했는데……. 어디 갔었어?"

서영은 하루 사이에 정희의 얼굴이 무척이나 수척해진 것을 느꼈다.

"미안해요, 언니. 너무 피곤해서요……."

정희는 고개를 푹 숙인 채 서영의 얼굴을 쳐다보지 못했다. 서영은 그런 정희를 보며 희미하게 미소를 지었다.

"정희는 아마 죽어도 거짓말은 못 할 거야, 그렇지?"

서영이 쓸쓸히 미소를 지었다.

"네? 언니 무슨 말을……?"

모든 것을 꿰뚫는 듯한 서영의 말투에 정희는 심장이 철렁 내려앉았다.

"정희야, 널 찾은 건 부탁이 있어서야. 나…… 정말로 하루만이라도 퇴원하고 싶어. 딱 하루만이라도 좋아. 내가 병원을 하루만나갈 수 있게 도와주겠니? 이대로 죽으면 너무 억울하잖니."

서영이 정희의 두 손을 붙잡고 간절히 부탁했다. 아무도 말해주지 않았지만 서영은 이미 수술 결과를 알고 있었다.

"언니, 흑."

정희는 참지 못하고 고개를 숙였다. 정희는 서영의 앞에서 더이상 눈물을 숨길 수 없었다.

병실에는 그 누구도 들어오지 못했다. 열두 시간. 장장 열두 시간 동안 사투가 벌어졌다. 서영의 왼손을 꼭 잡은 정희는 그녀의 수술 자국과 신체적인 고통을 자신의 몸으로 옮기기 시작했다. 서영의 손을 부여잡던 정희가 쓰러지면 뒤에서 정현이 일으켜 세우고는 자신의 기를 보내주었다. 그러면 다시 정희는 서영의 손을 잡고 그녀의 아픔을 자신에게 옮겨왔다. 의식을 마친 세 사람은 완전히 녹초가 되고 말았다. 정현과 성진은 쓰러진 서영과 정희를 돌보았다.

다음 날 아침이 되자 언제 수술을 받고 언제 아팠냐는 듯이 서영은 침대를 박차고 일어났다. 서영의 두 뺨은 생기가 돌며 발그레해졌다. 그 모습이 너무나 밝아 참으로 행복해 보였다. 간절한 서영의 부탁에 성진은 어쩔 수 없이 퇴원 수속을 밟고 병실의 짐을 모두 썼다. 서영은 성진과 함께 병원을 떠나는 것에 너무나 기뻐하고 있었다.

"오빠, 나 화장 좀 고치고 올게요. 오랜만에 화장을 하려니까 방법도 다 잊어버렸나 봐. 후후."

서영은 무척이나 들떠 있었다. 아무 걱정 없이 너무도 해맑게 즐거워하는 어린아이 같았다. 서영이 잠시 사라진 사이에 성진은 복도로 나갔다. 그곳에는 닮지 않은 쌍둥이인 정희와 정현이 기다리고 있었다.

"정희 씨, 정현 씨, 정말 고마워요, 고마워!"

그는 두 사람 앞에 무릎을 꿇고 고개를 숙였다.

"아아, 어서 일어나세요!"

정현이 말렸지만 성진은 일어날 생각을 하지 않았다.

"내가 해줄 수 있는 건 이것밖에 없으니…… 제발 받아줘요!"

성진이 정현의 손에 흰 봉투를 쥐여주었다.

"아앗! 안 돼요, 안 돼! 이러지 마세요!"

정현도 정희도 펄쩍 뛰었지만 성진을 말릴 수는 없었다. 성진의 두 눈에서 굵은 눈물방울이 흘러내리고 있었다.

"내가 해줄 거라곤 겨우 이런 것뿐이에요. 제발 받아줘요. 이렇게라도 하지 않으면 견딜 수가 없을 것 같아요. 미안하고 정말 고마워요!"

성진은 정현의 손을 으스러지도록 부여잡고 폭포수처럼 흐르는 눈물을 감추지 못했다. 그러나 병실 안에서 인기척이 들리자 그는 황급히 눈물을 닦았다. 그리고 입술을 깨물며 울음을 참았다. 잠시 후 병실 문이 활짝 열리며 한없이 밝은 표정의 서영이 나타났다.

"오빠, 집으로 가요!"

서영이 쾌활하게 웃으며 성진의 팔짱을 꼈다.

"그래, 가자. 하하."

성진은 언제 울었냐는 듯이 서영에게 환한 미소를 지었다. 그는 필사적으로 모든 힘을 다 짜내 기쁘고 행복한 얼굴을 지으려 애썼다.

"자, 정희, 정현 씨도 어서 가시죠!"

성진은 정희와 정현을 향해 고개를 돌리고 눈물 자국을 재빠르게 닦아냈다. 울먹이는 정희에게는 제발 멈춰달라는 표정을 지었다. 모두들 억지로라도 웃음을 지었다. 슬픈 얼굴을 서영에게만은 보여줄 수가 없었다.

네 사람은 서영의 병실을 뒤로하고 병원을 빠져나왔다. 그리고 각자의 집을 향해 헤어졌다. 정현과 정희는 암자로, 성진과 서영은 신혼집으로. 그렇게 안녕을 고했다.

7

얼마 지나지 않아 암자로 한 통의 편지가 도착했다. 익숙한 글씨체로 익숙한 이름 석 자가 적힌 편지 한 통이 또다시 승덕을 찾아왔다.

승덕은 머뭇거렸다. 선뜻 편지를 뜯지 못하고 망설인 것은 어쩌면 그도 이미 알고 있어서였을지도 몰랐다. 너무나 가슴 시린 그 이야기를. 그는 아무것도 모른 채 살고 싶었다. 아니, 가슴 한편에 작은 희망을 남기고 싶었다.

그렇지만 승덕은 그 편지를 끝내 묻어둘 수만은 없었다. 그는 망설이고 망설이다가 봉투를 조심스럽게 열었다. 살아갈 이유 하나가 사라질 것을 알면서도 그 사람의 마지막을 모른 척할 수는 없었다.

승덕 선배 보세요.

이틀, 고작 이틀입니다. 서영 선배가 수술 후에 병원을 나와 김성진 씨와 단둘이 보낸 시간은 고작 이틀이었습니다. 하지만 사람은 죽기 직전에 마지막 생의 불꽃을 태운다고 하던가요.

아직도 신혼인, 그 예쁜 부부가 저를 찾아왔어요. 서영 선배는 어느 때보다도 밝고 아름다웠답니다. 정말 눈부시게 아름다웠어요. 서영 선배와 김성진 씨의 두 손에는 쇼핑 가방이 잔뜩 들려 있었지요. 제가 뭘 그리 많이 샀냐고 물었더니 서영 선배는 환히 웃으며 그러더군요.

"난 항상 병원에서 살아서 이이한테 제대로 음식도 해주지 못하고 쇼핑도 한번 제대로 못해봤거든. 오늘 그 한을 다 풀려고 이렇게 많이 샀지. 이제 집에 가서 솜씨는 없지만 이것저것 해봐야지!"

저는 그렇게 밝은 서영 선배를 본 적이 없었어요. 그래서 말했죠.

"선배, 정말 다 나았나 보다! 너무너무 건강해 보여! 그리고 너무 행복해 보인다!"

선배가 환하게 웃으며 말했어요.

"응. 정말 다 나았어. 정말로 행복하다!"

그렇게 두 사람은 제게 잠시 들렀다가 집으로 돌아갔어요. 그런데 그게 서영 선배의 마지막 모습일 줄은…… 꿈에도 몰랐어요.

상가에 갔을 때의 일입니다. 교수님들과 대학원생들이 모두 따로 가는 바람에 저는 그들을 안내하기 위해 연달아 문상을 갔답니다. 그런데 김성진 씨의 상복 안에 노란 넥타이가 계속 보이는 거예요. 옷도 검은 상복이 아니었어요. 그래서 물어봤지요. 저는 그 대답을 듣고 눈물을 감출 수가 없었어요.

"혜정 씨, 이 사람은요……. 떠날 것을 알고 있었던 모양이에요. 저 지금 이 갈색 양복 안에 분홍 와이셔츠를 입고 노란 넥타이를 매고 있습니다. 이상한 놈이라고 생각하시는 분들도 있겠죠. 이거요……. 서영이하고 마지막으로 쇼핑한 거예요. 양복이 많다고 말리는데도 이 양복을 사고 싶다더군요. 매일 아침 일곱 색깔의 와이셔츠를 입혀주고도 싶었대요. 그러면서 와이셔츠도 일곱 장이나 샀어요. 서영이는 연분홍색, 하늘색 같은 것만 고르더라고요. 서영이가 원래 파스텔톤을 좋아했잖아요. 그렇게 양복과 와이셔츠를 사고 돌아오려는데 서영이가 백화점 1층에서 움직이질 않는 거예요. 노란 넥타이 앞에 서서 말이죠. 전 고개를 흔들었죠. 노란 넥타이라니…… 나이가 몇인데 하면서요.

그런데 서영인 정말 그 넥타이가 맘에 들었나 봐요. '안 해도 좋아'라고 하더니 기어이 넥타이를 사더군요. 한참을 걷다가 저는 매고 있던 푸른 넥타이를 풀었어요. 서영이가 풀이 죽어 있었거든요. '약속이다! 오늘만이야! 다음에는 안 매!'라고 하니까 서영이가 신나하더군요.

생각해보세요. 연갈색 양복에 분홍색 와이셔츠와 노란 넥타이…… 어찌나 창피하던지……. 서영이는 그래도 환하게 웃으면서 정말 좋아했어요. 전 서영이가 좋아해서 기쁘기는 했지만 아는 사람을 만날까봐 내심 조마조마했답니다.

그런데…… 그런데요, 혜정 씨. 정말 이상하죠? 이제는 누가 시키지 않는데도 이렇게 입고 싶어서 견딜 수가 없어요. 거짓말처럼 딴 양복은 입고 싶지도 않습니다. 이 양복을 입고 있으면 서영이가 금방이라도 깔깔 웃으면서 이 노란 넥타이를 고쳐 매줄 것 같고, 이번에는 이걸 입으라면서 일곱 색깔의 파스텔톤 와이셔츠를 하나씩 골라줄 것 같아요. 지금도 서영인 제 모습을 보고 기뻐하고 있을 겁니다. 서영이가 사준 이 옷을 제가 좋아하는 것을 보면서 서영인 정말 기뻐할 거예요. 그래서…… 그래서요, 이 옷을 벗기가 싫은 겁니다."

김성진 씨는 눈에 눈물이 글썽거리는데도 입가에는 미소를 짓고 있더군요. 저는 도저히 그 모습을 볼 수가 없었어요, 선배.

그다음 날이던가요?

김성진 씨가 밖으로 나가려는 것을 보고 누군가가 대체 어딜 가느냐고 묻더군요. 김성진 씨가 밤새 자리를 지키다가도 아침, 점심, 저녁이면 한 시간 이상 자리를 계속 비웠나 봐요. 그때 그분의 말을 듣고 울지 않은 사람은 아무도 없었어요.

"저…… 밥 먹으러 갑니다. 죄송합니다. 아무 말도 하지 않고 나갔다 와서요. 그렇지만 서영이가 떠나기 전에 정말 맛있는 반찬을 많이 해뒀거든요. 그 녀석이 병원에서 지내느라 음식 만드는 법을 배운 적도 없는데 매일 이렇게 말하더군요……. 손수 요리해서 아침밥을 차려주고 저를 출근시키는 것이 꿈이라고요. 그러더니 떠나기 전에 정말 이것저것 해놨거든요. 멸치볶음, 고추튀김, 고기완자, 새우볶음, 장조림……. 거의 밤을 새워가며 만들더라고요. 요리에 한이라도 맺힌 사람처럼요. 하하. 국도 미역국에 김칫국, 북엇국, 된장국, 고깃국까지……. 한꺼번에 그렇게 많이 끓여놓은 겁니다. 게다가 어디서 배웠는지 깍두기랑 배추김치까지 담갔더라고요.

안 먹으면 상하잖아요. 서영이가 얼마나 정성 들여 만든 건데……. 제가 그러다 큰일 난다고 말려도 말려도 듣지 않고 만들어놓은 건데……. 저 서영이가 해놓은 음식 다 먹을 겁니다. 하나도 버리지 않고 누구에게도 주지 않을 겁니다. 단 한 조각도 남기지 않고 제가 다 먹을 거예요. 정말 죄송합니다. 서영이가 해준 밥먹고…… 한 시간 후에 오겠습니다."

승덕 선배.

성진 씨가 나가고 나서 남아 있던 사람들은 모두 울음을 터뜨렸답니다. 울음을 참지 못하고 욱욱거리는 소리들이 어쩌면 그리도 슬프던지요.

성진 씨는 서영 선배의 마지막을 얘기하기도 했죠. 서영 선배는 잠자듯이 그렇게…… 잠자는 공주처럼 갔다고 하더군요.

"자기 싫다고 하더군요. 밤새도록 이야기를 하자고 했어요. 그런데 전 그랬죠. '안 돼, 잠을 자지 않으면 금방 피곤해져서 힘들 거야. 어제도 요리를 하느라 거의 잠도 못 자고……. 자지 않으면 내일 놀아주지 않을 거야'라고요. 서영인 정말 칭얼거렸어요. 놀아주지 않아도 좋으니 오늘은 제발 밤새워 이야기하자고 했어요. 하지만 전 서영이가 힘들어할까 걱정이 되었어요. 그래서 아주 숨이 막히도록 꼭 안고서 아무 말도 못하게 하고 그렇게 잠이 들었어요. ……그게 마지막일 거라곤 생각도 못했습니다. 적어도 얼마간의 시간이 우리에게 더 남아 있다고 생각했어요. 마지막인 줄 알았더라면…… 자지 못하게 제가 밤새 붙들고 이야기했을 겁니다. 절대 잠을 자지 못하게 했을 거예요.

제가 잠에서 깨어보니 서영이는 아주 차가웠어요. 원래 서영이의 몸은 아주 차가웠는데…… 훨씬 심하더군요. 잠자는 공주 같았습니다. 키스 한 번이면 금방이라도 커다란 눈을 뜨고 저를 쳐다볼 것만 같았지요. 그렇지만…… 서영인 결국 눈을 뜨지 않았죠.

그게 마지막인 줄 알았더라면 밤새 이야기를 했을 텐데……. 정말 마지막인 줄은 몰랐습니다. 설마…… 마지막이라고는……."

김성진 씨는 한 손으로 눈을 가렸지만 손가락 사이로 흐르는 눈물을 감출 수는 없었어요. 여자의 눈물보다 남자의 눈물이 훨씬 가슴을 아프게 한다는 거 아세요? 그리고 울음을 보이지 않으려는 사람의 눈물이 심장을 더욱 아리게 한다는 것을요…….

김성진 씨는 떠나는 서영 선배에게 울음을 보이고 싶지 않았던가 봅니다. 울지 않으려고 정말 노력하더군요. 그 모습에 사람들이 더욱 가슴 아파한 것을 그분은 절대로 모를 겁니다.

서영 선배의 장례식 이야기를 해드리죠. 서영 선배의 어머님과 아버님도, 김성진 씨도 울지 않았답니다. 서영 선배의 장례식에는 흰 국화 대신에 1,000송이의 붉은 장미가 놓였어요. 의아해한 사람이 많았지만 저는 알았어요. 물론 서영 선배가 국화를 별로 좋아하지 않았던 것도 이유였겠죠. 하지만 김성진 씨는 서영 선배를 만난 지 100일째, 200일째 되는 날마다 붉은 장미를 100송이, 200송이 선물했거든요…….

언젠가 병실에서 꽃을 한 아름 안고 있는 서영 선배에게 무슨 꽃이냐고 물은 적이 있어요. 그랬더니 두 사람이 만난 지 1,000일째 되는 날까지 100일마다 성진 씨가 장미를 주기로 했다더군요. 물론 서영 선배의 장례식은 두 사람이 만난 지 1,000일이 되기 전에 치러졌지만, 그래도 김성진 씨는 서영 선배가 그렇게 받고 싶어 하던 1,000송이의 붉은 장미를 바친 거였어요.

장례식이 끝나고 헤어질 때 김성진 씨가 저더러 학교로 가느냐고 물더군요. 그렇다고 했더니 그는 대학병원까지 차를 태워달라고 하더군요. 왜 집에 가서 쉬지 않고 병원으로 가느냐고 물었더니 그분이 이렇게 말씀하시더라고요.

"제게 목표가 하나 생겼거든요. 연구할 것이오. 저 서영이에게 주지 못한 사랑이 아직도 가슴에 가득합니다. 그거 모두 연구에 쏟을 겁니다. 서영이가 말하더라고요. 다시 태어난다면 꼭 건강하게 살면서 받은 사랑만큼 제게 주겠다고요. 저 지금은 암에게 패배해서 서영이를 멀리 떠나보냈지만 다음에 서영이가 다시 태어나 혹시라도 암에 걸린다면 그때는 이 손으로 꼭 낫게 할 겁니다. 서영이를 데려간 암이란 놈! 이 지구상에 다시는 발을 못 붙이게 할 겁니다! 서로 사랑하고 사랑받을 날이 많이 남은 사람이 제명을 다하지 못하고 죽게 하진 않을 겁니다. 절대로 서영이 같은 사람은 만들지 않을 겁니다! 암이란 놈…… 제가 서영이 몫까지 열심히 살면서 꼭 없앨 겁니다!"

승덕 선배.

김성진 씨의 말을 들으며 제 눈은 눈물로 가득 찼습니다. 눈앞이 뿌예져서 학교까지 운전한 것이 기적일 만큼요.

선배.

저도 믿음이 하나 생겼습니다. 아마도 이 지구상에서 암은 없어질 겁니다. 얼마 지나지 않아 반드시 없어질 거라고 믿어 의심치 않습니다.

선배.

서영 선배는 행복할 겁니다. 행복하게 떠났을 겁니다. 우리 언젠
가 모두 다시 만날 수 있겠죠? 언젠가는요……. 서영 선배와 김성
진 씨도 언젠가 다시 만날 수 있을 겁니다. 그렇게 되길 저는 매일
기도드린답니다.

혜정

승덕은 편지를 접어 봉투에 집어넣었다. 그러고는 꼼짝도 하지
않았다. 승덕의 손등으로 굵은 물방울이 툭툭 떨어지고 있었다.

제 5 화

핏빛 꽃이 피다

1

대학원생들이 상주하는 농과대 실험동의 휴일은 맑은 햇살 아래 뛰노는 피크닉족의 휴일과는 사뭇 달랐다. 입구부터 페인트가 벗겨진 지저분한 건물 벽에는 각종 대자보가 덕지덕지 붙어 있다. 삐걱거리는 현관문은 24시간 개방되어 닫히는 적이 없었다. 이곳은 낮밤을 잊은 올빼미족이 밤낮으로 연구하고 실험하는 공간이기 때문이었다.

혜정은 커다란 여행 가방을 끌며 빛바랜 낡은 실험동 복도를 걸었다. 각종 실험실이 줄줄이 늘어선 농과대 실험동은 평소 빛이 잘 닿지 않아 어둡고 침침했다. 그 때문에 곳곳에서 습한 곰팡내가 코를 찔렀다.

"후우, 냄새."

툭하면 밤을 새우며 연구하는 지저분한 대학원생들이 거의 살다시피 하는 곳인지라 퀴퀴한 홀아비 냄새도 진동했다. 커다란 여행 가방을 끌며 씩씩하게 걷던 혜정은 가장 안쪽에 있는 실험실 앞에서 발걸음을 멈췄다. 문고리를 돌려보았지만 안쪽에서 잠근 듯 굳게 닫혀 있었다.

"동진 선배!"

혜정이 문을 두드리자 비쩍 마른 남자가 부스스한 얼굴로 문을

열었다. 덥수룩한 머리카락과 턱수염은 그를 더욱 초췌해 보이게
만들었다.

"동진 선배, 어디 아파요?"

문을 열고 나온 사람은 박사 과정에 있는 동진이었다. 누렇게
떠버린 얼굴에 뼈만 앙상한 팔다리와 까맣게 타들어간 눈가는 어
딘지 모르게 병색이 짙어 보였다.

"아프긴. 어제도 꼴딱 새웠거든. 그나저나 부탁한 건 가져왔니?"

"그럼, 누구 부탁인데?"

"정말 고맙다."

동진은 피곤에 절어 있었음에도 혜정이 가져온 '물건'을 보자
갑자기 생기가 돌았다.

"잘될지 모르겠네?"

혜정이 여행 가방을 풀었다. 가방의 지퍼를 열자 많은 전선과
함께 검고 네모난 기계 상자가 보였다.

"고맙다. 그럼 나도 소개시켜주지."

동진이 빙긋이 웃으며 혜정을 이끌었다. 그는 여기저기 늘어선
컴퓨터, 정체불명의 내용물이 담긴 비커와 약병들로 지저분한 실
험실 구석으로 다가갔다. 실험실 구석에는 방 안에 있는 또 다른
방처럼 나무문이 하나 있었다. 문을 열고 들어가니 실험실과 분
리된 창고가 나타났다. 창고 안은 한여름 장마가 시작되기 직전
마냥 숨이 막힐 정도로 덥고 습했다. 온도를 높이기 위함인지 인
공 태양 역할을 하는 발열 전구가 뜨겁게 내리쬐고 있었다. 답답

한 온도와 습도에 익숙해지자 혜정의 눈앞에 방 안을 가득 채운 수많은 식물이 보였다. 일부는 배양액이 들어 있는 투명한 유리관에서, 또 일부는 화분에서 재배되고 있었다. 혜정은 배양액 안의 식물들을 신기한 듯이 살펴보았다.

투명한 유리관 안이라 잎과 줄기는 물론 뿌리까지 관찰할 수 있었다. 갖가지 식물 중에 특히 혜정의 시선을 잡아끈 것은 사람의 팔뚝만큼이나 거대한 줄기를 가진 넝쿨식물이었다. 그 식물이 인상적이었던 건 커다란 꽃 때문이었다. 새빨간 꽃이 얼마나 커다란지 두 팔로 감싸도 꽃봉오리를 다 안지 못할 정도였다.

"이게 뭐야?"

혜정은 생전 처음 보는 이국적인 꽃나무에 놀라 물었다. 화려한 것으로 알려진 장미도 이 꽃 앞에서는 들꽃처럼 수수해 보일 것이다. 새빨간 꽃은 금방이라도 붉은 물이 뚝뚝 떨어질 것처럼 짙고도 촉촉한 빛깔이었다. 빨간 꽃잎의 군데군데 박힌 새까만 점 때문에 꽃은 더더욱 화려해 보였다. 꽃의 모양 역시 희한해서 잎이나 줄기, 그리고 뿌리에 비해 비정상적으로 컸다. 어떻게 보면 나리꽃의 변종 같기도 하고 어떻게 보면 돌연변이 해바라기 같기도 했다.

"선배, 이게 대체 무슨 꽃이야?"

"글쎄, 아직은 이름 없는 무명화無名花야."

"뭐야, 그럼 선배가 직접 만들어낸 꽃이란 거네? 교배했어? 뭐랑, 뭐랑 교배하면 이렇게 되는데?"

"후후…… 느낌이 어때?"

"글쎄? 아주 이국적이야. 굉장히 강렬하고. 뭐랄까, 화려한 귀족 같기도 하고, 플라멩코를 추는 여인 같기도 하고……. 어쨌거나 엄청나게 화려하고 강렬해!"

"꽃 가운데 까만 부분을 자세히 들여다봐. 뭐 같아?"

"가운데?"

혜정은 동진이 가리키는 대로 꽃의 가장 안쪽 꽃술 부분을 유심히 살폈다. 꽃술의 중앙에는 까만색 점이 잔뜩 모여 있는 부분이 있었다. 자세히 보니 어떤 윤곽이 보이는 듯했다. 혜정은 유심히 그 점을 바라보았다.

"이게 무슨 모양이야? 이건 마치…….'"

혜정은 고개를 갸웃거렸다. 그 검은 점을 한참 바라보자니 어떤 무늬가 떠올랐다.

"곤충 같아. 개미? 거미? 뭐 그런 모양 같은 걸?"

"그래, 맞았어!"

동진은 복권에라도 당첨된 사람처럼 들뜬 표정으로 혜정의 어깨를 부여잡았다.

"네 말대로야! 이건 큰 개미를 먹고 자란 놈이야!"

"뭐라고, 선배?"

혜정은 고개를 갸웃거렸다. 동진 선배가 무슨 말을 하는지 알아듣기 힘들었다.

"아무튼 자세한 얘기는 차차 하기로 하고 먼저 전류부터 측정해보자!"

좀 전까지의 꾀죄죄하고 피곤에 절은 동진의 모습이 아니었다. 동진은 실험에 열중한 나머지 피곤을 잊고 어느새 들뜨고 신나 보였다. 혜정과 동진은 여행 가방에서 꺼낸 기계와 전선들을 성능 좋은 컴퓨터에 연결했다. 혜정이 가져온 기계의 한쪽은 그 컴퓨터에, 또 다른 한쪽은 무명화의 잎, 줄기, 꽃잎 등에 붙여졌다.

혜정이 준비해온 장비는 전류 측정기였다. 이 전류 측정기는 일반 전류 측정기와 달리 인간의 뇌파와 같은 미세한 전기 자극을 측정하는 기계였다. 혜정이 식물의 전류를 재기 위해 기기를 연결하는 동안 동진은 모니터, 실험실, 식물을 찍는 여러 대의 카메라를 설치했다.

"설치는 끝났어요."

이제 모니터에는 이상한 신호가 가득 들어찼다. 신호는 마치 심박측정기처럼 여러 개의 작은 파장이 시간에 따라 오르내리는 모습을 보여주었다.

"신기하네? 분명히 전기적 반응이 측정되고 있어. 사람을 측정한 적은 있어도 식물은 처음이라서 될까 싶었는데 되긴 되네?"

혜정은 끊임없이 이어지는 파장들을 신기한 듯 쳐다보았다. 혜정이 가져온 기기는 미세한 전기 파장을 잡기 위한 것이었다. 즉 이번 실험에서는 식물의 전기적 반응을 측정하기 위한 것이었다. 사람이나 동물이나 식물의 모든 활동은 전기적 변화에서 생겨나기 때문이다.

"보통 식물들은 10~50밀리볼트의 전류를 흘려보내."

"알았어요. 그럼 이렇게 하면……."

혜정이 뭔가를 만지자 파장들이 보다 뚜렷해졌다. 사람의 파장에 맞춰졌던 것을 훨씬 폭을 줄여 식물에 적합하게 조정한 것이다.

"자, 이제 설치는 끝났어요. 실험을 시작해봐요."

움직이는 동물이 아닌 식물을 대상으로 전기 파장을 측정하는 것은 이번이 처음이었다. 혜정은 박사 학위 논문을 준비하는 동아리 선배 동진의 부탁을 모른 척할 수가 없어서 휴일을 반납하고 실험을 돕는 중이었다.

"그래, 알았어. 이제 내가 뭔가 해볼 테니까 넌 파장 변화를 기록해줘."

"알았어요."

혜정은 모니터로 고개를 돌리고는 모든 전기적 변화를 저장하기 시작했다. 잠시 후, 부스럭거리는 소리가 들린 뒤 갑작스럽게 파장이 펄떡 하고 커다랗게 튀는 것이 보였다.

"지금 뭐야? 선배, 잎이나 줄기를 건드리면 안 돼요! 조금만 움직여도 이렇게 파장이 튄단 말이야!"

혜정이 설치한 기기는 아주 미세한 움직임에도 커다란 반응을 나타내도록 설계되어 있었다.

"알았어. 다시 한 번 봐봐."

또다시 잠깐 부스럭거리는 소리가 나더니 신호가 펄떡펄떡 신경질적으로 튀는 모습이 관찰되었다.

"아, 만지지 말라니까!"

"안 만졌어! 성공이야! 성공!"

"뭐라고?"

혜정은 이해할 수가 없었다. 식물을 만지지도 않았는데 왜 이렇게 신호가 튀는 것일까? 또 뭐가 성공이란 말인가?

"나 안 만졌어. 이놈이 반응한 거야!"

"무슨 소리야?"

동진은 입이 벌어지도록 환하게 웃었다.

"자, 모니터만 보지 말고 이번에는 나를 잘 봐."

동진의 말에 혜정은 모니터에서 눈을 떼고 동진 쪽을 바라보았다.

부스럭.

동진이 바닥에서 무언가를 천천히 들어올렸다. 자세히 보지 않더라도 야구 배트임을 알 수 있었다. 그러고는 식물을 향해 방망이를 던지려다가 방망이가 잎에 닿기 직전에 행동을 멈췄다.

"이게 뭐야?"

혜정은 재빨리 눈을 돌려 모니터를 바라보았다. 또다시 모니터 가득 신호들이 펄떡이고 있었다. 해를 가한 것도, 식물을 건드린 것도, 바람을 일으킨 것도 아니었다. 그런데도 신호는 신경질적으로 튀고 있었다.

"말도 안 돼!"

"한 번 더 봐."

또다시 바닥에서 부스럭거리는 소리를 내던 동진이 이번에는 핀셋으로 무언가를 집어 올렸다.

"잘 봐."

동진은 손을 들어 천천히 식물 앞에 내밀었다. 단지 그뿐이었다. 핀셋으로 집은 무언가를 식물에게 보였을 뿐이었다. 그런데!

마치 사람의 눈 깜빡임을 측정할 때처럼 파장은 정신없이 지그재그로 요동치기 시작했다. 아무런 변화가 없는데, 분명 모든 것이 정지해 있는데 눈앞의 파장들이 격렬히 떨리고 있었다.

"말도 안 돼!"

동진의 손에 들린 것이 '개미'임을 알아챘을 때 혜정의 표정에는 놀라움이 가득했다. 믿을 수 없는 일이었다. 움직이는 '동물'이 이런 반응을 보였다면 이처럼 놀라지 않았을 것이다. 하지만 이것은 식물이 보이는 반응이었다. 식물이 나타내는 반응이라고는 믿을 수 없을 정도로 강력한 반응이었다! 사람의 움직임만큼이나 강력한! 움직이지 못하는 식물이 이처럼 강력한 반응을 보이다니, 말이 안 되는 상황이었다. 혜정의 벌어진 입은 좀처럼 다물어지지 않았다.

2

언제나처럼 태양은 찬란한 빛을 드리웠다. 그리고 언제나처럼 암자의 하루가 시작되었다. 하루의 시작과 함께 정희는 부엌으로 향했다. 정현은 계곡으로 내달려 물을 길어왔다. 낙빈은 아랫동네로 뛰어 내려가 암자의 우편물들을 챙겨왔다. 그리고 언제나처럼 승덕은 아직도 깊은 잠에 빠져 있었다.

"헉헉, 갔다 왔어요, 누나!"

쉬지 않고 내달려 아랫동네까지 다녀온 낙빈의 이마에는 송골송골 구슬땀이 배어 있었다.

"와, 오늘은 3분이나 단축했네?"

정희는 부엌으로 달려오는 낙빈을 보며 함박웃음을 지었다.

"헤헤, 정말요? 오늘은 내려가면서 한 번밖에 안 굴렀어요. 헤헤."

"그래? 점점 나아지는구나. 이제 정현이만큼 근육이 붙겠는데?"

정희는 헉헉거리는 낙빈의 이마를 살며시 쓸어주었다. 어찌 보면 낙빈에게 정희는 어머니보다도 더 어머니 같았다. 언제나 격려해주고 챙겨주는 다정한 마음 씀씀이가 홀로 객지에 나와 있는 낙빈을 따스하게 보듬어주었다. 그 따스함은 정희의 치유 능력보다도 더 강력한 힘이었다.

"나무해왔어. 이 정도면 될까?"

어느새 나무를 잔뜩 해온 정현이 쌍둥이 누나에게 물었다. 낙빈은 정현의 등에 산처럼 쌓인 땔감을 보고는 입이 쩍 벌어졌다. 새벽에 잠깐 동안 해올 수 있는 양이 아니었다.

"응, 충분해. 무리하지 말고 쉬엄쉬엄 해."

"무리는 무슨…… 미리미리 쌓아둬야 걱정이 없지. 다음 달에는 또 수련을 떠날 것 같아."

정현은 가끔 이곳저곳을 돌아다니며 며칠씩 수련을 하고 오곤했다. 매일 하는 암자에서의 수련이 부족한지 전국 방방곡곡에 있는 무술의 달인들을 만나 함께 수련을 하는 모양이었다. 낙빈이 보기에도 정현 형은 참으로 믿음직했다. 이런 사람도 있는 반면에 어떤 사람은……. 낙빈은 북편 방 쪽을 째려보았다.

"형아, 형아! 안 일어나요? 그만 자고 좀 일어나요!"

낙빈은 자신과 승덕이 함께 쓰는 암자의 북편 방 앞에 서서 힘껏 소리를 질렀다. 이렇게 깨우지 않으면 승덕은 해가 중천에 뜨고도 한참이 지나서야 겨우 일어날 것이었다.

"아우, 스승님이 좀 잠잠하다 했더니 저 쥐방울만 한 녀석이 날 못 잡아먹어서 안달이야!"

낙빈이 한참 동안 고래고래 소리를 지르고 노래를 하고 경을 읽은 후에야 승덕은 구시렁거리며 겨우 일어났다. 그런 승덕과 낙빈의 모습이 오히려 정겨워만 보이는 것은 왜일까? 정현은 방 앞의 툇마루에 걸터앉아 슬며시 미소를 지었다.

"형, 오늘은 한마음병원에 간다면서요? 준비 안 해요?"

"아차차!"

정현이 상기시켜주자 그제야 승덕은 벌떡 일어나 주섬주섬 옷을 챙겨 입었다. 승덕은 한 달에 한두 번쯤 '한마음병원'이란 곳에 다녀왔다. 그곳은 승덕이 암자에 오기 전부터 줄곧 왕래하던 정신병원이었다. 마음의 상처를 입은 사람들, 스스로의 마음을 다스리기 힘든 사람들이 온다는 그곳에서 승덕은 환자들의 치료를 돕는다고 했다.

"형아, 나도 가면 안 돼요?"

평소와 달리 양복바지에 와이셔츠를 차려입은 승덕을 보니 낙빈은 무척이나 따라가고 싶었다.

"왜? 뭐하러?"

승덕이 별로 달갑지 않은 표정으로 되묻자 낙빈은 조금 풀이 죽어버렸다.

"그냥……."

그 또래 아이들은 아무 이유 없이 어머니나 형, 누나가 가는 곳이면 무조건 따라가고 싶어 한다. 낙빈도 예외가 아니었다.

"뭘 따라가. 넌 그냥 여기 있어."

"네……."

안 된다는 말에 울상을 짓는 낙빈은 암자에 처음 왔을 때보다 훨씬 자유롭게 감정을 표현하고 있었다. 겉모습만 어리고 말과 행동은 늙수그레한 할아버지 같았던 낙빈이 승덕과 함께 지내면서 제법 그 나이에 걸맞은 모습을 보이게 되었다. 가끔은 귀엽게 떼도 쓰면서. 나이에 걸맞지 않게 어른스러웠던 아이가 꽤나 어린아이다운 표정을 짓게 된 것은 승덕의 도움이 가장 컸다. 물론 그 도움이 낙빈에게는 굉장히 귀찮고 짜증나는 장난인 경우가 많았지만. 승덕은 제 말에 울상을 짓는 낙빈을 보며 피식 웃음이 나왔다.

"근데, 오빠. 오늘은 왜 이렇게 갑작스럽게 병원에 가요? 급한 연락이라도 받았어요?"

암자에서 유일하게 현대적인 시설이 되어 있는 곳이 승덕의 방이었다. 천신의 방이나 정희와 정현의 방은 그저 단아하고 오래된 고가구가 몇 점 놓여 있는 것이 고작이었지만 승덕의 방만은 휴대전화에 컴퓨터까지 있었다. 하지만 사실상 세상과 인연을 끊고 산에 들어온 만큼 승덕에게 걸려오는 전화는 거의 없었다. 그런데 어제저녁 늦게 전화벨이 울린 것이었다.

"응. 후배한테 일이 생긴 것 같아."

승덕은 턱을 괴고 잠시 무언가를 생각하더니 불쑥 혼잣말을 내뱉었다.

"나무의…… 저주라고?"

"무슨 말이에요, 형?"

아직도 승덕을 따라가고 싶은지 바짝 다가앉았던 낙빈이 눈을 반짝이며 물었다.

"말이 나온 김에 하나만 물어보자. 나무가 사람을 죽일 수도 있니? 가령 저주를 한다든지, 마술을 쓴다든지, 아니면 다른 방법으로……?"

"무슨 소리예요?"

승덕의 말에 정희와 정현, 그리고 낙빈까지 의아한 표정을 지었다.

330

"실은 내 후배 중에 혜정이란 애가 있는데……."

"혜정 언니요? 혹시 예전에 서영 언니의 소식을 편지로 알려줬던 그분 아니에요?"

정희는 얼마 전에 모두의 눈시울을 적시게 했던 혜정의 편지를 기억해냈다.

"응. 그래, 그 애……."

자연스럽게 서영의 생각이 뇌리를 스치자 승덕의 얼굴이 눈에 띄게 굳어졌다.

"사실 어제 병원에서 연락이 왔어. 혜정이가 입원했다고. 날 만나고 싶어서 거기 입원했다는데……. 상태가 좀 이상하다고 하더라."

"네? 무슨 말이에요?"

한마음병원이 정신과 전문병원이라는 것을 알고 있는 일행은 모두 크게 놀랐다. 단순한 상담 치료를 받은 것이 아니라 입원을 했다니 더욱 의아했다.

"자꾸 어떤 꽃인가 나무인가가 자기를 저주했다고 헛소리를 한다는 거야. 나무가 자기를 죽이려 한다고 발작 증세까지 보인대. 나를 애타게 찾는다는데……. 내 후배지만 혜정인 정신력이 강한 애거든. 나도 어제 연락을 받고 좀 얼떨떨했어. 그건 그렇고, 낙빈아. 나무가 사람을 저주하고 그럴 수도 있는 거냐?"

"음……."

낙빈은 골똘히 생각에 잠겼다. 나무의 저주라…….

"뭐, 느티나무나 버드나무가 사람처럼 울면 좋지 않은 일이 생길 징조라고 하는 것을 보면 나무도 감정이 있는 것 같기는 해요. 하지만 식물들은 동물이나 사람처럼 생각이 또렷하지 않고 감정도 강하지 않아서 사람을 해치거나 하지는 못하죠. 그럴 힘도 없고요. 사람을 해칠 정도가 되려면 나이가 수백 살이나 수천 살은 된 고목이어야 하죠.

귀신은 대부분 원한이나 강한 상념이 풀리지 않아서 나타나는 거예요. 그런데 강한 마음은 인간이나 동물에게는 있지만 식물에게는 거의 없거든요. 꽃이나 풀은 잔잔한 물결 같은 마음을 가지고 있기 때문에 원령이 되거나 저주를 한다는 이야기는 못 들어봤어요. 꽃이나 풀은 특별한 마음 없이 그냥 본능에 의지해 사는 것이 보통이거든요.

옛날이야기에 나오는, 사람을 목매달아 죽이는 저주의 나무 같은 것들도 실상은 나무 자체가 원한을 품었다기보다는 그곳에 처음 목 매달린 사람의 원한이 너무나 커서 나무 주변에 서려 있다가 다른 사람들을 해치는 거예요. 그러니까 그런 건 나무의 저주가 아니라 죽은 사람의 원한이 맺힌 거죠. 사람이나 동물에게 원한을 샀다면 모를까 나무한테 원한을 사서 저주를 받는 경우는 거의 없을 거 같아요."

"음, 드물긴 해도 아주 불가능하지는 않다는 말이지?"

"그거야 그렇죠. 나이가 수천 살이나 되는 나무는 늙은 여우보다 더하다고 했으니까요. 어떤 사람이 용문사의 은행나무를 자르려고 톱을 댔더니 피가 쏟아지고 하늘에서 천둥이 쳤다잖아요. 또 나라에 변고가 있을 때도 은행나무가 소리를 내서 알려주었대요. 덕분에 은행나무는 벼슬까지 받는 일도 있었고요. 임금님이 지나갈 수 있게 나뭇가지를 들어줘서 벼슬을 받은 속리산의 정이품송도 유명하고요. 그래서 지금도 오래된 나무에게는 제사를 지내주잖아요. 잘못 건드리면 해를 입을까 조심도 하고요."

"음."

승덕은 한동안 심각한 표정으로 생각에 빠졌다.

"식물도 사람처럼 원한도 품고 저주도 할까?"

정현 역시 곰곰이 생각하는 모양이었다. 승덕이 고개를 끄덕이며 말했다.

"사실 낙빈이 말이 맞긴 하지. 다만 움직임이 동물에 비해 너무 느려서 우리가 눈치채지 못할 뿐이지 식물도 분명히 움직이거든. 빛을 향해 덩굴을 뻗고, 큰 나무의 가지를 피해 옆으로 줄기를 틀기도 하고, 중력을 따라 땅속 깊이 뿌리를 박기도 하지. 이런 단순한 움직임 말고도 판단하고 적응하기 위해 움직이기도 해. 지구 중심으로 뻗던 뿌리도 가뭄이 들면 수분이 있는 지표를 향하고 멀리 기둥이 되어줄 만한 나무가 있으면 덩굴이 그쪽으로 다가가기도 하지. 미모사는 잎을 오므려서 해충을 떨어뜨리기까지 하니까 꽤나 적극적으로 자기를 지키는 식물도 있는 셈이지. 예전에 어떤 과학 잡지에서 읽었는데, 식물끼리 통신도 주고받는다더군. 자신이 벌레의 공격을 받으면 이웃의 친구들에게 전기, 가스,

호르몬 등으로 신호를 보내서 경고해준다는 거야. 식물이 보내는 신호의 속도는 동물이 보내는 신호의 100분의 1 정도라고 하더 군. 신호를 받은 동료 식물은 재빨리 해충이 소화할 수 없는 물질 을 분비해서 벌레를 막아내는 거야.

그밖에 식물도 감정이 있음을 보여주는 연구 결과가 많아. 식 물이 음악을 좋아한다는 건 이미 잘 알려진 이야기인데, 재밌는 건 각자 취향이 있어서 모든 음악을 좋아하는 것은 아니래. 헤비 메탈처럼 시끄러운 음악을 들려주면 콩나물 대가리의 95퍼센트 가 깨진다는 연구 논문도 있어. 타악기 소리보다 현악기 소리를 더 좋아한다고도 하고.

실제로 식물이 사람의 얼굴을 구분한다는 연구 결과도 벌써 몇 년 전에 발표됐어. 평소에 물을 주고 잎을 닦아주면서 보살피는 사람과, 잎이나 꽃을 뜯어가면서 괴롭히는 사람에게 서로 다른 전기적 반응과 효소 분비를 보인대. 즉 동물보다 조금 느릴지라 도 길가에 피어 있는 작은 풀 한 포기 한 포기가 모두 움직이고 생 각하고 느낀다는 거지.”

“그럼 정말로 혜정 언니가 뭔가 잘못을 저질러서 나무의 저주 를 받았다는 거예요? 그럼 저희도 도우면 안 돼요?”

정희가 물었다.

승덕이 한참 심각하게 고민하다가 벌떡 일어섰다.

“안 되겠다! 스승님께 말씀드리고 모두 같이 갔다 오자! 어때?”

승덕을 따라가고 싶어 했던 낙빈의 표정은 함박꽃보다 더 환해졌다. 정희와 정현 역시 동의의 표시로 고개를 끄덕였다. 승덕은 어쩐지 온몸에 번지는 스산한 느낌을 지울 수가 없었다.

　한마음 정신병원의 외벽은 엷은 황토색으로 칠해져 있었다. 사람들이 으레 떠올리는 흰색이 아니라서 멀리서 보면 병원 같지 않았다.

　"병원은 다 흰색인 줄 알았는데……."

　"음, 흰색이 위생적인 느낌을 주기는 하지만 죽음이나 유령 같은 대상과 결합되어 좋지 않은 생각을 불러일으키기도 하거든. 하지만 저런 누리끼리한 황토색은 시골의 정취라든가 황토 집과 연결되어 정서적인 안정에 좋대. 그래서 저 건물도 일부러 황토색을 칠한 거야."

　낙빈이 의아해하며 고개를 갸웃거리자 승덕이 설명해주었다. 시골구석에 병동 하나만 덩그러니 놓인 한마음 정신병원은 교통도 좋지 않고 주변에 인가도 전혀 없었다. 아마도 정신병원에 대한 사람들의 선입견 때문에 이렇게 깊은 산속에 자리를 잡은 모양이었다. 승덕은 익숙한 듯이 의사, 간호사들과 인사를 나누고 혜정의 병실을 찾아갔다.

　환한 빛이 가득 들어오는 병실의 벽은 옅은 황톳빛이었다. 1인용 침대와 작은 캐비닛이 놓인 병실은 아주 단출했다. 혜정은 승덕을 보자마자 다급히 불러댔다.

　"선배! 선배! 선배!"

지나치게 흥분한 것이 예전의 해맑고 명랑하던 모습이 아니었다. 깊이 파인 미간과 검게 그늘진 눈은 그녀의 마음고생이 얼마나 심한지를 보여주었다.

　"대체 무슨 일이냐?"

　승덕은 초췌하기 짝이 없는 혜정의 얼굴에 할 말을 잃었다.

　"선배! 선배! 다 죽었어요! 다 죽었어! 다 죽었다고요! 무서워요! 무서워 죽겠어요, 선배! 어흐흑!"

　혜정은 신경질적으로 몸을 떨며 울음을 터뜨렸다. 다 죽었다니? 누가? 왜? 묻고 싶은 말이 산더미 같았지만 승덕은 우선 하염없이 울고 있는 혜정의 등을 다독였다.

　한참을 울던 혜정이 눈을 들었을 때는 까맣게 그늘진 눈가가 볼품없이 부어올라 있었다.

　"선배는 믿어주실 거죠? 선배만 기다렸어요! 절 도와줄 사람은 선배밖에 없어요! 선배, 살려줘요!"

　"대체 무슨 일이냐, 응? 진정하고 찬찬히 얘기 좀 해봐라."

　"네, 하지만, 저……."

　혜정의 눈은 승덕의 등 뒤를 바라보고 있었다. 그제야 승덕은 일행과 혜정이 서로 모르는 사이라는 사실을 기억해냈다.

　"여긴 나와 함께 암자에서 지내는 친구들이다. 정희, 정현이, 그리고 낙빈이. 도움이 되어줄 거야. 그래서 함께 왔다."

　"그…… 그렇군요."

　"저, 괜찮으시다면 잠시만 손을 잡아드릴게요."

정희는 여전히 흥분한 혜정에게 다가가 그녀의 두 손을 꼭 잡았다. 처음엔 낯선 정희의 행동에 놀라며 경계하던 혜정은 붙잡은 두 손을 통해 밀려오는 푸근함과 따스함을 느끼고 이내 조용해졌다. 얼마 후 정희가 혜정의 손을 놓자 혜정은 훨씬 진정된 모습이었다.

"아, 얘기 들었어요. 서영 언니를 도와주셨다던…… 바로 그분이시군요!"

혜정은 정희 덕분에 서영과 성진이 마지막 시간을 함께할 수 있었다는 이야기를 들었다. 혜정은 따스하게 손을 감싸주는 정희를 물끄러미 쳐다보았다. 회색 승복을 입고 단아하게 머리를 묶어내린 정희를 바라보자 마음이 훨씬 더 안정되었다. 서영이 기적 같은 마지막을 보냈던 것처럼 혜정도 믿기지 않을 만큼 순식간에 기운을 차렸다.

"어디서부터 이야기해야 할지……. 생각만 해도 온몸이 떨려요. 그 꽃과 관련된 사람은 모두 죽었어요. 모두가……."

이야기하는 내내 금방이라도 울음을 터뜨릴 것 같은 혜정의 오른손을 정희가 잡아주었다. 그런 정희 덕분에 혜정은 정신을 차리고 천천히, 그리고 또박또박 자신에게 벌어진 믿을 수 없는 이야기를 되새기기 시작했다.

3

그러니까…… 아마 한 달 전이었을 거예요. 같은 동아리인 동진 선배의 연구실에 갔어요. 선배의 박사 학위 논문을 도와주기 위해서였어요. 워낙 중요한 일이라며 꼭 도와달라고 하더군요. 제가 선배에게 부탁받은 건 어떤 식물의 전기적 반응을 측정해달라는 것이었어요. 뇌파나 눈의 깜빡임이나 근육의 미세한 움직임 같은 사람의 전기적 반응은 자주 재봤지만 식물은 처음이라 잘될지 확신이 서지 않았어요. 사람처럼 움직이는 대상이 아니니까요. 어쨌거나 부탁대로 프로그램을 세팅한 다음 전기적 반응을 저장하고 분석할 수 있도록 도왔어요. 동진 선배가 측정해달라던 식물은 거대한 붉은 꽃이었어요. 어떤 식물들을 교배했는지는 몰라도 처음 보는 엄청나게 커다란 꽃이었어요.

그런데 정말 놀라운 일이 눈앞에서 벌어졌어요. 피처럼 새빨간 꽃을 피운 그 식물은 마치 동물처럼 반응했어요. 그 식물은 자신에게 해를 가하려는 것도, 먹이를 주려는 것도 모두 알아채고 즉각적으로 반응했어요. 식물을 흔들거나 바람이 불어서 그런 움직임을 보인 것이 아니었어요. 시 지각이 없는 식물이 몸체에 아무런 자극을 주지 않았는데도 모든 것을 알아채다니 믿을 수가 없었죠. 게다가 식물이 뚜렷하게 측정될 정도의 전기적 반응을 보인다는 것도 정말 놀라웠어요. 대체 무엇으로 이런 식물을 만들었냐고 선배에게 물었더니 국내외의 각종 식충식물과 끈질긴 생명력을 가진 몇몇 나무를 동원해서, 말하자면 슈퍼 식충식물을 만들어냈다고 하더군요.

이 식물의 경우 처음에는 배양액에서 약 2주간 키운 다음 배양 토로 옮겨 심는다고 했어요. 그런데 배양액에서 배양토로 옮기기 직전에 처음이자 마지막으로 거대한 해바라기만 한 꽃을 피운다 더군요. 그때 꽃의 중심에 있는 까만 부분을 보면 식물이 무엇을 먹고 자랐는지 알 수 있대요. 그 식물이 잡아먹은 곤충의 모양이 그 까만 안쪽에 그대로 나타난다고 했어요.

"우선 배양액에서 키우는 동안 녀석의 식성을 조정하게 돼. 이 녀석이 개미를 먹느냐, 거미를 먹느냐, 진드기를 먹느냐는 그때 무엇을 먹이느냐에 따라 결정되지. 최초의 태동 때부터 우리는 녀석의 뿌리에 진드기든 모기든 한 가지를 정해서 계속 주입해 줘. 이놈은 식성이 매우 까다로워서 성장한 후에도 처음 먹었던 곤충이 아니면 입에 대지도 않아. 물론 배양액에서 키우는 동안 다양한 곤충을 먹인다면 대부분의 곤충을 먹고 자랄 수도 있지.

하지만 내 목표는 그게 아냐. 녀석이 곤충을 식별하게 만드는 거지. 처음 이놈이 태어났을 당시·먹었던 먹이의 맛을 영원히 기 억하게 해서 그것만 먹게 만드는 거야. 그래서 진드기가 극성인 밭에는 진드기만 먹는 놈을 보내고 메뚜기가 극성인 밭에는 메뚜 기를 먹는 놈을 보내는 거야. 농가에선 이 녀석을 사겠다고 난리 가 나겠지. 굉장하지 않니?"

동진 선배의 연구는 제가 생각해도 어마어마한 것이었어요. 실제적인 유용성을 떠나 그 연구 자체로도 무척이나 가치 있다고 생각했죠.

"이 새빨간 꽃은 배양토로 옮겨갈 준비가 되었다는 신호야. 배양토로 옮겨갈 준비가 끝나면 녀석은 처음이자 마지막으로 단 한 송이의 꽃을 피우지. 이때 식성도 가장 왕성해져서 꽃의 붉은색으로 먹잇감을 유혹하지. 배양토로 옮겨지기 전에 식욕은 평소의 열 배에 달해. 이때 놈을 실컷 배불리 먹여주고 배양토로 옮겨 심는 거야. 그때부턴 식물 입장에서 고난이 시작되지. 배양액에서는 맛을 들이기 위해 열심히 먹잇감을 주지만 배양토로 옮긴 이후에는 스스로 먹잇감을 찾도록 더 이상 먹이를 주지 않거든. 때론 몇 날 며칠을 굶기도 하지만 이 녀석의 생존 욕구는 동물보다도 강해서 웬만하면 죽지 않아. 원래 이놈들의 모체가 되는 식충식물들도 아주 척박한 환경에서 자라는 녀석들이거든. 너무나 척박해서 살아남기 위한 방법으로 진화한 것이 바로 식충의 방법이니까.

이 녀석의 무기는 바로 주머니식 함정이야. 붙잡힌 먹잇감들은 소화효소가 가득한 끈끈한 주머니 속에서 그 모습 그대로 점차 영양분을 빼앗기지. 그러고 나면 녀석은 동물처럼 소화효소를 사용해서 먹잇감을 소화해버려. 왕성한 식욕을 자랑한 후에는 먹잇감의 모습이 그대로 석화되어 꽃에 나타나는 거야. 그래서 꽃 속을 들여다보면 녀석이 무얼 먹고 자랐는지 알 수 있어. 주머니뿐만 아니라 뿌리를 통해서도 직접 양분을 빨아들일 수 있어. 뿌리를 통해 무기물 영양소 말고도 주 먹잇감의 양분까지 흡수할 수 있다는 것도 특징이야."

동진 선배는 이 식충식물을 개발하고 학회에 발표한 후에 대량 생산을 통해 국내에 보급하고 마침내는 해외에까지 수출할 원대한 목표를 가지고 있었어요. 선배의 식충식물은 뿌리로 충분한 양분을 흡수하지 못하기 때문에 주로 작은 곤충들을 포획해서 소화효소로 분해하며 살아가도록 만들어졌어요. 게다가 전기적 반응의 속도도 거의 동물과 다를 바 없었고요. 정말 대단했죠. 그때는 단지 정말 대단한 연구다, 정말 굉장한 연구다라고만 막연하게 생각했어요. 설마 이렇게 모두가 괴로움을 당하리라고는……상상도 못했어요.

그렇게 저는 몇 번 더 동진 선배의 연구를 도와줬습니다. 선배는 그 식물이 사람도 구별한다는 것을 알아냈어요. 그리고 어떻게 구분하는 건지도 연구했어요. 선배의 원예과 후배 둘이 역할을 맡았어요. 한 명은 식물을 심하게 학대했고 한 명은 매번 먹이를 주면서 식물에게 서로 다른 행동을 했어요. 그리고 저는 식물의 전기적 파장이 어떻게 달라지는지를 측정했죠. 결과는 놀라웠어요. 그 식물은 누군가 실험실의 문을 열고 들어오자마자 그를 알아보고 정확한 반응을 보여주었어요. 마치 사람이 흥분했을 경우에는 베타파, 안정되었을 경우에는 알파파가 나오는 것처럼 뚜렷한 차이를 보였지요.

매 실험마다 놀라움의 연속이었습니다. 단순한 전기적 반응뿐만 아니라 물리적 반응까지 보였어요. 자신을 괴롭히는 사람이 다가오면 느리긴 하지만 뒤로 피하는 반응까지 보였거든요. 이파리와 줄기가 미세하게 떨리기도 했어요! 그들의 생존 본능은 동진 선배가 예상했던 것보다도 더더욱 우수했어요.

몇 달 전에 동진 선배는 연구를 일단락냈고 국내 학회는 물론 해외의 저명한 학술지에까지 선배의 논문이 실리게 되었어요. 그래서 선배는 고맙다는 의미로 그동안 도와줬던 후배들을 모두 모아 거하게 한턱을 냈어요. 동진 선배, 저, 원예과 후배인 영민과 상규까지 모두 네 명이 모였어요. 모두들 정신없이 술을 마시고 거의 새벽 3시가 되어서야 동진 선배의 실험실로 향했어요. 이미 시간이 너무 늦은 터라 차가 끊겨서 집에 들어갈 수도 없었고 다들 실험실에서 밤을 새우는 것이 다반사라 당연하게 실험실로 향했던 거죠. 그때 누군가 동진 선배에게 물었어요.

"저거 왜 이름을 안 지어요?"

그때까지도 그 식물은 이름이 없었거든요.

"안 짓는 것이 아니라 못 짓겠다. 괜찮은 이름이 있어야지. 학명이야 붙이겠지만 일상적으로는 뭐라고 불러야 할지 모르겠다."

"형, 그거 어때?"

누군가가 그 이름을 말했어요.

"인면화人面花!"

"인면화? 그게 뭐야?"

처음엔 모두들 시큰둥한 표정이었어요. 이상한 이름이라고 생각했거든요.

"형이 만든 이놈은 벌레를 먹여서 키우긴 했지만 사실 카니버러스carnivorous잖아?"

같은 과가 아닌 저는 알아듣지 못했지만 카니버러스에는 '식충'뿐만 아니라 '식육'의 의미가 들어 있다는 것을 나중에야 알게되었죠. 사실 이 식물은 벌레뿐만 아니라 작은 쥐도 소화시킬 수 있었어요. 그러니 식충보다는 식육이 맞는다는 소리였죠.

"식육을 하는 식물이라면 사람들이 괜히 이상한 기분을 느끼면서 무서워할 것 아냐? 그런데 거기에 더해서 이름까지 '인면화'로 해버리면 아주 공포 그 자체 아니겠어? 크크, 재밌겠는데?"

"근데 하필이면 왜 인면화야?"

"생각해봐! 이 녀석이 사람을 잡아먹으면 가운데 까만 부분에 사람의 얼굴이 나타날 수도 있잖아, 안 그래? 그러니까 사람의 얼굴이 남으면 인면화가 되는 거지! 굉장하지 않아?"

"혹시 인면화에 대해 알아? 중국 전설에 나온다던데. 사실 잘 생각해보면 선배의 연구와 딱 맞아떨어지는 것 같아! 인면화는 죽기 전에 딱 한 번 꽃을 피우는데 그게 그렇게 화려하고 예쁠 수가 없대. 꽃의 한가운데 사람의 얼굴이 나타나는데, 인면화의 꽃봉오리가 똑 떨어지는 그날, 꽃에 새겨진 얼굴의 주인공도 죽는대. 그래서 인면화를 사신화死神花라고도 한다나 뭐라나? 화분갈이를 하기 전에 딱 한 번만 피어나는 저 꽃하고 완전히 맞아떨어지지 않아?"

"야아, 맞다, 맞아!"

다들 한바탕 웃음꽃을 피웠어요. 서로들 그 이름이 좋다며 키득거렸죠. 술기운에 박수까지 치며 좋아했어요. 모두들 저 꽃은 이제부터 '인면화'라고 고래고래 소리를 쳤어요. 장난기가 발동한 것은 바로 그때였습니다.

"헤헤, 우리 진짜 인면화나 만들어볼까?"

영민이란 후배가 일어나더니 배양실로 들어갔어요. 모두들 키득거리며 저 녀석이 대체 뭘 하는 거냐고 따라가봤어요. 그랬더니 그 후배는 손가락을 바늘로 찔러서 아직 채 자라지 못한 그 식물의 주머니에다 자신의 핏방울을 똑똑 떨어뜨리는 거였어요.

"히히. 어차피 연구도 끝났는데, 이 녀석더러 내 피나 맛보라고 그래!"

"이야, 좋은 생각이다! 내 얼굴이 나오나, 안 나오나 나도 한번 해보자. 키키."

상규라는 후배 역시 아직 먹이를 정하지 않은 어린 인면화에게 자신의 피를 떨어뜨렸어요.

"야, 이놈들아! 이 녀석들이……. 네 녀석들이 만날 피를 뽑아줄 것도 아니면서 입맛만 버려놓으면 어떡해? 이제 너희가 만날 피를 안 주면 이놈들은 다 굶어 죽는단 말이야! 너희 피만 찾을 텐데 어쩌라고?"

아까 말했지만 동진 선배가 만들어낸 식물은 입맛이 까다로워서 한번 먹이가 정해지면 다른 것은 거들떠보지도 않았지요. 동

진 선배는 후배들을 조금 나무라다 말았어요. 어차피 연구가 종
결된 상태라서 별로 말리는 기색이 아니었죠. 녀석들을 먹여 살
리려면 수많은 파리, 모기, 진드기를 구해 와야 하는 동진 선배로
서는 차라리 처음부터 입맛을 버려놓고 빨리 굶어 죽게 하는 것
이 낫지 않을까 생각했을 수도 있지요. 나중에는 후배들 등쌀에
선배까지 인면화 한 그루에 핏방울을 떨어뜨려주었죠.

"난 안 해!"

저만은 끝까지 버텼어요. 어쩐지 그러면 안 될 것 같았거든요.
그런데…… 제가 배양실 문을 열려던 순간 중심을 잃으면서 문
에 손가락이 끼고 말았어요. 눈물이 쏙 빠져나올 정도로 아주 심
하게 아팠죠. 자세히 보니 엄지손가락에서 살점이랑 손톱이 너덜
거리더군요. 아주 심하게 찍혀버린 거죠.

"하하하. 신의 계시다! 네 피를 주라는 신의 계시!"

"으이그!"

저는 불만을 터뜨리면서도 너덜대는 손톱과 살점을 떼서 어린
인면화의 주머니에 넣어주었어요.

"이야! 손톱! 그거 좋은 생각인데?"

다들 제게 힌트를 얻어 손톱과 발톱을 깎아 인면화에게 주었어
요. 물론 손톱을 제대로 소화시킬지 어떨지에는 별로 관심이 없
었어요. 그날 밤 우리 넷은 아무 생각 없이 그저 기분 좋게 들떠
있었어요. 이후의 일은 상상도 못한 채 말이죠.

동진 선배 덕분에 그 이후로 우리 넷은 모두 친하게 지냈어요.

자주 만나 술도 마시고, 이야기도 하고, SNS도 하곤 했죠. 그러다 얼마 전에 슬픈 소식을 들었어요.

영민의 사망 소식이었어요. 혼자서 밤새 실험실에 있던 영민이 시체로 발견되었다는 거였어요. 그것도 끔찍한 모습으로……. 여간한 원한이 있지 않고는 그럴 수 없을 만큼 시체는 끔찍하게 훼손되어 있었대요.

그러나 그건 시작일 뿐이었어요. 바로 다음 날 연구실 창문 너머 공터에서 고꾸라진 상규의 시체가 발견되었으니까요.

저는 믿을 수가 없었어요. 대체 어찌 된 일인지 상상이 되지도 않았어요. 왜 두 사람이 하루 간격으로 죽었는지. 하지만 동진 선배만은 무언가를 알고 있는 것 같았어요. 뭔가 초조해하며 자꾸 혼잣말을 중얼거리는데……. 선배는 진땀을 흘리면서 자꾸만 저를 흘끔거렸어요. 뭔가 할 말이 있는 사람처럼요.

"선배, 선배는 뭔가 알고 있지? 왜 이런 일이 생겼는지 아는 거지?"

저는 동진 선배를 다그쳤어요. 그러자 선배는 비통한 얼굴로 고개를 흔들었죠.

"미쳤지! 미쳤어! 왜 그런 짓을!"

선배의 얘기는 이랬어요.

"연구도 끝났겠다, 실험실에 있던 인면화 화분을 모두 원예과 비닐하우스로 옮겼어. 화분들을 모두 옮겨놓은 후에 아직 배양액 속에서 자라는 것들은 어떡할지 고민이 되더라. 모두 네 개가 남앗지. 알다시피 그것들은 영민이랑 상규랑 너랑 내가 손톱과 핏방울을 떨어뜨려준 것들이잖아. 술을 마시며 핏방울을 떨어뜨려주었던 그날 이후에도 우린 가끔 손톱 깎은 것을 모아 그 녀석들에게 주곤 했어. 그것으로도 생명이 유지되었는지 녀석들은 죽지 않고 아등바등 살아가더라고. 그런 것들을 그냥 버리기도 뭣해서 꽃이 피진 않았지만 그냥 화분에 옮겨 심은 다음 비닐하우스로 옮겼어. 어차피 꽃이 활짝 피도록 우리가 배불리 먹여줄 수는 없었으니까. 네가 살점과 손톱을 넣어준 놈만은 비실비실 죽어가는 상태였어. 그 이후로 넌 네 손톱이나 살점을 넣어준 적이 없었으니까. 거의 죽어가는 그놈을 화분에 옮겨심기가 그래서 그냥 실험실 밖에 있는 화단에 심어버렸지. 그러니까 세 놈은 비닐하우스의 화분에, 한 놈은 실험실 밖의 화단에 심은 거야. 그러고 나서 일주일쯤 후에 영민이가 죽었어.

그런데…… 영민이가 죽고 나서 이상한 생각이 드는 거야. 영민이 시체는 목을 심하게 졸린 채 온몸에 상처가 있었어. 경찰들의 말을 언뜻 들어보니, 그 정도의 상처라면 주변에 피가 흥건해야 하는데 생각보다 피가 없다는 거야. 그 말을 듣는데 머리카락이 쭈뼛 서더라. 피가 사라진 거라면? 누군가 영민이의 피를 노린 거라면? 혹시 인면화가…….

그래서 난 비닐하우스로 옮긴 세 녀석을 확인했어. 당연히 그동안 아무것도 먹이지 않고 배양토로 옮겨버린 놈들은 모두 말라죽어 있었어. 세 개의 화분 모두 말이야. 그때 난 말도 안 되는 상

347

상으로 영민이의 죽음을 인면화와 연관지었다고 스스로를 비웃었지. 공포가 헛된 망상을 낳는다면서 웃어넘겼어. 하지만 상규가 죽었을 때는 확실히 알았어. 그건 놈의 짓이야! 인면화의 짓이라고!"

"말도 안 돼!"

저는 동진 선배의 말을 믿을 수가 없었어요. 말도 안 되죠. 어떻게 그런 일이 있어요, 어떻게?

"상규가 죽었을 때는 정말 반사적으로 그놈이 생각났어. 그놈…… 실험실 밖의 화단에 심은 그놈 말이야! 혜정이 네 손톱과 살점을 먹은 그놈 말이야! 시들시들 금세 죽어버릴 것만 같던 그놈 말이야! 나는 실험실 밖의 화단으로 달려갔어. 그놈이 그곳에서 시들어 죽어버린 모습을 보길 바라면서……. 하지만 내가 뭘 봤는지 알아? 텅 빈 흙더미였어. 내가 놈을 심었던 그 자리에 아무것도 없었어! 나는 곡괭이를 가지고 미친 듯이 주변을 헤집었지만 말라비틀어진 잎과 줄기도 없고 땅속에 박혀 있어야 할 뿌리도 없었어. 정말 아무 흔적도 없었어!"

"거짓말! 거짓말이야! 그럴 리가 없어! 그럼 그게 어디로 갔단 말이야? 그게 발이 있어, 손이 있어? 없어졌다는 게 말이 돼?"

내가 소리치자 선배는 멍한 얼굴로 말했어요.

"상규가 어떻게 죽었는지 알아? 직접적인 사인은 피가 부족해서라고 했어. 온몸의 혈액 중에 40퍼센트가량이 온데간데없이 사라졌대. 게다가…… 손톱이 없었어. 마치 냉동 시체마냥 새파랗게 질린 얼굴로 오른쪽 손톱 세 개가⋯⋯."

"아악! 그만해! 그만!"

저는 고개를 휘저었어요. 선배의 말을 하나도 믿을 수가 없었거든요. 아니, 믿고 싶지 않았거든요.

그러나 며칠 후 미친 듯이 괴로워하던 동진 선배마저 싸늘한 주검으로 발견되자 저는 믿을 수밖에 없었어요. 믿을 수 없지만 믿을 수밖에 없는 일이 벌어지고 있었어요. 바로 내 눈앞에서! 이제 내 차례예요. 그놈은 날 찾아다니고 있을 거예요. 내 피와 살점을 빼앗기 위해 날 찾고 있다고요!

기나긴 이야기를 마친 혜정은 울음을 터뜨리며 절규했다.

4

강한 태양이 하늘 높이 떠오른 정오. 자유대학의 교정은 한가로웠다. 큰길을 따라 펼쳐진 교정의 잔디밭에는 여기저기 연인과 친구들이 모여 정다운 이야기꽃을 피우고 있었다. 더러는 책을 들고 바삐 걸음을 옮기고, 또 더러는 잔디에 누워 낮잠을 자기도 했다. 대학 캠퍼스는 계절에 상관없이 다양한 사람들이 나름의 방식으로 자기를 표현하는 곳이었다. 처음으로 대학이란 곳을 구경하는 낙빈은 그 모든 것이 신기하고 또 얼떨떨했다. 여유로운 시골과도, 항상 바쁜 도시와도 다른 신세계였다.

이 캠퍼스를 한가로이 거닐었을 혜정은 지금 주위 학생들과 사뭇 다른 모습이었다. 혜정은 낙빈 일행에 에워싸인 채 새파랗게 질린 입술로 힘겹게 걸음을 떼고 있었다. 그런 혜정을 부축하던 승덕이 고개를 갸웃거렸다.

"상식적으로 이해되지 않아. 시들시들 죽을 게 뻔하던 식물이 이리저리 옮겨 다니면서 사람들을 해치다니. 꽃을 피우기 전에 분갈이를 했던 다른 놈들은 모두 죽었는데 어떻게 가장 시들했던 놈이 살아남았지? 그리고 정말 이 모든 사건이 그 인면화인가 뭔가가 저지른 짓일까? 식물이 이런 짓을 하다니 정말 믿기지 않아. 이 대학에서 죽은 사람이 벌써 세 명이야. 모두 직접적인 사인은 혈액 부족이지만 이상하게도 손발톱 일부도 사라졌어. 그래, 여기까지는 어쨌든 이해를 한다고 치자. 하지만 이게 끝이 아니잖아!"

승덕은 깊은 생각에 빠져 있었다. 승덕이 조사한 바로는 혜정이 알고 있던 동진 선배가 마지막 희생자가 아니었다.

"혜정이는 자신이 네 번째 희생자가 되리라고 생각했지만 아니었어. 혜정이가 병원에 들어간 후로 비슷한 살인 사건이 두 건이나 있었어. 하지만 이번에는 학교가 아니란 말이야. 놈은 여기저기서 사람들을 죽이고 있다고! 가장 최근의 사건은 이 자유대학에서 20킬로미터나 떨어진 장소에서 벌어졌어. 피가 부족해서 죽은 경우지. 아니, 식물이 움직이면서 살인을 저지른다는 게 말이 되는 일이야? 놈이 다리가 달려서 움직인다는 거야? 그랬다면 화분에 심은 것들도 움직이면서 먹이를 찾았어야지 왜 말라죽었겠어? 말이 안 되는 일이잖아?"

이미 다섯 번째 살인 사건이 일어났다. 세 건은 학교 안에서 일어났지만 나머지 두 건은 학교 밖에서 벌어졌다. 승덕은 그 점이 의문이었다. 하지만 혜정은 팔을 떨며 고개를 흔들었다.

"선배, 말이 돼요. 충분히 일어날 만한 일이에요. 동진 선배는 동물만큼이나 동적인 식물을 만들고 싶어 했어요. 사실 우리 눈앞에서는 화분 밖으로 한 걸음도 나가지 못하는 모습이었지만 삶의 본능이 특히 강한 돌연변이 개체라면 뿌리로든 넝쿨로든 어떤 방법으로든 먹이를 찾아나갈 수 있을 거예요. 동진 선배가 죽기전에 해줬던 얘기가 있어요. 예전에 태풍으로 쓰러진 24미터짜리 나무가 8개월 만에 혼자 일어섰다고."

"아, 그 사건……."

승덕은 혜정이 이야기하는 사건을 금세 기억해냈다. 별명이 '활자중독자'였을 정도로 승덕은 책이나 신문, 심지어 간판의 글자까지도 빠짐없이 읽고 기억해내곤 했다.

"형, 그게 무슨 일인데요?"

곁에 있던 낙빈이 궁금해서 못 참겠다는 표정으로 물었다.

"그러니까 1996년도에 신문에까지 실렸던 이야긴데……. 그해 8월에 태풍 '커크' 때문에 강원도 홍천에서 거대한 포플러나무가 밭 한가운데 넘어진 일이 있었어. 워낙 커다란 나무라서 치우는 것도 불가능했지. 나무는 그대로 방치된 채 8개월이 지났는데 어느 날, 밭에 나간 동네 사람이 소스라치게 놀라고 말았어. 왜냐하면 쓰러져 있던 나무가 예전 모습 그대로 꼿꼿이 서 있는 것을 발견했으니까. 조사해보니까 어느 누구도 나무를 세우지 않았다는 거야. 그 이후 홍천 사람들은 그 나무를 영험한 신수神樹로 모시고 있대.”

“정말요? 전설에나 나올 만한 이야기네요. 정말 신기해요. 하지만 우리 눈앞에는 그것보다 훨씬 이상한 사건이 벌어지고 있으니…….”

정희의 한마디에 모두들 고개를 끄덕였다. 정말로 이런 일이 눈앞에서 벌어지다니……. 혜정은 두려움에 몸을 떨었다.

일행은 우선 동진이 식물을 버렸다는 농과대 실험동 앞 화단을 찾았다. 그곳은 매우 습하고 어두운 공터였다. 화단 위쪽에 살해된 동진의 실험실이 있었다. 승덕이 화단 주변을 샅샅이 뒤졌지만 축축한 음지의 땅에는 작은 풀 이외에 아무것도 없었다. 다른 일행도 주변에서 실마리를 찾아보았다. 그렇게 한참을 이리저리 돌아다니다가 낙빈이 뜬금없이 혜정에게 물었다.

“누나, 여기 원래 무덤이 있었어요?”

혜정은 금시초문이라는 듯이 의문스러운 표정을 지어 보였다.

“여기 혹시 무덤을 엎고 실험동을 지은 거 아니에요?”

“글쎄? 잘 모르겠는데? 왜?”

“음, 자꾸 뭔가 혼령이 느껴져서…….”

"어머!"

뒷머리를 긁적이며 '혼령'이라고 말하는 소년에게 혜정은 얼굴을 찌푸렸다. 승덕과 함께 다니는 사람들이 예사롭지 않다는 것을 알고는 있었지만 막상 하얀 한복을 입은 소년의 입에서 '혼령'이라는 말이 튀어나오자 갑자기 섬뜩해지고 말았다.

"낙빈이는 어리지만 무당의 피를 받은 아이야. 영혼의 소리를 들을 수 있으니까 놀라지 마라."

승덕은 당황하는 혜정에게 가볍게 한마디 해두었다.

"하지만 낙빈아, 여긴 무덤자리가 아니야. 대학이 들어서기 전에는 원래 논밭이 있었어."

암자에 오기 전까지 이 대학에서 박사 과정을 밟았던 승덕은 학교가 세워지기 전의 상황을 잘 알고 있었다.

"자유대학이 여기로 옮겨온 것이 벌써 30년 전의 일이야. 땅값이 비싼 시내 캠퍼스 자리를 팔아서 변두리에 새 건물을 짓고 이사를 왔대. 특히 이쪽 실험동이 가장 늦게 지어진 편이고."

"그렇구나."

낙빈은 고개를 끄덕이면서도 이상하다는 표정을 감추지 못했다. 자꾸 뭔지 모를 기운이 느껴지는 모양이었다.

"여기 무슨 자국이 있어요!"

정희가 뭔가 발견하고 일행을 불렀다. 다들 정희에게 몰려갔다. 축축한 진흙 위에 뱀이 기어간 듯한 자국이 선명하게 찍혀 있었다.

"진흙이라서 자국이 지워지지 않은 모양이에요. 언뜻 보면 뱀이 기어간 것 같지만 자세히 보면 한 갈래가 아니라 여러 갈래의 흔적이에요. 여기 중심에서 바깥쪽으로 여러 갈래가 퍼져 있는 걸 보면 식물의 줄기나 뿌리 같지 않나요?"

축축하고 황폐한 화단에 기다란 넝쿨 모양의 자국이 있었다. 여러 개의 가는 자국이 서로 엉키고 모여 있는 것이 동물의 움직임으로 보기에는 무리가 있었다. 정희의 말대로 줄기나 뿌리가 만들어낸 자국 같았다.

"여기 봐! 여기도!"

승덕은 실험동 벽면에서 똑같은 자국을 발견했다. 진흙이 잔뜩 묻은 밧줄을 벽에 댔다가 떼어낸 것처럼 흙이 굳어 있었다. 그 자국은 마치 꿈틀대는 뱀처럼 이리저리 구불구불 이어지다가 마침내 동진의 실험실 창문 주변으로 점점이 이어졌다.

"저것 봐요! 기어 다니고 있어요! 사람 맛을 알게 된 인면화가 사람들을 죽이고 있다고요! 게다가 번식을 위해서…… 꽃을 피울 시기가 되면 더욱더 왕성한 식욕을 보일 거예요!"

혜정의 얼굴이 백지장처럼 하얗게 질려버렸다.

"하지만 이해할 수가 없어! 가장 비실비실하던 놈이 어떻게 살아난 거지? 저 혼자의 힘으로 살아남은 걸까? 그나마 조금이라도 기운이 남아 있던 나머지 세 그루도 다 죽었는데 말이야!"

"아, 그거예요, 형!"

낙빈이 손뼉을 치며 탄성을 내질렀다.

"그거예요, 그거! 좀 전에 자꾸 혼령의 흔적이 느껴져서 제 귀가 간지러웠는데 바로 그거였어요, 형! 이 밑에 사람의 뼈가 묻혀 있나 봐요. 죽으라고 심은 자리에 해골이 묻혀 있어서 그걸 양분으로 살아난 거라면……?"

일행은 모두 머리에서 빠직하는 전기 음이 나는 것만 같았다.

"그래. 인면화는 뿌리로도 양분을 흡수한다고 했어. 인면화를 버린 자리에 그놈의 입맛에 맞는 사람의 뼈가 있었다면……!"

혜정이 다시 온몸을 부르르 떨었다.

일행은 정신없이 땅을 파기 시작했다. 살인 사건이 일어난 장소라서 그런지 오가는 사람도 없어서 일행은 별다른 제지를 받지 않았다. 30여 분쯤 땅을 팠을까. 삽자루 끝에 판판한 바윗덩이 같은 것이 닿았다.

"이게 뭐지?"

주위를 넓게 파보니, 약 1미터쯤 아래에서 판판하고 단단한 콘크리트 판이 나타났다.

"형! 영기靈氣가 세졌어요. 여기가 맞는 것 같아요. 아우, 답답해!"

낙빈은 가슴을 팡팡 치며 고개를 끄덕였다. 주변에 남아 있는 강한 원기가 느껴져서 속이 좋지 않았다.

"이쪽을 들어올리면 되나 봐요."

정현이 콘크리트 판의 한쪽에서 쇠고리를 발견하고는 힘껏 잡아당겼다.

그그긍.

오랫동안 방치되었을 것이 분명한 이 구조물은 작은 지하 방공호 같았다. 콘크리트로 지은 네모난 공간은 서너 명이 들어갈 만한 크기였다.

"우왓! 심하다!"

낙빈이 털썩 주저앉았다. 콘크리트 문을 열자마자 지독한 원한의 기운이 느껴졌던 것이다. 낙빈은 가슴이 답답하고 머리는 윙윙 울렸다.

"아, 나도 느껴지는구나. 세상에! 무척 좋지 않은 기운이야."

정희 역시 원기를 느끼고 눈살을 찌푸렸다. 우선 정현이 플래시를 밝히며 안으로 뛰어 들어갔다. 빛줄기 하나 들어오지 않는 깜깜한 공간은 너무나 답답하고 좁았다. 정현은 꼼꼼히 바닥과 벽을 확인했다.

"아무것도 없어요. 자욱한 먼지만…… 아, 이런!"

정현의 놀란 음성이 튀어나오는 것과 거의 동시에 승덕이 뒤를 따라 내려왔다.

"왜, 뭐가 있어?"

"형, 저걸 봐요."

정현이 비추는 플래시를 따라 눈동자를 움직인 승덕 역시 신음 소리를 냈다. 정현이 단단한 한쪽 벽면을 손으로 털어내자 여기저기 긁어댄 자국이 드러났다. 두 사람은 조심스럽게 벽에 쌓인 두꺼운 먼지를 털어냈다. 그 자국 위로 얼룩덜룩 남아 있는 검

은 흔적들이 없었더라도, 색을 알아보지 못할 만큼 빛바랜 치마
저고리가 없었더라도 그 자국이 이곳을 빠져나가기 위해 미친 듯
이 사방을 긁어댄 누군가의 손톱자국이라는 것을 금세 알 수 있
었다. 낙빈을 어지럽게 하는 원기는 이 방공호에 갇혀 죽은 여인
의 원기가 분명했다.

5

커다란 건물의 2층. 승덕은 어두컴컴한 PC방의 맨 끝자리에 모
자를 깊게 눌러쓰고 앉았다. 이제부터 알아낼 정보들 중에는 합
법적인 방법으로 알아내기 어려운 것들도 있었다. 유감스럽지만
그는 불법적인 방법을 동원해서라도 모든 정보를 뽑아낼 작정이
었다.

우선 승덕은 인터넷 등기소에 접속했다. 특정 부동산의 등기부
등본을 보는 것은 어렵지 않은 일이었다. 방공호를 만든 사람을
확인하기 시작했다.

"한국전쟁이 발발한 이후부터 자유대학이 들어서기 이전까지
의 땅주인은 이 사람뿐이야."

작은 방공호. 그것은 구조물로 등록되지 않은 무허가 건물이었
다. 이렇게 되면 언제 이것을 지었는지가 막연해진다. 그러나 그
건물이 방공호라는 사실에 착안하면 한국전쟁 이후 전쟁에 대한

357

불안으로 방공호를 만들었으리라는 추측이 가능해진다. 이런 식으로 그 땅의 소유주를 찾아보니 지하에 방공호를 지었을 법한 사람은 단 두 명이었다. 1973년까지 이 땅의 소유주였던 '김황태'와 1973년에 이 땅을 유산으로 상속받아 이후 자유대학에 매매한 그의 아들 '김기돈'.

승덕은 그들이 발견한 시체가 과연 누구인지를 알아내기 위해 방공호와 관련된 사람의 소재를 알아내고, 또한 1953년 이후부터 자유대학에 땅이 넘어가기 전까지 이 근처에서 사라진 여자들의 실종 기록을 확인하기로 했다. 개인의 신상을 알아내기 위해서는 일반인에게 허락되지 않은 정보에도 손을 대야 했다. 허락되지 않았다 해도 정보에 목마른 승덕의 접근을 막을 수는 없었다. 승덕에게는 이미 국가 정보망에 접근하는 비밀스러운 루트가 있었다.

이를 위해서는 상대방에게 들키지 않고 접근한 다음 자신의 흔적을 깨끗이 없애고 다시 비밀스럽게 빠져나오는 기술만이 필요했다. 승덕이 모니터 앞에서 눈을 반짝였다. 아직 아무도 눈치채지 못한 그 비밀스러운 루트들을 이용해 정보망에 접근한 승덕은 순식간에 원하는 정보를 모두 알아냈다.

승덕이 정보를 알아내는 동안 낙빈 일행은 실험동에 남아 있었다. 축축한 화단에는 하얀 한복 차림의 낙빈, 회색 승복 차림의 정희와 정현이 있었다. 그리고 그 곁에는 불안한 얼굴로 몸을 떠는 혜정이 있었다. 승덕이 가까이 다가가보니, 어린 박수무당 낙빈은 방공호 앞에서 두 눈을 질끈 감고 두 손은 가슴에 모은 채로 땀을 뻘뻘 흘리며 좌선하고 있었다.

"오빠, 왔어요?"

정희가 작게 속삭였다.

"아직도 저러고 있냐?"

"네. 혼령의 마음이 얼마 남아 있지 않은가 봐요. 낙빈이가 저렇게 힘겹게 기도드리는 건 처음 봐요. 아까부터 저렇게 꼼짝도 않고 있어요."

"그렇구나. 혜정이는 어떠니?"

"언니는 저희가 옆에 있어서인지 훨씬 나아진 것 같아요. 두려움 때문에 여전히 기가 허하긴 하지만요."

"그래, 그렇구나."

승덕은 조심스럽게 혜정의 옆으로 다가갔다.

"선배, 왔어요?"

"응. 그래."

승덕은 언제나 명랑하고 해맑기만 하던 후배 혜정이 이렇게 힘없는 모습으로 까칠해진 것이 무척 마음 아팠다. 어서 이 사건을 해결해서 밝은 미소를 찾아주고 싶었다.

승덕은 기도하는 낙빈을 바라보며 자신이 알아낸 정보들을 머릿속으로 정리해보았다.

'발단은 인면화. 실험동에서 시작됐다. 국과수에서 밝혀낸 사인은 혈액 부족. 시체의 특징을 보면 동진이란 사람이 만들어낸 식인식물이 범인으로 보인다. 바로 빈 땅에 버려진 식물 한 그루!

다 죽어가던 그 식물이 살아난 것은 바로 그 밑에 있던 사람의 유골 덕분이었다. 놈이 방공호의 틈새를 비집고 들어가서 자신의 선호 식품이었던 사람의 유골로부터 영양을 채웠다는 말이지. 이런 사실을 증명하듯 일부 뼈가 원형 그대로 온전하게 남아 있는 반면 어떤 뼈는 새까맣게 녹아 있었다.

하지만 이것으로 문제가 해결되진 않는다. 죽어가던 식물이 방공호 밑바닥까지 2~3미터나 뿌리를 내린다는 것은 상식적으로 말이 되지 않는다. 만일 생존 본능이 강한 인면화와 여자의 원혼이 서로 결합되어 식물의 본능과 영적인 기운이 합쳐졌다면……이야기가 달라진다.

벌써 다섯 번째 희생자가 나왔다. 첫 번째 살인부터 세 번째 살인까지는 자유대학 안에서 일어났다. 아마도 이때까지는 놈이 먼 거리를 돌아다닐 만큼 기력이 없었던 모양이다. 세 명의 피를 빨아먹은 놈은 어느 정도 기력을 회복하고 다른 곳으로 옮겨가버린 것이다. 놈의 패턴을 보면 밤에 인적이 뜸한 곳에서 먹이를 낚는 것 같다. 세 번은 혼자 밤을 새우던 실험동의 젊은이들이 대상이었다. 두 번은 공사장이나 공터처럼 한적한 곳에서 밤늦게 혹은 새벽녘에 배회하던 사람들이 대상이었고. 그리고 놈이 살인을 저지르는 장소는 이 대학으로부터 점점 멀어지고 있다. 하지만 왜 이동하는 것일까? 대학 내에도 먹이가 될 만한 사람은 충분히 많은데.

혹시 혜정이 때문에? 처음 놈에게 먹이를 준 것은 바로 혜정이었다. 그럼 놈은 혜정의 말대로 정말 혜정이를 찾아 헤매는 것일까? 녀석은 복수하려는 것일까? 놈이 구하지 못할 것이 뻔한 인간의 피와 살점을 먹이로 주고는 그대로 방치해 서서히 죽어가게 만든 인간들에게 복수심을 품은 것일까? 그래서 동족의 복수까지 하기 위해 기필코 살아남아 연구에 참여했던 세 명을 모두 죽이고 마지막으로 남은 혜정일 찾고 있는 것일까?'

승덕의 머릿속이 바삐 움직이는 동안 어린 낙빈이 좌선을 풀고 일어섰다. 낙빈은 마치 먼 거리를 달린 사람마냥 숨을 턱까지 내쉬며 힘들어했다.

"승덕이 형! 형의 말대로 인면화랑 여기 있던 원한령이 결합했나 봐요. 아주 지독한 원한이 분명히 여기 머물러 있었는데 지금은 상념의 흔적만 남았어요. 아마 원한령의 깊은 원한이 인면화와 결합해서 이곳을 벗어난 것 같아요."

"그 원한령은 어쩌다 저 방공호에서 죽은 거니?"

"잘 모르겠어요. 다만 남아 있는 상념을 합해보면 공포로 거의 미칠 지경이었다는 것만은 확실해요. 죽은 사람은 여자예요. 아마도 젊은 여자 분이었을 거예요. 그분은 이곳에 사람이 오기를 기다리면서 벽을 긁고 고함을 지르다가 결국엔 죽어버렸어요. 실수로 갇힌 건 아닌가 봐요. 어떤 남자에게 지독한 원한을 품고 있으니까요. 그런데 문제가 있어요. 이 원한령…… 보통 귀신이 아니에요."

"보통 귀신이 아니라니?"

다들 눈을 크게 뜨고 낙빈을 바라보았다.

"그분은 혼자서 이곳에 갇혀 소리를 지르고 발버둥을 치다가 마침내 굶어 죽었어요. 굶어 죽은 귀신, 즉 아귀餓鬼◆가 됐다는 소린데……. 아귀는 정말 끔찍한 귀신이에요. 아귀는 아무리 먹여도, 배가 터지도록 먹여도 절대 만족할 줄 모르는 귀신이거든요. 그래서 어머니도 아귀를 성불시키는 것은 거의 불가능하다고 하셨어요. 그런데 그런 아귀가 사람을 잡아먹는 꽃이랑 결합했다니!"

낙빈뿐만 아니라 모두의 얼굴이 흙빛으로 변했다. 더 말하지 않아도 아귀와 결합한 인면화가 끝없이 사람을 해치리란 것을 예상할 수 있었다.

◆ 한마디로, 굶주린 귀신이다. 불교에서는 사람이 생전의 업業에 따라 여섯 가지 세계, 즉 육도六道를 윤회한다고 말한다. 여기에는 천상계天上界, 아수라阿修羅, 인간, 짐승, 아귀, 지옥地獄이 있다. 생전에 욕심이 많아 보시布施(은혜를 베풀며 남을 돕는 일)를 하지 않았거나 남의 보시를 방해했던 자가 아귀로 태어난다. 아귀의 가장 큰 고통은 배고픔과 목마름이다. 그래서 먹을 것을 두고 다툼이 많다. 아귀는 배가 산만큼 크지만 목구멍은 바늘구멍 같아서 늘 배고픔의 고통에서 헤어나지 못한다. 따라서 몸은 해골처럼 야위고 벌거벗은 채로 뜨거운 고통을 받기 때문에 늘 목이 마르다. 스님들이 발우공양을 하고 나서 그릇을 깨끗이 씻은 다음 그 물을 마당의 독 위에 버리는 것은 아귀들의 고통을 없애주기 위해서라고 한다. 아귀들은 다른 물을 보면 불을 보는 것과 같아 마시지 못하지만 이 물만은 마실 수 있기 때문이다. 아귀들이 음식 때문에 고통을 당하는 것은 생전에 음식탐飮食貪을 너무 부렸기 때문이라는 말도 있다.
조선시대의 아귀 전설을 보면 굶어 죽은 사람이 아귀가 되어 잘사는 양반집에 들어가 사람이 먹을 상을 탐하기도 하고, 원한을 품은 상대방의 몸에 들어가 배가 터질 때까지 먹어도 먹어도 배고프게 만든다고도 한다. 며느리를 굶겨 죽인 시어머니에게 아귀가 된 며느리가 들러붙어 복수했다는 이야기도 전해온다.

6

밤 12시.

이미 어두워질 대로 어두워진 골목길에는 스산한 바람만 휘휘
불었다. 남색 교복을 입은 앳된 여고생이 어둡고 고요한 거리에
서 타박거리는 발소리를 내고 있었다. 그녀는 스산한 바람에 두
팔을 비비며 바쁘게 걸음을 옮겼다.

"후우, 오늘은 너무 늦었네. 애들이랑 같이 나오는 건데……."

풀리지 않는 수학 문제를 붙잡고 시간을 지체하다가 너무 늦어
버렸다. 평소보다 늦은 시간. 오늘따라 거리에는 개미 한 마리 보
이지 않았다. 어쩐지 불안한 마음에 그녀는 집으로 가는 걸음을
재촉했다.

타박, 타박, 타박…….

드문드문 걸려 있는 가로등 불빛 아래로 그녀의 발소리가 또
렷이 울렸다.

타박, 타박, 타박…….

"아휴, 여긴 너무 어두워."

다른 때보다 늦어서 마음도 급하고 불안한데 마침 그녀가 제
일 싫어하는 동네 어귀의 공사장이 나타났다. 공사장은 쌓아놓
은 모래더미와 철근이 가득해서 낮에도 위험했다. 특히나 밤이
되면 불빛 하나 없는 어두운 건물을 보며 종종 섬뜩한 기분이 들
곤 했다.

그녀는 고개를 푹 숙인 채 주먹을 꼭 쥐고는 잰걸음을 옮겼다.

타박, 타박, 타박……

공사장을 거의 지나 골목으로 꺾어지려는 순간, 뭔가 시커먼 것이 앞을 막아섰다.

"악!"

그녀는 심장이 덜컹 내려앉을 정도로 깜짝 놀랐다. 땅만 보고 걷던 그녀가 서서히 고개를 들었다.

"뭐가 그리 바빠?"

위아래로 새까만 트레이닝복을 입은 또래 남학생이 앞을 가로막고 있었다. 그녀는 불량해 보이는 남학생의 등장에 너무 놀라 사시나무 떨듯이 덜덜 떨었다.

"저, 저어……"

"많이 바쁘냐?"

"비, 비켜주세요. 집에 가야……"

그녀의 입에서는 말도 제대로 나오지 않았다.

"야, 놀다 가자!"

어느새 그녀의 등 뒤에도 새까만 옷을 입은 또 다른 남학생이 서 있었다.

"비켜주세요."

픽!

어디선가 날아온 주먹에 여학생은 뒤로 벌렁 넘어지고 말았다. 새빨갛게 부어오른 왼뺨 위로 눈물이 주르륵 흘렀다.

"놀다 가자니까! 정말 성질 건드릴래?"

새까만 밤. 새까만 골목. 새까만 공사장. 불빛 한 줌 비치지 않는 그곳에는 아무것도 없었다. 칠흑 같은 어둠만 남은 그곳에서 여학생은 그저 벌벌 떨기만 했다.

"왜 때리고 난리야? 예쁜 얼굴 망가지게!"

역시 위아래로 새까만 옷을 입은 남학생이 다가왔다. 그는 벌벌 떠는 여학생 앞에 한쪽 무릎을 꿇고는 그녀의 부어오른 뺨을 쓰다듬었다.

"너 아주 예쁘구나? 그러니까 아까처럼 까불지 마. 조용히 하고 말이지."

그의 얼굴이 그녀의 왼뺨을 향해 다가왔다. 차가운 밤공기를 가르는 거친 숨소리가 그녀의 귓가에 울렸다.

"조용히 해, 알았지?"

다음 순간 그는 거칠게 그녀의 사지를 내리눌렀다. 갑자기 뒤로 눕혀진 여학생이 힘껏 그를 밀치며 소리를 질렀다.

"꺄악!"

"야, 붙잡아!"

하지만 겁에 질린 비명은 생각보다 작았다. 그녀는 곧바로 그들의 거친 손길에 입이 틀어막히고 말았다. 그들은 그녀를 공사장 안쪽으로 질질 끌고 갔다.

"사, 살려줘!"

그녀가 아무리 소리를 질러대도 단단히 막힌 소리는 목구멍을 빠져나가지 못했다.

"붙잡아!"

그들은 공사장의 판자 더미 위에 그녀를 눕히고는 꼼짝달싹도 못하게 팔다리를 내리눌렀다. 여전히 그녀의 입은 얼어 있었다. 남학생 하나가 허리띠를 풀며 흉측스럽게 다가왔다.

"아, 안 돼!"

"으흐흐."

징그럽게 웃는 녀석은 인간이 아니라 괴물 같았다.

찌익! 찌이익!

여학생의 교복 블라우스가 볼품없이 찢겨나갔다. 남학생이 징그러운 웃음을 흘리며 덮치는 순간 여학생은 젖 먹던 힘까지 짜내서 붙잡힌 팔을 빼내고는 그를 밀쳤다.

쿠당탕!

덮칠 대상을 잃고 중심을 놓쳐버린 남학생은 판자 더미 아래로 굴렀다.

"이년이! 너 죽었어!"

중심을 잃고 쓰러진 남학생이 몸을 일으키며 욕지거리를 퍼부었다. 다시 여학생에게 다가오던 짐승 같은 놈이 갑자기 균형을 잃고 뒤로 고꾸라졌다.

쾅당!

갑작스러운 친구의 실수에 검은 옷의 무리가 실소를 머금었다.

"키키. 왜 그래? 술이라도 취했냐?"

여학생의 팔다리를 붙잡고 있던 다른 녀석들은 빙긋빙긋 웃으며 농담을 했다. 그런데도 넘어진 남학생은 일어날 줄을 몰랐다.

"야!"

친구 하나가 다가가 움직이지 않는 녀석을 슬쩍 건드렸다. 그러자 뭔가 끈적한 것이 손에 묻었다.

"이게 뭐야?"

남학생은 자신의 손에 묻은 것을 확인하다가 소스라치게 놀라며 뒤로 물러났다.

"피…… 피야!"

"뭐?"

그때였다.

퓨욱! 퓨우욱!

길고 날카로운 무언가가 쓰러진 남학생의 배를 가르며 허공으로 솟구쳤다. 그리고 진득한 액체가 분수처럼 쏟아졌다.

"으악! 으아악!"

남학생들은 혼비백산해서 뒤로 물러섰다.

퓨욱! 퓨우욱!

또다시 얇고 날카로운 무언가가 쓰러진 남학생의 사지를 꿰뚫고 허공을 휘저었다.

퍼억! 우두둑!

끔찍한 소리가 허공을 가르며 흩어졌다. 동시에 남학생의 등뼈는 일그러지고 살가죽이 터지면서 길고 구불대는 무언가가 뻗어

나왔다. 남학생은 살아 움직이는 거대한 괴물에게 온몸을 잡아먹히고 있었다. 그것은 거대한 문어의 다리 같기도 했고, 날카로운 철사 같기도 했다.

쭈욱, 쭈우욱!

괴물이 요란한 소리를 내며 피를 들이켤 때마다 남학생의 얼굴은 흑색으로 변해갔다. 정체불명의 괴물이 남학생의 피를 빨아대고 있는 것이 분명했다.

"으악! 으아아악!"

다른 남학생들은 이 놀라운 광경에 입을 쩍 벌리고는 괴성을 지르며 허겁지겁 공사장 밖으로 빠져나갔다.

"사, 살려주세요! 살려……."

혼자 남은 여학생도 후들거리는 다리로 공사장을 빠져나왔다. 그녀는 블라우스가 찢어진 것도, 속치마가 나부끼는 것도 잊은 채 한없이 기고 또 기었다. 두 무릎이 새빨갛게 까질 때까지…….

"사람 살려!"

그녀의 입에서 터져 나온 비명이 한밤의 어둠과 적막을 갈가리 찢어놓았다.

7

"형, 또예요, 또!"

낙빈이 소리를 지르며 달려오는 바람에 아침잠 많은 승덕도 단번에 눈이 떠졌다. 그는 평소처럼 암자에 누워 있다고 생각했다가 익숙지 않은 푹신한 느낌에 자리에서 벌떡 일어났다.

"으음, 여기는……? 아, 그렇지. 혜정이네 집이지."

오랜만에 푹신한 침대에서 깨어난 승덕은 몸을 일으켰다. 뭔가에 홀린 듯이 집을 뛰쳐나가 연락이 없던 혜정이 승덕 일행과 무사히 돌아오자 그녀의 부모는 한없이 기뻐했다. 혜정은 식인식물 인면화가 자신을 덮칠 것만 같은 불안감 때문에 승덕 일행에게 자신의 집에서 묵어달라고 간절히 부탁했다. 보아하니 사건이 해결될 때까지 승덕 일행을 보내지 않을 기세였다.

정희는 혜정과 함께 같은 방에서 잠을 청했고 승덕과 정현, 그리고 낙빈은 옆방에 함께 묵었다. 몇 년간 암자에서 온돌 생활에 익숙해진 승덕은 보드랍고 푹신한 침대에서 잤더니 허리가 뻐근한 느낌을 받았다. 눈을 비비며 시간을 확인하니 새벽 5시. 잠자리가 낯설어서인지 낙빈은 일찌감치 깨어 있다가 새벽에 배달된 신문을 보고 승덕을 깨웠다.

"형! 이것 좀 봐요!"

정현도 낙빈이 펼쳐든 신문에 머리를 들이밀었다. 커다란 활자로 진하게 인쇄된 기사 제목이 눈에 들어왔다.

엽기적 살인 사건… 경찰도 오리무중

"이런, 또!"

승덕은 급히 기사를 읽어 내려갔다. 지난밤에 또 다른 사건이 일어나고 말았다.

"이번엔 고등학생이래요!"

머리를 맞댄 채 얼굴이 굳어버린 세 사람 뒤로 혜정의 목소리가 들려왔다.

"무슨 일이에요?"

혜정 역시 도통 잠이 오지 않았는지 새벽까지 뒤척이다가 옆방에서 울려 퍼지는 낙빈의 목소리를 들은 모양이었다. 어느새 혜정과 정희가 방 앞에 와 있었다.

"어젯밤에 또다시⋯⋯."

"또요?"

혜정은 빼앗듯이 신문을 낚아채서는 충혈된 눈으로 기사를 읽었다.

"흐윽!"

그녀의 입에선 울음이 터져 나왔다.

"날 죽일 거예요. 그 괴물이 처음 맛본 건 내 피와 살과 손톱이었어요! 날 잡아먹을 거예요. 날 노리고 있을 거예요. 으흐흑!"

온몸에 기운이 빠진 혜정은 그 자리에 무너져 내렸다.

"후우! 발 없는 말이 천 리를 가는 것도 아니고, 발 없는 인면화가 대체 어디까지 가려는 건지! 미리 예측할 수만 있다면⋯⋯."

승덕은 마구 머리를 흔들었다. 아무리 생각해도 놈의 행동을 예측할 수가 없었다. 그런 승덕을 지켜보던 정희가 자신의 생각을 이야기했다.

"승덕 오빠의 말대로 인면화가 가는 곳을 예측할 수는 없을까요? 우리가 기댈 것은 인면화의 본능과 인면화에 깃든 원혼의 의지예요. 만약 인면화의 본능대로 움직인다면 인면화는 혜정 언니를 향해 오겠죠. 인면화가 혜정 언니에 대한 복수심으로 움직인다면 혜정 언니 주변에서 일이 벌어질 거예요. 하지만 인면화가 자유대학을 나간 후로는 혜정 언니와 관련 없는 장소에서 모든 사건이 벌어지지 않았나요?"

"그래!"

정희의 말을 듣던 승덕이 무릎을 쳤다.

"맞아! 그런 것을 보면 인면화는 종족을 보존하고 생명을 지키려는 본능이 우선인 것 같아. 낙빈이도 인면화에서는 특별한 의지나 상념이 느껴지지 않는다고 했으니까. 혜정이의 생각과 달리 동진 군과 그 후배들이 사망한 건 인면화의 복수심 때문이 아니라 인면화와 가장 가까운 곳에 실험동이 있었기 때문이야! 그렇다면 인면화는 왜 이동하고 있을까? 대학 내에도 먹잇감은 많은데 말이야. 혜정이에게 복수를 하려는 게 아니라면 도대체 어디로 가고 있을까? 그 해답은 아귀가 쥐고 있어! 복수심을 품은 아귀의 의지가 인면화에게 방향을 제시해주고 있는 거라고!"

이렇게 생각하니 이야기가 맞아떨어졌다. 혜정에게 복수를 하려 한다고 생각하면 인면화가 벌이는 사건들과 혜정 사이의 연결

점을 찾아낼 수가 없었다. 하지만 모든 사건에서 인면화의 본능을 제거하면 이야기는 훨씬 풀기 쉬워진다.

"그럼 지금까지 죽은 사람들이 그분을 아귀로 만든 걸까요?"

"아니야."

낙빈의 질문에 승덕이 고개를 흔들었다.

"지금까지 살해된 사람들은 모두 젊은 층이었어. 방공호에 갇힌 원혼이 복수를 한다면 꽤나 나이가 많은 사람이어야 말이 되지. 그런데 지금까지 살해된 사람들은 너무 젊어."

"그럼 아귀는 상관도 없는 사람들을 죽인 거네요? 왜 그런 걸까요?"

"그래. 그러니까 상관도 없는 사람을 죽인 건 아귀가 아니라 인면화라는 소리야. 왜? 인면화는 그저 본능을 따르니까 배가 고파서 사람들을 죽였겠지. 바로 그거야!"

승덕은 무슨 생각이 났는지 배낭 속에서 지도 뭉치를 주섬주섬 꺼냈다. 자주 사용하는 지도인지 대한민국 전도와 각 지방의 지도들은 몹시 닳아 있었다. 승덕은 그중 한 장을 꺼내 빨간 볼펜으로 동그라미를 그렸다.

"그렇지! 왜 이 생각을 못 했을까? 낙빈이의 질문이 핵심이야! 인면화는 왜 상관도 없는 사람을 죽인 걸까? 답은 그거야! 인면화는 다리가 없다!"

일행은 승덕이 그린 동그라미를 유심히 바라보았다.

"이거 봐. 이게 바로 인면화에게 살해당한 사람들이 있던 곳이야. 우연이라기엔 이상할 정도로 모두 일직선으로 배열되어 있어. 즉 인면화는 어딘가를 향해 직진하고 있다는 말이야. 아귀는 당장 복수할 상대방에게 가고 싶겠지. 하지만 인면화는 다리가 없어! 자신을 아귀로 만든 원흉을 향해 가고 있지만 시간이 걸린다는 얘기야! 이것 좀 봐. 놈은 거의 동일한 거리를 옮겨가고 있어. 지도상으로 보면…… 인면화가 정체를 드러낸 거리는 거의 일정해. 대충 하루에 20킬로미터를 전진하고 있는 거야. 게다가 뚜렷한 방향성까지 있어!"

"그러네요!"

승덕의 말대로 붉은 동그라미는 거의 일정한 간격으로 띄엄띄엄 그려져 있었다. 그것보다 더 놀라운 것은 각각의 동그라미가 거의 직선에 가까울 정도로 북동쪽 45도 방향으로 연이어져 있다는 사실이었다.

"그렇다면 다음은…… 여기다! 석정동! 석정동 근처에서 인면화가 좋아하는 음기와 습기가 많은 장소를 찾는 거야. 그리고 사람의 왕래가 거의 없는 공사장 같은 곳을 찾는다면……."

"우와! 좋았어요!"

낙빈이 신이 나서 펄쩍펄쩍 뛰었다. 이제 인면화는 거의 잡은 거나 다름없다는 생각이 들었다.

"두 팀으로 나누자! 아무래도 위험하니까 정현이랑 내가 석정동 주변의 공사장을 뒤져서 반드시 인면화를 찾아낼게. 아무리 위험하다고 해도 결국에는 식물이니까 소형 화염방사기로 없앨 수 있을 거야. 아침이 되면 정현이는 나랑 재료를 몇 가지 구입해서 간단한 화염방사기를 만들어보자. 그러고는 곧장 석정동으로 가는 거야. 낙빈이와 정희, 그리고 혜정이는 그 원한령이 어쩌다 그렇게 죽었는지, 도대체 누가 죽었는지 알아봐. 혜정이도 이제는 마음을 좀 놓도록 해. 분명히 너에게 다가오는 건 아니니까 말이야!"

승덕은 또다시 주섬주섬 자료를 꺼냈다.

"어제 내가 정보망에서 찾아낸 자료야. 방공호에서 죽었을 만한 여자를 찾아냈어! 아마 이 여자가 확실할 거야. 전쟁이 끝난 후부터 자유대학이 세워지기 전까지 이 지역에서 실종된 사람을 조사했더니 이 여자가 나왔어. 바로 그 방공호가 있던 저택에서 살던 여자야. 실종 신고를 했던 부모의 주소가 당시 집주인이던 김기돈의 주소와 동일해. 1976년에 실종 신고가 됐어. 이름은 곽영실이고 당시 나이는 17세. 신고한 사람도 곽씨야. 집주인이 김씨니까 그 밑에서 일하던 사람이나 친척이었겠지.

자, 이제부터 혜정이는 정희, 낙빈이와 함께 곽영실이란 여자를 추적해. 낙빈이라면 그 여자가 원한령과 동일인인지 아닌지 감이 오지 않을까 싶어. 정현이와 나는 석정동을 이 잡듯이 뒤져서 인면화를 찾아내겠어!"

"네, 알았어요!"

모두들 갑작스럽게 희망이 솟아오르는 것 같았다.

인면화는 바로 눈앞에 있었다. 놈을 잡을 수 있다는 강한 믿음이 불끈불끈 솟아올랐다.

8

이른 아침부터 승덕과 정현은 전자 상가를 누비고 다니며 재료를 구입했다. 둘은 압축공기와 호스, 그리고 점화기관을 연결해 엉성하지만 불꽃이 나오는 소형 화염방사기를 뚝딱 만들어냈다. 그러고는 곧장 석정동 주변을 누볐다. 어젯밤 사이에 분명 놈은 이 근처에 도착했을 것이다. 두 사람은 북동쪽 45도 방향에 맞춰서 어젯밤 남학생이 살해된 대흥동부터 석정동까지 놈이 갈 만한 곳은 모두 찾아보기로 했다. 이제 인면화를 찾는 것은 시간문제였다.

한편 혜정과 정희, 그리고 낙빈은 아귀가 되었을 것으로 추정되는 '곽영실'이란 여자의 실종 사건을 뒤쫓았다. 곽영실의 아버지이자 실종 신고를 했던 '곽주철' 씨의 주소를 알아낸 일행은 그곳을 향해 달렸다. 혜정이 차를 운전했기 때문에 기동성이 있었다.

"누나, 저거 좀 봐요."

낙빈이 멀리 빨간 벽에 덕지덕지 붙은 포스터들을 가리켰다.

"그래, 선거철이라 그런지 포스터가 다닥다닥 붙었구나."

혜정이 한숨을 내뱉으며 마뜩지 않은 목소리로 대답했다.

"저기 초록색 포스터는 누구예요?"

"왜? 새민족당으로 출마한 사람 같은데? 나도 동네가 달라서 잘 모르겠네."

"어쩐지 얼굴이 굉장히 눈에 익어서요……."

"그래?"

혜정은 대수롭지 않게 벽보를 스윽 쳐다보고는 서둘러 곽영실의 아버지 곽주철의 주소지를 향해 차를 몰았다. 지금은 곽영실의 신원을 밝혀야 한다는 생각만 머리에 가득했던 것이다. 하지만 낙빈은 줄곧 포스터에서 눈을 떼지 못했다. 어쩐지 묘한 기분이 낙빈의 육감을 자극하고 있었다.

곽주철 노인의 집은 시내에서 많이 떨어진 외곽에 있었다. 회색 벽돌로 지어진 집이 얼기설기 모여 앉은 마을은 한눈에 보기에도 지독한 빈촌이었다. 낙빈 일행은 번지수조차 제대로 새겨지지 않은 동네를 한참이나 헤매다가 허름하기 짝이 없는 오래된 집을 찾아냈다.

"실례합니다."

혜정을 앞세워 집 안에 들어가자 마침 마당에서 걸레를 빨던 노부인이 그들을 맞았다.

"당신들 뭐요?"

분명 달갑지 않은 말투였다. 그녀는 아침 댓바람부터 찾아온 손님들에게 경계의 눈빛을 보내고 있었다.

"실례합니다. 다름이 아니라 혹시 여기에 곽주철 씨라고 계시지요?"

"그건 왜요?"

"좀 여쭤볼 말이……."

"뭔데요?"

어쩐지 순순히 대답을 해주려는 분위기가 아니었다. 혜정은 잠시 고민하다가 결국 '곽영실'이란 이름을 대고 말았다.

"저, 곽영실 씨에 대해서……."

"곽영실?"

"저 곽주철 할아버님의 따님이신……."

"당신들이 우리 아가씨를 어떻게 아는 거지? 당신들 뭐야?"

노부인은 적대감으로 똘똘 뭉쳐 있었다. 그녀의 주름진 미간이 매섭게 좁혀졌다. 그녀는 무슨 말을 해도 반갑지 않은 모양이었다. 어쨌든 '아가씨'라고 하는 것을 보니 죽은 곽영실의 올케인 듯했다. 그러니까 곽주철에게는 며느리가 되는 셈이다.

"곽영실 씨에 대해 여쭤볼 것이 있어서요."

"당신들이 뭔데 아가씨에 대해……!"

노부인은 괜한 적대감을 보이며 벌떡 일어섰다. 그러자 부인의 등 뒤로 보이는 툇마루 너머에서 방문이 드르륵 열렸다.

"누가 왔어?"

걸걸한 목소리의 남자가 한쪽 다리를 절며 자리에서 일어섰다. 새까만 피부에 깡마른 남자는 얼굴 가득 주름이 자글거렸다.

"아, 갑자기 이 사람들이 아가씨 얘길 하지 뭐예요."

"뭐라고?"

노부인의 남편이라면 깡마른 노인은 곽영실의 오빠가 된다. 일행이 곽영실을 찾는다고 하니 노인도 놀라는 모습이었다. 하기야 당연한 일이었다. 동생이 사라진 지도 수십 년이 지난 마당에 낯선 사람들이 들이닥쳐 그녀를 찾으니 말이다.

"저, 실은 곽영실 씨에 대한 이야기를 하려고 왔습니다. 예전에 곽주철 씨가 실종 신고를 하셨다고 해서 뵈러 온 겁니다."

"영실이 이야기는 누구한테 들었소?"

"들은 것이 아니라…… 실은 저희가 곽영실 씨의 시체를 발견했어요. 그래서……."

"뭐라고? 헛소리 마쇼! 경찰도 연락이 없었건만 어째 그게 우리 영실이오? 게다가 영실이는 바람이 나서 집을 나간 뒤 지금껏 연락 한번 하지 않았소! 그런 패씸한 계집애가 죽었든 살았든 우리랑은 상관없는 일이오. 그러니 당장 나가쇼!"

그는 곽영실이 죽었다는 사실에 기분이 나빴는지, 아니면 과거의 좋지 않은 소문이 떠올라 기분이 나빴는지 무뚝뚝한 태도로 돌아가라는 말만 연거푸 내뱉고는 방문을 닫으려고 했다.

"잠깐만요, 할아버지!"

노인은 자신을 불러세우는 어린아이의 목소리에 문을 닫으려다 말고 낙빈을 쳐다보았다.

"할아버지, 전 무당이에요. 실은 우연히 자유대학교에 갔다가 그곳에서 그분의 혼령을 느꼈어요. 잘 알아들을 수는 없지만 한

이 많은지 성불하지 못하고 떠돌아다니고 계셨어요. 하도 한이
많으셔서 진오귀굿♦이라도 해서 저승에 보내드리고 싶어요. 하
지만 너무 오래된 일이라 자세한 사정을 알 수가 없었어요. 왜 그
분이 이승을 떠돌게 되었는지, 어떻게 해야 성불을 시켜드릴지
알고 싶어서 찾아온 거예요!"

"무당……?"

노인은 다시 낙빈을 위아래로 훑어보았다. 흰 한복을 입은 남
자아이는 작고 어렸지만 총명한 눈만은 어디에 내놓아도 빠지지
않을 만큼 빛났다.

"진짜로 영실이가 구천을 떠돌고 있는 거냐?"

"네, 할아버지!"

"매년 제사를 지내지 않아서 그런 건 아니고?"

"제사를 안 지내세요? 왜요?"

"바람이 나서 집을 나간 거라고들 해서 그냥 그 애를 잊고 살기
로 했다."

"그렇군요. 하지만 제사 때문은 아니에요. 원한 때문에 성불을
못 하고 계세요. 객사한데다 원한까지 겹쳐서요."

♦망인亡人의 영혼을 저승으로 보내주는 위령제를 말한다. 원혼을 해원解寃(원한을 풀어주
는 것)시켜서 저승길로 인도해주는 것이다. 진오귀굿의 핵심은 무당이 길베를 가슴으로
가르는 것이다. 이는 망인이 저승으로 들어가는 험난한 가시밭길을 헤쳐주는 것을 상징한
다. 사후 6개월 안에 하는 것을 진진오귀, 3년 안에 하는 것을 진오귀굿이라 한다. 진오귀
굿 도중에 무당에게 망인의 영혼이 실려 생전의 원한을 늘어놓는 넋두리를 하고 굿이 끝난
다음에는 무당이 가른 길베와 망인이 입던 옷을 불에 태워야 비로소 영혼이 이승을 떠나게
된다.

"진짜냐?"

노인은 낙빈의 말에 호기심을 보이기 시작했다. 하지만 옆에 있던 노부인이 손을 흔들며 남자를 말렸다.

"그 말을 믿어요? 돈을 뜯어내려는 수작이야! 아가씨 이야기를 어디서 듣고 와서 돈을 뜯어내려고 수작을 부리는 거라고!"

"아, 아니에요!"

낙빈이 한사코 부인했지만 노부인은 낙빈의 말에는 관심도 없다는 듯 고개를 흔들며 걸레에 비누칠을 했다.

"우리는 보다시피 돈이 한 푼도 없다. 네가 굿을 해준다고 해도 제사상 차릴 돈도 없다."

"그런 얘기가 아니니까 걱정 마세요!"

"그래, 진짜냐? 그렇다면…… 그 아이의 이야기를 해주마."

노인은 한쪽 다리를 절면서 천천히 툇마루로 나와 앉았다.

"저, 우선 곽주철 할아버님부터 좀 만나뵙고 싶은데…… 생존해 계신다고 들었는데 어디에……."

"흠."

혜정의 말에 잠시 머뭇거리던 노인은 툇마루 아래로 내려섰다. 그러더니 대문 옆의 골방 문을 벌컥 열어젖혔다. 그러자 방 안에서 이루 말할 수 없을 만큼 역한 냄새가 흘러나왔다. 그곳에는 아주 연로한 노인이 힘없이 벽에 기대앉아 있었다. 뼈만 앙상하게 남은 노인의 눈동자는 벌써 이 세상의 것이 아니었다.

"아버님은 중풍에 걸린데다 치매가 심해서 저 모양이다."

그는 한 발을 끌며 다시 툇마루로 올라갔다.

"이리 올라오쇼."

노인은 무뚝뚝하게 한마디 내뱉으며 안방으로 들어가 종이 한 장을 들고 나왔다. 노인의 말대로 툇마루에 오른 낙빈 일행은 그의 맞은편에 공손히 무릎을 꿇고 앉았다. 노인은 실종된, 아니 살해된 동생 곽영실에 대해 이야기를 시작했다.

"이게 우리 영실이오."

그가 누렇게 변색된 흑백사진을 내밀었다. 그 안에는 해맑게 웃고 있는 열다섯 살 남짓한 소녀의 얼굴이 있었다. 화질이 좋지 않았음에도 이목구비가 시원시원한 것이 실물은 더욱 아름다웠을 것 같았다.

"확실해요! 그분이에요!"

사진의 얼굴이 방공호에서 보았던 혼령의 것과 완전히 맞아떨어졌다. 확실했다. 죽은 사람은 분명 곽영실이었다.

"확실하냐?"

"네."

낙빈은 슬픈 눈빛으로 시선을 떨구는 노인을 보며 미안한 마음이 들었다. 동생의 소식을 알게 되었지만 그것이 죽었다는, 그것도 원한령이 되어 구천을 떠돈다는 이야기니 마음이 아플 것 같았다.

'이런 분에게 동생이 아귀가 되었다고 말해야 하는 걸까?'

낙빈은 노인의 눈동자만 물끄러미 쳐다보았다.

"그 애가 성불하지 못하고 있다는 거냐?"

"네."

"그 아이가…… 언제 죽은 거냐?"

"확실하지는 않지만…… 아마도 실종 신고를 하셨던 그때쯤……."

방공호에서 굶어 죽었다는 말은 차마 할 수가 없었다.

"그래? 그렇구나. 그래, 그 아이의 혼령이 옛 집터를 떠돌고 있단 말이지?"

"네."

"혼령이 떠돈다는 건 누가 그 아이를 죽였다는 소리지?"

"……."

"누가 죽인 게냐?"

"아직 모르겠어요. 어쩌다 돌아가셨는지 아직 제가 부족해서 알아내지 못했어요. 그래서 여기까지 찾아온 거예요. 뭔가 알 수 있을까 해서요. 성불을 도와드리려면 우선 어떻게 돌아가셨는지, 생전의 그분은 어땠는지를 알아야 하니까요……."

"그래……."

그는 한동안 깊은 생각에 빠져 있었다. 한참 후에야 그의 입에서 잊었던 누이동생의 얘기가 술술 흘러나왔다.

"영실이가 실종된 것은…… 내가 그때 스물셋이었으니까 그 아이는 열일곱 살이었을 거다. 보다시피 얼굴이 이 모양으로 고와서 찝쩍거리는 놈이 많았더랬지. 우리 부모도 이 애를 무척 애지

중지했지.

　그때나 지금이나 우리 집은 손바닥만 한 땅 한 평 없이 찢어지게 가난해서 영실이나 나나 학교 문턱 한번 밟아본 적이 없었다. 다른 형제들도 마찬가지고. 우리 부모는 동네 유지였던 김부자 댁에 얹혀사는 하인 같은 신세였지. 자질구레한 집안일은 어머니와 누이가 하고 거친 농사일은 아버지와 우리 형제들이 도맡아 했어.

　그래도 소작농보다는 살 만했지. 적지만 매달 돈을 받았으니까. 굶어 죽을 일은 없지 않냐. 그렇게 우리 가족은 김부자 댁에 헌신하며 매달렸지. 그러니까 김부자 댁이 그 집을 대학에 팔아넘기기 전까지는 그렇게 살았다. 어쨌든 김부자 댁이 인심이 후해서 우리 식구가 밥을 굶는 일은 없었거든. 하지만 김기돈이라는 아들놈이 돌아가신 김부자 어르신의 재산을 물려받은 뒤에는 사정이 많이 달라졌어. 이놈이 우리 식구들을 밉보았는지 사사건건 시비를 걸기 일쑤였거든. 새파랗게 젊은 놈이 위아래도 없어서 우리 부모까지 못살게 굴었지. 우리 형제들이 놈에게 당한 건 말할 것도 없고.

　그런데 그놈에게 제일 괴롭힘을 당했던 건 예쁘장한 영실이었다. 그놈은 예쁘고 새침한 그 애를 한번 갖고 놀려고 이리저리 궁리를 하곤 했지. 하지만 우리 일곱 형제가 뻔히 그놈 속을 아는데 그놈 뜻대로 내버려둘 리가 없었지. 놈과는 부딪히지 않게 이리저리 영실이를 빼돌리고 혼자서는 돌아다니지도 못하게 했어. 그런 일로 우리 형제들과 새파란 젊은 주인은 아주 사이가 안 좋았어. 김기돈이란 놈은 걸핏하면 저를 깔본다느니, 눈을 치켜떴다느니 하면서 우리 식구를 들들 볶았어.

영실이가 없어진 것이 바로 그때쯤이었지. 그렇게 들들 볶아대는 놈 때문에 가장 괴로웠던 건 아마 그 아이였을 거야. 그래서인지 어느 날 밤에 아무 말도 없이 훌쩍 사라져버린 거야. 처음에는 영실이를 찾느라 온 집안이 발칵 뒤집혔어. 그러다 나중에 소문이 났지. 영실이 그것이 바람이 나서 집을 나가버렸다는 소문이었어. 그때 마침 동네에 딴따라들이 왔다 갔거든. 그런데 그중 한 놈에게 영실이가 홀딱 반해서 따라다녔다더군. 누가 누굴 따라다녔는지는 모르지만, 어쨌든 딴따라로 굴러먹던 놈하고 눈이 맞아 집을 나갔다는 소문이 파다해졌어.

처음엔 믿지 않던 우리 부모도 아무리 찾아도 영실이는 나오지 않고 어떤 딴따라패에서 영실이를 봤다는 소문만 무성한데다 갑갑한 마음에 찾아간 점집에서도 영실이가 바람이 나서 집을 나갔다고 하니까 나중에는 노발대발했지. 만날 영실이를 두둔했던 우리 형제들도 아주 실망이 컸고. 하도 화가 나서 그런 년은 아예 식구로도 치지 않겠다고 난리가 났어. 그리고 그렇게 그 애를 잊고 살았지. 완전히. 아주 몹쓸 년으로 남겨놓은 채 말이야."

오래전에 눈물이 말라버렸을 것 같은 노인의 눈매에 작은 물방울이 맺혔다.

384

9

벌써 이 동네를 세 바퀴나 돌았다. 대흥동부터 석정1동, 그리고 석정2동까지. 승덕과 정현은 발이 닳도록 돌아다녔지만 거대한 식인식물을 발견하기는커녕, 오히려 수상한 사람들이 돌아다닌다는 주민 신고로 동네 파출소까지 다녀왔다.

공사장 근처나 축축한 음지의 공터는 하나도 빼놓지 않고 몇 번이나 샅샅이 살펴보았지만 놈의 그림자도 발견하지 못했다. 벌써 해가 서쪽 하늘에 걸리면서 붉은 노을이 짙게 드리워져 있었다.

"이런, 미치겠군!"

이곳저곳을 바쁘게 달리느라 승덕의 얼굴은 이미 벌겋게 익을 대로 익었지만 소득은 하나도 없었다. 놈은 아주 단단히 숨어 있었다.

띠리리.

갑자기 승덕의 뒤춤에서 휴대전화가 울렸다. 전화를 받으니 혜정의 목소리가 들렸다.

"승덕 선배, 저예요. 저희는 많이 알아냈어요."

혜정이 승덕에게 말했다.

"죽은 사람은 선배 말대로 곽영실 씨가 분명해요. 낙빈이가 사진으로 확인했는데 아른거리던 혼령의 모습과 일치한대요. 곽영실 씨의 오빠 되는 분을 만나서 여러 이야기를 듣고 나오는 길이

385

에요. 선배는 어때요?"

"한숨만 나와. 놈이 있을 만한 공터나 공사장 주변은 빠짐없이
돌았지만 어디에도 없어. 미치겠다."

"그래요? 알았어요. 어쨌든 선배 쪽으로 갈게요. 근처에서 다시
전화할게요."

승덕은 휴대전화를 힘없이 껐다.

"후우."

승덕은 자꾸만 한숨이 새어나왔다.

통화를 끝낸 혜정은 낙빈, 정희와 함께 차에 올라탔다.

"저쪽은 별로인가 봐. 선배 목소리도 영 아니고. 어디에 숨은
건지, 정말…… . 어쨌든 우리도 가서 도와야지."

마음속으로 잘되길 바랐던 정희나 낙빈 모두 안타까운 표정이
었다. 놈은 낮에 찾아내야 했다. 밤이 되면 그 식인귀가 언제 어디
서 튀어나와 무고한 사람을 잡아먹을지 몰랐다.

"후우, 더 이상 죄를 지어서는 안 되는데…… ."

정희는 아귀가 되어버린 망자가 내내 마음에 걸리는 모양이었
다. 하기야 누군가에게 죽임을 당한 것도 모자라 가족들로부터도
이날 이때까지 배척받았다니, 참으로 불쌍한 사람이었다. 낙빈도
착잡한 마음으로 자동차 뒷좌석에 몸을 기댄 채 조용히 창밖을
내다보았다.

"앗! 잠깐만요!"

물끄러미 창밖만 바라보던 낙빈이 다급히 소리쳤다. 깜짝 놀란 혜정이 급브레이크를 밟는 바람에 낙빈과 정희 모두 앞으로 고꾸라졌다. 다행히 뒤따르는 차가 없어서 사고는 나지 않았다.

"죄송해요, 누나. 저기 저 얼굴이 자꾸만…… 저기로 좀 가까이 가주세요!"

낙빈이 무언가를 느낀 모양이었다. 혜정이 천천히 비상등을 켜더니 간신히 차선을 바꿔서 도로 끝에 차를 세웠다.

"뭔데? 아까 말했던 선거 포스터잖아. 뭐가 문제야?"

"저 사람요. 저 사람이 자꾸만 눈에…….."

낙빈이 가리킨 사람은 녹색 배경 안에서 웃고 있는 늙은 국회의원 출마자였다.

"저 사람이 왜?"

정희도 낙빈이 가리키는 포스터를 유심히 바라보았다. 그리고 출마자의 이름을 확인하는 순간 소스라치게 놀랐다.

"아앗, 낙빈아! 저 사람 혹시…….."

"어머, 세상에!"

김. 기. 돈.

사진 아래 적힌 이름은 분명 김기돈이었다. 김기돈이라면 김부자 댁의 새 주인, 즉 곽영실의 부모와 오빠들을 괴롭혔다던 그 사람이었다.

"맞아, 저 사람이에요! 저 사람! 혼령의 상념 속에서 봤던 사람이에요! 세월이 많이 지나서 알아보지 못할 뻔했지만 저 사람이에요, 바로 저 사람!"

혼령의 상념 속에 남아 있던 사람이 누군지는 뻔했다. 죽어서까지 잊지 못한 기억의 흔적! 복수의 흔적! 원한의 흔적!

이제 그들은 확실히 알았다. 혼령의 상념 속에 남아 있는 남자! 그가 바로 식인식물 인면화의 최종 타깃이라는 것을!

10

한쪽 벽에는 두꺼운 갈색 유리창이 드넓은 잔디 정원을 향해 나 있고 나머지 삼면의 벽에는 책장이 높은 천장까지 솟아 있었다. 책장마다 빽빽하게 꽂힌 책들이 위엄을 자랑하는 서재 안에는 손 세공으로 음각한 유럽풍의 최고급 가구들이 번쩍였다. 이곳은 집주인이 무척이나 공을 들인 공간임에 틀림없었다.

풍채 좋은 남자가 커다란 책상 앞의 회전의자에 앉자 의자가 삐걱 소리를 냈다. 그의 뒤로 보이는 두꺼운 유리벽 너머로 어마어마하게 넓은 정원과 우거진 정원수, 그리고 반짝이는 가로등이 훤히 내다보였다.

"이러고도 자네가 내 보좌관인가?"

머리가 희끗희끗한 남자가 탁자 위의 보고서 뭉치를 거칠게 쳐댔다. 그러자 가만히 서 있던 깡마른 사내 앞으로 하얀 종이가 우수수 떨어졌다. 깡마른 남자는 비굴할 정도로 머리를 조아리며 떨어진 종이들을 주웠다.

"이게 뭐야, 대체! 이러면 당선은커녕 무소속 놈들하고 누가 꼴찌냐를 두고 경쟁을 하겠어! 대체 자네는 뭐하는 사람이야?"

"의원님, 하지만……."

"다 때려치워! 이따위로 일할 거면 당장 내 눈앞에서 사라지라고! 당선! 당선이야! 그 외엔 아무것도 없어! 여긴 전쟁터야! 선택지는 죽느냐 사느냐뿐이라고! 이게 무슨 애들 장난인 줄 아나!"

풍채 좋은 남자는 얼굴이 시뻘게질 정도로 열을 내며 젊은 보좌관을 혼내고 있었다.

"무슨 짓을 하더라도 올려놔! 지지율을 올려놓으라고! 무슨 짓을 하더라도 말이야! 어떻게든 머리를 짜내! 머리는 폼으로 달린 건가? 어떻게든 지지율을 올릴 방도를 구해와! 알았어?"

그는 이미 노령임에도 쩌렁쩌렁한 목소리로 보좌관을 닦달했다. 그리고 한껏 얼굴을 찌푸리면서 보좌관에게 나가라고 손짓했다. 풀이 죽은 젊은 보좌관은 보고서 뭉치를 들고 서재를 나섰다. 김기돈 의원에게 등을 돌린 그의 얼굴은 핏줄이 터져 나올 만큼 부글부글 끓고 있었다.

"하여튼 요즘 젊은것들은!"

선거일이 다가올수록 점차 떨어지는 지지율에 신경이 곤두선 김 의원은 돌파구를 찾아내지 못하는 자신의 보좌관들을 분풀이 대상으로 삼았다. 청문회에서 애먼 소리를 조금 했다고 해도, 탈세를 조금 했다고 해도, 유흥 시설로 왕창 돈을 벌어 모은다고 해도 어떤 놈들은 잘도 당선되건만. 지지율이 떨어지는 이유는 모두가 덜떨어진 보좌관 놈들 때문이라는 것이 평소 그의 지론이었다.

똑똑.

노크 후에 서재로 들어온 사람은 김 의원보다 적어도 스무 살은 더 젊어 보이는 중년 여자였다.

"또 화를 내셨죠? 그렇게 화만 내지 말고 당신도 힘 좀 써보세요. 그리고 당신 지지율이 떨어지는 건 우리 동구 쪽에서 자꾸만 이상한 살인 사건이 일어나서라고요. 어젠 바로 옆 동네에서 사람이 죽었어요!"

그녀는 남편의 책상 위에 진한 한약을 내려놓았다.

"그게 내 책임이야? 병신 같은 경찰 놈들 때문이지! 하여간 쓸데없는 사건이 터져가지고 말이야! 에이!"

그는 한약 한 사발을 단숨에 들이켰다.

"내가 그런 쓸데없는 일에 신경을 써야겠어, 엉? 그것 말고도 이번 선거 때문에 골치가 아파 죽을 지경이라고! 어쨌든 우리만 괜찮으면 되잖아. 아까 일러뒀으니까 동구 경찰서 놈들이 우리 집은 10분 간격으로 순찰할 거야. 이상한 놈들은 얼씬하지 못할 테니까 걱정 말라고."

그는 이마를 치며 커다란 회전의자를 돌렸다. 그러자 거대한 갈색 유리벽 너머로 넓은 정원이 드러났다. 정원은 너무나 깨끗하게 손질되어 있었다. 두 개의 가로등 아래로 푸른 잔디가 균일하게 깎여 있고 정원수로 심은 홍송紅松 역시 단아하게 정돈되어 있었다.

"저거 뭐야?"

그러나 신경이 곤두선 김 의원의 눈에 조그마한 흠이 잡혔다.

"뭐가요?"

"저거 말이야! 가로등 밑에…… 가로등을 감은 저게 뭐냐고?"

부인 역시 김 의원이 가리키는 쪽을 유심히 바라보았다. 자세히 보니 가로등에 커다란 넝쿨이 친친 감겨 있었다.

"어머, 언제 저런 넝쿨을 심었지? 몰랐네? 정원사가 신경 좀 썼나 보네요. 가로등만 있는 것이 쓸쓸해 보여서 넝쿨을 감았나 보죠."

"누가 지 맘대로 심으래? 그 새끼 당장 잘라버려! 누가 지 맘대로 남의 정원을!"

이미 날카로울 대로 날카로워진 김기돈은 무엇 하나 맘에 들지 않았다. 부인 역시 그런 남편의 모습에 익숙했기 때문에 이내 고개를 흔들고 말았다. 그녀는 약사발을 쟁반에 받치고는 서재를 나가버렸다. 더 이상 대화를 이어가봤자 좋을 것이 없음을 잘 알고 있었다. 김기돈은 불쾌한 마음을 삭이기 위해 창밖의 넓은 잔디밭을 응시했다.

그러자 갑자기 예전 집이 생각났다. 끝없이 펼쳐진 수만 평의 논밭. 고개 숙이고 익어가던 벼가 떠올랐다. 그리고 갑자기 그 지긋지긋한 곽가 놈의 식구들이 떠올랐다.

"개새끼들! 우리 집 노인네가 죽은 후로 그놈의 하인 식구가 몽

땅 나를 무시했지! 곽 영감의 거지 같은 족속들! 노인네가 살아 있을 때는 아부만 하던 것들이 젊고 새파란 내 꼴은 못 봐주겠던 모양이지? 나쁜 놈들!"

김기돈은 한참이나 욕지거리를 해대다가 문득 한 여자의 얼굴을 떠올렸다. 새빨간 입술에 얼굴이 뽀얗고 새침하기 그지없던 그 여자가.

"등신 같은 년!"

그래도 좋은 마음을 가지고 그년만은 잘해주려고 했는데…….
잘만 하면 첩으로 삼아 먹을 자리, 앉을 자리 걱정하지 않고 잘살 게 해주려고 했는데! 손만 갖다 대도 질색하며 눈을 부라리던 그 앙큼한 것의 모습이 자꾸만 눈에 아른거렸다.

"밉살스러운 것!"

'그날 곽영실이란 년을 끌고 뒤뜰 뒤쪽의 언덕에 올라갔을 때 만 해도 사랑놀이나 하다가 보내주려고 했는데. 그년이 그렇게 발악하지만 않았어도…….'

김 의원의 눈앞에 그날 일이 선연히 비춰지는 것만 같았다.

곽가네 딸인 곽영실에게 마음이 있는 것을 눈치챈 후로 곽가 네 형제들은 똘똘 뭉쳐서 그가 그녀에게 다가갈 기회조차 주지 않았다.

'밉살스러운 곽가 놈들! 젊은 혈기에 기회를 호시탐탐 노리던 중 그날따라 모두들 논에 일을 나가고 곽영실만 부엌에 혼자 남 아 새참을 준비하고 있었지. 전에 없던 호기라서 냉큼 다가가 그년의 손목을 잡고 언덕 위로 달렸는데……. 그년의 반항이란! 좋은 게 좋은 거라고 첩으로 살면 내가 호강시켜주겠다는데도 그년은 누가 죽이기라도 할 것처럼 바락바락 소리를 지르며 내 말 따위는 들으려고도 하지 않았다.

홧김이었다. 그래, 홧김에 그년을 그곳에 가뒀던 거다. 아버지와 나만 아는 그놈의 땅굴에, 다시 전쟁이 나면 반드시 살아남아야 한다며 만들어놓았던 그놈의 땅굴에 그년을 처박아놓은 것은 모두 홧김이었다.

발악하는 그년을 벌준다는 의미도 있었고 하루만 지나면 배를 곯은 그년이 고분고분해지겠지 하는 마음도 있었다. 다음 날에 먹을 것을 한 아름 싸들고 가서 그년을 범한 후에 놓아줄 생각이었는데……. 그러면 그년은 아무 말도 못하고 첩이 되었을 텐데……. 곽가 놈들이 경찰에 신고하고 난리를 치지만 않았어도! 하룻밤만 지나면 그년을 꺼내줄 생각이었는데. 그 빌어먹을 놈들이 신고하는 바람에 구해줄 수가 없었다!'

김기돈은 세차게 머리를 흔들었다. 갑자기 깊은 잠에서 깨어난 듯 멍했다.

"갑자기 왜 이 생각이……."

김기돈은 수십 년을 살면서 그때 일만은 죽어도 생각하지 않으려고 애써왔다. 덕분에 이미 기억 저편으로 잊힌 사건이었는데, 오늘은 웬일인지 그 모든 일이 생생하게 떠올랐다.

"허 참……."

깊은 한숨을 내쉬던 김기돈의 눈에 휘익 하고 그림자 하나가 지나갔다.

"응? 저게 뭐야?"

줄곧 밖을 내다보던 김기돈은 꾸물꾸물 움직이는 무언가에 놀라지 않을 수 없었다. 그가 눈을 떼지 않고 줄곧 바라보던 가로등 넝쿨이 갑자기 주우욱 길어지더니 뱀처럼 꾸물대는 것이었다.

"어…… 어어?"

그는 두 눈을 비비고 다시 살펴보았다. 하지만 잘못 본 것이 아니었다. 뭔가 뱀 같은 것이 꿈틀대며 움직이고 있었다. 게다가 그 것은 서서히 이쪽 서재 창가로 다가오고 있었다.

"저게 뭐야?"

김 의원은 그것을 뚫어져라 바라보았다. 어쩐지 두 발을 뗄 수가 없었다. 처음에는 느리게 움직이던 그것이 조금씩 빨리 서재 쪽으로 다가왔다.

철썩!

마치 빨판이라도 달린 것처럼 거대한 식물이 서재 창가에 착 달라붙었다.

"어, 어어…… 으아악!"

김 의원은 그 자리에 털썩 주저앉고 말았다. 난생처음 보는 거대하고 새빨간 꽃의 중심에는 분명 사람의 얼굴이 새겨져 있었다. 그것도 기억 저편에 꽁꽁 묻어버렸던 그 여자, 곽영실의 얼굴이!

"으아악!"

망각 속으로 꾹꾹 눌러두었던 공포가 김기돈의 뇌리 속에서 뱀처럼 스멀스멀 기어 나오는 순간 꽃의 중심에 있던 여자의 음영이 스르르 움직이며 감겨 있던 눈을 치켜떴다. 그리고 원한에 찬, 매서운 두 눈이 김기돈을 노려보았다.

"아악! 살려줘! 으악!"

온통 까만 음영 속에서 스르르 떠진 눈알만 새하얗게 빛났다. 그 눈에서 뿜어 나오는 강렬한 원한의 기운에 김기돈은 새파랗게 질리고 말았다.

김 의원의 집은 정말 으리으리한 대저택이었다. 밖에서는 잘 보이지 않았지만 언뜻 보아도 잔디밭이 거의 운동장만큼이나 넓을 것 같았다.

"느껴져요! 벌써 이곳에 와 있어요!"

낙빈은 너무나도 강렬한 원한에 몸서리를 쳤다.

"시간이 없구나!"

정현이 소리치며 순식간에 거대한 저택의 담을 넘었다.

"당신들 뭐야!"

하필이면 그때 두 명의 경찰관이 이곳을 순찰하기 위해 다가오고 있었다. 경찰관들은 누군가 김 의원의 집 앞에서 서성이는 것을 보고 급히 다가왔다.

그때 담을 넘어간 정현이 대문을 열어주는 것과 동시에 눈앞에서 있는 경찰관들을 향해 손을 뻗었다.

"큭!"

"윽!"

바람을 가르는 소리와 함께 경찰관들이 그 자리에 쓰러졌다. 모두 혈도를 잡힌 채 그 자리에 고꾸라진 것이다.

"컹. 컹. 컹."

집 안에서도 커다란 셰퍼드와 경호원들, 그리고 젊은 보좌관까지 그들을 향해 다가왔다.

이미 경찰 둘을 넘어뜨린 이상 사정을 이야기해봐야 소용없다는 것을 직감한 정현이 몸을 날리며 사람은 물론 개들까지 순식간에 잠재웠다.

"이래도 되는 거냐?"

승덕은 머리를 긁적이며 걱정했지만 다른 방법이 없었다. 그리고 얼마의 시간이 지나면 모두 깨어날 것이다.

"저쪽이에요! 벌써 집 안에 있어요!"

낙빈이 가리키는 곳을 향해 일행은 쏜살같이 내달렸다.

김 의원은 눈앞에서 벌어지는 괴상망측한 장면에서 눈을 떼지 못했다. 뒤로 물러나려 해도, 도망치려 해도 도저히 발이 떨어지지 않았다. 그 이상한 식물이, 아니 새하얀 눈알의 곽영실 얼굴이 창가에 달라붙어 떨어지지 않았다. 그뿐만이 아니었다. 촉수와 같은 거대 식물의 넝쿨이 갈색 유리벽을 뒤덮더니 이내 유리벽

안으로 파고들었다.

빠지직.

쩌어억!

촉수는 세밀한 유리벽을 날카롭게 파고들어 마침내 균열을 만들었다. 총알도 뚫지 못하는 방탄 유리벽을 여유롭게 가르고 들어오는 모습이라니!

"으아악! 살려줘!"

한가운데 곽영실의 얼굴이 박힌 새빨간 꽃이 김 의원의 코앞까지 다가왔다. 그것은 분명 젊고 아름다웠던 곽영실의 얼굴이었다. 벌써 수십 년이 지나 망각 속으로 사라졌던 얼굴이 다시 눈앞에 나타나 독기 어린 눈초리로 그를 노려보고 있었다.

"으아악!"

코앞까지 다가온 괴물의 눈초리에 김 의원은 금방이라도 쓰러질 듯이 휘청거렸다.

퍼억!

화르르륵!

갑자기 서재 문이 부서지는 소리와 함께 어디선가 거센 불줄기가 뿜어 나왔다. 숭덕이 만든 작은 화염방사기가 새빨간 혀를 날름거리며 인면화를 향해 불타올랐다. 거대한 인면화의 촉수가 고통스러운 듯이 꿈틀거렸다.

꿈틀거리는 넝쿨 사이로 낙빈은 곽영실의 영혼을 보았다. 거대한 식인식물의 한가운데에 곽영실의 영혼이 박혀 있고 그 주위를 커다란 넝쿨이 친친 감은 모습이었다. 낙빈의 눈에는 피눈물을 흘리는 곽영실의 얼굴이 똑똑히 보였다. 비쩍 마른 얼굴에 배만 불룩한 그 모습은 분명 고통스러운 아귀의 것이었다. 곽영실의 영은 아무런 기억도, 생각도 없었다. 오로지 죽을 당시에 느꼈던 미칠 듯한 두려움과 공포, 그리고 복수심뿐이었다.

승덕의 화염방사기가 또다시 불을 뿜자 인면화의 넝쿨이 고통스럽게 꿈틀거렸고 인면화와 하나인 곽영실의 영혼도 눈을 뒤집으며 괴로워했다. 불쌍하게 죽어간 영혼이 또다시 고통스러워하는 모습에 낙빈은 안타깝기 그지없었다. 낙빈은 인면화 앞으로 달려 나갔다.

"그만두세요! 제발 그만두세요!"

낙빈이 눈물을 흘리며 곽영실의 영혼을 달랬다. 이제 그만 노여움을 거두고 지금이라도 성불하기를 빌었다. 하지만 이미 아귀가 되어버린 영혼의 귀에 낙빈의 말 따위가 들어갈 리는 없었다. 그저 낙빈도 복수를 막는 방해물에 불과했다.

츄춧!

거대한 넝쿨 하나가 낙빈의 머리를 향해 내쏘아졌다. 그것은 날카로운 드릴처럼 낙빈의 이마를 향해 빙글빙글 똬리를 틀며 날아갔다.

"아앗, 안 돼!"

어찌나 빠른지 눈앞이 아찔했다. 두 발은 얼어붙은 것처럼 꿈쩍하지 않았다. 거대한 넝쿨이 낙빈의 코앞에 닿는 순간 누군가가 재빨리 낙빈을 끌어당겼다.

정신을 차리고 보니 정현이 낙빈을 안고 구석으로 몸을 날린 뒤였다.

"형⋯⋯."

"괜찮냐, 낙빈아?"

낙빈이 정현을 바라보니, 오른쪽 어깨에서 끈적한 피가 배어 나오고 있었다. 낙빈을 구하려던 정현의 어깨에 날카롭고 거대한 넝쿨이 스쳤던 것이다.

"형, 어떡해요. 저분은 아무 생각이 없어요. 저분 마음속에는 고통과 괴로움과 복수 외에는 아무것도 없어요. 어떡해요, 저분! 가엾어서 어떡해요!"

낙빈은 울상이 되었다. 화염방사기를 치켜들고 있던 승덕도 얼굴이 어두웠다. 한 인간의 욕심과 야망으로 불행한 죽음을 맞은 여인이 살아서도, 죽어서도 고통받는다는 생각에 서글펐다. 승덕은 한쪽에서 덜덜 떨며 이 광경을 지켜보는 김기돈 의원에게로 고개를 돌렸다.

"빛줄기 하나 들어오지 않는 땅속에서 생을 마감한 분입니다. 콘크리트 벽 말고는 풀뿌리 하나 없는 그곳에서, 밤낮이 구분되지 않는 그곳에서 마지막을 보낸 사람이 당신의 눈앞에 있습니다. 그곳에서 빠져나오기 위해 손톱으로 바닥과 벽과 천장을 긁어댔지만 목이 말라 죽을 때까지, 배가 고파 쓰러질 때까지 아무도 찾아오지 않았고 아무 소리도 들려오지 않았죠."

"그만!"

김기돈은 자신의 눈을 똑바로 쳐다보며 아무도 모르는 수십 년 전의 이야기를 지껄이는 승덕을 향해 소리쳤다.

"어떻게 네가⋯⋯."

김 의원의 얼굴이 하얗게 질렸다. 승덕과 김기돈이 서로를 팽팽히 마주 보고 있는 사이 인면화는 서서히 기운을 차렸다. 인면화의 중심에 자리 잡은 곽영실의 영혼에는 김기돈에 대한 복수심만 남아 있었다.

퓨욱!

거대한 식인식물은 정확히 김 의원을 향해 촉수 같은 넝쿨을 내뻗었다. 그 끝에서 새하얀 눈동자를 번뜩이는 곽영실의 얼굴이, 바로 곽영실의 얼굴이 새겨진 인면화가 김 의원을 바라보고 있었다.

"안 돼!"

화르륵!

승덕의 손에 들린 작은 화염방사기가 또다시 불꽃을 토해내자 거대한 넝쿨이 승덕의 안면을 강타하더니 순식간에 그를 휘감아 2층 창밖으로 던졌다.

"으악!"

"형!"

낙빈이 아래로 떨어진 승덕을 향해 창문으로 뛰어내렸고 정현은 다친 팔로 식인 괴물의 앞을 막아섰다.

"형!"

1층으로 떨어져 내린 승덕은 의식이 없었다. 떨어진 곳이 딱딱한 콘크리트 바닥이라 충격이 더 큰 듯했다. 뒷머리에서 끈적한 피까지 배어 나왔다.

"형!"

낙빈은 금방 울상이 되었다.

"낙빈아!"

낙빈의 뒤를 따라 정희와 혜정이 헐떡이며 달려왔다.

"여긴 내게 맡기고 어서 정현이를 도와라. 걱정하지 말고."

"알았어요, 누나."

낙빈은 피를 흘리는 승덕을 정희에게 맡기고는 불룩 튀어나온 빨간 벽돌을 차고 올라가 깨진 2층 창으로 뛰어들었다.

"이협! 하아!"

바람처럼 빠른 정현이었지만 버거운 상대였다. 한 그루의 인면화가 수십 명의 사람과 맞먹는 힘을 냈다. 수십 개의 촉수가 쉴 새 없이 정현을 향해 날아왔다. 정현은 김 의원을 보호하면서 공격을 막느라 진땀을 흘리고 있었다.

"제요사마부!"

낙빈은 숨 돌릴 틈도 없이 품속에 있던 부적을 죄다 꺼내 인면화에게 흩뿌렸다.

인면화 넝쿨이 부적에 닿자 빠지직거리는 전기 음이 터져 나왔다. 인면화와 결합된 곽영실의 기운이 제요사마부에 닿으면서 찢겨나갔다. 정현을 향해, 정확히는 정현이 지키고 있는 김기돈 의원을 향해 나아가던 인면화가 슬슬 방향을 틀어 낙빈 쪽으로 향했다. 그사이에 낙빈은 양손을 들어 힘껏 불의 기운을 끌어올렸다. 그러자 작은 불꽃이 낙빈의 손에 맺히기 시작했다. 그것은 아주 작은 불꽃이었다. 안간힘을 써보아도 아직은 그게 전부였다. 아직 낙빈에게 불은 물의 기운만큼 익숙하지 않았다.

"이얍! 이야얍!"

뜨거운 불의 기운이 넝쿨을 강타하자 거대한 식인식물이 주춤했다. 그러나 그것도 잠시.

길고 거대한 넝쿨 하나가 서재 벽을 통과해 낙빈의 뒤통수를 가격했다. 동시에 정현의 옆쪽 벽에서도 보이지 않던 커다란 넝쿨이 튀어나와 정현의 급소를 강타했다. 낙빈을 바라보느라 잠시 방심했던 정현도, 어린 낙빈도 예상치 못한 공격에 정신을 잃고 말았다.

이제 곽영실의 영혼을 감싼 인면화와 김기돈 의원 사이를 막고 있는 것은 아무것도 없었다. 거대한 식인식물은 다른 사람은 안중에도 없이 김 의원을 향해 스르륵 다가갔다. 뒷걸음치던 김 의원의 뒤가 단단한 벽에 막히고 곽영실의 얼굴을 새긴 핏빛 꽃이 김기돈의 코앞으로 다가왔다.

"으아아악!"

그의 눈앞에 새하얀 눈알의 곽영실, 그녀의 얼굴이 있었다. 김 의원은 미친 듯이 소리쳤다.

거대한 인면화는 김 의원의 사지를 친친 감았다. 너무나 강하고 억센 힘에 김 의원은 옴짝달싹할 수도 없었다. 그렇게 끽소리도 못한 채 붙잡힌 김기돈의 얼굴을 향해 붉디붉은 꽃, 아니 곽영실의 얼굴이 다가왔다. 그러고는 꽃잎 한 장 한 장이 김기돈의 얼굴을 조였다.

인면화와 결합된 곽영실은 김기돈의 숨통을 막아 죽일 작정이었다. 이제 김기돈은 소리조차 지를 수 없었다. 그러나 숨을 쉴 수 없다는 사실보다 김기돈을 더욱더 미치게 하는 것은 바로 눈앞에 있는 새하얀 눈알의 곽영실이었다.

"끄억!"

목구멍을 타고 무언가가 넘어오는 느낌이 들면서 그는 더 이상 숨을 내쉴 수도 들이쉴 수도 없었다.

"크어억!"

꽃의 중심부에서 새까맣고 동그란 무언가가 나오더니 김기돈의 입으로 들어가 목구멍을 콱 막았다. 이제 공기가 완전히 차단되었다. 김기돈은 들숨도 날숨도 쉬지 못했다. 그의 머리가 하얗게 바래던 순간.

화르륵.

갑자기 세찬 불꽃이 타오르는 소리가 들렸다. 동시에 인면화의 잎이 살짝 느슨해졌다.

"으억! 콜록콜록!"

김 의원은 거친 숨을 내쉬며 붉은 꽃을 밀어냈다. 꽃이 멀어지며 흰 눈동자로 그를 노려보던 곽영실의 얼굴도 사라졌다. 김 의원은 붉은 꽃의 모습이 달라진 것을 보고 잠시 의문이 들었다. 좀 전까지만 해도 자신을 노려보던 하얀 눈알이 사라지고 없었다. 곽영실의 얼굴만 검은색 실루엣으로 붉은 꽃에 남아 있을 뿐, 끔찍한 모양의 흰 눈동자가 없어졌던 것이다. 김기돈은 아까 숨이 넘어가던 찰나, 무언가 목구멍으로 넘어오던 것을 기억했다. 그리고 그것이 바로 곽영실의 흰 눈알이었음을 직감했다.

"으웨엑!"

김 의원은 끔찍한 느낌에 먹은 것을 모두 토해내기 시작했다.

아래층으로 떨어지면서 유리 가루를 뒤집어쓴 승덕은 온몸이 피투성이였다. 그런 승덕이 절체절명의 순간 인면화의 뿌리 부분을 화염방사기로 불태우고 김기돈을 구해냈다. 그가 만든 소형 화염방사기에 거대한 식물은 속수무책으로 당했다. 아무리 식인 식물이라지만 불 앞에서는 다른 식물과 마찬가지로 연약한 존재일 뿐이었다.

"낙빈아, 일어나! 뿌리를 태웠어!"

승덕은 바닥에 정신을 잃고 쓰러진 낙빈을 흔들었다. 낙빈은 내동댕이쳐질 때의 충격으로 어지러운 머리를 감싸며 간신히 일어섰다. 낙빈보다 먼저 정신을 차린 정현은 상황을 파악하고 다시 공격할 준비를 했다.

"으헙!"

우선 정현이 날아올라 김기돈의 얼굴을 감싸고 있는 붉은 인면 화를 향해 발을 뻗었다.

퍼억!

뿌리가 끊긴 인면화는 확실히 맥이 없었다. 놈은 정현의 발차 기에 맞고 그대로 맞은편 벽에 세차게 부딪혔다.

"하앗!"

낙빈이 때를 놓치지 않고 남은 제요사마부를 모두 뿌렸다.

'끼아악!'

고통스럽게 울부짖는 원한령의 몸부림이 여실히 전해졌다. 안 타까움이 컸지만 아귀는 어마어마한 요기妖氣를 지닌 귀신이었다. 낙빈이 봐줄 상대가 아니었다. 낙빈은 처절한 고통 속에서 죽어 갔던 곽영실의 모습과, 그녀 생각에 눈물을 흘리던 주름진 노인 의 모습을 지우기 위해 질끈 눈을 감았다. 그러고는 새파랗게 날 이 선 물화살을 만들어냈다. 낙빈의 손에서 말갛게 빛나던 물화 살이 날아갔다.

"이야아!"

제요사마부로 꼼짝도 못하던 곽영실의 영은 날카로운 물화살 에 심장을 정통으로 맞고 말았다.

'끼아아악!'

고통스러워하는 비명이 낙빈의 두 귀를 멀게 했다.

"아귀로 영원한 배고픔에 몸부림치게 두는 것보다는 이편이 나 아, 낙빈아! 죄의식은 벗어버리고 어서 저분에게 영원한 해방을 드려!"

어느새 서재로 돌아왔는지 정희가 머뭇거리는 낙빈의 어깨를 꼭 감싸 안았다. 영을 느끼는 정희 역시 처절한 비명을 들었지만 지금은 다른 방법이 없었다. 또다시 틈을 주었다가는 모두가 당할 수밖에 없는 것이 현실이었다. 아무 소리도 들리지 않는 아귀가 되어버린 곽영실의 영을 인도할 방법은 없어 보였다.

"으윽!"

낙빈이 이를 악물고 오른손 가득 일곱 개의 물화살을 만들어냈다.

퓨욱!

일제히 날아간 푸른 물화살은 정확히 영혼의 중심을 관통했다.

'끄아아악!'

미친 듯이 소리치던 영도 더 이상 버티지 못했다. 인면화와 결합되었던 곽영실의 사지가 서서히 분리되더니 흐릿해지기 시작했다.

영혼의 비명과 함께 아귀가 된 곽영실은 완전히 소멸되었다.

"으흑!"

낙빈은 정희의 품에서 울음을 터뜨렸다. 낙빈은 또다시 영을 성불시키지 못하고 소멸시켜버린 스스로가 원망스러웠다.

"어쩔 수가 없었어. 잘한 거야. 잘한 거다, 낙빈아. 네가 드릴 수 있는 가장 좋은 선물을 드렸어. 울지 마."

정희는 어깨를 떨며 괴로워하는 어린 무당을 꼭 안고 연신 등을 두드려주었다.

"우웩!"

아까부터 손가락 하나를 목구멍에 집어넣고 구토를 하던 김 의원이 마침내 목에 걸린 흰 눈동자를 토해냈다.

"으으."

붉은 인면화 속의 새까만 음영에 박혀 있던 새하얀 눈동자였다. 하지만 그것은 눈동자가 아니라 흰색의 커다란 씨앗이었다.

"아니, 의원님! 이게 대체……!"

때마침 정현이 막아놓은 혈도가 풀렸는지 김 의원의 보좌관이 서재로 들어왔다. 서재 구석에서 구토를 하던 김 의원은 보좌관의 부축을 받고 일어서서 소리를 질렀다.

"기자 불러! 기자! 내가 잡았어, 내가!"

처음에 낙빈 일행은 김기돈 의원이 무슨 말을 하는지 도통 이해할 수가 없었다. 하지만 이내 그들은 김기돈이 이 사건을 이용하기 위해 머리를 굴리고 있음을 알아차렸다.

"연쇄 살인마는 사람을 잡아먹는 식물이었어! 그놈을 내가 잡았다고! 당선이다. 이번에도 당선이야!"

김기돈은 곽영실에 대한 공포는 까맣게 잊은 채 자신의 이익을 위해 이 사건을 어떻게 이용할지 늙은 머리를 팽팽 돌리고 있었다. 그 모양은 흡사 권력에 미쳐서 날뛰는 비열한 전갈과도 같았다. 낙빈 일행은 하도 기가 차서 말도 나오지 않았다.

"이…… 이 나쁜……."

언제나 함부로 감정을 내비치지 않던 정현이 마침내 참지 못하고 김 의원의 멱살을 잡았다. 가엾은 영혼을 막아서며 구해준 것이 너무나 후회될 정도였다.

"아니, 이 친구가 미쳤나! 이놈들을 가택침입죄로 모조리 집어넣겠습니다!"

보좌관이 정현의 우람한 팔뚝을 잡으며 버럭 소리를 질렀다.

"콜록. 아니, 아니야. 이 사람들이 나를 구해줬어."

김 의원이 손사래를 치며 보좌관을 말렸다. 그는 정현이 멱살을 놓아주자 그 자리에 엎드려 절을 했다.

"고맙네. 자네들이 없었다면……."

그는 어질러진 서재 귀퉁이로 재빨리 걸어가더니 커다란 금고를 열고 두툼한 봉투 하나를 꺼냈다.

"고맙네. 고마워. 이 은혜는 잊지 않겠네! 그건 식인 괴물이었어. 우리를 덮친 건 식인 괴물! 그 이상도 이하도 아니네, 그렇지?"

김기돈은 정현의 손에 봉투를 건네주며 비열한 미소를 지었다. 그는 인면화는 있었지만 곽영실은 없었다고, 그녀의 이야기는 어디서도 해서는 안 된다고 정현을 회유하고 있었다. 정현은 분을 삭이지 못하고 몸을 벌벌 떨었다. 정현은 그 더러운 돈 봉투를 바닥에 던졌다.

"이 추잡한 인간이!"

"그만!"

커다란 주먹이 김 의원의 얼굴을 후려갈기기 직전 정희가 외마

408

디 비명을 지르자 정현은 가까스로 이성을 찾았다.

"그만둬. 됐어. 이걸로 된 거야. 어차피 우리는 더 이상 사람이 죽지 않도록 나선 거잖아. 본래 하려던 일을 마쳤으니 된 거야. 이 제 다 끝났어. 이걸로 된 거야."

정희는 거의 매달리다시피 정현의 두 팔을 잡고는 온몸을 떨고 있는 정현의 분노를 덜어내려고 애썼다.

끝이다, 다 끝났다. 사람을 잡아먹던 인면화도, 아귀가 되어버린 원한령도 모두 처치했다는 것을 다들 알고 있었다. 하지만, 하지만 이번만은 전혀 개운하지도 흐뭇하지도 않았다. 모든 것이…… 틀림없이 모든 것이 다 끝났는데도 말이다.

11

낙빈과 승덕, 정희와 정현, 그리고 혜정은 농과대 실험동의 화단 앞에 섰다. 그들은 정성스레 준비한 제사상 앞에서 깊이 고개를 숙였다. 일행은 곽영실의 유해를 식구들에게 전해준 뒤 정성을 다해 제사상을 마련했다.

곽영실의 영은 저승 문턱에도 들어서지 못하고 소멸했지만 그들은 이렇게라도 정성을 보이지 않으면 마음이 편하지 않을 듯했다.

"아직은 이곳에 그분의 상념이 많이 남아 있어서 동티가 날 수

도 있습니다. 터주신♦께서 부디 돌보시어 앞으로는 결코 슬픈 일
이 일어나지 않도록 도와주십시오."

낙빈은 앞으로 더는 말썽이 일지 않도록 도와달라는 의미로 이
곳을 지키는 터주신께 바치는 터주 단지를 묻었다. 단지 안에 짚
을 펴놓은 다음 가장 잘 여문 볍씨를 골라 넣은 것이다. 일행은 단
지를 묻은 다음 그 위에 정화수와 촛불을 올려놓고 여러 번 절을
했다. 비손하는 모두의 마음이 무척이나 쓰라렸다.

"너무 속이 상해요. 분명히 우리는 더 이상 사람들이 죽지 않도
록 인면화와 아귀의 영혼을 소멸시켰는데…… 이렇게 마음이 안
좋다니요! 전 정말 그 의원 할아버지가 미워요! 돌아가신 분이 불
쌍하기만 해요! 그렇게 공포에 떨다가 죽어버리고 아귀까지 되
어서 괴로워하다가…… 결국 소멸되시다니!"

낙빈은 사람을 죽이고도 잘못을 뉘우치기는커녕 자기 잇속에
눈이 멀어 이상한 짓거리를 벌이는 그 국회의원에 대한 원망을
감출 수가 없었다.

"우리가 어쩌겠니? 그 사람이 살해했다는 증거도 없을 뿐더러
우리 말을 믿을 사람도 없을 텐데. 굳이 밝혀내봤자 이미 시효도
지난 일이고. 하지만 낙빈아, 우리가 알고, 땅이 알고, 하늘이 알
지 않니? 너무 속상해 마라."

♦터주는 집을 관장하는 신으로, 집 안의 동티나 불상사를 막아주고 집 안을 지켜준다. 흔히
터주를 터줏대감, 터주신, 후토주임이라고 부른다. 터줏대감이 좌정하는 곳은 일반적으로
집터의 뒤쪽이며, 집 안의 모퉁이나 중앙에 있는 돌이 터주신이라고도 한다.

정희가 낙빈의 머리를 쓰다듬었다. 정희라고 마음이 좋을 리 없었지만 아직 티 없이 맑은 어린 낙빈이 깊은 마음의 상처를 받은 것 같아 너무 안쓰러웠다.

"하늘이 안다면 어떻게 그렇게 잘살게 내버려두는 거죠? 어떻게 한 사람은 고통만 받다가 영원히 사라져버리고, 어떻게 한 사람은 그렇게 잘살기만 하냐고요!"

낙빈의 푸념이 모두를 착잡하게 했다.

하늘은 과연 알까? 하늘만은 과연 누가 옳고 그른지, 누가 불쌍한지, 누구를 도와야 하는지…… 정말 하늘만은 알고 있는 것일까?

"그으윽."

김기돈 의원의 트림 소리에 다른 출마자들이 영 못마땅한 눈초리로 노려보았다.

"흥."

김 의원은 다른 사람의 눈초리에는 개의치 않고 바로 다음에 자신이 발표할 연설문을 다시 한 번 차분히 읽었다.

'네깟 것들이 쳐다보면 어쩔 건데? 흐흐흐. 식인 괴식물을 잡은 내가 민심을 휘어잡은 마당에 네놈들이 날고 뛰어봤자지! 죽은 년이 날 지옥으로 데려갔다가 다시 천당으로 보내주는구나. 크크큭!'

김 의원은 속으로 회심의 미소를 지었다. 당선은 불을 보듯 뻔한 일이었다. 사람들은 살인마 흡혈 괴물을 없앤 게 김 의원인 줄 알고 있고, 그 덕에 그의 지지율은 더 이상 좋을 수 없을 정도로 치솟았다. 걱정했던 한복과 스님 떼거리는 소문도 없이 조용히 사라졌다. 신이 내린 기회라는 게 바로 이런 걸 두고 하는 말일 것이었다.

짝짝짝짝…….

바로 앞 출마자의 연설이 끝났다. 박수 소리는 생선 눈깔만큼이나 비렸다. 하지만 김 의원이 자리에서 일어서자 사방에서 우레와 같은 박수와 함성이 터져 나왔다. 운동장에 모인 수많은 사람들은 무시무시한 식인 괴물을 처치한 김 의원에게 박수를 쳐주러 나왔고 그들의 표도 김기돈 의원에게 갈 것은 말할 나위도 없었다.

"끄윽."

단상에 오른 김 의원은 더부룩한 배를 쓸어내렸다. 자꾸만 신물이 넘어왔다. 이상하게 요즘 들어 쉴 새 없이 배가 고팠다. 그래서 무작정 열심히 먹어댔더니 결국 탈이 난 모양이었다.

김 의원은 준비한 연설문을 단상에 깔아두고 좌중을 내려다보며 근엄한 목소리로 연설을 시작했다.

"시민 여러분! 저는 자신 있게 말씀드립니다. 이날 이때껏 시민의 녹을 먹고 살아온 저는 제 목숨까지 바쳐가며 여러분을 걱정하고, 여러분의 안위만을 항상 걱정했습니다. 이런 저야말로 하늘을 우러러 한 점 부끄럼 없이 평생을……. 끄으으윽!"

우당탕탕탕!

한창 열변을 토하던 김기돈 의원이 갑작스럽게 단상 아래로 굴러떨어졌다.

"으악!"

"꺄악!"

그의 모습을 지켜본 군중은 눈앞에서 벌어진 일을 제대로 이해할 수가 없었다. 그의 팔다리와 손가락 사이로 뻗어 나오는 초록색 뱀 같은 것이 대체 무엇인지. 김 의원의 손발과 다리 사이로 스멀스멀 뻗어 나오는 진녹색의 생물이 대체 무엇인지. 그리고 어째서 김 의원의 벌어진 입에서 피보다 붉은 아름다운 꽃이 피어나는지. 어째서 거대한 꽃이 김 의원의 얼굴보다도 크게 만개하는지 그 이유를 알 수가 없었다.

무엇보다도 피처럼 붉은 꽃의 중앙에 김 의원과 똑같은 얼굴이 새겨져 있다는 사실을 알아차린 몇몇 사람은 그저 놀라움과 혐오감으로 가득한 비명을 질러댈 수밖에 없었다.

-2권에 계속

신비소설 **무** 1 신이 선택한 아이

초판 1쇄 발행 2016년 2월 16일
초판 2쇄 발행 2016년 2월 29일

지은이 · 문성실
펴낸곳 · 달빛정원
펴낸이 · 전은옥

출판등록 · 2013년 11월 14일 제2013-000348호
주소 · 04004 서울 마포구 월드컵로10길 27, 201호(서교동, 세화빌딩)
전화 · 02-337-5446
팩스 · 0505-115-5446
전자우편 · garden21th@naver.com
블로그 · blog.naver.com/garden21th

ⓒ 문성실 2016

ISBN 979-11-951018-7-0 04810
      979-11-951018-6-3 (세트)

• 이 책은 저작권법에 따라 보호받는 저작물이므로 무단 전재와 무단 복제를 금지하며,
  이 책 내용의 전부 또는 일부를 이용하려면 반드시 저작권자와 달빛정원의 동의를 받아야 합니다.
• 잘못된 책은 바꾸어 드립니다.
• 책값은 뒤표지에 있습니다.

이 도서의 국립중앙도서관 출판예정도서목록(CIP)은 서지정보유통지원시스템 홈페이지(http://seoji.nl.go.kr)와
국가자료공동목록시스템(http://www.nl.go.kr/kolisnet)에서 이용하실 수 있습니다. (CIP제어번호: CIP2016001170)